国家社科基金一般项目
"民俗学语境视阈下缅甸缅族民间叙事文学研究"
（批准号：14BWW078）成果

民俗学语境下
缅甸缅族民间叙事文学研究

寸雪涛 著

中国社会科学出版社

图书在版编目(CIP)数据

民俗学语境下缅甸缅族民间叙事文学研究/寸雪涛著. —北京：
中国社会科学出版社，2022.8
ISBN 978-7-5227-0743-3

Ⅰ.①民… Ⅱ.①寸… Ⅲ.①民间文学—文学研究—缅甸
Ⅳ.①I337.077

中国版本图书馆 CIP 数据核字(2022)第 142599 号

出 版 人　赵剑英
责任编辑　陈肖静
责任校对　刘　娟
责任印制　戴　宽

出　　版　中国社会科学出版社
社　　址　北京鼓楼西大街甲 158 号
邮　　编　100720
网　　址　http://www.csspw.cn
发 行 部　010-84083685
门 市 部　010-84029450
经　　销　新华书店及其他书店

印　　刷　北京明恒达印务有限公司
装　　订　廊坊市广阳区广增装订厂
版　　次　2022 年 8 月第 1 版
印　　次　2022 年 8 月第 1 次印刷

开　　本　710×1000　1/16
印　　张　18
插　　页　2
字　　数　245 千字
定　　价　96.00 元

自　序

　　本书是笔者国家社科基金项目"民俗学语境视阈下缅甸缅族民间叙事文学研究"（批准号：14BWW078）的成果，同时也是笔者十余年来对缅甸民间叙事文学持续思考、积累的结果。笔者对民间文学的兴趣始于2006年年底赴泰国那烈萱大学人类学系民俗学专业读博期间，笔者的导师巴拉扎·赛胜教授将笔者带进了这一研究领域。先生学贯东西，博古通今，曾担任泰国民俗学会会长，且为人幽默，语言艺术高超，每次做学术讲座，掌声与欢笑声总是不绝于耳。正是先生的循循善诱，使我这个半路出家的异国弟子得以踏进五光十色的民间文学园地。

　　庄子云："吾生也有涯，而知也无涯。"笔者自知天资愚钝，不敢涉猎太广，十余年来，始终在自己的一亩三分地默默耕耘，像老农一样，唯恐错过天时，耽误收成。其间也有过诸多诱惑，出于对学术研究的热爱，最终又回到书斋。

　　近些年来，随着中缅交往的日益频繁，学界涌现出越来越多缅甸语言、文学、文化、历史和国情的论著，但缅甸民间文学的相关论著却不多见，主要是因为这一研究领域属于偏门、冷门。诚如笔者在本书中所言，对缅甸民间文学进行研究，使我们有可能通过观察缅甸人民群众在自然状态下的生产生活模式、表达方式、信仰形式、日常话语和生活琐事，从而发现他们的思维模式、价值观念及行为准则。这些以非正式、非书面形式流传下来的传统文化在某种情况下可以说是一种真正的缅甸主流文化，因为它为大多数缅甸人民所拥有，代表着大多数缅甸人民的意志。这也正是十余年来笔者一直从事缅甸民间文学研究的原因所在。

受西方学界从文本到语境研究范式转变的影响，笔者于 2008 年 4 月期间，赴缅甸仰光省北部县钦贡乡的钦贡村、班背衮村及叶诶山村开展了为期一个月的田野调查。此后又于 2012 年 8 月至 9 月间，到太公、蒲甘（良坞）、阿瓦、彬牙、实皆、东吁、勃固、瑞波、阿摩罗补罗、曼德勒、勃生和马圭十二个缅甸的古都及文化发源地开展了为期四十多天的田野调查。2014 年，笔者申报的国家社科基金项目获得立项，后因缅甸政局变动及各种原因，直到 2018 年 7 月才得以赴缅甸曼德勒省叫栖县德达坞镇区密兑岱乡欣琼村开展为期一个多月的田野调查。本书涉及的缅甸缅族民间叙事文学作品均来自上述三次田野调查。需要说明的是，笔者在采录这些民间叙事文学作品时，不但记录了相关作品的内容，而且还记录了整个演述过程及相关语境，以期忠实地再现当地民众的民俗生活和心灵世界。在分析过程中，以民俗学语境理论为方法论，充分利用民间文学、民俗学、历史学、文化学等相关研究成果，对田野调查中采录到的民间叙事文学文本进行阐释、解读，以期揭示缅族民间叙事文学的文化意蕴、社会内容和历史根源，力图多维、立体地展示缅甸民间叙事文学的文学魅力和文化价值。

中国社会科学出版社为本书提供了难得的出版机会，陈肖静老师和王莎莎老师为本书的出版付出了大量的工作，笔者的工作单位——云南大学对本书的出版给予了资助，在此谨表示衷心的感谢。因笔者学养有限，书中难免会有一些错误及不足之处，恳请专家学者不吝赐教。

寸雪涛

2022 年 5 月于春城昆明

目　录

绪　论

一　研究缘起

本书是国家社科基金 2014 年度项目"民俗学语境视阈下缅甸缅族民间叙事文学研究"的最终成果。要交代本书的写作缘起，必须从研究对象与理论视角这两方面谈起。就题目而言，"缅甸缅族民间叙事文学"是研究对象，"民俗学语境"是理论视角。笔者之所以要将研究内容限定为缅甸民间文学，主要是出于以下考虑：

首先，中缅两国是山水相连的友好邻邦，两国人民之间的传统友谊源远流长。自古以来，两国人民就以"胞波"（兄弟）相称。中缅两国之间的交往最早可追溯到公元前，据《后汉书·南蛮西南夷列传》记载，"永元六年（94 年），（永昌）郡徼外敦忍乙莫延慕义，遣使译献犀牛、大象。"① 这是中缅之间最早的官方交往。到了唐代，两国交往更加密切，据《唐会要》记载，贞元十八年（802），缅甸骠国国王派乐工三十五人到中国长安献乐十二曲，② 著名诗人白居易曾赋诗《骠国乐》来赞美骠国歌舞团的精彩表演。明、清时期，中国的官方翻译机构还设有"缅甸馆"，专门聘请缅甸学者从事教授缅文和翻

---

① （南朝宋）范晔撰：《后汉书》，中华书局 1965 年版，第 2851 页。
② （宋）王溥撰：《唐会要》卷三三，中华书局 1955 年版，第 620 页。

译工作。在漫长的历史长河中，尽管两国的封建统治者也曾有过兵戎相见，但由于两国山水相连、民族同源、血脉相连、文化相似、习俗相近，中缅友好交往一直得到持续发展。近代以来，中缅两国面临相同的民族命运，都受到英国殖民者和日本法西斯的侵略，两国人民在反帝、反殖的民族解放斗争中相互同情、彼此支持。第二次世界大战期间，长达一千多公里的滇缅公路成为国际援助抗战物资进入中国的战略大通道，有力地支持了中国人民的抗日战争。中华人民共和国成立以后，缅甸是最早承认中华人民共和国的非社会主义国家。1954年，中缅共同倡导了和平共处五项原则。60 年代，两国本着友好协商、互谅互让精神，通过友好协商圆满解决历史遗留的边界问题，为国与国解决边界问题树立了典范。中缅两国领导人一直有着互访传统，周恩来总理九次访缅，吴努总理五次访华，吴奈温总统十二次访华被两国人民传为佳话。近年来，两国在"一带一路""中印缅孟经济走廊"和"澜湄合作"等倡议和机制下深化务实合作，两国友好关系得到持续稳步发展。目前，中国是缅甸的最大贸易伙伴和最大投资来源国。

其次，缅甸是东南亚重要的国家。缅甸位于中南半岛西北部，东北与中国毗邻，西北与印度、孟加拉国相接，东南与老挝、泰国交界，西南临孟加拉湾和安达曼海，面朝印度洋，自古就是东西方的交通要道，战略地位非常重要。其国土面积为 67.66 万平方公里，占中南半岛总面积的三分之一，是中南半岛最大的国家，在东南亚仅次于印度尼西亚。

再次，缅甸有着悠久的历史，远古时期就有人类活动。1979 年 5月，缅甸和美国人类学家在曼德勒以西的崩当山区，发现了迄今四千万年以前的古猿下颌骨及骨骼碎片化石。[①] 在四五十万年前，已有猿人活动在缅甸中部地区，20 世纪 80 年代初，在缅甸望濑镇区与昌乌

---

① 参见贺圣达《缅甸史》，人民出版社 1992 年版，第 1 页。

镇区之间的瑞明丁山上的峦奎村附近发现了人类上颌骨的化石，上面还保留着臼齿与前臼齿。缅甸考古专家把这些化石定名为"巴玛人"①。在南掸邦地区曾发现有大量的旧石器，在仁安羌附近发现的旧石器时代的工具尤多。考古学家把缅甸旧石器文化遗址称为"安雅特"文化。大约在一万年前的全新世，缅甸境内的早期居民开始进入新石器时代。考古学界发现的缅甸新石器文化遗址，较有代表性的有帕达林文化遗址、勒半奇波文化遗址及陶马贡文化遗址。② 1969 年 1 月缅甸考古工作者在位于东至县育瓦安镇区良架村东北的帕达林 1 号石窟中发现了 12 幅岩画，证实在新石器时代缅甸掸邦高原有穴居人类在活动。③ 公元前后，缅甸已进入金石并用时代，产生了早期国家。孟族、骠族、掸族和若开族相继建立了民族国家。到了公元 11 世纪初，缅族建立了缅甸历史上第一个统一的封建国家——蒲甘王朝（1044—1287）。此后历经彬牙王朝（1298—1364）、实皆王朝（1315—1364）、阿瓦王朝（1364—1555）、东吁王朝（1531—1752）和贡榜王朝（1752—1885），逐渐成为中南半岛上的一个军事强国。19 世纪后半叶，在西方殖民主义者的鲸吞蚕食下，缅甸沦为英国殖民地。1948 年 1 月 4 日，经过百余年的英勇斗争，缅甸取得了独立，以崭新的面貌屹立于世界民族之林。

最后，缅甸有着灿烂的文化。上文提到，考古学家在缅甸的帕达林文化遗址发现了人手、公牛、野牛、大象和鹿等十二幅图像清晰的岩画，④ 证明早在史前时期，缅甸的文化艺术即已萌芽。在城邦国家时期，缅甸文化得到了进一步发展，通过对早期城邦国家——毗湿奴、

---

① 参见 ［缅］吴巴莫《缅人的起源》，李孝骥译，《东南亚》1987 年第 1 期。

② 参见贺圣达《缅甸史》，第 2 页。

③ ［缅］缅甸社会主义纲领党中央组织部编：《缅甸的史前时代》，李谋译，《南洋资料译丛》2012 年第 3 期。

④ 阿乌纳·萨乌：《缅甸帕达林洞穴的新时期文化》，原载《亚洲透视》第 16 卷，转引自贺圣达《缅甸史》，第 3 页。

汉林和室利差呾罗等骠国古城的发掘并结合相关文献记载，我们可以发现骠国后期已经进入铁器时代，他们崇信佛教、建造圆形的佛塔、用金银等金属铸造佛像和首饰、擅长音乐舞蹈、踢藤球、盛行瓮葬、使用梵文和骠文记事、都城有十二个门等，① 其文化已经发展到相当的高度。进入封建社会以后，由于封建君主的扶持，佛教成为缅甸的国教，对缅甸的文化艺术产生了深远影响。缅甸的历代封建君主热衷于造寺造塔，"万塔之城"——蒲甘和仰光大金塔是这一时期的杰作。前者被列入《世界文化遗产名录》，后者跻身"东南亚三大古迹"和"东方五大奇观"之列。公元 11 世纪后，随着佛教的兴盛和缅文的创制，缅甸的"碑铭文学"应运而生。在整个封建社会时期，由于"传统的农业生产方式、封建专制制度和与之相适应的宗教意识形态相结合，构成君权与神权的高度统一"②，在缅甸的文学领域，宗教文学与宫廷文学一直占有主导地位。此外，绘画、雕刻、泥塑、金银加工等手工艺在封建社会时期也日臻完善。时至今日，缅甸文化仍以这些独具特色的文化符号闻名于世界。

如上所述，缅甸既是东南亚一个重要的国家，也是我国的友好邻邦，对我国而言有着重要的战略意义。全面了解和认识缅甸是我们的一项长期而艰巨的任务。无论是缅甸的地理物产、风土人情、宗教信仰、政治经济，还是她的文化艺术、语言文字都是我们需要了解的对象。笔者认为，通过对缅甸民间文学的研究，可以有机地将它们结合在一起。理由如下：缅甸民间文学是缅甸文学的重要组成部分，在民族发展的历史长河中曾经占据着显要的地位，充当着记录历史事件、反映文化信息、表达审美情趣和再现社会生活的作用，是缅甸社会文化的一部大百科全书。认识和了解缅甸的民间文学，有助

---

① 贺圣达：《缅甸史》，第14—24页。
② 尹湘玲：《东南亚文学史概论》，世界图书出版广东有限公司2011年版，第3页。

于我们更加全面、更加准确地把握缅甸的社会、历史与文化特点，有助于加深我们对缅甸的认识和了解，这对推动中缅友好交往有着现实意义。

缅甸有着 135 个民族，每个民族都有着自己独具特色的民间文学。20 世纪六七十年代，缅甸作家卢杜吴拉走遍了缅甸的每一个城镇乡村，采录并出版了一套缅甸多个民族的民间故事丛书，共计 40 余册。这仅仅只是部分民族的故事集而已，并没有囊括缅甸所有的民族，由此可见缅甸民间文学的浩瀚与丰富。作为一项有着时间限制的研究，笔者自然将视角投向了缅甸的主体民族——缅族，主要是基于如下考虑：一是因为缅族是缅甸人口最多的民族，2014 年缅甸进行了全国人口普查，这是缅甸独立后距 1973 年和 1983 年两次人口普查后的第三次全国人口普查，根据统计，缅甸全国总人口为 51486253 人，[①] 尽管这次没有分别统计各民族人口，但根据 2001 年 7 月 11 日世界人口日时任缅甸和发委第一秘书长钦钮的讲话，缅族人口在 1997—1998 年约占缅甸总人口的 71.5%，[②] 由此来看，在 2014 年的全国人口普查中，这一比率不会有太大变化。二是因为缅族文化是缅甸文化的集大成者，缅族文学代表了缅甸文学发展的主流。在缅甸众多民族中，缅族较早创制了自己的文字，缅族的语言和文字不但是当今缅甸的官方语言文字，而且还是全缅各族人民的通用语言文字。在一千多年的历史长河中，缅族涌现出了大批文学家、史学家及诗人，缅甸最负盛名的文学家几乎都是缅族。可以说，缅族的文学不但是缅甸文学的基础，而且还是缅甸文学的最精华部分，对缅甸其他民族的文学有着重大影响。这也正是笔者选择缅族民间文学为研究对象的原因所在。

下面谈一谈理论视角的问题。20 世纪以前的民俗学家将民俗看作

---

① ［缅］缅甸联邦共和国人口局：《2014 年缅甸人口及家庭情况统计表》，内比都：劳工、移民和人口部 2017 年版，第 4 页。

② 参见李谋、姜永仁编著《缅甸文化综论》，北京大学出版社 2002 年版，第 12 页。

古老文化的"遗留物"，认为民俗反映的只是遥远的过去，对他们提出的理论和方法论来说，具备记录的时间和地点也就够了，而没有必要采录当下民俗存在的真实场景。针对早期民俗学研究方法的缺陷，20 世纪初期，马林诺夫斯基开创了民俗学研究的新方法——田野调查方法。这使得民俗学研究进入了一个崭新的天地，也使得民俗学研究具有了活力。随着田野调查的开展，越来越多的学者意识到民俗不仅反映过去，而且还反映现在。基于这样的理解，学者们开始反思民俗的采录及研究方法。例如，马林诺夫斯基在南太平洋的特罗布兰德群岛（Trobriand Islands）工作期间，当他试图翻译当地土著居民的语言时，发现要把当地土著语言的话语翻译成英语非常困难，例如"wood"（树木、树林）这个词在当地土著语言中的意思是"桨、橹"（oar）。这使马林诺夫斯基认识到土著语言中词句的意思在很大程度上依赖于语境。如果不把他们的话语与当时的情景结合，就不能理解他们的话语的意思。① 1923 年，马林诺夫斯基在《原始语言的意义问题》一文中，第一次提出了"语境"这个术语，加以论述，把它的重要性放在了对话语的理解上。他说："如果不给详尽的语言使用者的文化背景知识，就不可能翻译一种原始的或与我们自己的语言相差很大的语言的话语；给了这种背景知识，就等于给我们提供了通常必要的翻译标准。""我对原始文本的分析，目的在于表明：语言本质上根植于文化现实、部落生活和民族习俗，不经常参照这些宽泛的话语语境，语言就无法解释。"② 马林诺夫斯基提醒人们理解词义时要考虑情景上下文，即情景语境（context of situation）。他认为，对一个词或句子的意思要在话语的语境中，大多数情况是在典型的情景语境中，根据话语的功能甚至

---

① 高登亮、钟锟茂、詹仁美：《语境学概论》，中国电力出版社 2006 年版，第 20 页。

② B. Malinowski, "The Problem of Meaning in Primitive Languages", In C. K. Ogden & I. A. Richards (eds.), *The Meaning of Meaning* (pp. 296 – 336), London: K. Paul, Trend, Trubner, 1923, p. 305.

整个语篇来理解。所以，"话语和语境互相紧密地结合在一起，语言环境对于理解语言来说是必不可少的"①。后来，马林诺夫斯基又对语境这一概念进行了补充，增加了文化语境（context of culture）的概念。1935 年，马林诺夫斯基在《珊瑚园及其巫术》一书中明确提出情景语境之外，有"可以叫做文化语境的东西""词语的定义在某种程度上取决于其文化语境"②。马林诺夫斯基说的"文化语境"指的是文化现实语境（context of cultural trality），包括工具、用品、兴趣、文明、美学价值。在某些情况下，即使具备以上的文化现实语境也不足以展示出该文化中故事讲述习俗的意义。研究者还应明白情景语境，比如，如果是讲述故事的场合，指的是讲述者的讲述技巧（发音的方法、辅助的手势、令人神往的表演方式，或者是让听众充满兴趣地参与并回应的方式），此外，还包括脸上的表情、身体的移动等，在进行田野调查时这些资料都应加以采录。

马林诺夫斯基的主张，得到了西方民俗学界的响应。阿兰·邓迪斯（Alan Dundes）对图书馆式的研究方法做了反思："从历史的观点来说，民俗学学科来源于古物研究，或者是我所称为的对奇异的或者是古怪的东西的寻求。我在本国和海外的民俗中心访问时，时常会看到我命名为'蝴蝶采录'（butterfly collecting）的东西。民俗事象被看作是罕见的新奇事物，好比一个钉子钉住了它们并将之安放在用来展览的档案袋中，因此很难想象民俗事象永远是鲜活的（即被表演的）。语境被忽视，只有文本被当地的采录者所珍视。"③ 邓迪斯通过"蝴蝶采录"这一比喻，把此前古俗研究那种平面的、缺乏语境的缺点一展

① B. Malinowski, "The Problem of Meaning in Primitive Languages", In C. K. Ogden & I. A. Richards（eds.）, *The Meaning of Meaning*（pp. 296 - 336）, London：K. Paul, Trend, Trubner, 1923, p. 305.

② B. Malinowski, *Coral Gardens and Their Magic*, Bloomington：University of Indiana Press, 1935, p. 58.

③ ［美］阿兰·邓迪斯：《21 世纪的民俗学》，工曼利译，《民间文化论坛》2007 年第 3 期。

无遗。他认为，过去的研究只强调文本而忽略了语境，民俗学者进入田野带回来的是没有文化语境的采录文本，那是些超出文化语境的枯燥的母题或谚语条目，这种状况应该结束。他进一步指出，民俗学不仅要关心文本及本文，还应该更多地关心民俗作为民族志的存在，了解民俗必须伸展到关联民俗表演的民俗语境。① 戈尔茨坦也认为，谜语、笑话和其他口头文学的采录者不能忽略记录民俗事项时的情景，他把这个情景叫作"语境"②。丹·本-阿莫斯（Dan Ben-Amos）则说，民俗事项表演者及文本之间的相互影响（interaction）以及民俗事项表演者在进行民俗表演中使用的艺术形式对研究者的分析有着重要作用。他认为，民俗学的魅力在于民俗学是由时间、地点及人群组成的语境习俗（contextual conventions）。③ 上述学者在批判传统的以文本为中心的研究范式的同时，也注意到了语境的重要性。

20 世纪 60 年代，美国民俗学重镇——印第安纳大学及宾夕法尼亚大学的一群博士生进一步完善了马林诺夫斯基的语境方法论，提出了"语境"理论，他们包括理查德·鲍曼（Richard Bauman）、罗杰·亚伯拉罕（Roger Abrahams）、丹·本-阿莫斯、阿兰·邓迪斯、罗伯特·乔治（Robert Georges）和肯尼思·戈尔茨坦（Kenneth E. Goldstein）。他们认为，不论是社会学、人类学、语言学或心理学，文本（text）都不能脱离语境（context）而单独存在。对民俗学而言，各类民俗事项必须放置在它们的背景下，或者说是"三维空间"下，其中包括"语言"（language）、"行为"（behavior）、"交流"（communication）、"表

---

① Alan Dundes, "The Study of Folklore in Literature and Culture: Identification and Interpretation", *The Journal of American Folklore*, 1965, 78 (308), p. 137.

② Kenneth E. Goldstein, "The induced Natural Context: An Ethnographic Field Technique", in June Helm (eds.), *Essays in the Verbal and Visual Arts*, Seattle and London: University of Washington Press for the American Ethnological Society, 1967, p. 1.

③ Dan Ben-Amos, "Toward a Definition of Folklore in context", *The Journal of American Folklore*, 1971, 84 (331), p. 10.

达"（expression）、"表演"（performance）等因素中，才能显示出其真正的意义。他们把这些背景称为"语境"①。

　　上述民俗学者，有的有着语言学背景，对他们而言，民俗事项的表演或使用过程与民俗事项的内容同样重要；有的有着人类学背景，他们更加关心的是仪式和习俗的功能；有的有着社会学背景，他们关注的是个人在仪式中的角色；有的则有着心理学背景，对他们而言，民俗事项参与者的自我（ego）有着特殊意义。这些民俗学者率先从不同领域不同角度分析解释民俗事项，把民俗学研究带进了"语境理论"研究的新时代。

　　戈尔茨坦在"The induced Natural Context"一文中提到，谜语、笑话和其他口头文学的采录者不能忽略记录民俗事项时的情景，他把这个情景叫作"语境。"②尽管戈尔茨坦所说的语境仅仅只是演述语境，但却意味着变革的时代已经到来。

　　亚伯拉罕在"Deep Down in the Jungle"一文中提到，相较图书馆材料，他对田野调查得来的资料更为青睐。因为田野调查的资料更能让研究者明白民俗事项的真实情况。曾经有一次，因为听众人数稀少，使得讲故事的黑人男青年觉得人数太少，不值得花费精力，把本来应该讲得很长的笑话讲得很短，草草了事。③亚伯拉罕的实例使我们更加形象、更加具体地体会到语境的重要性。

　　邓迪斯和一名约鲁巴族（Yourba）的大学生合作分析尼日利亚的一句谚语："孩子的手够不到放在高处的搁板；一个老人也钻不进葫芦形的洞。"当他们研究了这则谚语的语境后，才发现尼日利亚的约

---

① Richard M. Dorson（eds.），*Folklore and Folklife：An Introduction*，Chicago：University of Chicago Press，1972，p. 45.

② Kennrth E. Goldstein，1967，pp. 1 – 6 as cited in Richard M. Dorson（eds.），*Folklore and Folklife：An Introduction*，Chicago：University of Chicago Press，1972，p. 46.

③ Roger. Abrahams，1968，pp. 143 – 158 as cited in Richard M. Dorson（eds.），*Folklore and Folklife：An Introduction*，Chicago：University of Chicago Press，1972，p. 46.

鲁巴族社会强调老人与年轻人、父母与孩子彼此之间的共同责任及互助精神。当地有一个老人，每天都让侄子帮他打几桶水，但有一天侄子央求叔叔给他一个菠萝却遭到了拒绝。第二天，叔叔再让侄子帮打水时，也遭到了拒绝。当叔叔向同龄人抱怨这件事时，一个朋友说出了这则谚语。从上述语境中能很清楚地看出这则谚语的意义：老人和年轻人应该互相帮助。① 很显然，对邓迪斯而言，语境是一把解开异文化理解难题的万能钥匙。

本－阿莫斯在"Toward a Definition of Folklore in context"一文中认为，民俗事项表演者及文本之间的相互影响（interaction）以及民俗事项表演者在进行民俗表演中使用的艺术形式对研究者的分析有着重要作用。他提出，民俗学的魅力在于民俗学是由时间、地点及人群组成的语境习俗（contextual conventions）。② 本－阿莫斯的这一观点，不但对语境理论的发展起了重要作用，还促成了表演理论的产生。

随后，阿兰·邓迪斯系统性地提出了"文本"（text）、"本文"（texture）及"语境"（context）等概念。所谓文本，实际就是我们记录下来的某一具体民俗事项。本文指的是民俗事项通过什么样的形式，怎样被表现出来。而语境则是指民俗事项被表演或被使用时的真实的场景。③ 邓迪斯对语境理论的贡献在于他对上述术语做了确切的表述。

鲍曼在"The Field study of Folklore in Context"一文中，认为民俗存在于一个相互关联的网络中，个人、社会和文化因素对民俗的形态、意义和存在有着重要作用，研究民俗离不开对语境的研究。鲍曼把民俗语境分为社会及文化两个层面，文化语境指的是某种文化环境中的

---

① Alan Dundes, 1964, p. 78 as cited in Richard M. Dorson（eds.），*Folklore and Folklife：An Introduction*，Chicago：University of Chicago Press，1972，p. 46.

② Dan Ben-Amos，1971，p. 11 as cited in Richard M. Dorson（eds.），*Folklore and Folklife：An Introduction*，Chicago：University of Chicago Press，1972，p. 46.

③ Alan Dundes，*Interpreting Folklore*，Bloomington：Indiana University Press，1980，pp. 20 - 32.

意义系统和文化符号的相互关系，社会语境则是指社会结构和社会互动。在此基础上，鲍曼将它们细分为 6 个小层面，即：（1）意义语境（它意味着什么）；（2）制度语境（它适应文化的哪种现象）；（3）交流系统语境（一个民俗的特定形式如何与别的形式相关联）；（4）社会基础（它属于哪类人群）；（5）个人语境（指民俗事项和其传承人之间的关系，它适合哪类人的生活）；（6）条件语境（在哪种社会条件下它如何有用）。① 鲍曼丰富和完善了语境理论，使语境理论视域下的民俗研究成为可能。

随着语境理论的日趋完善，学者们相继把这一理论应用到民间叙事文学研究中。例如，R. 达尔内在《克里族叙事表演的相关性》一文中描述了一个印第安克里族老人的创造性的表演，通过详细的语境和过程描述，展现了表演者如何创造性地改变了传统的神话讲述方式，并适应特定的情境而添加了即时性的内容。② 理查德·鲍曼的《故事、表演和事件——口头叙事的语境研究》③ 在研究得克萨斯流行的口头叙事时，注重结合社会语境以及听众的反应和认识等变化，来探讨文本的变化和情境语境的变化之间的关系。

有学者认为，语境理论使得民俗学的研究更加充分、更加细腻。民俗学者不再只是对民俗事项本身进行研究，而是把视野拓展到传统社会的知识体系、经济社会结构、自然环境、地方历史、居民状况、教育体系、宗教体制、与个别文化群体关系等方面。④ 可以说，语境理论使民俗学由一维、平面、机械走向多维、立体、鲜活的研究之路，

---

① Richard Bauman, "The Field Study of Folklore in Context", In Richard M. Dorson（eds.），*Handbook of American Folklore*, Bloomington：Indiana University Press, 1983, pp. 362 - 367.

② R. Darnell, "Correlates of Cree narrative performance", In R. Bauman & J. Sherzer（eds.），*Explorations in the Ethnography of Speaking*, Cambridge：Cambridge University Press, 1974.

③ Richard Bauman, *Story, Performance, and Event*：*Contextual Studies of Oral Narrative*, New York：Cambridge University Press, 1986.

④ 孟慧英：《西方民俗学史》，社会科学出版社 2006 年版，第 289 页。

这也正是语境理论的价值所在。

二 国内外研究现状

在语境中考察民俗，已经成为当代西方民俗学界最主要的研究趋向。借鉴这一研究范式，以民俗学语境为研究视角对缅甸的主体民族——缅族的民间叙事文学进行专题性研究，在国内学术界尚属有待开发的"处女地"。总体而言，相关领域的研究成果大体可分为以下几个方面：

（一）概论方面

国外主要有：缅甸学者欣漂琼昂登的《缅甸民间故事》一文将缅甸民间故事分为动物故事、人和动物的故事以及人类的故事三类，在此框架下，简明扼要地介绍了99则缅甸民间故事的故事情节，大多为缅甸妇孺皆知的故事，如《失信的猴子》《猫鼬也死，孩子也逝》《世界始自梵天》和《海神吴信基》等。[①] 值得注意的是，该文中的故事是广义的故事，即包括故事、传说和神话。另一位缅甸学者吴敏南的论文《少数民族民间故事》则以缅甸少数民族民间故事为例，对少数民族民间故事的基本特征、故事讲述的原因、故事讲述活动起源于何时、故事从何而来、故事的讲述时间、故事讲述者、故事的讲述方式、故事的功能、各民族间的故事有何联系、故事如何演变、如何采集故事、故事与文学的关系、故事与其他类型的民间文学的关系、故事与法律的关系以及故事的价值等问题进行了介绍和说明。[②] 西方学者格里·阿伯特和缅甸学者钦丹汉合著的《缅甸民间故事概况》一书则把缅甸民间故事分为9类，如下：（1）人类起源故事（Human Origin Tales）；（2）自然现象故事（Phenomena Tales）；（3）神奇故事（Won-

---

① ［缅］欣漂琼昂登：《缅甸民间故事》，见吴丁拉、吴觉昂、欣漂琼昂登等《传统故事论文集》（下册），仰光：文学宫出版社1989年版，第1—138页。

② ［缅］吴敏南：《少数民族民间故事》，见吴丁拉、吴觉昂、欣漂琼昂登等《传统故事论文集》（下册），第139—245页。

der Tale）；（4）傻子和骗子的故事（Trickster Simpleton Tales）；（5）教育百姓的故事（Guidance Tales-Lay）；（6）教育僧侣的故事（Guidance Tales-clerical）；（7）僧侣故事（Monk's Tales）；（8）佛佛本生故事（Jataka Tales）；（9）难以分类的故事（Compound Tales），并在此基础上对缅甸民间故事进行了总体性介绍。① 国内主要有：姜永仁的长篇论文《缅甸民间文学》将缅甸民间文学分为神话、传说、故事、歌谣和谜语五大类，并对每一类的子类进行了概述。此外还探讨了缅甸民间文学在缅甸文学中的地位与作用，并介绍了缅甸学者廷昂博士及作家吴拉在采录、整理缅甸民间故事方面做出的贡献。② 上述论著因受写作目的的限制，只对缅甸民间文学或缅甸民间故事进行概述，并没有应用当代民俗学或民间文艺学理论对缅甸民间文学或民间故事进行深入研究。

（二）比较研究方面

主要有：傅光宇的《云南民族文学与东南亚》一书通过历史文献考证，从文化交流角度对云南各民族文学与东南亚文学进行了专题性比较研究，并梳理了云南与东南亚交流的历史概貌，总结出交流的特点，归纳了交流的途径，分析了交流的影响。其中，涉及缅甸的有"掸国献乐与幻人""《三个龙蛋》与胞波""阿奴律陀访问大理的传说""段宗榜援缅传说""诸葛亮南征传说及其在缅甸的流传""缅甸的唐僧取经传说"等篇目。③ 王晶的《论缅甸民间故事与我国傣族民间故事审美倾向的一致性》一文则从母题角度对缅甸民间故事与我国傣族民间故事进行了对比，发现两地民间故事中存在着一些共同的文学母题，尤以智慧母题、傻儿母题、善良母题、狡诈母题为代表。两地民间故事文学母题的相似性，不仅说明缅甸与我国傣族文化传统价

---

① Gerry Abbott & Khin Thant Han, *Folktales of Burma*, *An Introduction*, Leiden：Koninklijke Brill N. V., 2000.

② 姜永仁：《缅甸民间文学》，见陈岗龙、张玉安等《东方民间文学概论》（第三卷），昆仑出版社 2006 年版，第 297—388 页。

③ 傅光宇：《云南民族文学与东南亚》，云南大学出版社 2007 年版。

值的共通性，而且表明缅甸民间故事与我国傣族民间故事在辩证美、幻想美、循环往复的形式美等审美倾向上存在着一致性。① 总体来说，这类研究成果遵循的都是超越民间文学传承的具体时空、以文本为中心的研究范式，其缺陷在于将丰富复杂的生活文化概括为一些有限的文献资料，忽略了作为民间文学传承主体的人群在具体时空坐落中对民间文学的创造与享用。

（三）形态研究方面

国外主要有梭玛拉伦的《缅甸民间故事的叙事结构》一书，作者首先运用普罗普的故事形态学理论对廷昂博士英文版《缅甸民间故事》一书中的27则缅甸民间故事进行了分析，并根据结构类型中的相似性，把这27则缅甸民间故事的功能分为不同的类型。接着考查了这些功能如何体现在各种类型故事的情节结构之中，作者发现尽管功能是故事的基本构成，但它们的组合顺序或许会不同，从而造成不同的结构类型。不同类型故事的叙事结构中的功能以不同的方式交织在一起。最后，作者通过对两个不同的结构类型或不同文化中的其他民间故事的结构进行对比，揭示出叙事结构（形式）、社会目的（功能）和叙事内容（域）之间的关系。② 国内主要有沈美兰的《缅甸神奇故事形态学研究》，该文也是以普罗普的故事形态学为主要研究方法，并参考其他学者的修改意见，对30则缅甸神奇故事的回合进行分解并列出相应的功能图式。在此基础上，对故事文本的功能、角色和三重化现象进行分析，总结出缅甸神奇故事的形态特点。此外还对两类故事类型——求偶故事和求财故事进行文化解读，分析了缅甸民众的婚姻观和财富观。③ 这类研究专注于文本，对探索缅甸民间故事的内在

---

① 王晶：《论缅甸民故事与我国傣族民间故事审美倾向的一致性》，《云南民族学院学报》（哲学社会科学版）2000年第3期。

② Soe Marlar Lwin, *Narrative Structures in Burmese Folk Tales*, Amherst, New York：Cambria Press, 2010.

③ 沈美兰：《缅甸神奇故事形态学研究》，硕士学位论文，广西民族大学，2017年。

结构具有一定价值，但资料来源却主要依赖于书面记录，这是一种加入了记录者自己的感觉、印象和理解的第二手资料，因而不能使人很好地掌握这些民间文学的产生背景、存在及使用场合、文化和社会环境以及受众对它们的态度等情况。

（四）语境研究方面

近年来，笔者一直致力于应用语境理论对缅甸民间文学进行研究，并发表两本专著：《文化和社会语境下的缅族民间口头文学——以仰光省岱枝镇区钦贡乡钦贡村、班背衮村及叶诶村为例》[①] 和《语境理论视域下的缅甸本部民间口头文学研究》。[②] 前者是村落民间文学志，通过田野调查，采录缅甸联邦仰光省岱枝镇区钦贡乡三个村落的缅族民间叙事文学，在此基础上，从文化和社会语境两个维度对上述三个村的民间口头文学进行了分析研究；后者是区域民间文学志，通过对缅甸本部的太公、蒲甘、阿瓦、彬牙、实皆、东吁、勃固、瑞波、阿摩罗补罗、曼德勒、勃生和马圭十二个古都及主要城市全面细致的田野调查，收录到文本、本文和语境三者兼有的民间口头文学作品，并对其进行多层面、多维度的分析和考察。随着研究的深入，笔者也发现了以往研究的诸多不足：一是由于没有涉及历史语境，导致研究视角并不完整；二是由于研究对象过于庞杂，没有对缅族民间叙事文学中的韵文类、语言类和散文体的作品进行分类研究。

三　研究思路与研究方法

本书拟应用民俗学语境理论，在缅甸联邦共和国的主体民族——缅族的文化发源地选取具有代表性的古老村落或社区作为田野调查点，

---

① 寸雪涛：《文化和社会语境下的缅族民间口头文学——以仰光省岱枝镇区钦贡乡钦贡村、班背衮村及叶诶村为例》，世界图书出版广东有限公司 2012 年版。

② 寸雪涛、陈仙卿：《语境理论视域下的缅甸本部民间口头文学研究》，世界图书出版广东有限公司 2015 年版。

采录当地的民间叙事文学的口头及书面文本，并将其置于民俗学语境中，考察它们的文化意蕴、社会内容和历史根源，并分析缅族民间叙事文学作品的文本与语境之间的内在联系及互动机制，进而构建行之有效的分析模型。主要用到的研究方法如下：

（一）文献调查法

主要从国内各高校图书馆、缅甸国家图书馆和仰光大学图书馆以及缅甸相关行政、民政部门采录田野调查点的基本情况和缅族民间叙事文学的书面文本。

（二）田野调查法

主要采录调查点的基本情况、当地的民间叙事文学作品的口头文本以及相关语境资料。调查中，不但要记录这些作品的内容，还要记录它们的整个演述过程及相关语境。为了保证科学性和严谨性，将采用忠实于原文的翻译方法，不进行任何修改，最大限度地保留传承人的语言特点及演述风格。

（三）跨学科的研究方法

在全面细致的田野调查的基础上，以民俗学语境理论为视角切入，同时将其与叙事学、历史学、文化人类学等学科的理论与方法结合起来，对缅族民间叙事文学进行多层面、多维度的分析、考察。

四 研究的目的与意义

一是力图获得"文本""本文"及"语境"三者兼有的第一手有关缅族民间叙事文学的资料。在田野调查过程中，不但要记录当地的缅族民间叙事文学作品的内容，而且还要记录其整个演述过程及相关语境，为今后的同类研究提供翔实而立体的资料。

二是力图深刻而准确地揭示民俗学语境中缅族民间叙事文学的文化意蕴、社会内容和历史根源，进而提出自己的观点，为我国的东方文学研究提供一份具有学术价值的参考资料。

第一章 田野调查点及田野记录资料基本情况

　　首先需要说明的是，本书的资料来自笔者的三次赴缅甸田野调查，第一次是 2008 年 4 月，笔者到仰光省北部县岱枝镇区钦贡乡的钦贡、班背衮及叶诶山三个村落开展了为期一个月的田野调查，共采录到 35 则缅甸民间叙事文学作品；第二次是 2012 年 8 月至 9 月间，笔者顺着缅族的迁徙路线，由北向南地到太公、蒲甘（良坞）、阿瓦、彬牙、实皆、东吁、勃固、瑞波、阿摩罗补罗、曼德勒、勃生和马圭十二个缅甸的古都及文化发源地开展了为期四十多天的田野调查，共采录到 88 则缅甸民间叙事文学作品；第三次是 2018 年 7 月，笔者赴曼德勒省叫栖县德达坞镇区密兑岱乡欣琼村开展了为期一个月的田野调查，共采录到 73 则缅甸民间叙事文学作品。三次田野调查采录到的这 196 则缅族民间叙事文学作品构成了本书的资料来源。前两次的田野调查点情况，笔者已分别在拙著《文化和社会语境下的缅族民间叙事文学——以仰光省岱枝镇区钦贡乡钦贡村、班背衮村及叶诶村为例》《语境理论视域下的缅甸本部民间口头文学研究》进行了介绍，故不再累述。本章主要对第三次的田野调查点——曼德勒省叫栖县德达坞镇区密兑岱乡欣琼村进行介绍。笔者之所以选择欣琼村作为田野调查点，除了这个村满足田野调查点的各项标准外，主要还是因为该村位于缅甸三朝古都——阿瓦遗址上，不但见证了缅甸封建社会的风云跌宕，还具有深厚的历史文化积淀，其民间文学种类繁多，内容丰富，在上述缅甸地区具有一定代表性。

第一节 田野调查点基本情况

阿瓦位于缅甸联邦共和国曼德勒省西南部，其地理坐标为北纬21.52度，东经96.8度，[①] 距离缅甸第二大城市曼德勒市十一英里。[②]"阿瓦"一词屡见于我国明清两朝的史籍，是华侨对缅甸联邦共和国的古都——茵瓦的称呼。缅甸语中，"茵"一词为"湖"，"瓦"一词为"口"，"茵瓦"即"湖口"之意。事实上，"茵瓦"一词也确实源于"阿瓦"，意为"口"。无论是"阿瓦"，还是"茵瓦"，都充分反映了阿瓦地区河网密布、湖泊众多的地貌特征。阿瓦古城位于伊洛瓦底江和杜塔瓦底河交汇处西南方向的三角洲地带，北面是伊洛瓦底江，东面是杜塔瓦底河。除上述两条主要河流外，流经阿瓦地区的河流还有思蒙河、思玛河和班朗河。据史料记载，阿瓦一带分布着大大小小的九个湖泊，依次为：瑞加彬湖、则尼湖、良扫湖、外齐湖、翁呐湖、林山湖、茵玛湖、卑麦湖和温北湖。[③] 尽管随着自然地貌的变迁，有的湖泊已不复存在，但与缅甸中部宽广的干旱地区相比，这里却呈现出一派水光浩渺、绿树成荫的水乡气派。正如上文所述，阿瓦是三朝古都，阿瓦王朝、东吁王朝和贡榜王朝都曾定都于此，分别修筑了各自的皇宫和城墙，挖掘了护城河。尽管现在皇宫早已不存，城墙大多倒塌，阿瓦王朝时期的护城河也难觅踪迹，但阿瓦仍以"三重城墙、

---

① ［缅］瑞甘达：《阿瓦六百年——阿瓦时期回顾》，仰光：雅毕书局2008年版，第19页。

② ［缅］吴觉昂：《2012年缅甸旅游指南》，仰光：金色希望国际有限公司2012年版，第298页。

③ ［缅］瑞甘达：《阿瓦六百年——阿瓦时期回顾》，第33、39页。

三道护城河"而闻名于世。

阿瓦首次被定为都城始于 1364 年，这一年阿瓦王朝的开国之君德多明帕耶王修建了该城。[①] 该时期的阿瓦城"周长约一英里，城墙高大坚固，四周设九座城门，外有护城河环绕，城内中央是皇宫所在地"[②]。此后，阿瓦王朝的二十代君主均定都于此。直到 1555 年，阿瓦城被东吁王朝勃印囊攻破，阿瓦灭国。自此，阿瓦城遭到废弃。该时期长达 191 年，史称"第一阿瓦时期"[③]。

东吁王朝后期，阿瓦再次成为都城。1598 年，良渊王将都城迁至阿瓦后，传位十世，皆以此为都城。1751 年，阿瓦被孟人攻破，再次被弃。该时期长达 153 年，缅甸史学界将其称为"第二阿瓦时期"[④]。

贡榜王朝前期，阿瓦第三次被定为都城。1763 年信漂辛登上王位，将都城由瑞波迁至阿瓦，[⑤] 该王"由于人口和寺庙大大增加，于是扩建了阿瓦，重修了城墙，新城周长四英里，设十一座城门，加上旧阿瓦城的九座城门，共计三十三座城门，城内城外佛塔寺庙林立"[⑥]。1782 年波道帕耶取得王位后，将首都由阿瓦迁至阿摩罗补罗。该时期仅有两位君主在此称王，长达 19 年，被称为"第三阿瓦时期"[⑦]。

贡榜王朝后期，阿瓦城第四次成为都城，1821 年巴道基再次将都城迁回阿瓦，直至 1837 年达亚瓦底王篡位后，再次将都城迁回阿摩罗

---

① ［缅］蒙悦逝多寺大法师等：《琉璃宫史》（下卷），李谋等译注，商务印书馆 2007 年版，第 1145 页。

② 曲永恩：《缅甸的十二古都简介》，《东南亚》1987 年第 3 期。

③ ［缅］波协（耶德纳布雅）：《定都于阿瓦的国王们和历史遗迹》，曼德勒：父母恩情书局 2016 年版，第 109 页。

④ ［缅］波协（耶德纳布雅）：《定都于阿瓦的国王们和历史遗迹》，第 209 页。

⑤ ［缅］波协（耶德纳布雅）：《定都于阿瓦的国王们和历史遗迹》，第 327 页。

⑥ 曲永恩：《缅甸的十二古都简介》，第 23 页。

⑦ ［缅］波协（耶德纳布雅）：《定都于阿瓦的国王们和历史遗迹》，第 327 页。

补罗。① 该时期长达 16 年，史称"第四阿瓦时期"。从此，阿瓦逐渐破败，淹没在历史的尘封中，只有随处可见的佛塔和破败的城墙提醒着游客她往日的辉煌。

在行政区划上，现在的阿瓦隶属曼德勒省（Mandalay Region）叫栖县（Kyaukse District）德达坞镇区（Tada U Township），在昔日的皇宫和都城的遗址上，生活繁衍着六个乡的乡民。这六个乡依次为：鄂雅比亚乡（Ngar Yar Pyar Village Tract）、汗达瓦底乡（Han Thar Wa Di Village Tract）、密兑岱乡（Mee Thway Taik Village Tract）、吴迪乡（U Ti Village Tract）、泽邱乡（Zay Cho Village Tract）和泽滨桂乡（Zee Pin Kwayt Village Tract）。据密兑岱乡欣琼村前村委会主任吴拉敏介绍，鄂雅比亚乡由两个自然村组成，汗达瓦底乡由十个自然村组成，密兑岱乡由四个自然村组成，吴迪乡由八个自然村组成，泽邱乡和泽彬桂乡各由一个自然村组成。② 根据 2014 年缅甸全国人口普查数字，这六个乡的人口情况组成如下（见表 1）：

表1　　　　　　　　　阿瓦古都内六个乡的人口组成情况③

乡名	户数（户）	人口数（人）	男（人）	女（人）
鄂雅比亚	242	1022	437	585
汗达瓦底	470	2050	1011	1139
密兑岱	544	2309	1034	1275
吴迪	705	2893	1358	1535
泽邱	569	2411	1137	1274
泽滨桂	220	961	437	524

据欣琼村前村委会主任吴拉敏介绍，目前，阿瓦古都一带共有七

---

① ［缅］波协（耶德纳布雅）：《定都于阿瓦的国王们和历史遗迹》，第 328 页。

② 访谈者：吴拉敏，57 岁，缅族，小学文化，密兑岱乡欣琼村前村委会主任，访谈时间：2018 年 7 月 13 日。

③ ［缅］缅甸联邦共和国人口局：《2014 年缅甸人口及家庭情况统计表——曼德勒省叫栖县德达坞镇区》，第 6—8 页。

所小学、两所初中。孩子们如果要读高中，需要到德达坞镇区的高中就读。① 由于学校基本覆盖了所有的乡村，所以阿瓦居民的识字率较高，达到94.8%，这一数字高于缅甸全国平均水平89.5%和曼德勒省的平均水平93.8%，但略低于叫栖县的平均水平95.5%。②

本次田野调查主要以密兑岱乡的欣琼村为中心，向该乡的其他三个村辐射。密兑岱乡欣琼村现任村委会主任吴敏丹详细介绍了密兑岱乡的人口组成情况，详见表2：

表2　　　　　　　　　　　密兑岱乡人口组成情况③

村名	户数（户）	人口数（人）	男（人）	女（人）
密兑岱	100	548	262	286
欣琼	280	1402	650	752
阿彬珊雅	90	331	205	126
甘达格意	53	165	84	81

表2显示，在密兑岱乡的四个自然村中，欣琼村无论是户数还是人口都是最多的。笔者之所以把该村作为田野调查的中心，除了以上因素外，还有一个原因是因为笔者在该村有两个远房阿姨。民国时期，笔者的外曾祖父赴缅甸经商，在阿瓦附近创办了轧棉厂。1942年日本入侵缅甸后，笔者的外曾祖父在回国前将自己的亲侄子留下来看守厂房，这一留便是人地两茫茫。外曾祖父的亲侄子——笔者外祖父的堂兄便一直留在缅甸，再也没有回国。后来，他娶了轧棉厂里的一位阿瓦籍的缅族女工，生下了三女一男。现在，他的大女儿杜拉拉已经七十多岁，小女儿杜特特也已年过六十岁，姐妹俩都还生活在欣琼村，

---

① 访谈者：吴拉敏，57岁，缅族，小学文化，密兑岱乡欣琼村前村委会主任，访谈时间：2018年7月13日。

② ［缅］缅甸联邦共和国人口局：《2014年缅甸人口及家庭情况统计表——曼德勒省叫栖县德达坞镇区》，第14页。

③ 访谈者：吴敏丹，50岁，缅族，小学文化，密兑岱乡欣琼村现任村委会主任，访谈时间：2018年7月13日。

笔者到阿瓦进行田野调查得到了她们的热情接待和无私帮助。泰国民俗学家金钩·阿塔宫认为，在进行田野调查时，应该有两三名熟悉调查点的介绍人带领研究者进入田野。① 这两位异国的阿姨自然就成为笔者最佳的介绍人，她们生活的村庄也自然就是笔者最佳的田野调查点。

"欣琼"（Hsin Kyun）一词，缅文之意为"象厩"。据欣琼村村民吴丁温介绍，欣琼村所处的位置原是位于阿瓦王宫西边的皇家象厩，该村据此而得名。村子附近原有一座寺庙，主持叫作"茵法师"。由于这里是死刑犯被押往刑场的必经之路，犯人们到了这里，都会大声呼救。法师听到后，便会查阅判决书，如果觉得罪不至死，就会为犯人求情，使其免于一死，所以这片区域也被叫作"卑麦"（Bei Me），意为"消灾"。欣琼村的居民原本居住在附近的窝波村（Wow Po Village），1837 年贡榜王朝达亚瓦底王将都城迁至阿摩罗补罗后，皇家象厩随之荒废。后来窝波村遭遇水灾，村民们便逐渐迁徙到这一带居住，形成了今天的欣琼村。② 该村最出名的建筑便是欣琼要塞。据要塞入口处的碑文记载，该要塞修建于 1874 年，系贡榜王朝敏东王为抵御英国入侵而建。要塞为正方形，共有三层砖墙，外层长三百五十五英尺，中层长二百九十三英尺，内层数据不详。围墙之间各有三十英尺宽的壕沟。要塞东面有三十二英尺长、二十英尺宽的石桥与之连接。要塞上整齐排放着十多座铜炮，炮口朝着伊洛瓦底江江面。尽管敏东王在阿瓦、实皆和曼德勒一带布置了多个这样的要塞，但最终也没能抵挡住英国殖民主义者的坚船利炮。1885 年 11 月，英军发动了第三次侵缅战争，进攻上缅甸。11 月 26 日占领阿瓦，11 月 27 日占领实皆，11 月 28 日攻陷了都城曼德勒，俘虏了贡榜王朝的末代之君——锡袍王，自此，整个缅甸沦为大英帝国的海外殖民地。

① ［泰］金钩·阿塔宫：《民俗学》，曼谷：教育委员会 1966 年版，第 112—113 页。
② 访谈者：吴丁温，53 岁，缅族，寺庙教育，木匠，密兑岱乡欣琼村村民，访谈时间：2018 年 7 月 17 日。

欣琼村是密兑岱乡政府所在地，乡政府位于村口，是一间以锌皮为瓦、以篱笆为墙的简陋建筑，与旁边的乡卫生所形成了鲜明的对比，乡卫生所尽管只是单层建筑，但却是钢混结构，颇具现代色彩。卫生所里有一名助产士和两名护士为当地村民提供医疗服务。与乡政府和卫生所一路之隔的是欣琼村小学，四周有砖墙围绕，前面是一个宽阔的运动场，后面则是一栋钢混结构的教学楼。据吴拉敏介绍，密兑岱乡一共有三座寺庙，依次为：劳伽达雅普寺（Lawka Tharaphu Temple）、良甘寺（Nyaun Kan Temple）和杰东林寺（Kyet Tun Lin Temple）。在缅甸，几乎所有的村落都有村头佛寺和佛塔，劳伽达雅普寺和延昂密佛塔（Yan Aung Pogoda）就是欣琼村的村头佛寺和佛塔。[①] 这种村村有佛塔、寨寨有佛寺的现象非常契合缅甸举国信佛的文化传统。据2014年的统计数字，缅甸的佛教徒约占全国总人口的87.9%，曼德勒省的佛教徒比率为95.7%。[②] 尽管2014年的统计没有披露县一级以下各行政区域的宗教信仰数据，但笔者此次访谈的阿瓦居民，无一例外的都是佛教徒，由此看来，当地的佛教徒比例应不低于曼德勒省的比例。

密兑岱乡政府前面所立的公示牌显示该乡总面积为585英亩，其中可耕地面积为503英亩，包括：水田228英亩、河滩地249英亩和水淹地26英亩。据吴拉敏介绍，该村的传统经济行业为农业及养殖业，田里主要种植玉米、小麦和扁豆、马豆、饭豆等作物，园子里则种植芒果、香蕉等水果，养殖的牲畜主要是牛，因为牛是当地农业生产中的主要畜力来源。由于搞农业既辛苦，又不赚钱，加之土地流转严重，村里从事农业的人口日渐减少。目前，全村280户，只有五户以农业为主，因这几户都拥有十多英亩土地，其余的家庭大多只有两

---

① 访谈者：吴拉敏，57岁，缅族，小学文化，密兑岱乡的欣琼村前村委会主任，访谈时间：2018年7月13日。

② ［缅］缅甸联邦共和国人口局：《2014年缅甸人口及家庭情况统计表——曼德勒省叫栖县德达坞镇区》，第11页。

三英亩土地，不足以养家糊口，所以只能通过从事手工业来贴补家用，如家具制造、纺织、修车、金银加工、铁门制作等，也有人做小买卖或在建筑工地上打零工。随着经济结构的调整及农用机械的广泛使用，牲畜养殖也在逐渐退出历史的舞台。以前，欣琼村大约有八十头牛，现在只剩下不到二十头。尽管牛和农用机械的价格相差很大，买一头牛大约需要 200 万缅币，买一台拖拉机则需要 720 万缅币，[①] 但越来越多的村民在农业生产及农产品运输过程中更倾向于使用拖拉机，传统农耕作模式呈现出凋零的态势。[②]

　　和缅甸其他农村地区一样，欣琼村的节庆带有浓郁的佛教色彩。缅历一月是缅历新年——泼水节，与城镇里尽情地泼水嬉戏、喧嚣的歌舞表演不同，村里的节日更多了一丝祥和的气氛。每年的泼水节期间，村里的长者们都要守戒，相约到村头的劳伽达雅普寺，连续念诵七天的《佛陀传》经文。此外，泼水节期间也是成年男性村民剃度为僧的最佳时节。缅历二月月圆日的浴榕节也是当地一个盛大的节日，贡榜王朝时期，阿朗帕耶王从斯里兰卡移植了一株榕树，种在阿瓦城的西北角。每到这一天，村民们都要相约去给榕树浇水，并集体布施，有时还会请来戏班进行表演。缅历三月则要诵《发趣论》经，从三月初七开始，村民们会延请三十三位僧侣到位于村子东面的劳伽达雅普寺，不间断地诵整整十天的《发趣论》经。佛教徒认为，聆听《发趣论》经书三卷，可以消除火、水、风三灾。因《发趣论》主要阐述二十四缘之间的缘起关系，所以在诵经节期间，村民们需要供奉二十四种供品，经会结束后，还要对僧侣进行布施。从缅历四月月圆日一直到缅历七月月圆日整整三个月的时间里，由于僧侣们要在寺庙里守夏

---

　　① 笔者按：当时缅币与人民币的汇率约为 200∶1200 万缅币约为人民币 1 万元，720 万缅币约为人民币 3600 元。

　　② 访谈者：吴拉敏，57 岁，缅族，小学文化，密兑岱乡欣琼村前村委会主任，访谈时间：2018 年 7 月 13 日。

安居，不能外出，村民们每日都需要到寺庙里为僧侣布施斋饭。缅历八月则是劳伽达雅普寺庙会，这是阿瓦当地影响最大的庙会，连曼德勒一带的民众都会前来参与。八月十二日至十四日，阿瓦的僧侣会齐聚劳伽达雅普寺，一连三昼夜不间断地诵经。缅历八月十六日一大早，村民们会到劳伽达雅普寺里给僧侣施斋，寺庙也会款待所有前来参加庙会的群众。据吴拉敏介绍，每年劳伽达雅普寺的庙会期间，村委会都会组织村民们为 108 位僧侣布施，每次给每位僧侣布施价值 20 万缅币左右的财物，一般以抽签来决定向哪一位僧侣布施。由于全村共有 280 户，多于所布施的 108 位僧侣，所以既有单家独户布施的，也有几户联合起来布施的，甚至还有个人布施的。当地群众对布施都很踊跃，暗中对布施品质量的好坏、钱财的多少进行较劲。有时村外的民众也会加入到布施的行列中。庙会期间，僧侣讲经也是必不可少的内容。此外，村委会还会从村外请来戏班子进来表演助兴。缅历九月、十月没有大规模的节庆，村民们一般利用这段时间给孩子剃度或布施。缅历十一月是糯米糕节，十二月则没有节庆。① 纵观欣琼村的节庆，诵经和布施是其主要活动，这体现了佛教所倡导的"积功德"观念。贺圣达先生《缅甸史》一书中说道："小乘佛教的一个重要特点是'积功德'自救信仰占了主导地位。'积功德'自救就是把个人的财富用于宗教上，以求得更好的来世。它与人的出生、地位、财富、权力、正统性相联系，成为人的行为的最有力的动因。而积功德的目的，还是为了来世的享乐。"② 贺圣达先生所说的"积公德"，其实主要还是通过布施来体现。佛教徒的布施通常包括以下几种：捐资建寺修塔；给僧侣布施斋饭、袈裟、药物及日用品，甚至连声音都可以布施，其形式是诵经或唱颂佛教歌曲。

---

① 访谈者：吴拉敏，57 岁，缅族，小学文化，密兑岱乡欣琼村前村委会主任，访谈时间：2018 年 7 月 13 日。

② 贺圣达：《缅甸史》，第 50 页。

阿瓦一带的居民除了是虔诚的佛教徒外，还是本土神灵的积极供奉者，可以说，他们信仰佛教是为了来世，祭拜神灵则是为了今生。据阿瓦博物馆工作人员杜玛丁丁昂介绍，阿瓦的居民几乎每家每户都供奉家神摩诃吉利，这一现象在欣琼村尤为突出。阿瓦还有一个叫做"掸族市场"（Shan Zei）的村子，因居民大多是暹罗人的后裔，所以供奉印度教的罗摩。神灵祭祀具有家族传承的特点，比如，新人结婚时，如果新郎家里供了五尊神灵，新娘家也供了五尊神灵，那么在婚礼中的祭神仪式上就要供奉十份供品，一尊都不能怠慢。夫妻双方生下的孩子则会对父母双方供奉的神灵照单全收，一一加以供奉。① 此外，当地民众信仰的神灵不但有村寨守护神（Ywa Taw Shin），还有地方守护神（Ne Taw Shin）和城市守护神（Myo Taw Shin）。在阿瓦古城东面入口处，有一棵郁郁参天的大榕树，竖下立着一个神龛。该神龛用木材建成，两尺见方，立在一根独柱上。神龛外形为缅甸传统宫殿的造型，重檐尖顶，里外漆有黄色。神龛内供奉两尊神。左边的一尊头上扎着白色头巾，上身穿白色缅式礼服，下身着白色筒裙，手持宝刀，下跨白马。右边的一尊，容貌与左边的相同，不同之处在于手持船桨。这两尊神同为一人，身兼两职，都是缅甸 37 神之一的敏漂神（白马神）的不同显身。左边手持宝刀的是阿瓦城守护神，右边手持船桨的是地方守护神。神龛外摆满了民众供奉的椰子、香蕉、番樱桃枝、雏菊等鲜花、贡品。据缅甸学者西都棉的《37 神及民族神灵》一书记载，敏漂神是广受上缅甸一带众群供奉的神灵。关于这尊神灵的由来有四种说法，一说为蒲甘著名骑手貌觉拉在跨越穆雅河时，因战马失蹄，坠入河中溺水而亡；一说为在钦敦江畔克雷一带立国的印度裔国王波敏漂，在王宫被蒲甘军队攻破时率部骑马逃遁，因战马互相

---

① 访谈者：杜玛丁丁昂，43 岁，缅族，地理专业理学学士，阿瓦博物馆工作人员，访谈时间：2018 年 7 月 11 日。

推挤，不慎坠入钦敦江而死；一说为蒲甘王朝明因那拉登卡王（1170—1173 年在位）时期的御马夫鄂毕，因报信迟延，被王弟那腊勃底悉都处死；一说为缅甸外 37 神之一的瑞锡丁神。[①] 该神为蒲甘王朝末代国王苏蒙涅之子，因在奉命镇压叛乱时，沉溺于斗鸡贻误军机而被处死。[②] 上述四种传说中，前两种都与溺水而死有关。阿瓦一带河网密布、湖泊众多，加之曾为三朝古都，古代曾大量驻扎防卫都城的马军。民众信仰神灵原本就具有驱祸避灾的心理，由此判断，最初是驻扎当地的马军为了祈求人马平安，而对敏漂神顶礼膜拜，后来逐渐影响了当地的居民，后者也希望自己在乘舟坐船时也能平安无事，于是纷纷对该神膜拜供奉。从地方守护神像手中拿的不是宝刀，而是船桨这一细节就可以清楚地看出敏漂神信仰的演变过程。

缅甸的农村地区，一般在村头都会建有村寨守护神的神龛。欣琼村的村寨守护神——吴登纳敏的神龛就位于该村村口。该神龛于 1997 年由村民捐资修建，柚木材质，外形与敏漂神的神龛大同小异，都是缅甸传统宫殿样式，重檐尖顶，高约两米，长、宽各为三米。神龛内的天顶挂着布帷，内墙的供台上排放着吴登纳敏的神像。该神像一尺见方，手持缅甸弯琴，周身贴满金箔，骑在一头大象之上。神像左右排列着石质或木质的象雕，下面则摆满了椰子、香蕉、番樱桃枝等供品。据说吴登纳敏专司野象驯化，是养象人供奉的神灵，可以归入职业神灵一类。吴登纳敏在欣琼村的信仰生活中占有重要的地位，村民们认为，无论是剃度，或是要渡江，都要先祭拜吴登纳敏，否则诸事不顺。祭祀吴登纳敏的供品一般是香蕉、椰子、鲜花和茶叶。欣琼村供奉吴登纳敏的习俗由来已久，据世袭祭司杜威钦介绍，该村东面原有一座城门，位于码头与象厩之间。在封建王朝时期，每当需要把御

---

① ［缅］悉都棉：《37 神及各民族传统神灵》，仰光：密木卡书局 1993 年版，第 118—122 页。
② ［缅］丁南多：《37 神史及传统信仰习俗》，仰光：卜巴书局 2007 年版，第 103 页。

象赶上船运到其他地方时，都需要驱赶御象走出这座城门，才能抵达码头。每到这个时候，附近的村民们便会到吴登纳敏神龛里，献上供品，点上蜡烛，进行祭拜，祈祷御象驻足停留，以便一饱眼福。后来便逐渐形成了每年都要举办的神会。吴登纳敏的神会于每年缅历二月二十二日至二十三日举行，由欣琼村举办，一般要举行两天。缅历二月二十二日一大早，村民们相约要到吴登纳敏的神龛里供奉祭品，当天晚上则要按例先祭拜 37 神，接着再祭拜吴登纳敏。二十三日一大早，村民们也需先到神龛里供奉祭品。十点钟一到，便敲锣打鼓，载歌载舞地娱神。下午四点则要进行捕象表演。所谓捕象，其实是一种象征性表演，捕的并不是真正的大象，而是捕捉大象附体的人。杜威钦作为祭司，四点不到就赶到神龛进行祭拜，她一般不会提前告诉村民们谁被大象附体了。四点半左右，大象附体的人抵达之后，杜威钦便下令捕象。大伙儿一边喊："（吴登纳敏）神的坐骑来了"，一边用七八肘尺①长的布把这个人围起来，周围的人有的泼水，有的捕象，有的则假装骑到上面，欢声笑语，热闹非凡。每年的吴登纳敏神会时期，不但外出的村民都会回村参与，而且连德达坞镇区一带的居民们也会蜂拥而至。信徒们有的布施大象用品，有的举行沙弥剃度仪式，还有的进行象舞表演。作为吴登纳敏神龛的世袭祭司，杜威钦却对这一工作怀有矛盾的心情。她的祖先是皇家驯象人，其家族是登纳敏神的世袭祭司，但她本人对这一职责毫无兴趣，也不想让自己的女儿继续承担这一职责。她认为这份工作有违佛教教义，死后会坠入地狱。她一再强调自己是虔诚的佛教徒，并表示，自己曾对吴登纳敏祈祷过，让这份职责到她这一代就此完结，不想让子女们继承。②

　　二月二十四日吴登纳敏神会结束后，便到了地方守护神敏漂神的

---

① 肘尺为缅甸长度单位，1 肘尺约等于 0.4572 米。
② 访谈者：杜威钦，67 岁，缅族，寺庙教育，密兑岱乡欣琼村吴登纳敏神龛祭司，访谈时间：2018 年 7 月 14 日。

神会。敏漂神的神会由密兑岱乡的密兑岱村、甘达格意村、欣琼村三个村和泽滨桂乡一同举办。神会一般以布施开始，参与的民众除布施财物外，还会用地里收获的庄稼制成食物，免费招待前来参与神会的群众，以此祈求来年的丰收。供品包括三把香蕉、一个椰子、三五个槟榔和茶叶若干，此外还要表演围鼓来娱神。至于阿瓦城守护神的神会则不定期举办，有时三年一次，有时五年一次。① 在阿瓦地区，村寨守护神和地方守护神的神会每年都会定期举办，但城市守护神的神会却不定期举办。因城市守护神的神会需要整个阿瓦地区的所有乡镇全部参与，在组织及时间上难以协调。此外，恐怕还和当地群众更加关心本村、本地事务的心态有关。我们不妨将当地的神灵信仰体系理解为封建王朝时期的官僚体系，尽管城市守护神更有权势，神级更高，但县官不如现管，相较而言，村寨守护神和地方守护神更加贴近当地民众的生活，因此更加受到民众的尊崇。

欣琼村的村民们有互助的习俗，凡是村里举行佛事、庙会，村民们都会自发前往参加。曾担任村委会主任达十余年之久的吴拉敏退下来后，改任村自助委员会主席，据他介绍，当地的人情往来包括喜事、丧事和佛事，佛事包括剃度和布施。凡是村民办佛事，一般会发扇子邀请亲朋好友参加；喜事发请柬；白事则发香皂、洗衣粉或饮料。如是佛事，受邀参加的人不需要给主家礼金，但需给僧侣布施一定的僧侣用品；若是喜事，受邀参与者要根据亲疏关系，给主家少则三五千缅币，多则十万缅币的礼金；如是丧事，全村每户都需要给孝子五百缅币的慰问金，用于支付死者的安葬费。下葬后第七天，孝子一家则会给僧侣施斋，宴请亲友，参加的人需要馈赠五千到一万缅币的礼金。②

据笔者观察，阿瓦一带遍布茶馆，仅仅欣琼村就有两个茶馆，村

---

① 访谈者：杜威钦，67 岁，访谈时间：2018 年 7 月 14 日。
② 访谈者：吴拉敏，57 岁，缅族，小学文化，密兑岱乡欣琼村前村委会主任，访谈时间：2018 年 7 月 13 日。

口一个，村中央一个，而且茶馆里坐着喝茶的一般都是男性。据吴拉瑞介绍，当地成年男性每天早上五六点起床后，会先到茶馆里喝上一杯奶茶，然后才到作坊或到田地里劳作。中午十一点左右，回家吃过午饭后，也会到茶馆里与三五个好友一边喝茶，一边聊天。一直聊到下午一两点，才会回去劳作。下午五六点，回家吃过晚饭后，也习惯喝一杯奶茶，或是在家中自饮，或是与好友相约到茶馆里共饮。① 由此看来，茶馆是当地成年男性的主要社交场所。

第二节　田野记录资料基本情况

民间叙事文学又称散文体的民间口头文学，是指不受音韵使用限制，以口头形式流传和保存的民间文学作品，包含神话、传说和故事。上文提到，经过历时十年的三次田野调查，笔者共采录到196则缅甸缅族民间叙事文学文本，包括：83则传说和113则故事。需要指出的是，通过三次田野调查，笔者并未采录到任何真正意义上的神话文本。

关于神话、传说和故事之间的区别，美国学者巴斯科姆从程式化的开始、讲述时间、真实性、情节发生的时空和角色性质等方面做过详细的区分。他认为神话是一种神圣的叙述，没有程式化的开始，人们普遍相信神话是真实发生过的事实，神话所述的事件有着具体的时空背景，一般发生在远古或另一个世界，主要人物为非人类；传说则要么是神圣的，要么是世俗的，和神话一样，传说也没有程式化的开始，人们都认为传说是曾经发生过的事实，传说所述的事件也有着具体的时空背景，一般发生在近代或当今世界，与神话不同的是，传说的主要人物为人类；故事则与前两类不大一样，有着程式化的开始，

---

① 访谈者：吴拉瑞，78岁，缅族，高中毕业，移民局退休官员，访谈时间：2018年7月28日。

内容一般是虚构的和世俗的，所述的事件没有具体的时空背景限制，可以是任何一个时代，也可以是任何一个世界，主要人物既可以是人类，也可以是非人类。此外，故事一般在傍晚讲述，神话常常在神圣的仪式活动中讲述，传说则没有讲述时间的限制。① 巴斯科姆的看法为大多数民俗学者所接受，本书对神话、传说和故事的划分也是以此为依据。

有鉴于此，笔者把此次田野调查收集到的196则民间叙事文学作品，在当地民众的认知及地域文化特征的基础上，按体裁分成传说和故事两大类。笔者采录到缅族民间叙事文学作品的构成情况如图1所示：

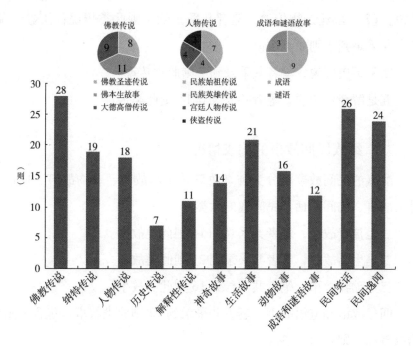

图1 缅族民间叙事文学的构成

注：图中所列数字为该类民间叙事文学所录到的作品数量。

---

① William Bascom，"The Forms of Folklore：Prose Narrative"，*Journal of American Folklore*，1965，78（307），pp. 3 – 20.

一　缅族民间传说的构成情况

缅族的民间传说可分为佛教传说、纳特传说、人物传说、历史传说和解释性传说五类。

一是佛教传说，该类传说又可细分为：（1）佛教圣迹传说，笔者共采录到 8 则该类传说；（2）佛本生故事，笔者共采录到 11 则该类传说；（3）大德高僧传说，笔者共采录到 9 则此类传说。

二是纳特传说，笔者共采录到 19 则此类传说。

三是人物传说，该类传说又可细分为：（1）民族始祖传说，笔者共采录到 7 则该类传说；（2）民族英雄传说，笔者共采录到 4 则该类传说；（3）宫廷人物传说，笔者共采录到 4 则此类传说；侠盗传说，笔者共采录到 3 则此类传说。

四是历史传说，笔者共采录到 7 则此类传说。

五是解释性传说，笔者共采录到 11 则此类传说。

二　缅族民间故事的构成情况

缅族的民间故事可分为神奇故事、生活故事、动物故事、成语和谜语故事、民间笑话及民间逸闻六类。

一是神奇故事，笔者共采录到 14 则此类故事。

二是生活故事，笔者共采录到 21 则此类故事。

三是动物故事，笔者共采录到 16 则此类故事。

四是成语和谜语故事，笔者共采录到 12 则此类故事，包含 9 则成语故事和 3 则谜语故事。

五是民间笑话，笔者共采录到 26 则此类故事。

六是民间逸闻，笔者共采录到 24 则此类故事。

第二章　历史记忆与民族认同
——缅族的传说

三次田野调查显示，缅族群众中流传着大量的民间传说，内容多与当地的宗教信仰、遗闻逸事、历史人物和地方风物有关，可称得上是当地的"民间历史"或"信仰故事"。根据其内容，可分为以下几类：（1）佛教传说、（2）纳特传说、（3）人物传说、（4）历史传说和（5）解释性传说。

第一节　神圣的叙述
——缅族的佛教传说

缅甸是举世公认的黄袍佛国，在佛教传入缅甸的一千多年时间里，佛教教义早已深入人心，正如许清章先生所言："由于上座部佛教在缅甸广为传播，其佛教教义及学说渗透到缅甸上层建筑的各个领域。缅甸的文学、艺术、建筑和社会习俗都带有浓厚的佛教色彩；佛教的'四真谛''八正道''五戒''十戒'成为古今缅人共同遵守的道德规范。"① 缅甸民众除了按佛教教义来践行布施钱财、三皈五戒、参禅

---

① 许清章：《异国风情与文化》，知识产权出版社 2005 年版，第 131 页。

打坐、早晚诵经等宗教实践外，还创作了大量有关佛教的口头文学，这类口头文学或是解释佛教圣迹的由来，或是宣扬佛教的经典、教义、教规，我们将它们统称为佛教传说。本次共采录到28则此类传说，根据其内容，又可细分为以下几个小类：

一 佛教圣迹传说

此类传说是关于缅甸各地佛塔圣迹的传说。笔者共采录到8则此类传说，具体情况详见表3：

表3 缅族的佛教圣迹传说

序号	名称	采录地区	讲述者
1	《奈巴延佛塔的由来》	太公地区	哥金敏吴
2	《佛陀驾临实皆山》	实皆地区	吴妙当
3	《瑞山多佛塔》	东吁地区	吴盛吞
4	《东吁的起源》	东吁地区	吴盛吞
5	《曼德勒山的传说》	曼德勒地区	吴纽丁
6	《马圭妙德隆佛塔的由来》	马圭地区	吴昂
7	《瑞喜宫佛塔九大怪》	蒲甘—良坞地区	玛固陀
8	《菩提树》	阿瓦地区	杜茵茵丹

（一）佛教圣迹传说文本

《奈巴延佛塔的由来》说迦拉纳卡龙王令爱女到人间建造佛塔供奉佛骨舍利。公主到了太公地区的良彬达村后，与逃难至此的青年男子苏空囊相遇，两人一见钟情。公主因沉溺于爱河，忘了建塔重任，使得佛骨舍利离她而去。龙王见公主一去不归，派人将其召回。公主因丢失了舍利，无法完成任务，心急如焚。所幸舍利为仙人所得，仙人将其归还，公主才得完成使命。佛塔建成后，公主纠结不已，既不敢违抗父命，又不愿离开情郎，与苏空囊在煎熬中双双死去。

《佛陀驾临实皆山》说佛陀预感实皆山上众罗刹即将获得解脱，于是便率阿难陀驾临实皆山弘法，众罗刹由此获得了圣者预流果位，摆脱了生死轮回。为弘扬佛教，众罗刹向佛陀乞求圣物，佛陀施舍了自己沐浴用的袈裟，众罗刹在实皆山上建造了佛塔加以供奉。

《瑞山多佛塔》说东吁地区的瑞山多佛塔始建于东吁王朝勃印囊时期，塔内供奉着锡兰达摩巴拉王赠予的佛发。缅历 1291 年（公历 1929），佛塔在地震中受到破坏，钵座、塔龛断裂，塔伞掉下，一位名叫罗马吴貌基的校长将佛宝收拢保管。1942 年，一群强盗为抢夺佛宝，前来打劫，罗马吴貌基校长为保护佛宝英勇作战，最终献出了自己宝贵的生命。惧于佛宝的无上威力，强盗最终也没敢把佛宝拿走。

《东吁的起源》说 2500 年前，佛陀与阿难陀云游到下缅甸的"比永桑"地区。一对蝙蝠振着翅膀，朝拜佛陀。佛陀见此微微一笑，阿难陀问道："世尊为何微笑？"佛陀回答："在我涅槃之后，锡兰摩诃多伽王分赠舍利之时，这两只蝙蝠将在此地转世为人。它们将获赠下颌骨佛舍利，并在此建塔珍藏，佛教将在此地长盛不衰。"

《曼德勒山的传说》由曼德勒山的三则传说组成，一则说二战期间，曼德勒山上的长廊被炮火炸毁，吴坎迪法师要重建长廊。英国殖民官员想打压佛教，借口怀疑资金来源，前来盘问法师，如果法师交代不清楚资金的来源，便不允许修建。法师大显神通，打坐念经，民众踊跃捐资，英国殖民官员只好灰溜溜地离开。一则是说曼德勒山上的施愿印木雕佛像也被炮火炸毁，吴坎迪化来两根柚木，准备重刻金身，因天气凉，还没来得及开工。由于经常有人想把这两根柚木砍了作柴烧，于是就有两条大蛇缠绕在柚木上，日夜守护。为了纪念这两条蛇，当地民众便在曼德勒山上用铁浇注了两条大蛇。最后一则说佛陀驾临曼德勒山，山上的魔女将自己的乳房割下供奉佛陀，佛陀因而预言，若干年后，魔女将在此地转世为佛教护法王，此地也将成为佛教长盛不衰的中心。缅甸民众据此认为曼德勒城的建造者敏东王为该魔女的转世。

《马圭妙德隆佛塔的由来》主要讲妙德隆佛塔的来历，该塔为缅甸著名佛塔之一，位于马圭市德隆山上。最初，该市不叫"马圭"，而叫"密圭"①，这座山也不叫"德隆"，而叫"勒构德玛"，因其外形像牛峰而得名。据说，佛陀与五百僧伽曾在此修行。燃灯佛涅槃时，将自己的金龙床施舍给了佛陀。后来，佛陀又将其施舍给了三位修行仙人，此外还将自己的翡翠龙床施舍给了勒构德玛山上的波觉、波多罗刹兄弟。波觉、波多罗刹兄弟转世为人后，在勒构德玛山上建造了妙德隆佛塔来供奉这两张龙床，该山因此更名为"德隆"②。

《瑞喜宫佛塔九大怪》讲了蒲甘瑞喜宫佛塔的九件怪事，如佛塔的影子从来不会超出墙外；贴于佛像头顶的金箔如果脱落，绝不会飘到塔外；佛塔周围的虎眼万年青一年十二个月都在怒放，佩戴它的花或叶子，可以消灾解难、远离祸害等。

最后一则传说《菩提树》则是说阿瓦的菩提树系贡榜王朝时期阿郎帕耶王移植自锡兰，种植于现今阿瓦的雍丹村，该树神圣不可侵犯，任何冒犯这棵圣树的人都会马上遭到报应。

（二）佛教圣迹传说的民俗语境

这8则佛教圣迹传说中，5则讲佛塔，分别为：太公地区的奈巴延佛塔、东吁地区的瑞山多佛塔、下缅甸比永桑地区的佛塔、马圭市的妙德隆佛塔和蒲甘地区的瑞喜宫佛塔；2则讲佛教圣山——曼德勒山和实皆山；1则讲佛教圣树——菩提树。表面上看，讲述对象不尽相同，但实际上都是关于佛陀的舍利和遗物的叙事。为了增加可信度，部分传说甚至说佛陀曾驾临该地。

上文提到，缅族是虔诚的佛教徒，在他们的心目中，佛陀是正觉之圣者，是唯一的导师，所以佛陀的舍利和遗物具有无比崇高的地位。在这种文化和社会语境下，各地的缅族群众纷纷附会当地的佛塔中供

① 意为河流转弯之处。
② 意为龙床山。

奉着佛陀的舍利和遗物，以此来提高这些佛塔的地位和声望，如：《奈巴延佛塔的由来》传说中的佛骨舍利、《佛陀驾临实皆山》传说中的佛陀沐浴用的袈裟、《瑞山多佛塔》传说中的佛发、《东吁的起源》传说中的下颌骨佛舍利和《马圭妙德隆佛塔的由来》传说中的燃灯佛的金龙床和佛陀的翡翠床。除佛塔外，寺庙也是佛教建筑，但由于佛塔主要用来保存佛教圣者的遗骨或遗物，寺庙则主要供僧侣居住。尽管僧侣在缅甸社会中的地位也很崇高，但他们都是佛门弟子，还处于世俗与神圣之间，没有证得最终的觉悟，无法与佛陀相比，这也是缅族的佛教圣迹传说中基本没有寺庙的传说的原因。

建塔供奉佛骨舍利或圣物，体现了缅族民众的功德本位思想。缅族民众受佛教苦集灭道四圣谛思想的影响，不重今生，只重来世。他们认为现实世间无常，皆假非真，乐少苦多。为了死后能进入涅槃境界，来世能摆脱苦海，就要修善积德，踊跃布施。布施有多种途径，如修建寺庙佛塔、向僧侣布施斋饭及用品、赤日炎炎下为行人布施凉水等，甚至喂养无家可归的鸟兽也是布施。而佛塔是佛的化身，建造佛塔为诸功德之首，所以缅族民众宁愿平日省衣缩食，也要将终生积蓄捐献出来修建佛塔。在这种语境下，出现建塔供奉佛骨舍利或圣物的情节也就不足为奇了。

《菩提树》传说中则提到了佛教圣树——菩提树。据说佛陀是在菩提伽耶的菩提树下悟道的，因而被佛教徒视为佛陀的化身顶礼膜拜。因榕树与菩提树同科，缅族群众爱屋及乌，也对其加以供奉。每年缅历二月月圆日（公历4月下旬），缅族群众都要举行隆重的浴榕节，人们往往一早就起床准备，把自己装扮成龙、妙声鸟或天神天将，然后赶榕树边为其浇上清凉、洁净的水，以求佛祖心情舒畅。缅历二月是干燥而炎热的季节，举行浴榕节有让榕树保持苍翠，不致干死的美好愿望。封建王朝时期，历代缅族国王都非常重视浴榕节。据相关记载，阿瓦王朝时期，每逢浴榕节，阿瓦国王都要亲自主持，力求把庆典活动办得隆重而热闹。① 哪怕到了现代，浴榕节也是缅甸政府规定的法定假日，每到这一天，政府机关都要放假，各地都要组织热闹的庆典活动，由此可见缅族群众对佛教的虔诚。

至于佛陀驾临缅甸各地一事，其真实性已无从考证，但缅族群众对此却是深信不疑，姜永仁先生认为，这些传说"大多数情况下是虔诚的佛教徒出于对佛祖的崇拜和敬仰而创造出来的，并为佛教在缅甸弘法找到合理化的根据"②。比如，《曼德勒山的传说》虽然没有讲到当地藏有佛陀的遗骨舍利和遗物，但却宣称佛陀驾临该山，受到魔女的供奉，如同讲述者曾亲眼看见。这种全知全能的叙事方式，无疑凸显了该传说的真实性。为了进一步增加传说的可信度，讲述者还将大蛇盘绕在柚木上的偶然事件解释为畜类受佛法感召的必然事件，当然，崇信佛教的缅族群众非常乐于听到此类叙事，因为这样的叙事满足了他们的宗教热情。这则传说还折射出殖民地时期，英国殖民当局对佛教的打压。自公元 11 世纪中叶蒲甘国王阿奴律陀（1044—1077 年在位）将南传上座部佛教立为国教后，佛教对缅甸的政治文化和社会生活产生了重要影响，它不但是封建君主的统治支柱，而且是缅甸民众社会行为和生活习俗的准则。在整个缅甸封建社会时期，佛教教权与君权相互依附，君权为教权提供土地、人力和资金的支持，教权则为君权存在的合法性提供理论依据，并利用其理论体系对民众进行思想控制，为君权服务。在这种社会语境下，僧侣阶层享有崇高的地位，不但享有司法权和免税权，而且还垄断着缅甸的教育。英国于 1824 年、1858 年和 1885 年发动三次英缅战争，把缅甸变为其殖民地以后，对佛教采取打压政策，他们破坏缅甸的佛塔寺院，掠夺佛教珍宝，剥夺僧侣的司法权，公然穿着鞋子到佛塔寺院，践踏缅甸人民的宗教感

① 参见 ［缅］ 苏蒙宁《令人珍爱的缅甸习俗》，仰光：妙瓦底书局 1991 年版，第 93 页。

② 姜永仁：《缅甸民间文学》，见陈岗龙、张玉安等《东方民间文学概论》（第三卷），第 331 页。

情，打击和限制寺院教育。在殖民地时期，佛教地位一落千丈。但是，缅甸人民是一个有着一千多年佛教文化传统的民族，英国殖民当局的打压自然会引起他们的强烈反抗，正如这则传说中讲到的一样，缅族佛教徒在高僧的号召下，热情高涨，踊跃捐资，修复了曼德勒山上的佛教建筑和雕塑，给予前来寻衅滋事的英国殖民官员有力回击。

《瑞喜宫佛塔九大怪》的叙事方式与前几则传说不大一样，该传说通过瑞喜宫佛塔的九件怪事来突现该塔的神奇。该塔为蒲甘国王阿奴律陀始建于公元 1059 年，完成于 1089 年江喜陀王执政时期，塔中供奉着锡兰国王奉献的佛牙复制品，① 历来被缅族群众视为圣塔。这类叙事的产生有着一定的心理机制，目前世界上还有很多科学技术无法解释的事物或现象，佛教信徒出于宗教感情，往往将其和佛教联系在一起，认为是佛陀显灵，从而得到宗教心理的满足。

佛教圣迹传说的另一个叙事特点是超凡性，8 这则传说中，有 2 则提及佛塔的建造者是护法天神——八部众，分别为：《奈巴延佛塔的由来》中说奈巴延佛塔为龙女所建，《佛陀驾临实皆山》中说实皆山上的佛塔为罗刹所建。另外 2 则传说中佛塔的建造者虽然是人类，但却并不普通，《东吁的起源》中为朝拜过佛陀的蝙蝠转世，《马圭妙德隆佛塔的由来》中为罗刹转世。这种神秘色彩在无神论者眼里不过是莞尔一笑，但在佛教信徒心中却是真实的存在。

综上所述，缅族的佛教圣迹传说传递出这样的信息：这些进入民众口头叙事的圣山或佛塔都是神圣的，一是因为佛陀曾驾临当地或里面藏有佛陀的遗骨舍利或遗物，二是根据传说建造者多是天神。

二 佛本生故事

佛本生故事是关于佛陀释迦牟尼前生轮回与转世的故事，笔者共

---

① 参见［缅］貌丁昂《缅甸史》，贺圣达译，商务印书馆 1983 年版，第 38 页。

采录到 11 则此类传说，如表 4 所示：

表4 缅族的佛本生故事

序号	名称	采录地区	讲述者
1	《佛本生故事》	仰光地区	吴丁山
2	《猴王子南尼雅》	仰光地区	吴克梅达法师
3	《仙人和村民》	蒲甘—良坞地区	杜丹丹敏
4	《衔走三根稻穗的鹦鹉》	东吁地区	吴盛吞
5	《富翁的罐子》	勃固地区	匿名
6	《兔王本生》	勃固地区	匿名
7	《好首领》	曼德勒地区	杜翁敏
8	《金兔子王》	勃生地区	杜玛丁意
9	《小时偷针大时偷牛》	阿瓦地区	吴佩丹
10	《金鹿本生》	阿瓦地区	杜登敏
11	《真理本生》	阿瓦地区	吴巴迎达法师

　　需要说明的是，笔者将佛本生故事归入民间传说类而非民间故事类是因为上文已经提到，佛本生故事符合美国学者巴斯科姆对传说的划分，比如，佛本生故事的内容既有神圣的，也有世俗的。佛本生故事和普通故事不同，没有程式化的开始。佛教徒一般都认为佛本生故事是曾经发生过的事实，不像普通故事，听众一般都认为是虚构的事件。此外，佛本生故事所述的事件也有着具体的时空背景，一般发生在当今世界，尽管是佛陀的五百多个前世，但也并非是发生在远古时代或另一个世界。

（一）佛本生故事文本

　　《猴王子南尼雅》源于《本生经》中第 177 号故事"镇头伽树本生"。故事说很久以前在喜马拉雅山的一片森林里生活着一群猴类，猴王是佛陀的前世——梅那雅。梅那雅有个弟弟，叫南尼雅，它智勇双全，但却嗜睡。一天猴群发现了一棵柿子树，纷纷爬到树上摘柿子吃。到林中砍柴的村民们发现后，围在树下，想要抓猴群。猴群被困在树上，惊慌失措，但毫无办法。南尼雅因睡过了头，所以没有跟猴群在一起。当它醒来后发现猴群陷于危险之中，于是便机智地点燃了村民们砍来的柴火。村民们赶忙跑回去救火，猴群趁机逃脱。

《仙人和村民》源于《本生经》中第218号故事"诈骗商人本生"。故事说一个农夫托修行的仙人照顾自己的儿子，仙人为使农夫放心，把自己积攒的一包金子交给农夫保管。农夫见利忘义，骗仙人说黄金已经变成木炭。为了教训农夫，仙人养了一只猴子，并给它取了和农夫儿子一样的名字，仙人每天都用这个名字呼唤猴子。当农夫来接孩子的时候，仙人叫出了这只猴子，并说农夫的儿子已经变为猴子。农夫后悔不已，把金子还给了仙人，仙人也将农夫的儿子还给了他。

《小时偷针大时偷牛》传说由两部分组成，前半部源于《本生经》中第252号故事"一把芝麻本生"。故事说波罗奈城国王把王子送到迪达教授处学习，王子每天都要偷吃一名老妇晾晒的芝麻，老妇因敬重教授，一直隐忍不语，后来实在受不了了，才去向迪达教授告发。教授为了惩戒王子，打了其三戒尺，王子怀恨在心。后来王子登上王位，要杀掉老师一雪前耻，教授则以"小时偷针，大来偷牛"的典故来开导国王。后半部以古喻今，说缅甸贡榜王朝的一代明君敏东王年幼时在寺庙里学习，也因偷吃别人晾晒的鱼干被师傅责打，但敏东王却能坦然接受师尊的责罚。从这种古今对比中，我们能体会到讲述者对敏东王的赞许与肯定。

《衔走三根稻穗的鹦鹉》源于《本生经》中第484号故事"稻田本生"。故事说古代有个婆罗门有很多稻田，稻子成熟后，一群鹦鹉每天都飞来偷吃稻子。最可气的是，有只鹦鹉每次吃饱后总要衔走三根稻穗。于是婆罗门让雇农设法抓住了这只鹦鹉。婆罗门责问鹦鹉为何如此贪心，不但自己偷吃，每次还要带走一些。鹦鹉回答道，它之所以要带走三根稻穗，一根是为了还旧债；一根为了放新债；另一根则为了埋宝藏。所谓还旧债，指带给养育它的父母；所谓放新债，指带给两个刚孵出的子女；所谓埋宝藏，指带给那些被人抛弃、残疾的同类。婆罗门弄清楚缘由后，口称善哉，放了鹦鹉，并吩咐雇农专门留下一块稻田的稻子给鹦鹉们吃。

《富翁的罐子》与中国云南的傣族地区流传的佛本生故事《酒鬼与如意宝锅》①故事情节大体一致，说有个富翁在临终前，留给了自己的儿子一只神罐，它能满足儿子的任何要求。因为有了神罐，富翁的儿子要啥有啥，生活无忧，不禁得意忘形，整天无所事事，还沾染上了抽烟喝酒的坏习气。一次，他把罐子举起来玩，一不小心，罐子掉到地上摔破了，从此再也不能跟罐子要这要那了。

《兔王本生》和《金兔子王》都是《本生经》中第 316 号故事"兔本生"的异文。这两篇异文都说兔子、猴子、狐狸和水獭是朋友，一天，这四个伙伴决定去找布施的东西，猴子、狐狸和水獭都分别找到了要布施的东西：《兔王本生》中说猴子找到了芭蕉，狐狸找到了奶酪，水獭找到了鲮鱼；《金兔子王》则说猴子找到了芒果，狐狸找到了奶酪，水獭找到了鲮鱼，只有兔子什么也没找到。帝释天为了试探它们的诚心，变化为婆罗门前来接受布施。猴子、狐狸和水獭都分别布施了自己得到的东西，兔子决心布施自己，它请婆罗门点燃火堆，先抖落了身上的虱子，然后才跳到火堆里。谁知，兔子不但没有被火烧伤，反而感到清凉无比。帝释天为了表彰兔子的善举，用大山的汁液把它的形象画到了月亮上。这两篇异文颂扬的是舍身布施的精神，上文已经提到，由于佛教教义深入人心，佛教的功德本位思想早已是缅甸民众的主要价值观，除了普通民众身体力行外，文学家还把这些故事加工为文学作品，以期流传于世。比如，《金兔子王》的讲述者杜玛丁意就曾提到，被称为缅甸莎士比亚的著名作家吴邦雅就曾创作

---

① 《酒鬼与如意宝锅》，见海兴编译《南传上座部佛教故事选》，云南民族出版社 1996 年版，第 137—138 页。

过《金兔子王》的故事。

《好首领》和《真理本生》也是一则故事的两篇异文，皆源自《本生经》中第 1 号故事"无戏论本生"。《好首领》说在过去佛时代，有两个商人，一个是佛陀的前世，是个智者；另一个则非常愚蠢。两人因为本地的生意不好做，便各自带领着五百个车夫，赶着五百辆牛车到一个大城市去经商。愚蠢的商人盘算着，先出发可以带来很多好处。比如，车可以走没被压坏的好路；牛可以吃到没被啃过的嫩草；人除了可以先吃到路旁的鲜果外，还可以喝到没被污染的水，于是便请求先出发，智者答应了。愚蠢的商人率领着车队出发后，一路上吃尽了苦头，首先是因为还没有人畜走过，道路崎岖不平，需要修补后才能通过；其次是因为路旁的果子没被人摘过，又酸又涩，草也因为没被牛吃过，又老又硬。当他们走进沙漠后，妖魔变幻出莲花和水果，告诉他们前面有充足的水源和鲜果，愚蠢的商人信以为真，轻率地扔掉了带来的水和粮食。最后商队又饥又渴，全都被妖魔捉住吃掉了。愚蠢的商人出发后，智者才率领车队出发，他们一帆风顺，首先，路被前面的商队压平了，非常好走；其次，路两旁的果树和野草，因被前面的商队的人和牛采摘、啃食之后，重新长出了鲜果和嫩叶。当智者率领的商队到了妖魔的地盘后，妖魔又变幻出莲花和水果，但被智者识破。最后，他们还捡到了被妖魔丢弃在道旁的属于愚蠢商人的牛车和货物。他们卖了货物，得到了两倍的利润，平安地回到了家乡。《真理本生》的故事情节与《好首领》基本一致，只是说愚蠢的商队首领是提婆达多的前世，智慧的商队首领是佛陀前世。最后，讲述者吴巴迎达法师总结道："这个故事告诉我们，人要崇敬三宝，所谓'三宝'指的是佛法僧。崇敬三宝只会有好处，不会有坏处。"很明显，这则传说的立意主要是说人要尊崇三宝，远离邪魔外道。

《金鹿本生》源于《本生经》中第 1 号故事"金鹿本生"。故事说古时有一只鹿王统领着八万四千只鹿，它的毛色非常漂亮，全身金光闪闪。鹿王的伴侣是一只非常美丽的牝鹿。一天，猎人在林子里下了套索。鹿王带领鹿群经过时，不小心被套索套住。鹿王拼命挣扎，但套索越挣越紧。鹿王发出哀鸣，警告鹿群赶快逃离，鹿群四下逃散。牝鹿跑开后，由于找不到鹿王，才发现被套索套住的是自己的丈夫，于是返回原地寻找。牝鹿找到鹿王后，想尽各种办法帮鹿王摆脱套索，但都没有成功。这时，猎人的脚步声越来越近，鹿王让牝鹿赶快逃跑。忠贞的牝鹿不愿扔下鹿王独自离开，选择留了下来。猎人到来后，牝鹿声情并茂地哀求猎人，甚至不惜牺牲自己的生命来换取鹿王的自由。猎人深受感动，将它们双双释放。

最为称奇的是《佛本生故事》，讲述吴丁山把记佛陀转世为动物的佛本生故事进行了总结。包括转世为鹤16世，转世为鸳鸯9世，转世为鸽6世，鹦鹉3世，妙声鸟5世，紧那梨4世，牦牛15世，猴子10世，象11世，黄牛14世，水牛王1世，马1世，野水牛9世，孔雀2世，八哥7世，鸡12世，猪13世，总共138世。尽管吴丁山所讲的与《本生经》所载有所出入，但他几乎没有停顿地把佛陀转世为动物的138世一口气说完，他所讲的佛陀转世为每种动物的次数累加之后刚好等于138，之间没有错误，缅族人民对佛本生故事的耳熟能详由此可见一斑。

（二）佛本生故事的民俗语境

佛本生故事源自于《本生经》，该经是南传上座部佛教的经藏之一，上座部佛教把巴利文经藏分为五部分，即：《长部》《中部》《相应部》《增支部》和《小部》，统称"五阿含"，其中，《小部》的第十部就是《本生经》。《本生经》里共有五百四十七个佛陀前世的故事，简称五百五十佛本生故事，其中有近三十个故事是其他故事的重复或片段。季羡林先生曾说："在信仰小乘佛教的国家里，象斯里兰卡、缅甸、老挝、柬埔寨、泰国等，任何古代的书都比不上《佛本生故事》这一部书这样受到欢迎。一直到今天，这些国家的人民还经常听人讲述这些故事，往往通宵达旦，乐此不疲。"① 缅甸人民对佛本生故事的津津乐道与耳熟能详，从上文中吴丁山对佛陀转世为动物的佛本生故事的娴熟讲述中便可以看出。佛本生故事在缅甸的广泛流传主要有以下原因：

1. 文学界对佛本生故事的积极译介

最先将《本生经》传入缅甸的是佛音长老，公元 5 世纪中叶，佛音长老把巴利三藏全部经典从斯里兰卡带到下缅甸一带的直通弘扬佛教。② 1057 年缅甸蒲甘国王阿奴律陀从直通迎取了巴利文三藏经并把上座部佛教立为国教后，佛本生故事开始传入上缅甸地区。在缅甸，最早的佛本生故事文本是蒲甘壁画中的壁画文，所谓壁画文是对壁画内容进行说明的概括性文字。蒲甘的劳加太班寺的内壁上画有《本生经》长诵卷的十个故事，在每幅壁画旁边或下面都用文字进行简要说明。③ 15 世纪中叶以后，缅甸出现了《本生经》的译本，其中，既有注释本和节译本，也有全译本和改编本。注释本如 1442 年缅甸高僧阿梨雅温达撰写的《本生经注》（又译《本生明释》）。节译本如《十大佛本生故事》，译自第 538—547 号佛本生故事，由吴奥巴达法师、信南达梅达和信彬尼亚德卡于 1782—1787 年译出，其中，吴奥巴达法师翻译了 8 则，信南达梅达和信彬尼亚德卡各翻译了 1 则。全译本如《五百五十本生故事》，由第二良甘法师翻译，这部译作流传广泛，影响深远。改编本如《六彩牙象王》，该作品是被誉为"缅甸的莎士比亚"的贡榜王朝末期著名诗人、剧作家吴邦雅的代表作，改编自第514 号佛本生故事《六牙本生》。

自此，佛本生故事"在缅甸真可谓家喻户晓，妇孺皆知。这是因

---

① 季羡林：《关于巴利文〈佛本生故事〉》，见郭良鋆、黄宝生译《佛本生故事选》，人民文学出版社 1985 年版，第 1 页。

② 参见傅新球《缅甸佛教的历史沿革》，《东南亚纵横》2002 年第 5 期。

③ 参见姚秉彦、李谋、杨国影《缅甸文学史》，世界图书出版广东有限公司 2014 年版，第18—19 页。

为僧侣们弘扬佛法时经常借用佛本生故事传经布道，学生们用佛本生故事作为教材，而昔日缅甸文学家也常用佛本生故事作为素材从事文学创作所致。据统计，仅用'比釉'这种四言叙事长诗体形式创作的、以五百五十佛本生故事为题材的就有百首之多，分别取材于61个本生故事。至于小说，缅甸人更认为'缅甸小说始自五百五十佛本生故事'。"[①] 佛本生故事对缅甸的文学艺术、社会文化产生了深远影响，比如，佛本生故事中的一些人物形象现在已经成为缅甸社会中某种个性的代名词。例如：一提起维丹达亚，想到的便是慷慨大度之人；一提起维丹达亚的妻子玛蒂王后，便会想到忠贞贤惠的妻子；苏沙伽婆罗门则是贪得无厌、卑鄙可憎之人的代名词；杜温那达玛是孝子的代名词；德弥则是沉默寡言之人的代名词。[②]

2. 佛本生故事的主题与缅甸社会主流价值观念的高度契合

佛本生故事大多来源于古代印度的民间故事。关于这一点，季羡林先生认为是因为"这些故事绝大部分都是寓言、童话等的小故事，是印度人民创造的，长期流行在民间。这些故事生动活泼，寓意深远，家喻户晓，深入人心。国王们看准了这一点，于是就利用它们，加以改造，来教育自己的子民。各教派也看准了这一点，也都想利用它们来宣传自己的教义。婆罗门教、耆那教都是这样，佛教也不例外"[③]。

《缅甸文学史》一书也认为，佛本生故事既有动人的情节，又有朴素的佛教哲理，且是非分明，善恶有别。诸如：对智慧才能的推崇，对愚昧无知的贬斥，对坚贞爱情的讴歌，对喜新厌旧的嘲弄，对积德行善的褒奖，对为非作歹的鞭挞，对公正法理的赞美，对枉法无道的诅咒，对勤劳勇敢的崇敬和对贫穷弱小的同情等。正是由于佛本生故事大多具有这些"永恒"主题，所以有着很强的适应性。

---

① 姚秉彦、李谋、杨国影：《缅甸文学史》，第45页。
② 参见姚秉彦、李谋、杨国影《缅甸文学史》，第50页。
③ 季羡林：《关于巴利文〈佛本生故事〉》，第1页。

无论是从宗教宣传的角度，还是从道德观念教育的角度，很容易被僧俗百姓接受。[1] 我们能在佛本生故事中轻易地发现这些永恒主题，例如，《猴王子南尼雅》主要颂扬猴王南尼雅临危不惧，智救猴群。《仙人和村民》批判了见利忘义，主张以毒攻毒、以牙还牙。《衔走三根稻穗的鹦鹉》则宣扬了尊老爱幼的美德和佛教所提倡的"老吾老以及人之老；幼吾幼以及人之幼"慈悲思想。《小时偷针大时偷牛》强调的是教育在人格培养过程中的重要性。《富翁的罐子》阐述了"少壮不努力，老大徒伤悲""积财千万，不如薄技在身"的道理。《兔王本生》和《金兔子王》颂扬了舍身布施的精神。《好首领》和《真理本生》展示了领导者智慧对于群体的重要性。《金鹿本生》则赞美了妻子对丈夫的忠贞，并对牝鹿临危不惧，声情并茂的语言艺术给予了肯定。

众所周知，缅甸以佛教立国。佛教是缅甸人民的处世哲学和精神支柱，佛教教义思想影响了缅甸上层建筑的方方面面。作为上层建筑重要的组成部分，该国民众的伦理道德和价值观念也极具浓厚的佛教色彩，例如，缅甸民众认为"生存是烦恼之苦海""人生的终极目的是断惑积德、脱离苦海"[2]，认为只要持"五戒"，修"十善"，皈依佛、法、僧"三宝"就能解脱痛苦，登上彼岸。缅甸甚至还以佛教经典《吉祥经》作为伦理道德教育和价值观念培育的教材，例如，缅甸民众在布施、乔迁新居、生日、新年时都要请僧侣念诵《吉祥经》。该经书一共38条，其中就包括了上文提到的一些故事的主题思想，如"勿亲近愚者、恶者""应亲近智者、善者""尊敬值得尊敬者""具有谋生的技艺、能力""善巧表达""孝顺父母""爱护妻子、儿女""能财施、法施""能行善""济助亲戚""不饮酒、不用麻醉药品"等。[3] 由此看来，佛本生故事除了创造出一系列具有鲜明个性的艺术

---

[1] 参见姚秉彦、李谋、杨国影《缅甸文学史》，第45页。

[2] 许清章：《当代缅甸伦理道德与民众思潮》，《东南亚研究》1992年第1期。

[3] ［缅］敏佑威：《吉祥经故事》，仰光：吉祥之光书局1999年版，第6—10页。

形象外，最主要的还是这些故事表达了民众对真善美的守望与追求以及对假丑恶的拒斥和抨击，契合了缅甸社会的主流价值观念，所以才会在缅甸社会代代相传，长盛不衰。

三　大德高僧传说

此类传说是关于佛教的大德高僧显圣显灵、以佛理点化世人的传说。笔者共采录到 9 则大德高僧传说，具体情况详见表 5：

表 5　　　　　　　　　　缅族的大德高僧传说

序号	名称	采录地区	讲述者
1	《偷佛像的故事》	仰光地区	吴通义
2	《高僧佐骠大法师轶事》	仰光地区	吴杜萨那达雅法师
3	《敏东王与丁格萨法师》	阿瓦地区	吴当纽
4	《舍利弗尊者和鸯掘摩罗尊者》	阿瓦地区	吴巴迎达法师
5	《讼师貌迦班与信乌德玛觉法师》	阿瓦地区	波协
6	《吴基卑法师》	阿瓦地区	吴山丁
7	《八莫法师与彦彬法师》	阿瓦地区	吴山丁
8	《八莫法师与彦彬法师》（异文 2）	阿瓦地区	哥丁温
9	《八莫法师与德班河》	阿瓦地区	吴妙敏

（一）高僧大德传说文本

《偷佛像的故事》和《高僧佐骠大法师轶事》里的主人公是佐骠法师。法师是下缅甸一带的有名的高僧，年轻时积极投身于反英反殖、争取民族独立的斗争中，缅甸独立后，长期在下缅甸一带弘法，信徒众多，有关法师的传说在下缅甸一带广为流传。《偷佛像的故事》主要说有人要把一尊古代佛像走私到国外，后被法师劝化，主动将佛像布施给了寺院。《高僧佐骠大法师轶事》则主要讲法师显神通制伏张扬跋扈的军官，结合法师在世时缅甸军人执政的政治语境，该传说颇值得玩味。

《敏东王与丁格萨法师》中的丁格萨法师是缅甸贡榜王朝敏东王

时期的高僧。一次,敏东王请四方僧侣前来念消灾吉祥经。念完经以后,敏东王问道:"据说阿多迦王在位时,请法师念消灾吉祥经,把水都念沸腾了。现在,大师们念消灾吉祥经,水为何并不沸腾?"别的僧侣无言以对,只有丁格萨法师回答道:"施主啊,阿多迦王在位时,法师念消灾吉祥经把水都念沸腾了是因为阿多迦王的威力上达一由旬;① 下抵一由旬。连下界的龙都被召来。那时念经的都是神僧、圣僧,能上天遁地。现在,施主您不用说上达一由旬,下抵一由旬,更不用说把龙召来,就连条蚯蚓都召不来。我们这些念经的法师也不能像神僧一样上天遁地,连一肘尺高都跳不起来,怎么能把水念沸腾呢?"法师面对国王的刁难,不卑不亢,通过机智幽默的反诘轻松地化解了国王的刁难。

《讼师貌迦班与信乌德玛觉法师》中的讼师貌迦班和信乌德玛觉法师是阿瓦王朝时期名噪一时的人物。据《缅甸大百科全书》记载,貌迦班生于1458年,蒲甘人士,后到阿瓦从事讼师工作,以机智及口才闻名一时。② 信乌德玛觉法师(1453—1542)则是阿瓦时期的一位高僧,以九首"林野颂"闻名缅甸文坛,与信摩诃蒂拉温达、信翁纽和信开玛合称"四棵棕树,四位僧侣"。③ 这则传说主要讲讼师貌迦班口才横溢,所经手的官司没有赢不了的,因而目中无人,后来遇到了信乌德玛觉法师,方知山外有山、人外有人,变得谦逊起来。

《吴基卑法师》中的主人公吴基卑④是蒲甘王朝时期高僧信第达巴茂克的别名,故事说高僧年纪很大了才开始学习佛经,最初觉苏瓦国王并不相信,说:"油磨上的碾杆还能长出嫩枝吗?"但法师勤学不辍,最终遍习经书。但觉苏瓦国王并不相信,将法师沉入湖中,令众

---

① 一由旬等于12.72英里。
② 缅甸翻译协会:《缅甸大百科全书》(第二卷第一册),仰光:文学宫出版社1963年版,第1页。
③ 姚秉彦、李谋、杨国影:《缅甸文学史》,第48页。
④ 意为油磨上的碾杆。

僧围于湖岸，考其经文，如回答不上便将法师溺毙于湖中。最终法师施展所学，折服了众僧。

《八莫法师与彦彬法师》的两篇同名异文和《八莫法师与德班河》等传说中的八莫法师（1806—1877）是贡榜王朝敏东王时期的高僧，以诗才闻名于缅甸文坛。《八莫法师与彦彬法师》的两篇同名异文都说八莫法师在还是沙弥的时候到阿瓦一处寺庙挂单，该寺住持彦彬法师是外地人，除寺内沙弥达波是自己的内侄外，俩人在当地没有亲朋好友。甥舅俩因槟榔吃得太多而发高烧，彦彬法师以此为题命八莫法师作诗一首。八莫法师随即吟道："彦彬他说，血红槟榔，我和达波，毫无节制，所有槟榔，全部吃光，患病卧床。"《八莫法师与德班河》则说中国军队攻打阿瓦，八莫法师作法把树叶变化为军队，撒到空中与帝释天作战。正当中国军队要攻城时，突然从空中掉下了无数的断手断脚，吓得中国军队急忙撤退。

《舍利弗尊者和鸯掘摩罗尊者》是有关佛陀弟子舍利弗尊者和鸯掘摩罗尊者的传说。故事说以"智慧第一"著称的舍利弗尊者曾百世转生为猴，所以手脚总是闲不住，喜欢动手动脚。鸯掘摩罗尊者则百世转生为罗刹，身形巨大，状如肉山，但脸庞狭小。百姓在不知情的情况下，纷纷去割他的肉拿回家做菜。当遇到别人问这肉从哪里来的时候，还用手指指向鸯掘摩罗。当鸯掘摩罗转世为人时，便砍下了那些人的手指。后来，鸯掘摩罗被佛陀点化，证了阿罗汉果。

（二）高僧大德传说的民俗语境

上述 9 则高僧大德传说中共涉及 7 位高僧，除了舍利弗尊者和鸯掘摩罗尊者外，其余 5 位均为缅甸高僧。在这 5 位高僧中，4 位生活于封建王朝时期，分别是：蒲甘王朝时期的信第达巴茂克法师、阿瓦王朝时期的信乌德玛觉法师、贡榜王朝敏东王时期的丁格萨法师和八莫法师，剩下的 1 位——佐骠法师则生活在近现代。从叙述对象的构成来看，相比原始佛教时期的高僧，缅族民众更加热衷于讲述本土高僧的传说。从叙述内容上来看，1则讲述高僧的非凡出生，1则讲高僧对民众的点化，2则讲述高僧的超凡法力，4则讲述高僧的博学多才。由此看来，在缅族群众眼中，这些进入口头叙事中的高僧兼具神性与世俗性，既超然也入世。缅族群众既对高僧们的法力通天、慈悲为怀顶礼膜拜，又被高僧们的博学多闻、机智幽默所折服。通过相关民俗语境的梳理，我们发现高僧作为僧侣阶层的杰出代表，他们身上的这种神性与世俗性的融合有着一定的历史必然性。

按佛教教义，僧侣阶层是"三宝"之一，同时也是"五敬"的对象之一。所谓"三宝"指的是佛、法、僧。所谓"五敬"指的是佛、法、僧、父母和师长。从古至今，缅族群众都非常尊敬僧侣。古代，国王见到国师都要跪拜。国师上殿议政，国王要把自己的宝座让出。哪怕到了现代，只要打开电视都可以看到国家领导人给僧侣跪拜行礼的新闻。老百姓对僧侣讲话时需要使用敬语，对他们而言，佛教用语是每一个人都需要学习和掌握的语言技能。老百姓有事要拜见僧侣，都要行跪拜礼，哪怕是父母见到刚刚剃度的亲生儿子，也需如此。在缅甸社会中，僧侣只需潜心修道，无须为衣食住行担心，因为建造寺庙所需的资金、穿的袈裟、吃的斋饭都来自善男信女的捐资布施。僧侣出门乘船坐车，不但有人争相让座，还可以全程免费。僧侣们每天出门化缘，百姓总是乐于布施，每家每户一早就把饭菜做好，拿到家门口来恭候僧侣前来化缘，有的家庭甚至常年负责多名僧侣的斋饭。每到庆典，僧侣总坐在最前面、最居中的位置，以此凸显僧侣阶层的尊贵。

同时，僧侣阶层也对缅甸社会产生着巨大的影响，除上文提到的僧侣阶层利用佛教学说和教义为封建统治阶层提供"君权神授"的理论依据外，还在传统村社中充当着"精神导师""基层法官""乡村教师""民间医生"等多重角色，在劝人向善、裁决纠纷、文化传承和医疗卫生方面发挥着不可替代的作用。除此之外，缅甸的僧侣阶层还有着入世的传统，有时甚至会影响缅甸的历史进程。比如，上述《吴基卑法师》传说中提到的信第达巴茂克法师曾于13世纪末期奉王命出使元大都，凭着精湛的佛理，说服了忽必烈从蒲甘退兵。在近代缅甸人民反殖反英斗争中，一批爱国僧侣投身到争取民族独立的运动中，甚至还成为民族解放的领导者，比如吴欧达马法师和吴威沙雅法师。《偷佛像的故事》和《高僧佐骠大法师轶事》里的主人公——佐骠法师就是这些爱国僧侣的杰出代表。

此外，僧侣阶层还对缅甸文化做出了巨大贡献。迄今为止发现的最早的缅文文学作品为亚扎古曼碑铭，该碑为蒲甘王朝江喜陀王（1084—1112年在位）之子亚扎古曼所刻。在江喜陀王弥留之际，王子亚扎古曼为感谢父王的养育之恩，将父王赐给母后的首饰铸成金佛，并造塔供奉。该碑用骠、巴利、孟、缅四种文字记载了王子的这一善举，所以缅甸文学界又有"缅甸文学始于感恩"的说法，也可以说缅甸古典文学始于佛教。自1057年缅甸蒲甘国王阿奴律陀从直通迎取了巴利文三藏经并把上座部佛教立为国教后，佛教教义深入人心，佛教文学蔚然成风，从蒲甘早期众多记录佛事功德的碑铭中便可见一斑。在长达千余年的封建时期，缅甸涌现出了大批僧侣诗人和作家，如：阿瓦王朝时期的信摩诃拉塔达拉和被誉为"四棵棕榈树，四位僧侣作家"的信摩诃蒂拉温达、信乌达玛觉、信翁纽和信开玛，贡榜王朝时期的基甘辛基、垒底法师等，他们创作了大量的"茂贡诗"（纪事诗）、"多拉诗"（山水诗）、"比釉"（佛陀逸事四言长诗）和"密达萨"（诗文间杂的书柬）等体裁的佛教文学作品。这种文化语境促成了《八莫法师与彦彬法师》《敏东王与丁格萨法师》和《讼师貌迦班与信乌德玛觉法师》等赞赏高僧大德出口成章、博学机智的传说在缅族社会中的广泛流传。

就人物而言，9则大德高僧传说中，只有《舍利弗尊者和鸯掘摩罗尊者》一则中的主人公是原始佛教时期的印度高僧舍利弗尊者和鸯掘摩罗尊者，其余 8 则传说的主人公都是缅甸高僧，如蒲甘王朝时期高僧信第达巴茂克（吴基卑）、阿瓦王朝时期的信乌德玛觉法师、贡榜王朝敏东王时期的高僧丁格萨法师和八莫法师和当代高僧佐骠法师。由此看来，相较于国外的高僧，缅族群众更加热衷于传颂本国本民族高僧的奇闻逸事，这从一个侧面说明缅族群众有着浓厚的家国情怀。就内容而言，讲述高僧神性一面的只有 2 则传说，分别是《高僧佐骠大法师轶事》和《八莫法师与德班河》，需要说明的是《八莫法师与德班河》的异文——解释性传说《班德河》讲述的也是这一主题。涉及佛教教义及思想的也只有 2 则，如《偷佛像的故事》讲述高僧"劝化众生"，《舍利弗尊者和鸯掘摩罗尊者》则表达了"放下屠刀立地成佛"的主张。更多的则是表现大德高僧们人性化的一面，如《敏东王与丁格萨法师》洋溢着对丁格萨法师博学机智的赞誉；《讼师貌迦班与信乌德玛觉法师》对信乌德玛觉法师的能言善辩给予充分肯定；《吴基卑法师》对吴基卑法师"朝闻道夕死可矣"的勤学不辍充满敬意；《八莫法师与彦彬法师》则对八莫法师出口成章的卓绝诗才津津乐道。这反映出在缅族民众眼中，佛教并非是不近人情、高高在上的训条或教规，而是早已融入他们血液的一种生活方式、一种人生思考、一种生活态度，是"人间佛教"。

第二节　万物有灵
——缅族的纳特传说

所谓纳特（nat）是缅甸语"神灵"一词的音译，纳特传说就是关于神灵的传说，大多用以解释各类纳特神灵的来历，这类传说是缅甸独具特色的民间口头文学类型之一。本次调查共采录到 19 则纳特传说，具体情况详见表6：

表6 缅族的纳特传说

序号	名称	采录地区	讲述者
1	《鹿生幼崽皆被虎食》	仰光地区	杜珊丁
2	《瑞佐骠和穆拉客的由来》	仰光地区	吴敏莱
3	《宝藏守护神瑞佐骠》	仰光地区	吴诶佩
4	《掸族皇后》	仰光地区	杜基妙
5	《海洋守护神吴信基》	仰光地区	杜珊丁
6	《土地公哥缪信，土地婆布勒银》	仰光地区	杜珊丁
7	《墓地守护神玛派娃》	仰光地区	杜珊丁
8	《貌丁岱》	太公地区	吴昂钦摩
9	《海神吴信基》	太公地区	哥金敏吴
10	《耶银娘娘》	太公地区	吴梭温
11	《家神的由来》	蒲甘—良坞地区	阿嘎敏
12	《耶银娘娘》	蒲甘—良坞地区	阿嘎敏
13	《当布雍二神》	蒲甘—良坞地区	阿嘎敏
14	《南格彦娘娘》	蒲甘—良坞地区	阿嘎敏
15	《梅翁娜娘娘》	蒲甘—良坞地区	阿嘎敏
16	《南格彦娘娘》	勃固地区	锡蒂
17	《当布雍神会》	阿摩罗补罗—曼德勒地区	杜翁敏
18	《坚娘娘》	阿瓦地区	玛丁丁昂
19	《当布雍神》	阿瓦地区	吴山丁

一 缅族纳特传说的文本

表6中有多则传说是同一传说的不同异文，如采录于仰光地区的《瑞佐骠和穆拉客的由来》和《宝藏守护神瑞佐骠》都是有关仰光省北部县岱枝镇区钦贡乡一带流传的宝窟守护神——瑞佐骠和穆拉客两兄妹的传说。《瑞佐骠和穆拉客的由来》由吴敏莱讲述，大意是有一对兄妹神，哥哥叫瑞佐骠，妹妹叫穆拉客，兄妹受命在此地守护宝窟，直至未来佛陀转世。《宝藏守护神瑞佐骠》则由吴诶佩讲述，大意是瑞佐骠和穆拉客两兄妹的故乡是实皆市，他们的父亲是若开族，两兄

妹有神奇之药，因而被国王下令追杀，后逃到现钦贡乡佐骠水库一带，双双跳水自杀，死后就成了守护宝藏的神灵。

又如仰光地区的《海洋守护神吴信基》和太公地区的《海神吴信基》都是海神吴信基传说的两篇异文。故事说吴信基自幼丧父，擅长弹奏弯琴，因无钱剃度，与人结伴出海经商。船过夜叉岛时，吴信基因违反禁令弹奏弯琴，引来女妖围观，导致船只无法开动。按照当时的说法，要扔一人下海献给女妖才能脱身。于是船员抓阄来决定扔谁下海，三次都被吴信基抓到了死阄。船主下令将吴信基扔进海里，吴信基死后成了护佑船只航行的海神，该神在下缅甸一带广受渔民供奉。

再如太公地区的《貌丁岱》和蒲甘—良坞地区的《家神的由来》都是摩诃吉利神貌丁岱传说的不同异文。故事说貌丁岱是太公时期的铁匠，力大无穷，因遭太公国王忌惮，跑到林中躲避。后来国王设计纳其妹为妃，并巧言令色许以封官，将其诱捕后绑到白玉兰树下放火烧死。其妹悲伤不已，纵身跳入火中自尽。兄妹俩惨死后，冤魂附于白玉兰树上，凡人畜从下面经过，皆为其所害。太公百姓恐慌，将白玉兰树砍断后抛入伊洛瓦底江中，后随水漂到蒲甘。蒲甘国王丁梨姜感其不幸，令人将白玉兰树捞起，雕刻成像，供奉在蒲甘旁的卜巴山上。后逐渐演变为家家户户供奉的家神。

太公地区的《耶银娘娘》和蒲甘—良坞地区的《耶银娘娘》则是湖泊之神耶银娘娘传说的不同异文。故事说耶银娘娘是蒲甘王朝时期的一名妇女，因得罪了阿朗悉都的王妃，被王妃谗言诬陷，阿朗悉都王下令将其处死，死后成了护佑湖泊的神灵。

此外，蒲甘—良坞地区的《当布雍二神》、阿摩罗补罗—曼德勒地区的《当布雍神会》和阿瓦地区的《当布雍神》等文本都是关于当布雍神组传说的不同异文。当布雍二神由瑞品基、瑞品尼两兄弟组成，两兄弟是蒲甘王朝阿奴律陀王时期人士。父亲为阿奴律陀王送花力士比亚达，母亲则是卜巴女神梅翁娜。兄弟俩天生神力，曾随阿奴律陀王远赴大理迎奉佛牙，后因遭人陷害，被阿奴律陀处死于曼德勒附近的当布雍一带。兄弟俩死后成了冤魂，缠住御舫，向阿奴律陀申述其冤屈。阿奴律陀便救封兄弟俩为当布雍地区的守护神。现在每到缅历五月初九至五月十五期间，当布雍都会举行盛大的神会祭拜这对兄弟神灵，全国各地民众都会前来参与，盛况空前。

蒲甘—良坞地区的《南格彦娘娘》和勃固地区的《南格彦娘娘》也是同一传说的不同异文，都是关于孟族信奉的南格彦娘娘的传说。南格彦娘娘原为一头母牛，救助并哺乳了一位遭到遗弃的孟族王子。后来王子与海洋女神打赌输了，被迫砍下母牛的头颅献给女神，母牛死后成了守护勃固的神灵。

除上述有不同异文的纳特传说外，剩下的纳特传说的文本如下：

《鹿生幼崽皆被虎食》说在佛陀时代，一名大臣因妻子不能生育，经其同意，纳了一房小妾，希望能给他传宗接代。后来，小妾怀上了孩子，大妻却后悔了，嫉妒得发狂，偷偷给小妾下药，导致小妾流产。过了不久，小妾再次怀孕，大妻故技重施，使她再次流产。小妾第三次怀上孩子，大妻再次下毒，不但把孩子打下了，连小妾也被害死。小妾在临终前获悉是大妻在搞鬼，悲愤异常，发下毒誓必报此仇。小妾死后转世为一只猫，大妻死后则转世为一只母鸡。凡是母鸡下的蛋都被猫吃了，母鸡在临终前也发誓要报复。母鸡死后转世为豹子，猫死后转世为母鹿。凡是母鹿生的小鹿都被豹子吃了，母鹿也发誓必报此仇。豹子死后转世为一名农妇，母鹿死后则转世为一名罗刹女。当农妇生下孩子后，罗刹女就要吃掉孩子。农妇为了救自己的孩子，抱着孩子跑到佛祖面前，向其求救。罗刹女紧追不舍，也到了佛祖面前。佛祖说法开导她们切勿冤冤相报。罗刹女受佛祖感化，决定不再吃农妇的孩子，而且还帮农妇照看孩子，农妇感恩用米饭供奉罗刹女。由于罗刹女因能预知来年收成情况，便对农妇一家的耕种进行指导。罗刹女因预测准确，使得农妇一家每年都能获得丰收，由此声名远扬，最终成为农民们广泛供奉的土地神——"崩玛基"。

《掸族皇后》是关于蒲甘王朝国王阿奴律陀王的三个掸族妃子——苏蒙拉、苏昂和楠苏的传说。三人本是亲姐妹，上面还有一个哥哥，名叫苏弄，他们的父亲是掸族土司。阿奴律陀驾临掸邦时，他们的父亲向阿奴律陀王进献大女儿——苏蒙拉，阿奴律陀封其为妃。苏蒙拉遭到阿奴律陀的其他嫔妃的嫉妒，被污蔑为妖。阿奴律陀王轻信谗言流放了苏蒙拉，她在流放途中郁郁而终。后来，阿奴律陀再次驾临掸邦，纳苏蒙拉的两个妹妹——苏昂及楠苏为妃。阿奴律陀王起驾回蒲甘途中遇到暴雨被堵在半路进退两难。一御用星相师垂涎楠苏美貌，因被苏昂阻拦，求爱不成心生恨意，便向阿奴律陀王进谗言，说只有用苏昂献祭天神，才能修桥筑堤，顺利通过。苏昂死后成为护堤神灵。楠苏知道真相后悲愤不已，投水而亡，死后也成为神灵。后来，苏弄思妹心切，带着两个义子——昆绰及昆达前往蒲甘探望妹妹。阿奴律陀王再次听信星相师谗言，下令诛杀苏弄等人。三人趁机逃出，当逃到楠苏投水之处，楠苏显灵，三人知道事情始末，悲愤投水而亡。后来，阿奴律陀王敕封楠苏、苏弄及昆绰、昆达四人为护寨神灵，下令掸邦土司在城郊建立神殿祭祀他们四人，每年一祭。

《土地公哥缪信，土地婆布勒银》则说阿瓦王朝时期掸邦有一名土司，叫哥缪信，意为"九城之主"，其妹名为布勒银。布坎侯觉苏瓦一直垂涎掸邦，意图将其并吞，于是便向阿瓦国王诬陷这对兄妹意图谋反，后经查实纯属子虚乌有。觉苏瓦一计不成又生一计，拉拢哥缪信的两个侄儿——昆绰和昆达，许诺只要杀掉哥缪信就让他们继承土司职位。两人年方十六，年轻气盛，受其蛊惑，持刀欲杀舅父。哥缪信正在礼佛，眼中出现不祥预兆，为避免侄子坠入恶道，遂用手指划颈，气绝而亡。布勒银从噩梦中惊醒，发现兄长已人头落地，因悲伤过度而亡。兄妹死后，冤魂漂到阿瓦，向阿瓦王申述冤情。阿瓦王封他们为掌管九座城门、佩享九把宝刀的村寨守护神，享受每村每寨的供奉。后来，昆绰和昆达也被觉苏瓦所杀，冤魂追随哥缪信及布勒银左右。布坎侯觉苏瓦死后则成为人尽皆知的全国性神灵——哥基觉。

《墓地守护神玛派娃》说玛派娃与其兄——湖泊守护神貌山迈本是王室后裔，为躲避王祸，从缅甸中部逃至下缅甸一带隐姓埋名。貌山迈以捕鱼为生，造下无边罪孽，后变为鬼怪，玛派娃因此伤心而亡，灵魂终日徘徊于墓地。当辟拉法师获悉兄妹遭遇后，封玛派娃为墓地守护神，封貌山迈为湖泊守护神。为祈求平安，渔业丰收，内湖中的渔民广泛供奉两兄妹。

《梅翁娜娘娘》则说布雍二神之母原为孟人国家——直通的公主梅翁娜，因直通被阿奴律陀所灭，父王曼努哈被抓，便化身为夜叉躲到卜巴山中，后与当布雍二神之父——采花力士比亚达相遇并结合，生下了当布雍二神。后因二子被阿奴律陀处决，在从卜巴山赶往蒲甘的途中心碎而绝。

《坚娘娘》也说该神为当布雍二神之母，还说当布雍二神被江喜陀王陷害而死后，其母在赶往蒲甘途中，在萨金瓦地区气绝身亡。经查阅缅甸学者悉都棉所著的《37 神及各民族传统神灵》一书，坚娘娘实际上是阿瓦时期大盗鄂德比亚的情人，因情郎被杀，顶撞国王而被责打致死。[①]

二　缅族纳特传说的民俗语境

上述 19 则纳特传说，共叙述了 12 组纳特的神史，其中有 10 组纳特的神史交代了故事发生的时间，按照时间顺序，依次为：①佛陀时

---

① ［缅］悉都棉：《37 神及各民族传统神灵》，仰光：密木卡书局1993年版，第134—138页。

期的土地神崩玛基；②太公时期的家神貌丁岱组神；③蒲甘阿奴律陀王时期的护堤神灵苏昂和护寨神灵楠苏、苏弄及昆绰、昆达组神；④甘阿奴律陀王时期的瑞品基、瑞品尼组神；⑤蒲甘阿奴律陀王时期的卜巴女神梅翁娜；⑥蒲甘阿奴律陀王时期的坚娘娘；⑦蒲甘阿朗悉都王时期的耶银娘娘；⑧阿瓦时期的土地公哥缪信和土地婆布勒银组神；⑨东吁王朝时期的墓地守护神玛派娃和湖泊守护神貌山迈；⑩贡榜王朝时期的宝藏守护神瑞佐骠和穆拉客组神。另外有2组纳特的神史则没有交代故事时间，分别为海神吴信基和勃固守护神南格彦娘娘，笔者查询了相关神史，发现他们都是孟族供奉的神灵。此外，太公时期的家神貌丁岱组神虽是缅族群众广为供奉的纳特，但却是太公人士，而太公则是骠族的城邦。如果我们将这3组纳特排出，重点分析其余9组纳特，我们就会发现这些纳特生活的时代都是佛教极为兴盛的时期，而且他们大都直接或间接地死于历史上有名的封建君主之手，这些君主都具有一个共同点——虔诚的佛教徒。

比如，蒲甘国王阿奴律陀既是建立缅甸历史上第一个封建大一统帝国的君主，同时也是将佛教立为国教的第一人，他和东吁王朝的勃印囊王、贡榜王朝的阿朗帕耶王并列为缅甸三大民族英雄。但在民间叙事中，他却是造成3组纳特横死的元凶。又如，江喜陀王既是阿奴律陀的政治遗产继承者，同时也是他的宗教事业继承者，在他任内建成了阿奴律陀所没有完成的伟大建筑——瑞喜宫佛塔，此外还建造了阿难陀寺，使蒲甘成为东南亚的佛教中心，但是在民间叙事中，江喜陀却成为坚娘娘死因的间接凶手，尽管真正的凶手并不是他。再比如，江喜陀的外孙——阿朗悉都也是虔诚的佛教徒，不但在王朝内广建佛塔寺院，还遣使到印度佛陀伽耶地区访问，甚至亲自率领军队前往中国寻求佛牙。他同样也不能幸免，成为民间叙事中残害妇女的暴君。阿瓦王朝的布坎侯觉苏瓦也是一个虔诚的佛教徒，据《琉璃宫史》记载，他在阿敏、实皆和阿瓦等地都建有寺庙，还向阿瓦的寺庙布施了田产。① 但在《土地公哥缪信，土地婆布勒银》传说中，他也变成了造成哥缪信和布勒银兄妹死亡的幕后黑手。

至于《墓地守护神玛派娃》传说中虽然没有交代故事发生的时间，但提到了兄妹俩信奉的高僧——当辟拉法师。该法师是阿瓦时期的高僧，著有缅甸古典文学名著《兴旺》，该著作完成于 1619 年。② 由此推算，兄妹俩的生活年代应为阿瑙白龙王执政时期（1605—1628年）。阿瑙白龙也是一位广建寺塔的国王，他在位期间建造了比亚德金寺、瑞牟陶佛塔、纳德贡佛发塔，此外还建造了四层金寺，布施给信摩诃僧伽那塔高僧。③ 尽管在这则传说中兄妹俩的死亡与阿瑙白龙王没有直接关系，但故事说道，兄妹俩因王祸而被迫背井离乡、隐姓埋名，而这正是造成他们横死的原因，因此和当时的执政者——阿瑙白龙王脱不了干系。

宝藏守护神瑞佐骠和穆拉客传说的两篇异文《瑞佐骠和穆拉客的由来》和《宝藏守护神瑞佐骠》的篇幅都比较简短，寥寥数语交代了瑞佐骠和穆拉客两兄妹被国王追杀，逃到现钦贡乡佐骠水库一带，跳水自杀后成了宝藏守护神的传说。这两篇异文在情节交代上都有着一定残缺，《瑞佐骠和穆拉客的由来》的讲述者——吴敏莱告诉笔者，他自己对这个传说记得也不是很清楚，只是听老人们说过。根据当地高僧佐骠大法师编写的油印材料，该传说的原貌为：缅历 1138—1145年（公历 1776—1783 年），贡榜王朝辛古王执政时期，实皆贾德洞村有一王室侍从，名叫貌温纳，其妻名玛盛妙。夫妻俩有一对子女，大的是儿子，叫瑞佐骠，小的是女儿，叫穆拉客。兄妹俩为躲避王祸，逃至勃固山脉欣遂河、当坛河、娘河及欣德河交汇之地，在名为聂基瓦的河口处双双携手跳水自尽，死后变为守护宝窟的神灵，当地人把

---

① ［缅］蒙悦逊多林寺大法师等：《琉璃宫史》（中卷），第 477 页。
② 参见姚秉彦、李谋、杨国影《缅甸文学史》，第 74 页。
③ 参见［缅］蒙悦逊多林寺大法师等《琉璃宫史》（下卷），第 929 页。

两兄妹尸体流经的河流称为"佐骠河。"① 文本中讲到的王祸为1782年榜加候貌貌谋杀辛古王一事，辛古篡位仅7天，就被波道帕耶杀死，波道帕耶是个狂热的佛教徒，他不仅想做"世界霸主"，而且想做"诸佛之王"②。这则传说与上述《墓地守护神玛派娃》一致，传达出又一组纳特产生于封建君主大兴佛教之时的信息。

当把这些细节串联在一起，这些传说文本后隐藏的含义就很清楚，这些传说力图告诉我们：纳特传说往往产生于封建君主大力弘扬佛教的时期。这样就形成了一个悖论，为什么越是佛教昌明的时期，越能产生对于佛教而言是彻头彻尾的"邪魔外道"——纳特传说？难道两者之间存在着一荣俱荣一损俱损的关系？无论是从宗教感情，还是从现实利益来看，这种说法显然都不合情理。但当我们将这一现象放到缅甸的民俗语境中，就能对其作出合理的解释。

众所周知，纳特崇拜是缅族群众的本土信仰，相较于佛教，纳特崇拜还处于多神崇拜的阶段，无论是在教义方面，还是在神职人员方面都比较原始。文化学界一向有着高势文化影响低势文化的看法，所以当作为高势文化的佛教传入缅甸后，由于其理论体系更加完善，教义更加符合封建统治阶级的需要，于是便取代了原始的本土宗教——神灵崇拜。这是封建统治阶层出于自身的需要而加以推动的结果，由于传统文化的惯性，民间仍然保留着这一文化习俗，而且可能对统治阶层崇佛灭神非常不满，由于人的思想和言论是难以控制的，所以就出现了这一现象——越是佛教昌明的时期，越能产生纳特传说。这一现象表明，尽管主流文化已经发生了变迁，但文化传统仍具有很强的延续性和生命力。

上文提到，笔者收录到的这19则纳特传说，共叙述了12组纳特

---

① ［缅］佐骠法师：《佐骠水库简史》，油印资料，［年代不详］，第1页。
② 参见净海《南传佛教史》，宗教文化出版社2002年版，第146页。

的神史，除了家神貌丁岱是全国性的神灵外，其余都是一些地方性神灵或职业神灵。地方性神灵如卜巴女神梅翁娜和当比雍守护神瑞品基、瑞品尼两兄弟；职业神灵如海神吴信基、内湖守护神耶银娘娘、墓地守护神玛派娃、湖泊守护神貌山迈、护堤神灵苏昂、护寨神灵楠苏、苏弄及昆绰和昆达组神、土地公哥缪信和土地婆布勒银组神。这些地方神灵都具有同一个特点，都能为当地提供一定的保护或具有某种作用，这反映出当地的民众较为关心身边事务，体现在民间口头文学上就是熟悉并传诵本地纳特神的传说，而对其他地区的或全国性的神灵则比较陌生甚至是毫不关心。这种现象从人类学角度可以解释为当地的民众在努力创建自己的文化特色。传说传达出这么一种信息：那些和自己在同一个地方长大，有着相同信仰，会说同一类传说的人是"自己人"。从这个角度来说，纳特神传说和其他地方文化构成了当地民众的凝聚力，是区别"自己人"与"外来人"的标准。因此，纳特神传说是区分当地文化与其他区域文化的符号。从这个意义上来说，民间口头文学和区域文化之间有着密切的关系。

第三节　箭垛式人物
——缅族的人物传说

在缅族群众的民间叙事文学宝库中，有着丰富的人物传说，这些传说又往往和历史传说纠缠在一起，难以分辨，我们把重在记事的一类称为历史传说，把重在记人的一类称为人物传说。根据故事角色的不同，缅族的人物传说又可分为民族始祖传说、英雄人物传说、王公贵族传说和侠士大盗传说几类。

一　民族始祖传说

此类传说是关于缅族人文始祖事迹的传说，他们或是铲除猛兽，救黎民于危难；或是与异族联合，为民族争取了发展机会；或是开疆拓土，为子孙拓展了生存空间。这类传说往往带着闪烁着神性的光芒，据有神话的因素，因而体现出一种历史的传说化或神话的历史化倾向，学界一般将其称为"社会神话"。笔者共采录到7则民族始祖传说，具体情况详见表7：

表7　　　　　　　　　　　　缅族的民族始祖传说

序号	名称	采录地区	讲述者
1	《貌宝鉴的传说》	太公地区	吴昂敏
2	《亚德觉王与摩诃丹婆瓦、素拉丹婆瓦王子》	太公地区	吴昂钦摩
3	《貌宝鉴》异文一	太公地区	吴梭温
4	《骠绍梯》	蒲甘—良坞地区	阿嘎敏
5	《骠绍梯射杀巨鸟》	阿瓦地区	吴山丁
6	《貌宝鉴》异文二	阿瓦地区	吴山丁
7	《貌宝鉴与摩诃丹婆瓦、素拉丹婆瓦两兄弟》	阿瓦地区	杜茵茵丹

（一）缅族民族始祖传说的文本

采录于太公地区的《貌宝鉴的传说》《貌宝鉴》和采录于阿瓦地区的《貌宝鉴》是同一则传说的不同异文，故事说貌宝鉴外出学艺，临别时师傅赠予他三句话："多问知识广又博，勤走不停达远方，夜晚不眠寿命长。"后来他获知太公城因国王频繁驾崩，正在找人继承王位，于是便到了太公城外。正当他躺在石板上睡觉时，被大臣们迎到王宫里与王后成亲。当晚，貌宝鉴记起师傅的临别赠言，便砍了一根芭蕉杆放到床上，盖上被子，自己则手持宝刀躲到一旁。入夜以后，从皇宫顶上爬下了一条毒龙，张开獠牙咬向芭蕉杆。由于用力过猛，毒龙的獠牙被嵌在芭蕉杆里，拔不出来。貌宝鉴一跃而起，奋力砍下了毒龙的头。王后让貌宝鉴猜三个谜语，如果貌宝鉴在一个月之内猜不出的话，就要被砍头。这三个谜语是："给百，双手攥；给千，缝成片；拿着爱人的骨头做头簪。"貌宝鉴思索良久，始终不得要领。这时，他的父母听到儿子当了国王，就来太公城投奔他。由于他的父母懂得鸟兽的语言，机缘巧合之下获悉了惊天秘密，原来毒龙是太公王后的情人，之前的几任国王都是被这条毒龙咬死的。此外，貌宝鉴的父母还获悉了谜语的答案，原来王后为了纪念情人，付了一百枚钱，让人把毒龙的皮剥下，又付了一千文钱，让人把龙皮缝成衣服穿在身上，最后王后还让人把龙骨头做成发簪插到头上。于是他们急忙赶到王宫，把貌宝鉴从刀斧手的屠刀下救了回来。

《亚德觉王与摩诃丹婆瓦、素拉丹婆瓦王子》与《貌宝鉴与摩诃丹婆瓦、素拉丹婆瓦两兄弟》也是同一传说的不同异文。后者说上文提到的貌宝鉴与王后成亲后，王后生了一对孪生兄弟：摩诃丹婆瓦王子和素拉丹婆瓦王子。由于王后和毒龙有过私情，体内带有龙毒，所以两兄弟一出生便是瞎子。貌宝鉴下令诛杀两兄弟，王后不忍心，将他们置于竹筏中，并放上"不馁食品"，顺着伊洛瓦底江随水漂流。前者则没有说两兄弟的父王是谁，只是说他们被放逐以后，先是抓住了偷他们食物的女妖，女妖治愈了他们的眼疾。后来，两兄弟遇到了他们的亲舅舅——亚德觉王[①]。亚德觉王原为太公国王储，后因奉命追杀巨型野猪，来到室利差呾罗。王储铲除野猪后没有返回太公，而是留在当地修行成了仙人。后来一只母鹿舔了仙人的小便，怀孕生下一女，被仙人捡回收养，并取名"蓓达莉"。随着蓓达莉逐渐长大，仙人感到男女相处不便，便给了她一个凿了一个针眼的葫芦，让她每日到伊洛瓦底江边打水，水打满了才能回家。一天，蓓达莉在江边打水时遇到了摩诃丹婆瓦与素拉丹婆瓦两兄弟，仙人将蓓达莉嫁给了摩诃丹婆瓦。后来，摩诃丹婆瓦又与释迦王族的骠王后成亲，做了骠王。此外，这则传说还解释了缅甸中部一些地名的由来，如王储追杀巨猪时，巨猪逃进山谷，至今此地被称为"外温"，意为"猪逃之处"；巨猪跨过伊洛瓦底江逃窜，因其身躯庞大，滔滔江水竟未沾湿它的肚皮，

---

① 意为"声名远扬的仙人王"。

所以该地叫"外马素",意为"猪未湿",王储射杀巨猪的地方叫"外拖",意为"杀猪";女妖替摩诃丹婆瓦和素拉丹婆瓦两兄弟治疗眼疾的地方叫"萨固",意为"开始治疗";两兄弟被治愈的地方叫"萨林",意为"重现光明";两兄弟的竹筏被树枝挂住的地方叫"实皆",意为"向下弯垂的阿拉伯橡胶树枝"等。

《骠绍梯》和《骠绍梯射杀巨鸟》是关于缅族始祖——骠绍梯传说的不同异文,故事说太阳神与龙公主相恋,龙公主产下三枚龙蛋,被猎人捡到。猎人在穿越山涧溪流时,因溪水暴涨,失手将龙蛋掉到溪中。龙蛋随水漂流,一枚漂到摩谷一带裂开,故该地盛产宝石;一枚漂到妙香国,^① 孵出一位公主;另一枚漂到蒲甘,被一对骠族老夫妇捡到,孵出了缅族的始祖——骠绍梯。骠绍梯长大以后拜仙人为师,精通十八般武艺。一日,骠绍梯得知蒲甘为四凶所患,便手持帝释天赐予的神弓来到蒲甘,相继铲除了东边的大猪、西边的巨鸟、南边的猛虎和北边的飞鼯。后来,蒲甘国王将公主许配给他,并立他为王储。这则传说的部分情节与上文中王储亚德觉铲除巨型野猪相似,也解释了蒲甘附近一些地名的由来,如骠绍梯射杀巨鸟的地方叫"艾毕当",意为"射鸟山";骠绍梯射杀巨鸟后,拔下一根羽毛,让七个少女扛着去献给国王,但因羽毛巨大,沉重异常,少女们扛到半路便体力不支,只能将其扔掉,所以该地又名"艾当毕",意为"扔羽毛"。

(二)缅族民族始祖传说的民俗语境

这 7 则民族始祖传说主要集中在五位人物身上,分别是貌宝鉴、亚德觉王、摩诃丹婆瓦和素拉丹婆瓦王子两兄弟以及骠绍梯,他们都是缅族及其亲缘民族——骠族的始祖,缅甸的大编年史《琉璃宫史》中均有他们事迹的记载。

貌宝鉴传说带有魔幻色彩,主要讲屠龙情节,所以民间称该王为

---

① 妙香国即南诏国。

"德多降龙王"。当然，龙在现实社会中自然是不存在的。麦克斯·缪勒曾提出神话是语言疾病，他认为神话的发生是由于人们把古时遗留下来的名词遗忘所致，比如，"太阳神因其具有金色的光芒而被说成'有金手'，于是手也用和光芒同样的词来表达。但当同样的称号用于阿波罗或因陀罗时，神话就产生了。正像我们在德语和梵语神话中发现的那样，神话告诉我们因陀罗失去了他的手，而换上了金手。"① 尽管缪勒的理论经以安德鲁·兰格为首的人类学派的批判，已经很少有人认同，但其思路对我们理解貌宝鉴传说中王后的情人是龙这一情节却具有一定的指导意义。上文提到，史学界普遍认为缅人是由氐羌的支系——白狼羌演化而来的，8世纪初部分白狼羌人开始进入到缅甸境内与骠人杂居在一起，成为先缅人。9世纪初由于南诏进攻骠国导致骠人势微，先缅人取而代之。换言之，在先缅人进入缅甸本部以前，骠人和孟人早已在此定居。除此之外，缅甸一些其他的少数民族和缅族同属藏缅语族，这些民族也都并非缅甸的土著民族，他们先于或晚于缅族抵达缅甸本部，但他们迁徙到缅甸的时间大体上都处于同一个历史时期，这其中就有那伽族。《琉璃宫史》有如下记载："值此释迦族诸王败毁之际，名为陀阇罗阇的释迦族君王率领大军从中天竺来，首先建立了莫梨耶……接着又创建了顶兑城。在此与马垒地区的那伽岑王后相遇，因是同族同宗同是释迦族，国王与王后便结合共建上蒲甘国。"② 缅甸以佛教立国，为标榜血统纯正，历代的封建君主大多宣称自己的祖先是来自天竺的释迦族，上文所记载的正是上蒲甘国的建立者陀阇罗阇与同族同宗的一位名为"岑"的那伽族王后结合、共建上蒲甘国的历史。从语言谱系上来看，那伽族与骠族、缅族同属藏缅语族，③ 故上文中说陀阇罗阇与

---

① ［英］麦克斯·缪勒：《比较神话学》，金泽译，海文艺出版社1989年版，第77页。
② ［缅］蒙悦逝多林寺大法师等：《琉璃宫史》（上卷），第129页。
③ 参见贺圣达、李晨阳《缅甸民族的种类和各民族现有人口》，《广西民族大学学报》（哲学社会科学版）2007年第1期。

那伽岑王后"同族同宗",至于"同是释迦族"则是说他们都信仰佛教。由此可见,早在上蒲甘城建城之时,那伽族已经抵达上缅甸地区。缅人称那伽族为"na ga'lu myo:",亦即那伽族,另外,缅甸语中"龙"一词的发音为"n–ga:"两者原音和辅音完全一致,区别仅仅在于调值和轻重音而已。由此看来,《貌宝鉴》传说中的龙应该也是后人对前人故事产生了误读,误把那伽族当成龙了。

如果我们把这个故事还原到当时的历史文化语境中,故事应该是这样的:故事发生的时候,太公地区还处于母系社会,他们的首领——女王与那伽族男子私定终身,由于得不到臣民的认同,他们只能暗中偷情。女王按臣民的意愿,与一个又一个配偶成婚,虽然她的情人——骁勇的那伽族男子把这些法定配偶都——谋杀了,但最后却被机智过人的貌宝鉴给杀死了。另外,貌宝鉴的母亲并非懂得鸟兽的语言,而是懂得那伽族的语言。古人有把异己的、非我族的其他民族斥为兽类的习惯,在这种语境下,当时在太公地区占统治地位的骠人把身为异族的那伽族比喻为鸟兽,也是可以理解的。

骠绍梯传说实际上是由两个情节和结构相对完整的故事组成,一个是三个龙蛋的传说;另一个是骠绍梯传说。三个龙蛋传说[①]在中缅两国人民中广为流传,赞誉中缅两国传统友谊的"瑞苗胞波"一词就源自于该传说,该词意为"一母所生的兄弟"。骠绍梯传说讲述的是缅族的始祖——骠绍梯的英雄事迹。这两个故事分别对应着两个母题,一个是"文化英雄卵生"母题,另一个则是"文化英雄(半神)战胜怪物"母题,斯蒂·汤普森的《民间文学母题索引》分别将其列为"A511. 1. 9"和"A531"[②]。

"文化英雄卵生"是一个广泛存在的母题,我们从《中国民族神

---

① 参见〔缅〕蒙悦逝多林寺大法师等《琉璃宫史》(上卷),第160—161页。

② Stith Thompson, *Motif-Index of Folk-Literature* (*Vol. I*), Bloomington: Indiana University Press, 1955, pp. 117, 122.

话母题研究》一书中的"中国民族神话人类起源与族源母题统计表"中可以看出，朝鲜族、哈尼族、纳西族、藏族、傣族、侗族、黎族、水族、高山族和苗族等民族都有着卵生型的神话传说，比如，藏族的《蛋生英雄》说太极之初，蛋破裂，生出一个英雄。傣族的《阿銮的由来》讲到树洞里有五颗神蛋，第一个神蛋由鸡孵出第一个佛祖；第二个神蛋投胎到牛肚子，生第二个佛祖；第三个神蛋由龙孵出第三个佛祖；第四个神蛋，滚到江河里，跳出一个少年；最后一个从神蛋中走出的是最后的佛祖。高山族的《人间万物的由来》则讲到太阳生红、白二卵，百步蛇孵育，化生男女二神，二神通婚，生排湾人。后来，太阳神又生两卵，孵生那玛达乌与那玛依德兄妹神。[1] 这些民族的人类起源与族源神话都有一个共同的特点：为了把本民族的始祖或英雄的诞生神圣化以强调其超人的权威，往往编造出卵生神人的神话。缅族一贯以太阳神的后裔自居，且自古就有祭龙习俗，哈威所著《缅甸史》中谈到，缅甸在 11 世纪以前，所信奉的阿利教（Ari）有祭龙之风。[2] 另据《琉璃宫史》记载，缅甸蒲甘王朝的胡瓜王——良吴苏罗汉在当上国王后，将自己的瓜地改成一优美的大花园，并塑造了一大龙雕像，他认为龙比人更高贵，且神通广大，拜之必有大福。[3] 由此可知龙是缅甸先民的图腾，所以三个龙蛋故事里出现骠绍梯是由太阳神和龙女所生的这一情节，就当时的文化和社会语境而言自然是十分合理的，它体现了缅甸先民将人类自身的繁殖与部落图腾联系在一起的思维方式。

"文化英雄（半神）战胜怪物"（A531）也是世界神话传说中常见的母题，比如，英格兰民族史诗《贝奥武甫》讲的就是耶阿特族的英雄贝奥武甫杀死巨妖格伦德尔和巨龙的故事；德意志民族史诗《尼

---

① 王宪昭：《中国民族神话母题研究》，民族出版社 2006 年版，第 305—367 页。
② ［英］戈·埃·哈威：《缅甸史》（上册），姚楠译，商务印书馆 1973 年版，第 43 页。
③ ［缅］蒙悦逊多林寺大法师等：《琉璃宫史》（上卷），第 187 页。

贝龙根之歌》里也有尼德兰王子西格弗里杀死巨龙的情节。安德鲁·兰格提出，文化英雄的传说组成了与幻想故事和纯粹自然神话之间连接的媒介。文化英雄故事所表达的是通过民间故事的自我中心兴趣到自然神话的宇宙兴趣的过渡，可以把文化英雄传说看作人去征服威胁他的超自然力量的故事。① 按照这一说法，骠绍梯的传说反映了缅族民众对骠绍梯——这一杰出的历史人物的追忆，尽管我们不能确定历史上是否确有其人，但是无可否认的是，民众通过无形地夸大骠绍梯所消灭的巨鸟、大猪、恶虎和凶蝠，来衬托骠绍梯在本民族发展过程中做出的巨大贡献，加上骠绍梯神秘的出生，使得他被进一步神格化，最终成为缅族的始祖神。

亚德觉王与摩诃丹婆瓦、素拉丹婆瓦王子的传说则是先缅人在缅甸本部开疆辟土过程的叙事。当时的情形很可能是这样的：位于太公地区的德多摩诃罗阇王为了开拓疆土，让两个王子沿着伊洛瓦底江顺流而下，到舅父亚德觉仙人居住的室利差呾罗城建立政权。为了躲避四周强敌的加害，一路上两位王子伪装为盲人来掩人耳目。到了位于缅甸中部的实皆后，他们巧遇异族女子姜陀牟纪。至于"色固""育瓦林""色固莫""色林"等地名的出现，只不过是两兄弟在外敌对他们已经不再构成威胁的情况下，开始揭露身份的一种隐喻说法。抵达室利差呾罗后，他们采用联姻的方式，加强了与当地部族的联系，摩诃丹婆瓦不但娶了舅父的女儿蓓达莉，还通过与南坎骠王后的结合，当上了德加因地区骠国的国王。该时期骠族盛行"父卒妻其庶母、兄亡妻其诸嫂"② 的转房婚制度，摩诃丹婆瓦驾崩后，王弟素拉丹婆瓦继位为王，并按照当地习俗娶了王嫂蓓达莉为妻。通过这一系列举措，骠族将势力范围由缅甸北部扩大到缅甸中部地区。就以上情节而言，

---

① 转引自孟慧英《西方民俗学史》，第 377 页。

② 周伟洲编：《吐谷浑资料辑录》，青海人民出版社 1991 年版，第 62 页。

可以发现当时的骠人存在着"姑表婚""转房婚"和"氏族外婚"等多种婚姻形态。

值得注意的是，骠绍梯传说和亚德觉王传说在情节上有一定的重合，比如，两人都是奉王命追杀巨猪，而且缅甸中部的一些地名也产生于追杀巨猪的过程中。民间叙事文学作品在流传的过程中经常会发生母题移植的现象，由于缺乏足够的文本，我们不能判断这两则传说哪一个是最早的文本。但可以肯定的是此类传说产生之时，骠族已定居于缅甸中部一带，且已进入农耕社会，由于野猪群对农作物有着极强的破坏力，为了保护庄稼，骠族先民才在部落首领的带领下，驱赶屠杀野猪。正是由于此事对民族生存的意义极大，所以才进入民间叙事文学中，世代相传，成为我们了解早期骠族生活的历史遗迹及口头化石。

二　民族英雄传说

此类传说是关于缅甸古代为抗击外敌入侵、反对异族统治或在国家和民族的统一大业中做出巨大贡献的英雄人物的传说，此类传说的主人公都是名垂青史的历史人物。笔者共采录到 4 则民族始祖传说，具体情况详见表 8：

表8　　　　　　　　　　　　缅族的民族英雄传说

序号	名称	采录地区	讲述者
1	《江喜陀王》	仰光地区	杜珊丁
2	《德彬瑞梯和勃印囊》	东吁地区	吴盛吞
3	《亚扎底律和拉贡恩》	勃固地区	吴梭敏
4	《战胜中国武士的德门巴仰》	勃固地区	吴梭敏

（一）缅族民族英雄传说的文本

《江喜陀王》主要说江喜陀一出生便天生异象，招来蒲甘国王阿奴律陀的屡次追杀，但天佑洪福，最后都能逢凶化吉。江喜陀长大后，到朝中效力，成为阿奴律陀麾下的四大英雄之首，屡建功勋。后因与阿奴律陀妃子——若开公主①钦乌有染，再次遭到追杀。江喜陀大难不死，逃到皎漂地区后，邂逅了寺院住持的养女单补拉，并与之结合。阿奴律陀驾崩后，江喜陀被新王征召，临别时赠予单补拉戒指一枚，嘱其若是生男，便持戒指到京城认亲；若是生女，就将戒指出售，将女儿养大。后来单补拉产下一子后，携子赴蒲甘认亲。

《德彬瑞梯和勃印囊》中则提到了东吁王朝时期的两位民族英雄：德彬瑞梯和勃印囊。故事说他俩同一年出生，相差一个月。勃印囊出生时，天空中飞过一只秃鹫，向南飞去。勃印囊的父母受到启发，搬到南部，以熬制、售卖棕榈糖为生。一天，他们无暇照顾孩子，将勃印囊放在装棕榈汁的罐子里，引来了白蚁，爬满了勃印囊全身，所幸勃印囊安然无恙，因此勃印囊的父母给他取名为"貌洽德"，意为"白蚁爬的孩子"。此时德彬瑞梯也出生了，因其头顶有一根金发，故取名为"德彬瑞梯"，意为"唯一的金发"。后来德彬瑞梯的父王替他挑选奶娘，勃印囊之母被选中，从此两个孩子成了玩伴。长大后，德彬瑞梯还把王姐嫁给了勃印囊。德彬瑞梯被害后，东吁王朝四分五裂，勃印囊救黎民于危难，再次统一了缅甸，登上了王位。

《亚扎底律和拉贡恩》则关于缅甸四十年战争时期（1385—1424年）南方孟人国家的君主亚扎底律和麾下骁将拉贡恩的传说。故事说渺弥侯起兵叛乱，亚扎底律急召拉贡恩上阵御敌。拉贡恩却与亚扎底律讨价还价，表示如果得不到亚扎底律的王妃宁格达雅，便不上阵杀敌。亚扎底律非但没有龙颜震怒，反而好言宽慰，敦其急速上阵。拉贡恩拼死厮杀，剿灭匪酋，自己也身负重伤。当他回到家中，发现王妃宁格达雅已等候在旁，诚惶诚恐之下急忙把王妃送回王宫，并向亚

---

① 据史料记载，实为勃固公主。参见［缅］蒙悦逝多林寺大法师等《琉璃宫史》（上卷），第220页。

扎底律谢罪，表明自己并无恶意，之所以提出无理要求，无非是想知道亚扎底律是不是真的爱才如命。

《战胜中国武士的德门巴仰》讲的是缅甸四十年战争时期另一位孟族英雄——德门巴仰的故事。德门巴仰原是勃固王朝亚扎底律麾下一员英勇善战的大将，后被阿瓦王储明耶觉苏瓦俘虏。中国进攻阿瓦时，为避免伤及无辜，双方约定各派一名武士出战。耶觉苏瓦将德门巴仰释放，令其代表阿瓦向中国武士挑战。德门巴仰沉着应战，枪挑中国武士腋窝，为阿瓦赢得了胜利。

（二）缅族民族英雄传说的民俗语境

上述 4 则缅族的民族英雄传说共涉及 6 个历史人物，分别是：蒲甘王朝时期的江喜陀、战国时期（1287—1531 年）的亚扎底律、拉贡恩和德门巴仰、东吁王朝时期的德彬瑞梯和勃印囊。事实上，缅族自 11 世纪中叶在缅甸中部建立起政权以来，历经蒲甘、彬牙、实皆、阿瓦、东吁、贡榜等王朝，历史上的君主及武将不计其数，为何缅族群众只喜欢讲述这几位历史人物的传说？是什么原因使得他们成为缅族群众偏爱的叙事对象？我们发现，上述这些历史人物都和战争有关。具体而言，江喜陀王、亚扎底律、德彬瑞梯和勃印囊是战功显赫的封建君主，拉贡恩和德门巴仰则是骁勇善战的武将。

首先看江喜陀，他虽然出身卑微，但文武双全，智勇过人，被蒲甘国王阿奴律陀召进宫中为其效力，是阿奴律陀麾下的四大英雄之首。1077 年阿奴律陀死后，孟人首领耶曼干举兵谋反，虏杀了阿奴律陀之子——修罗王。江喜陀率兵驰援，拯救蒲甘王朝于危难中，因而被拥戴为王。江喜陀登基后，采取了一系列团结孟人的政策，为蒲甘王朝的和平和繁荣奠定了基础，临终前，还将王位传给了阿朗悉都，后者既是他的外孙，同时也是修罗王之孙。

亚扎底律是缅甸历史上为数不多的声名显赫的孟族君主，在位期间与北方阿瓦国王明康爆发了"四十年战争"，他英勇善战，惜才如命，麾下勇士众多，如拉贡恩和德门巴仰，与阿瓦作战中不断获得胜利，但是最终双方实力相当，均无法打败对方。

德彬瑞梯则是缅甸历史上有名的少年英雄，年仅14岁便继承了王位，为举行自己的成年礼，亲率五百名骑兵，冲入敌人后方，在勃固的瑞穆陶宝塔完成了这一盛典。他在位期间东征西讨，战功显赫，先是占领和控制了整个下缅甸，接着又西征若开，后南下远征暹罗，一直打到暹罗首都阿瑜陀耶城下。

勃印囊则是德彬瑞梯的政治遗产继承人，德彬瑞梯被孟族卫士谋杀后，东吁王朝四分五裂，勃印囊借助葡萄牙雇佣兵，先取东吁，得以东山再起，他平定卑缪叛乱后收复了下缅甸，接着又率军北伐、东征，实现了缅甸的第二次统一。

由此看来，战争对缅族群众记忆的影响是深刻的，当战火延绵，百姓流离失所的时候，民众无不企盼能早日结束战争，恢复和平。上述这些封建君主恰恰是满足了老百姓这方面愿望，因而被百姓铭记心间，世代传唱。

此外，上述民族英雄传说的叙事中，洋溢着神秘和浪漫色彩，比如，与正史不同，江喜陀传说主要讲述他洪福天佑，因而躲过了阿奴律陀的历次追杀，英雄多情，因而俘获了钦乌公主和单补拉的爱情。德彬瑞梯传说则说他天生贵相，头顶有一根金发。勃印囊传说则说他吉人自有天相，不但出生时有秃鹫往南飞的征兆，而且全身被白蚁爬满也安然无恙。由此看来，为历史增添神秘和浪漫色彩是民间叙事的偏好。

亚扎底律、拉贡恩和德门巴仰的传说则以写实的手法，为我们描述了"四十年战争"期间君王惜才如命，武将拼死相报的历史。尽管他们都是孟人，而且还是战争中敌对的双方，但在缅族群众的叙事中，丝毫没有轻视和贬低，反而是洋溢着赞赏。对"各为其主"的理解和对忠诚英勇认同的价值观应是这一现象的心理基础。

三 宫廷人物传说

封建时期，王公贵族由于处于政治权力的中心，往往会成为普通民众的关注对象，由于封建等级森严，普通民众难以触及统治阶层的日常生活，因此对其抱有强烈的好奇心，王公贵族的一举一动，往往是他们茶余饭后的谈资，在这种口耳相传中，产生了大量的宫廷人物传说，笔者共采录到 4 则宫廷人物传说，具体情况详见表 9：

表 9　　　　　　　　　　　缅族的宫廷人物传说

序号	名称	采录地区	讲述者
1	《梅努王后蒙难记》	阿瓦地区	吴佩丹
2	《梅努王后》	阿瓦地区	杜泰泰
3	《梅努王后的忌讳》	阿瓦地区	吴当纽
4	《诸王的轮回》	阿瓦地区	吴巴迎达法师

（一）缅族宫廷人物传说的文本

《梅努王后蒙难记》《梅努王后》和《梅努王后的忌讳》皆采录于阿瓦地区，是关于贡榜王朝巴基道王正妃梅努的传说。其中，《梅努王后蒙难记》和《梅努王后》是同一则传说的不同异文。

《梅努王后蒙难记》说梅努出身名门望族，被巴基道王立为正妃。因缅甸在第一次英缅战争中失败，被迫割地求和，导致巴基道王精神失常，梅努便代理朝政。但囿于世俗的偏见，不久朝中谣言四起，说她作风不正，污蔑她与兄长貌窝私通。王弟达亚瓦底据此发动政变，将其溺毙于阿摩罗补罗的当德曼湖。临刑前，梅努叩拜国师吴勃欧法师，听其讲解业报轮回后毅然赴死。讲述者还以饱含同情的语调，细数了梅努的三十三件功德，以此说明梅努对佛教的虔诚。

《梅努王后》则说梅努天生贵相，当她还是孩子的时候，某次沐浴，浴袍被狂风卷走，缠到了皇宫的柱子上，后来果然被册封为王后。但其权欲熏心，干涉朝政，忌恨小王妃——勃当族公主，秘密将其闷死。国王知道后震怒，下令将梅努溺毙于德曼湖。临刑前，梅努叩拜巴格雅寺法师，听其讲解业报轮回后赴死。

《梅努王后的忌讳》说梅努王后口才出众，热衷于玩文字游戏。因为她的名字中带"努"字，所以她说话时，凡是有"努"字的地方，一律改为同义词"突"字。① 大臣们为了讨好梅努，纷纷仿效。后来僧侣念经时，如经文中出现"努"字，也被要求改为"突"字。梅努得知后深感不安，明令禁止这一做法。

《诸王的轮回》说蒲甘王朝的骠绍梯王、丁梨姜王与阿奴律陀王互为前世今生。此外，江喜陀王时期的国师信阿罗汉法师与印度王子勃代格亚的前世曾为亲兄弟。勃代格亚死后转世为江喜陀王的外孙阿朗悉都。阿朗悉都的生父为阿奴律陀之孙苏云王子，其母为江喜陀王之女瑞恩蒂公主。瑞恩蒂公主在与苏云王子成亲前，曾与印度王子勃代格亚热恋，但江喜陀王却将爱女嫁与义父阿奴律陀之孙苏云王子。信阿罗汉每日早晨十点，便会驾着祥云前去朝拜摩诃菩提。一天，信阿罗汉在空中遇到了前来蒲甘与瑞恩蒂公主幽会的勃代格亚王子，便将瑞恩蒂公主与苏云王子成亲的消息告诉了他，王子大惊之下，从空中坠落，死后转世为阿朗悉都。信阿罗汉曾对阿朗悉都说："大王的前世为印度王子勃代格亚。"但阿朗悉都并不相信，于是信阿罗汉便将阿朗悉都带到伊洛瓦底江边埋葬勃代格亚王子遗骨之处。阿朗悉都祈祷："如朕的前世确为勃代格亚王子，恳请上天显灵让其遗骨游过伊洛瓦底江。"祈祷完毕，遗骨果真游过了伊洛瓦底江。

（二）缅族宫廷人物传说的民俗语境

在上述这 4 则宫廷人物传说中，《诸王的轮回》叙述了两组转世关系，一组是蒲甘王朝的骠绍梯王、丁梨姜王和阿奴律陀王；另一组是印度王子勃代格亚和阿朗悉都王之间的转世。先看第一组的关系，

---

① 在缅甸语中，"努"（nu）为嫩之意；"突"（thu）则为嫩弱之意。

骠绍梯王在"民族始祖传说"部分已提及，是被神化的民族始祖。丁梨姜王也在上文"纳特传说"部分中出现过，缅甸的本土信仰——纳特崇拜始于该王执政时期。阿奴律陀王则是将佛教立为国教的第一人，在上文"纳特传说"的相关文本中，以残害纳特原型人物的暴君形象出现。如果我们把这一关系简化，就会得出如下公式：民族始祖被神话为神——国王祭拜神灵——国王崇信佛教，贬低神灵。这与上文提到的缅族信仰的历程完全符合，由此我们可以得出这样的结论：缅族的民间叙事总在有意或无意地回顾本民族的信仰历史，他们一方面想摆脱祖先崇拜的影响，另一方面却又不知不觉地深陷其中。第二组关系则是信阿罗汉是直通来的佛教高僧，勃代格亚是印度王子，阿朗悉都则是缅族君主。传说中说信阿罗汉与勃代格亚前世是弟兄，其实是一种隐喻的说法，意思是在宗教信仰方面，直通与印度有着渊源关系，犹如一母所生的亲兄弟。勃代格亚是阿朗悉都之母——瑞恩蒂公主的情人，同时也是他前世，这种叙事也是一种隐喻的说法，意思是外来的文化只有经过缅甸文化母体的孕育，才能焕发出新的生命。如果我们将这两条论断与佛教传入缅甸和缅甸人民对印度文化有选择地吸收这一历史进行对比，就会发现两者之间有着惊人的相似，由此证明该则传说在迷信的面纱下，隐藏着符合历史事实的深层肌理。

《梅努王后蒙难记》《梅努王后》和《梅努王后的忌讳》三则传说皆采录于阿瓦，由此可见梅努传说在阿瓦一带的广泛流传。究其原因，是因为梅努王后的夫君——巴道基于 1821 年将都城从阿摩罗补罗迁回阿瓦，两人在此生活了 16 年之久，梅努布施修建的马哈昂苗寺院至今仍矗立在阿瓦历史保护区内，阿瓦百姓对其极为熟悉。加之她的一生极富传奇色彩，从一个贫家少女到权倾一时的王后，最后成为宫廷倾轧的牺牲品，令人唏嘘，自然成为阿瓦百姓津津乐道的叙事对象。梅努王后蒙难传说的两篇异文《梅努王后蒙难记》和《梅努王后》存在较大区别，虽然都是说梅努王后被处决这一历史事件，前者基本与历史事实接近，讲述者对梅努王后的不幸饱含同情，后者则与历史事实有较大出入，将其丑化为心狠手辣的妒妇。唯一相同的地方是反映了封建君主们争权夺利的惨烈，这恐怕就是这则传说想传达的信息。

四　侠盗传说

封建时期，由于统治阶级昏庸无道，横征暴敛，致使民不聊生。官逼民反，民不得不反，在各个历史时期，民间总会出现一些具有反抗精神的人士，他们或揭竿而起，走上与统治阶级对抗的道路；或单枪匹马，以一己之力挑战统治阶级的权威。缅族的侠盗传说讲的正是那些侠肝义胆英雄的传奇故事，笔者共采录到 3 则此类传说，具体情况详见表 10：

表 10　　　　　　　　　　　　缅族的侠盗传说

序号	名称	采录地区	讲述者
1	《侠士大盗鄂德比亚》	阿瓦地区	吴丹昂
2	《大盗鄂德比亚》	阿瓦地区	杜泰泰
3	《侠盗鄂德比亚》	阿瓦地区	玛丁丁昂

（一）缅族侠盗传说的文本

这 3 则传说都采录自阿瓦地区，是大盗鄂德比亚传说的三篇异文。《侠士大盗鄂德比亚》说阿瓦王朝德多敏帕耶王时期的大盗鄂德比亚盗亦有道，每次得手后，总要把偷来的钱财留下一半去做善事。后来他到王宫行窃时，被德多敏帕耶王设计抓获。这则异文还和上文提到的坚娘娘传说联系在一起，说鄂德比亚和棕榈酒贩坚娘娘是老相好。坚娘娘因协助鄂德比亚逃避官府抓捕，被判包庇罪后遭到流放。故事还说两人死后在阴间结为夫妻。《大盗鄂德比亚》则说鄂德比亚之所以盗术高超，是因为其师巴格雅法师用死猫配制药水为其文身，所以犯了贼星，有了隐身之术及偷盗本领。此后，他常去豪门大户盗窃，并用盗窃所得救济穷人。阿瓦权贵恐慌不已，却无人能擒住他。德多敏帕耶王只好亲自出马，设计将其擒获。《侠盗鄂德比亚》则详细描述了鄂德比亚进皇宫偷盗及被德多敏帕耶王设计擒拿的细节。故事说鄂德比亚常在凌晨时分从实皆跨过伊洛瓦底江到阿瓦皇宫偷盗。德多敏帕耶王发现皇家宝库中的珍宝日渐减少，便下令捕获盗贼，但官兵一无所获，于是德多敏帕耶王决定亲自出马捕获盗贼。某晚，德多敏帕耶王化身为盗贼，守在江边。鄂德比亚看到后，问："什么人？"德多敏帕耶王则回答说："夜行之人。"鄂德比亚误以为遇到了同道，两人相约到皇宫盗窃。到了皇宫后，鄂德比亚仅取少量珠宝，德多敏帕耶王问他为何如此，鄂德比亚回答说所盗之物并非为己，实为接济贫苦之人，德多敏帕耶王深受感动。离开了皇宫后，德多敏帕耶王邀鄂德比亚饮酒，并将其擒获。第二天黎明，德多敏帕耶王将鄂德比亚提上大殿，故意问他要选哪种死刑，刀砍还是斧劈？鄂德比亚毫无畏惧，狂言道："我所需者是大王的爱妃。"德多敏帕耶王不以为忤，反而将其释放。

（二）缅族侠盗传说的民俗语境

鄂德比亚传说的三篇异文中《侠盗鄂德比亚》比较接近史实，塑造了鄂德比亚盗亦有道，劫富济贫的光辉形象；《侠士大盗鄂德比亚》则与纳特传说《坚娘娘》链接在一起，说两人原是一对，鄂德比亚被捕后，坚娘娘受到牵连，两人死后成了夫妻；《大盗鄂德比亚》则充满神秘色彩，宣称鄂德比亚之所以盗术高超，是因为巴格雅法师用死猫配的药为其文身而犯了贼星。尽管三篇异文存在较大区别，但都传达出了"盗亦有道，劫富济贫"的思想。

这三则传说的流传有其一定的历史背景。首先是因为传说发生在阿瓦，当地群众对该传说较为熟悉，其次是因为该传说表达了特定时期缅族群众的期盼。这三则传说发生在缅甸战国时期，这是一个群雄争霸的时代。当时的情形是大一统的蒲甘王朝崩溃后，上缅甸地区先后形成了彬牙、实皆和阿瓦等封建割据政权，封建君主为了争权夺利，置百姓于不顾，相互攻伐，造成百姓流离失所，生灵涂炭。鄂德比亚作为一名具有反抗精神的百姓，为了生存，铤而走险，专门打劫豪门贵胄。更难得的是，他还将打劫所得用于救济周围的贫苦大众，身上闪烁着人性的光环。民众对这种侠义精神赞赏有加，于是便口耳相传，使得他的事迹在民间代代流传。

至于这些传说中含有的神秘色彩，本身就含有夸张的成分，是文学惯用的手法。在民众的心目中，鄂德比亚来无踪去无影，攀越城池高墙如履平地，如同猫一样，于是便通过联想，把他和猫联系在一起，说是因为得道高僧用死猫做的药为他刺青，所以才犯了贼星，具有像猫一样的本领。民众是多情的，甚至还把他和纳特崇拜扯上了关系，为了使心目中的英雄死后不再寂寞，他们强行拉郎配，为鄂德比亚找了神仙伴侣——坚娘娘，尽管后者是蒲甘时期人士，年龄相差几百岁，但这些都无关紧要，重点是鄂德比亚借此摇身一变，走上了神坛，成了民众顶礼膜拜的神灵。

第四节　历史的多棱镜
——缅族的历史传说

历史传说也称"史实传说"，"以叙述历史事件为主，是劳动人民对历史的认识。它们往往以某一历史事件为中心，广泛刻划各阶层、各方面人物的动态，揭示历史的真实，表现人心的归向。"[1] "它所记述的不一定是事件的全部，而往往只是历史事件的某一个点或某一个片段。一般情况下，它与人物传说会有交叉，但历史传说重在记事，人物传说则重在记人。"[2] 笔者共采录到 7 则此类传说，具体情况详见

---

① 钟敬文主编：《民间文学概论》，上海文艺出版社 1980 年版，第 193 页。
② 姜永仁：《缅甸民间文学》，见陈岗龙，张玉安主编《东方民间文学概论》（第三卷），第 328 页。

表11:

表 11		**缅族的历史传说**	
序号	名称	采录地区	讲述者
1	《团结就是力量》	仰光地区	吴诶敏
2	《贡榜王朝世系》	彬牙地区	吴丹昂
3	《东吁轶事》	东吁地区	吴迎貌
4	《东吁城历史沿革》	东吁地区	吴盛吞
5	《叟格德王与阿奴律陀王》	阿瓦地区	吴山丁
6	《达玛达亚与达玛尼亚那》	阿瓦地区	杜茵茵丹
7	《为王之命天注定》	阿瓦地区	吴哥丁法师

一 缅族历史传说的文本

《团结就是力量》以概括的方式回顾了缅甸人民反对英国殖民统治，争取民族独立的历史。故事说英国殖民主义者野蛮、残酷地统治和剥削缅甸各族人民。各族人民在以昂山将军为首的三十志士带领下揭竿而起，掀起了波澜壮阔的争取民族解放和国家独立的斗争。

《贡榜王朝世系》梳理了贡榜王朝时期缅甸政治的变迁，简要叙述了贡榜王朝阿朗帕耶、囊道基、信漂辛、辛古王、榜加侯貌貌、波道帕耶、实皆王、瑞波王、敏东王和锡袍王的更迭情况，还插入了若干重大历史事件，比如，波道帕耶的王储从若开请来摩诃牟尼大佛，瑞波王篡位并处死王嫂梅努，瑞波王时期的皇族自残，加囊亲王被敏贡王子和敏孔登王子谋害。这则传说充斥着宿命论观点，比如，讲述者讲到，锡袍王的王后素浦呐雅是梅努王后的转世。梅努王后被小叔子——达亚瓦底王处死时发誓要报复，死后投胎到自己女儿的腹中，成了后来的素浦呐雅王后。素浦呐雅王后和锡袍王一共诛杀了二十七位王子，以此来报复达亚瓦底王的后代。此外，讲述者还将解释性传说融汇其中，说敏东王原是曼德勒山上的一名女妖，因佛陀驾临该山时，女妖割下自己的乳房献给佛陀，佛陀因此预言，若干年后，当地会出现一位佛教护法王，后来女妖转世为敏东王。

《东吁轶事》以东吁城的建立、建都、迁都和没落为线索，讲述了东吁城的创建者——德温基和德温雷两兄弟、东吁皇宫的建造者——敏基纽王、东吁王朝大一统局面的开创者——德彬瑞梯王、东吁王朝盛世之君——勃印囊王和末代东吁城主——那信囊等人的功过是非。

《东吁城历史沿革》则基于地方史，重点讲述了德温基和德温雷两兄弟建造东吁城的经过。两兄弟的母亲是阿瓦王朝时期泽亚瓦底侯国的公主，被孟人掠到下缅甸。她嘱咐自己的两个儿子，一定要回到自己的故乡复国。两兄弟在回国途中误入克邦溪，于是便在现在锡贡东面的红崖边建立了东吁旧城。后来，随着人口的增多，两兄弟又将东吁城迁至锡唐河西岸。到了东吁城第 29 代城主敏基纽执政时期，阿瓦和孟人国家勃固爆发了四十年战争，东吁因偏安一隅，得以躲过战乱。阿瓦的王公贵族、高僧文人和黎民百姓纷纷跑到东吁避难，东吁国力因此逐渐强盛，敏基纽于是又建造了现在的东吁城。

《叟格德王与阿奴律陀王》是关于蒲甘王朝叟格德王与阿奴律陀王权利争斗的传说。叟格德王与阿奴律陀王是同父异母的兄弟，叟格德先继位为王，按习俗娶了先王的嫔妃，其中就包括阿奴律陀的母后。叟格德王为人淫邪，极不尊重阿奴律陀，时而称其为"王弟"，时而呼其为"爱子"，还当面问群臣，该不该临幸阿奴律陀的母后。阿奴律陀深以为耻，起兵谋反，枪挑叟格德王，夺取了王位。

《达玛达亚与达玛尼亚那》说达玛达亚为富家之子，心思纯正；达玛尼亚那是猎人之子，为人偏狭。两人同时到阿瓦国师巴格雅法师的寺庙里做沙弥。达玛达亚行拜师礼时带了一只烧鸡，达玛尼亚那则带了一只烤鹿。说来也神奇，达玛达亚带来的烧鸡竟然复活了，飞到天上后又落到地上，用爪子扒地，所以现在阿瓦一带还有瑞杰伽佛塔和瑞杰叶佛塔，意为"鸡落佛塔"及"鸡扒地佛塔"。达玛尼亚那带来的烤鹿也复活了，绕着寺庙飞了七圈之后落到了饭罩之中。法师因而知道这两个弟子并非凡夫俗子。一天，国王交给法师一具瑜伽行者的尸体，请其代管。达玛达亚与达玛尼亚那趁法师外出，偷吃了瑜伽行者的尸体，由此获得了非凡法力。那时恰逢阿瓦与勃固交战，勃固战败，只得把公主钦乌献给阿瓦国王，公主被软禁在皇宫高楼之上。由于达玛达亚与达玛尼亚那每日都到皇宫化缘，因而与公主熟稔起来。公主乞求他们将自己救出，并许诺以国师之位。两人施展神通，纵身一跃，将公主救出。国王知道后，命法师沿途布下符篆，阻止他们潜逃。两人施展法力，一一化解，最后将公主带回勃固，公主也将他们供奉于皇家寺庙。一天，公主特意让达玛尼亚那转告达玛达亚，请他们第二天一早便到皇宫。达玛尼亚那猜想公主可能另有深意，于是就没有告诉达玛达亚。达玛尼亚那凌晨不到就早早起床，假意敲了木梆几下，还捏着嗓子喊了达玛达亚几声，便独自一人赶到皇宫。当达玛尼亚那抵达皇宫后，发现公主已摆了两个僧钵，公主让其挑选一个，他选了最重的一个。当达玛达亚睡醒赶到时，只能拿剩下的一个僧钵。意外的是里面竟装了王冠，达玛达亚因此被拥立为王，并和公主成了亲，可见帝王本是命中带。达玛尼亚那回到寺中愤恨不已，自此不守戒律，施法变出美女，夜夜笙歌，寻欢作乐。后因被达玛达亚王斥责，便怀恨在心，决计作法变出士兵谋反。他让庙祝把自己的头砍了下来，放到瓮中，交代满七日才可掀开盖子。到了第六天，因其久不到皇宫化缘，达玛达亚便前往寺中探望，追问之下才获悉他的阴谋。达玛达亚急忙打开瓮盖，发现里面坐满了身披战袍的武士，所幸还未成型，于是将其砍为三段后埋到地下。

《为王之命天注定》说吠舍离国二十年都没有国王，大臣们便将御剑插于集市之中，宣布凡能拔起御剑者便会被拥立为王。一天，有只鹭鸶把御剑误认为鱼叼走了，刚好被一对樵夫父子看到，于是父子俩各自许愿。父亲许愿道："如果鹭鸶落到我身上，我将致力于国家统一，并将按君王十戒治理国家。"儿子则许愿道："如果鹭鸶落到我身上，我将变革国家。"结果鹭鸶落到了儿子身上，儿子做了国王，被称为"鹭栖王"。鹭栖王对住在高屋大厦里的人说："你们在此住得太久了，到低矮棚户里住住吧！"又对住在低矮棚户里的人说："你们也到高屋大厦里住住吧！"鹭栖王就这样变革了国家。

二　缅族历史传说的民俗语境

上述 7 则历史传说中，除《为王之命天注定》外，都是缅甸的本土传说。就故事时间而言，《叟格德王与阿奴律陀王》发生在蒲甘王朝时期，《达玛达亚与达玛尼亚那》发生在战国时期，《东吁轶事》和《东吁城历史沿革》发生在东吁王朝时期，《贡榜王朝世系》发生在贡榜王朝时期，《团结就是力量》则发生在殖民地时期。上文提到，历史传说以叙述历史事件为主，反映了民众对历史的认识。千百年来，缅甸社会发生的历史事件层出不穷，为何只有这些传说进入到缅族群众的口头叙事中？或许只有将其还原到历史语境中，才能理解缅族群众叙述这些历史事件的深意。

《叟格德王与阿奴律陀王》中说叟格德王与阿奴律陀王是同父异母的兄弟，叟格德王是兄，阿奴律陀王是弟，但据《琉璃宫史》记载，叟格德王与阿奴律陀王却并非同父异母，叟格德王之父是良吴苏罗汉王，阿奴律陀之父是宫错江漂王。宫错江漂王的王位是从良吴苏罗汉王手中夺过来的，当他取得政权后，按旧俗娶了老王——良吴苏罗汉王的三位王后。这三位王后是亲姐妹，大姐是南宫王后，二姐是中宫王后，小妹是北宫王后。当时，南宫王后已怀了基梭王九个月，中宫王后已怀了叟格德王六个月。后来，宫错江漂王与北宫王后生了阿奴律陀。基梭王子和叟格德王子长大后，设计软禁了良吴苏罗汉王，基梭王子登上王位，不久便因狩猎被人射死，他死后由叟格德王子接任。[①] 这就是该传说中

---

① 参见［缅］蒙悦逊多林寺大法师等《琉璃宫史》（上卷），第188—191页。

"叟格德先继位为王，按习俗娶了先王的嫔妃，其中就包括阿奴律陀的母后"的由来。行文至此，读者可能会产生为什么蒲甘王朝前期王室的婚姻关系会如此混乱的疑问。上文提到，缅族源于氐羌族群，在古代该族群盛行转房婚制度，例如，王昭君出塞后，就依据此俗嫁给了三个单于。这种婚姻形态的确是非常混乱，缅族的早期社会也曾实行过这一习俗，阿奴律陀就深受其害，也深以为耻，自己的母亲被迫嫁给了同辈的兄长，所以他枪挑叟格德王取得王位后，立南传上座部佛教为国教，与旧习俗作了彻底的了断。由此看来，这则传说之所以被缅族群众世代传颂，是因为它反映了婚姻习俗的演变，在社会发展中具有重大的意义。

《达玛达亚与达玛尼亚那》传说则涉及几位历史人物：信绍布女王、达玛达亚和达玛尼亚那。信绍布女王即文本中的钦乌公主，前者是勃固国王亚扎底律王的公主，担负着和亲的任务，嫁给了阿瓦国王底哈都，从而结束了阿瓦与勃固之间长达四十年的战争，后者其实是上文中提到的民族英雄传说《江喜陀王》中的勃固公主，与江喜陀王有着缠绵悱恻的爱情故事，讲述者犯了张冠李戴的错误，但显然她并不是这则传说的主要人物，主要人物是达玛达亚与达玛尼亚那，他们是孟族，在阿瓦修行，后偷了一艘帆船，把信绍布带回了勃固。这则传说主要讲他们到勃固以后的际遇。信绍布由于家族的男性已经死光，最后在臣民的劝说下登上了王位，成为缅甸历史上唯一的女王。据史料记载，信绍布老了以后，由于她的女儿性格温柔，难以治国，于是便考虑将王位传给达玛达亚和达玛尼亚那两人中的一个。她挑选了两只施舍大钵，一只盛满最高级的食品，另一只则放着王冠。达玛达亚凑巧选中了放着王冠的那只，于是便还俗并娶了信绍布女王的女儿，接受了王位。① 《达玛达亚与达玛尼亚那》叙述至此基本还是符合历史

---

① 参见［缅］貌丁昂《缅甸史》，第86—87页。

记载，但后面的叙事内容却具有神秘和唯心的成分，正如缅甸学者貌丁昂①在《缅甸史》一书中提道："两人后来都成了民间传说中的浪漫人物和神怪故事中的主人公。"② 至于是什么浪漫传说和神怪故事，《缅甸史》一书并未提及，就连夹杂着大量神话传说的《琉璃宫史》也难寻踪迹，《达玛达亚与达玛尼亚那》传说可能正是貌丁昂所说的浪漫传说和神怪故事。这则传说的奇怪之处在于，故事的主人公——达玛达亚与达玛尼亚那"年龄相同，僧侣职务相同，学识不相上下，虔诚之心也一样"③，又都是信绍布女王的救命恩人，为何命运如此悬殊？一人娶了公主，做了国王，另一人却死无全尸。如果仔细分析该传说的细节，我们就会发现讲述者隐含在文本后的态度。首先，两人拜巴格雅法师为师时，达玛达亚携带了烧鸡，而达玛尼亚那则携带了烤鹿。尽管南传上座部佛教的僧侣荤素不拒，但佛家第一戒即为戒杀生。该传说提到，达玛达亚为富家之子，其携带的烧鸡未必是他亲手所杀，但达玛尼亚那为猎人之子，其携带的烤鹿势必为其父所杀。按佛教的"业报"学说，达玛尼亚那必将为其父的杀孽所累。其次，达玛尼亚那犯了"不妄语""不贪欲""不嗔恚""不邪淫"等戒，先是起了贪念，想独得好处，却弄巧成拙，使达玛达亚捡了便宜，于是愤愤不平，沉溺女色，最后竟背离佛法，施展妖术意图谋反。这就是叙述者想传达出的道理：凡是违佛理行事者，最后都将天理昭彰，咎由自取。

《东吁轶事》和《东吁城历史沿革》则讲述了缅甸战国时期，东吁因偏安一隅，得以躲避战火，在历代统治者的图谋下逐渐强盛的历史。尤其是《东吁轶事》对东吁王朝历史人物的功过是非——评述，表明民众对历史有着客观的认识。东吁王朝是一个东征西讨的军事帝

---

① 貌丁昂（Maung Htin Aung, 1905—1978）与下文中的貌廷昂为同一人，系缅甸仰光大学前校长，缅甸著名的历史学家、法学家、教育家和民俗学家，今译为貌廷昂。

② ［缅］貌丁昂：《缅甸史》，第87页。

③ 参见［缅］貌丁昂《缅甸史》，第87页。

国，其疆域除了现在缅甸的大部分地区外，还包括印度东北的曼尼布尔、中国云南和老挝的一部分以及泰国的大部分地区，这是"缅甸历史上前所未有的，也是殖民统治前中南半岛上最大的帝国"①。奠定这一疆域的勃印囊王更是和蒲甘王朝的阿奴律陀王、贡榜王朝的阿郎帕耶王被誉为缅甸历史上的三大民族英雄，直到现在，他们的塑像还矗立在仰光历史博物馆和眉苗军事大学门前，受到历代缅甸人民的敬仰。凑巧的是，这两则传说都是在东吁当地采录的，讲述者对笔者叙述这一段历史，无疑是想表达自己的民族自豪感。

与上述两则传说对历史的客观叙述相反，《贡榜王朝世系》在叙述贡榜王朝历史时，以宿命论观点来看待王公贵族之间的争权夺利与相互杀戮。从叙述语气中，我们能明显地感觉到讲述者对梅努王后的同情和对瑞波王暴行的控诉，当叙述到瑞波王的后代同门相残时，民众以宿命论的观点加以解释。宿命论强调人生的一切祸福吉凶和是非善恶都依预定的命运发生，非人力所能改变，其产生根源主要是由于民众不能科学地解释社会和自然现象，将偶然因素夸大为必然性。它和佛教的因果报应不同，虽然因果报应也是说种什么因，结什么果，但佛教提倡积极向善，比如上文提到的纳特传说《鹿生幼崽皆被虎食》中就主张"冤家宜解不宜结"，对于前世造的恶孽，通过今生的行善是可以化解的。所以《贡榜王朝世系》里反映的只是机械的唯命论。

很显然，《为王之命天注定》是一则源于印度的传说，笔者于2018年7月27日采录到这则传说。结合缅甸的政治语境，不难看出该则传说表达了强烈的社会变革愿望。缅甸于1948年1月4日摆脱英国殖民，宣告独立后，长期由军人执政。首先是1962年奈温等高级将领发动政变，推翻了民选的吴努政府，开始了军人执政，学界一般将其

---

① 贺圣达：《缅甸史》，第103页。

称为"前军人政府"。奈温政府执政了 30 多年，非但没有使缅甸富裕和发达，反而日益陷入贫困和落后。1988 年 7 月，缅甸国内因经济恶化，全国爆发游行示威，奈温政府集体辞职。在此情况下，1988 年 9 月 18 日，以国防部长苏貌将军为首的军队废除宪法，解散人民议会和国家权力机构，成立"国家恢复法律和秩序委员会"，接管了国家政权，被称为"新军人政府"。苏貌许诺举行多党民主大选，于是 160 多个政党取得了合法地位，其中以昂山素季领导的"全国民主联盟"影响最大。1990 年 5 月，缅甸举行全国大选，"全国民主联盟"以绝对优势取胜，但缅甸军人政府却拒绝交权，昂山素季本人在其后的 21 年间被新军人政府断断续续地软禁于其寓所中长达 15 年之久。在缅甸民众持续不断的抗争下，2010 年 11 月 7 日，缅甸举行了全国多党民主制大选，由新军人政府外围组织"联邦巩固发展协会"改组而成的联邦巩固与发展党赢得大选。直到 2015 年 11 月 8 日缅甸举行了新一轮全国大选，昂山素季领导的民盟赢得压倒性胜利，成为执政党后，缅甸的军人统治才宣告终结，由此算来，缅甸的军人执政长达半个多世纪。历史进程已经说明缅甸人民对军人统治的态度，在这种语境下，出现表达社会变革愿望的传说也是可以理解的。

第五节　乡土乡音
——缅族的解释性传说

解释性传说是解释地方掌故、山川河流、节日禁忌、风物习俗由来的传说。笔者共采录到 11 则此类传说，具体情况详见表 12：

表 12　　　　　　　　　缅族的解释性传说

序号	名称	采录地区	讲述者
1	《帝释天的法水》	仰光地区	吴诶佩

序号	名称	采录地区	讲述者
2	《实皆的由来》	实皆地区	吴妙当
3	《忘恩负义的鄂牟耶》	东吁地区	杜韦意
4	《勃固的起源》异文一	勃固地区	哥钦貌漆
5	《勃固的起源》异文二	东吁地区	吴盛吞
6	《茵岱村的摇篮曲》	勃生地区	吴丁吞
7	《江喜陀逃脱之地》	阿瓦地区	玛丁丁昂
8	《班德河》	阿瓦地区	吴丹伦
9	《阿瓦瑞喜宫佛塔史》	阿瓦地区	吴拉瑞
10	《麦克亚镇》	阿瓦地区	吴巴迎达法师
11	《卑麦》	阿瓦地区	吴丹伦

一 缅族解释性传说的文本

《帝释天的法水》说帝释天有四位妻子，某次他下凡，与玛拉穆公主相遇，两人坠入情网。后来，帝释天回到天庭。公主发现自己怀孕了，仙人用泥巴捏了一只小鸟，施法让它飞到天庭给帝释天报喜。帝释天给小鸟一些法水，让它含在口里，飞回送给公主。帝释天的四位妻子因妒生恨，盗走了法水并将其抛向人间。法水一分为四，一滴变为鳄鱼"鄂牟耶"[①]；一滴变为猛虎"伽鄂信"，一滴成为南诏国国王"乌底巴"；最后一滴则成为仰光的建造者奥加拉巴王。故事最后说，所有的人都是帝释天的后代，摩耶河和鄂牟耶河一带是帝释天的城池，钦贡乡一带是帝释天的花园。

《实皆的由来》是关于实皆地名由来的传说，这则传说和上文提到的人物传说《亚德觉王与摩诃丹婆瓦、素拉丹婆瓦王子》和《貌宝鉴与摩诃丹婆瓦、素拉丹婆瓦两兄弟》是同一则传说的不同异文，但《亚德觉王与摩诃丹婆瓦、素拉丹婆瓦王子》和《貌宝鉴与摩诃丹婆

---

① "鄂牟耶"一词为孟语，意为"乌云"。

瓦、素拉丹婆瓦两兄弟》重在记人，而《实皆的由来》侧重于解释
"实皆"——这一地名的由来，所以笔者将其归入解释性传说类别。
故事说盲眼孪生兄弟摩诃丹婆瓦、素拉丹婆瓦被放到竹筏上，从太公
顺伊洛瓦底江而下。竹筏漂到实皆时，被岸边的阿拉伯橡胶树的树枝
挂住了。女妖趁机到竹筏上偷吃他们的干粮。王子觉察后，抓住了女
妖。王子因竹筏在该地被树枝挂住，故而将此地命名为"实皆"，意
为"向下弯垂的阿拉伯橡胶树"。传说还提到，仰光一带的摩耶河和
额牟耶河流域一带是帝释天的城池。①

　　《忘恩负义的鄂牟耶》说从前有一对老两口以洗衣为生。一天，
夫妻俩在河边捡到一枚巨蛋，并将其带回家中。不久里面孵出一条鳄
鱼。夫妻俩将其养在盆中，并取名为"鄂牟耶"。不久，鳄鱼长大了，
夫妻俩挖了一个池子，把它放到池中。后来，鳄鱼越长越大，夫妻俩
又把它放到河里。最后，鳄鱼越来越大，河流也显得狭小，夫妻俩只
好把它放到江中。老头每天都会拿牛肉去喂鳄鱼。一天，恰逢斋戒，
老头没能买到牛肉，鄂牟耶凶相毕露，撕咬老头。老头在临终时发下
毒誓，愿来世手刃鄂牟耶。老头转世后成了法力高强之人，将鄂牟耶
劈为两半，一半变为金银，一半变为珠宝。

　　《勃固的起源》有两篇异文。一篇采录自勃固地区，说该地原是
一片汪洋，后来渐渐露出了沙丘。一天，两只鸳鸯飞经此地，落到沙
丘上歇息。因地方太小，仅容得下一只鸳鸯的脚，于是，雌鸳鸯只能
落到雄鸳鸯背上，所以该地旧称"鸳鸯岗"。至于"勃固"一词则和
印度人有关。据说，最先抵达勃固的是印度人，他们乘船而来，到了
当地后在土里埋了铜茶盘作为标记。接着，孟族也抵达该地，他们在
铜茶盘的上面埋了铁钥匙作为标记。最后抵达的是缅族，他们发现印

---

① 参见寸雪涛《文化和社会语境下的缅族民间口头文学——以仰光省岱枝镇区钦贡乡钦贡
村、班背衮村及叶诔村为例》，第167页。

度人和孟族已经来过，于是偷偷地把铜茶盘和铁钥匙挖出，将绿豆埋在最下面，然后再把铜茶盘和铁钥匙放到上面掩埋起来。时间一久，逐渐形成了一座小土岗。后来发生了争执，印度人、孟族和缅族都说自己先到，互不退让。当他们把小土岗挖开，发现最下层的是绿豆。印度人很不服气，因为他们埋铜茶盘的时候，下面原本什么也没有，现在却发现了绿豆。难道是绿豆把铜茶盘偷走了？于是印度人称该地为"勃棵"，意为"豆偷"，后逐渐演变为"勃固"。另一篇则较为简单，采录自东吁地区。故事先交代勃固原名"鸳鸯岗"，再说在佛陀时代，该地原是一片汪洋，汪洋中露出小小的沙洲。一天，一对鸳鸯飞过此地，停在沙洲上歇息。因沙洲面积不够大，只够一只鸳鸯落脚，雌鸳鸯只得站在雄鸳鸯身上。讲述者因此总结说，直到现在，勃固的女人都很强势。

《茵岱村的摇篮曲》则是关于缅族向印度人偷师学习制作金箔技术的传说。故事说印度人来到茵岱村后，无所事事，却生活富足。有个缅族老汉便把女儿嫁给了印度人，以此来打听他们的秘密。老汉的女儿嫁给印度人后，获知印度人以打制金箔为生，每年仅需劳作一次便衣食无忧。因丈夫已让她发过毒誓，绝不将秘密外泄，于是老汉的女儿只能假装哄孩子，将这一秘密唱给自己的父亲："一枚钱、两枚钱，圆又圆；金子夹在纸中间，薄如蝉翼令人叹。"现在这首儿歌已成为摇篮曲。

《江喜陀逃脱之地》是关于阿瓦梯莱辛佛塔由来的传说，梯莱辛是江喜陀的封地。故事说蒲甘王朝时期，江喜陀因与阿奴律陀的妃子——勃固公主有私情，阿奴律陀震怒之下，用绳索将其捆住，手持帝释天赐予的神矛奋力掷了过去。江喜陀命不该绝，神矛并未刺中他的身体，却把绑他的绳子割断了。江喜陀纵身跃起，顺手抓起神矛就跑。他跑到阿瓦后，为躲避追兵，便躲到灌木丛中默默祈祷："若此次能躲过追兵，来日能继承义父阿奴律陀的王位，且声名显赫，使敌人不战自降，便在此地建造佛塔。"后来，江喜陀如愿登上王位，为了还愿便建造了梯莱辛佛塔。

《班德河》与上文提到的《八莫法师与德班河》是一则传说的不同异文，不同之处在于《班德河》主要讲述阿瓦地区班德河的由来，而《八莫法师与德班河》则是把这一由来作为凸显八莫法师神通的细节，所以笔者将前者归入解释性传说，把后者归为大德高僧传说。另外，在《班德河》中，主人公变为巴格雅法师，而非八莫法师。《班德河》说成千上万的中国大军进攻阿瓦，国王因出征在外，民众祈求巴格雅法师救黎民于危难。法师便作法将酸角树叶变化为无数武士，撒向空中与帝释天鏖战。顿时，空中落下无数断手断脚，中国军队恐慌不已，急忙撤退。为了便于后撤，中国军队在阿瓦和达达乌镇区之间挖掘了班德河。

《阿瓦瑞喜宫佛塔史》说阿瓦城的瑞喜宫佛塔位列缅甸二十八大名塔，为阿瓦王朝敏基苏瓦绍盖王建造。该王在未登基时，与其弟誓约互不相忘。后来，其弟到若开出家为僧，法号"吴欧德玛"。敏基苏瓦绍盖登上王位后便忘了誓约，吴欧德玛法师曾写信给敏基苏瓦绍盖，却不见回复。法师为此心生不满，让敏基苏瓦绍盖在阿瓦城墙修建瑞喜宫佛塔。该塔为舍利佛塔，建好后，阿瓦城内祸事连连，灾荒不断。法师后来良心发现，后悔不该陷满城黎民于危难，于是便嘱托敏基苏瓦绍盖多行善举，让其在伊洛瓦底江岸遍植山合欢树，并嘱其修建耶德那佛窟，以此来消灾。后来，阿瓦情势逐渐好转。讲述者还说，瑞喜宫佛塔为人神共建，白天人建，夜晚神建，帝释天还为佛塔吟了一首偈陀。

《麦克亚镇》是关于麦克亚镇名称由来的传说。故事说位于曼德勒省北部的麦克亚镇的起源与骠族故都汉林有关。因汉林骠王娶了自己的母后，引起臣民惊恐，纷纷逃离，有百名骠国大臣逃到此地，因此而得名。"麦克亚"一词在缅语中意为"一百名大臣"。

《卑麦》说位于欣琼村旁的阿瓦古城入口处被叫作"卑麦"。该地为阿瓦城通向城外之地。讲述者说，古代的城门既有吉门，也有凶门，凶门是执行死刑的地方。阿瓦的凶门刚好就位于欣琼村旁。死刑犯人在被押往刑场行刑时，都要经过此地。为了活命，犯人会大声呼救。在此修行的茵法师听到后便会询问，如果犯人罪不至死，法师就会为其求情，使其免于一死，所以该地被叫作"卑麦"，意为"消灾"。

二 缅族解释性传说的民俗语境

上述这 11 则解释性传说中，5 则与地名由来有关，分别为：《实皆的由来》《麦克亚镇》《卑麦》和《勃固的起源》的两篇异文；3 则与河流有关，分别为：《帝释天的法水》《忘恩负义的鄂牟耶》及《德班河》；2 则与佛塔有关，分别为：《江喜陀逃脱之地》及《阿瓦瑞喜宫佛塔》；1 则与工艺有关，为《茵岱村的摇篮曲》。

当然，以上分类主要是基于相关传说的主要意旨，并不绝对，部分传说既可划分为此类，也可归入彼类。比如，《帝释天的法水》不但涉及河流的传说，还掺杂了动物及民族始祖的传说。该传说与上文提到的《三个龙蛋》传说有一定相似性，都是关于缅甸人的始祖与中国人是亲兄弟的传说。区别在于《帝释天的法水》说下缅甸孟族国王奥加拉巴与南诏国国王是亲兄弟，诞生自帝释天的法水；《三个龙蛋》则说上缅甸的骠族及缅族的始祖——骠绍梯与南诏国王后是亲兄妹，是龙公主与太阳神的爱情结晶，由龙蛋中孵化而生。从民族学角度来看，骠族及缅族同属汉藏语系藏缅语族，源于中国古代的氐羌族群，孟族则属于南亚语系孟高棉语族，源于中国古代的百濮族群，中缅两国人民可谓"民族同源，血脉相连"。在这种语境下，缅族的民间文学中出现这样的叙事就不足为奇了。因《帝释天的法水》除了上述情节外，还提到了鳄鱼"鄂牟耶"和猛虎"伽鄂信"的由来，故将其归入解释性传说。

《忘恩负义的鄂牟耶》类似中国的"中山狼"或"农夫与蛇"故事，谴责了鳄鱼"鄂牟耶"忘恩负义的行径，之所以将其归入解释性传说是因为有关鄂牟耶的传说大多具有一定解释性。例如，上文提到的《帝释天的法水》中讲到仰光附近有鄂牟耶河。此外，在缅甸著名的传说《敏南达与信梅侬》①中也有它的身影，该传说解释了彩虹的由来。

《实皆的由来》与人物传说《亚德觉王与摩诃丹婆瓦、素拉丹婆瓦王子》和《貌宝鉴与摩诃丹婆瓦、素拉丹婆瓦两兄弟》之间的区别上文已经提及。这则传说和《麦克亚镇》《卑麦》等传说一样，都是一开始便进入到历史事件中，末尾点出相关地名的由来。上述传说中的部分事件可信度较高，如《卑麦》里的茵法师解救犯人；部分则纯属虚构，如《麦克亚镇》里的一百名大臣逃亡事件。事实上，该城是蒲甘王朝国王阿奴律陀为了阻断缅甸掸邦与泰国清迈之间的联系，命令大臣督建的43座城池中的一座。"麦克亚"一词为梵文，意为"大臣"，取大臣受王命建造之意。②

《江喜陀逃脱之地》与《阿瓦瑞喜宫佛塔史》同样呈现出真假参半的色彩。这两则传说中提到的佛塔都是迄今仍矗立在阿瓦境内的佛塔，传说中的主人公——江喜陀和敏基苏瓦绍盖也确实是真实存在的封建君主。相较于《江喜陀逃脱之地》贴近史实的叙事，《阿瓦瑞喜宫佛塔史》的叙事则掺杂了更多玄幻色彩，显得荒诞不经。这反映出创造这些传说的缅族先民因受历史条件的限制，缺乏科学知识，把偶然发生的自然灾害归咎于佛塔的建造。尽管如此，这类传说还是生动地展现了相关人物和事件，为令人生畏的宗教建筑增添了一丝人文色

---

① 又名《彩虹的来历》，见寸雪涛、赵欢《缅甸传统习俗研究》，民族出版社2008年版，第198—199页。

② 参见［缅］缅甸翻译文学协会《缅甸大百科全书》（第9册），文学宫出版社1964年版，第290页。

彩和生活气息。

《勃固的起源》传说的两篇同名异文，采录自勃固地区的异文较为详细，解释了鸳鸯岗和勃固地名的由来。传说中叙述的印度人、孟人和缅人抵达勃固的先后顺序与史料记载大体一致。据锡兰（斯里兰卡）史书《岛史》记载，公元前 3 世纪，在古印度华氏城举行第三次佛教徒结集之后，印度孔雀国国王阿育王派九组高僧到附近国家和地区传播佛教，弘扬佛法。其中第八组须那（Sona）和郁多罗（Uttara）二位长老曾到杜温那崩米（Suvannabumi）传教，① 由此可见，印度人是较早抵达下缅甸的民族。另据《太平御览》卷七八七记载："康泰《扶南土俗》曰：扶南之西南有林阳国，去扶南七千里……《南州异（物）志》曰：林阳在扶南西七千余里。"② 尽管学界对林阳的位置存在争议，有的认为位于今天泰国西部或缅甸东南部，也有的认为可能位于缅甸的卑谬或莫达马湾一带，但却一致同意林阳是孟族建立的政权。由此可知，早在公元前 3 世纪至公元 3 世纪期间，孟族已在包括泰国西部或下缅甸一带建立了自己的政权。缅人则是在 1057 年蒲甘国王阿奴律陀攻打南方孟人国家——直通之后才大规模移居下缅甸孟人地区。至于采录自东吁地区的异文则比较简单，只解释了鸳鸯岗地名的由来，并附会说因为雌鸳鸯停在雄鸳鸯身上，所以直到今日，勃固的女性都比较强势。这两则异文的共同点是都提到了鸳鸯岗地名的由来，从深层来看，这种对地方风物津津乐道的叙事，反映出一种对故土的眷恋。

与采录自勃固地区的《勃固的起源》的异文类似，《茵岱村的摇篮曲》反映了印度人移民缅甸后，把制作金箔的工艺带进缅甸的史实。缅甸人民信仰的佛教源于印度，为佛塔贴金箔的习俗也习自印度，

---

① 参见近海《南传佛教史》，第 123 页。

② 余定邦、黄重言编：《中国古籍中有关缅甸资料汇编》（上册），中华书局 2002 年版，第 31 页。

向印度人学习制作金箔的技艺自然也就顺理成章了。

德班河传说的两篇异文《班德河》和《八莫法师与德班河》都是说中国军队进攻阿瓦，某位高僧为了保护阿瓦百姓施法显神通，吓得中国军队退兵。不同之处在于《班德河》中的高僧为巴格雅法师，主要讲述这条河流的由来；《八莫法师与德班河》的高僧则是八莫法师，主要渲染法师法力无边。笔者在上文中已经分析过，《班德河》为解释性传说，而《八莫法师与德班河》则属于大德高僧传说。尽管神幻色彩较浓，但该传说反映的中国军队替缅甸人民挖掘运河的内容确实有一定历史依据。众所周知，中缅两国是世代友好的邻邦，但历史上也曾发生过短暂的摩擦和纠纷，比如，13 世纪的元缅战争、16 世纪的明缅战争和 18 世纪的清缅战争。德班河传说的这两篇异文并非渲染战争的残酷，而是对中国军队挖掘运河一事津津乐道。这种轻松、愉悦的叙事情调非常契合千百年来中缅友好的主旋律。

第三章　幻想与心灵

——缅族的民间故事

民间故事属于民间散文作品，一般以口头形式流传和保存，内容具有世俗性，所述事件无具体时空限制，可以发生在任何一个世界的任何一个时代，人物和事件都非常不具体，主角或为人类，或为非人类，结构及情节发展具有程式化特点。民间故事多在傍晚讲述，与传说和神话不同，听众一般不认为故事是真实发生的事件。在缅甸本部的民间口头文学中，民间故事也是熠熠生辉的一大类，除了故事情节生动有趣外，还极富道德教化作用，具体而言，缅甸本部的民间故事可分为如下几类：一、神奇故事；二、生活故事；三、动物故事；四、成语和谜语故事；五、民间笑话及民间逸闻。

第一节　魔幻世界

——缅族的神奇故事

神奇故事是幻想性较强的民间故事，又称为"幻想故事""魔法故事"或"童话"，故事情节曲折生动，主角或为王子、公主；或为普通劳动人民，"主要内容多以主人公的神奇经历为主线，描写主人公如何在超自然力量的帮助下，实现自己的理想或达成自己的愿望。"① 笔者共采录到 14 则此类传说，具体情况详见表 13：

表 13　　　　　　　　　　　缅族的神奇故事

序号	名称	采录地区	讲述者
1	《制服恶龙的国王》	仰光地区	杜塔塔意
2	《青蛙姑娘》	蒲甘—良坞地区	杜丹丹敏
3	《青蛙王子》	太公地区	哥金敏吴
4	《蛇王子》	勃生地区	哥貌梭
5	《玛兑蕾姑娘》	仰光地区	杜珊丁
6	《大苍鹭》	仰光地区	杜珊丁
7	《蛇儿》	仰光地区	杜珊丁
8	《胆小贫穷，胆大封王》	仰光地区	杜基妙
9	《女孩和巫婆》	勃固地区	林玛拉
10	《鬼拔牙》	彬牙地区	玛埃迪达内
11	《孝顺的貌南达》	蒲甘—良坞地区	杜丹丹敏
12	《飞马》	蒲甘—良坞地区	杜丹丹敏
13	《三位王子的神奇宝物》异文一	阿瓦地区	吴当纽
14	《三位王子的神奇宝物》异文二	阿瓦地区	吴当纽

一　缅族神奇故事的分类及文本

按照 AT 分类法，可将缅族的神奇故事分为如下几种亚型：（一）神奇的对手；（二）神奇的亲属；（三）神奇的难题；（四）神奇的帮助者；（五）神奇的宝物；（六）神奇的法术。

（一）神奇的对手

笔者只采录到一则该亚型故事：《制服恶龙的国王》，故事说很久以前，波罗奈城有一支王族人丁凋零，最后只剩一个老头。老头为了不让家族财宝落入外人之手，便将它们藏到一个山洞中。老头还来不

---

①　王娟：《民俗学概论》，北京大学出版社 2002 年版，第 77 页。

及封住洞口就死去了。后来，有条龙来到洞中，发现了这些财宝。龙天生就喜欢金光闪闪的东西，于是便在洞中住了下来，终日守护着这些财宝。一天，有个樵夫误入洞中，刚好龙外出觅食去了，于是樵夫便顺手带走了一些财宝。龙回到洞中，嗅到了生人的味道，发现财宝被盗，异常愤怒，于是口喷火焰把周围的村庄都烧毁了。村民们请求国王铲除恶龙，为民除害。国王张榜征召降龙勇士，却无人应召。国王只好亲自出马，在侍从南达的陪伴下，前去铲除掉恶龙。国王英勇作战，纵使全身着火，也绝不退缩。在南达的协助下，国王终于将恶龙斩首。国王身负重伤，临终前将王位传给了侍从南达。

（二）神奇的亲属

相较神奇故事的其他亚型而言，笔者采录到的该类故事数量较多，共6则，分别为：《青蛙姑娘》《青蛙王子》《蛇王子》《玛兑蕾姑娘》《大苍鹭》和《蛇儿》。

《青蛙姑娘》故事说很久以前有一对夫妇不能生育，他们一直想要个孩子。后来妻子好不容易有了身孕，孩子生下来后，是个女娃，却长得像只青蛙。尽管如此，夫妻俩还是非常疼爱孩子，给她取名叫青蛙姑娘。青蛙姑娘能说会道，很会讨人欢心。后来，青蛙姑娘的妈妈去世了，她爸爸给她娶了个后娘，后娘还带来了两个女儿。后娘和她的两个女儿对青蛙姑娘很不好。一天，国王举行盛典，要为最小的王子选妃，全国的未婚少女都想参加。后娘给自己的两个女儿准备了盛装，可怜的青蛙姑娘却什么也没有，穿着破烂的衣服。青蛙姑娘偷偷地跟着后娘的两个女儿来到了庆典现场。小王子把花环抛向空中，宣布花环落到哪个姑娘头上，那个姑娘就会被选为王妃。花环落到了青蛙姑娘头上，为了遵守诺言，小王子只好和她成亲。后来，国王召集所有的王子，说要考验他们，如果哪位王子通过考验，就会被立为王储。小王子在青蛙姑娘的帮助下，顺利地通过了前面几个考验。最后的考验却难住了小王子，因为国王让他们在规定的时间内找来世界上最漂亮的公主。其他王子都感到很轻松，因为他们的王妃都很漂亮，根本不用外出寻找，只用把王妃带来就可以交差。但小王子的王妃却是一只丑陋的青蛙，他灰心丧气，长吁短叹。青蛙姑娘让小王子不用担心，说自己会解决这一难题。规定的时间到了，青蛙姑娘让小王子带着自己向国王复命。尽管小王子不乐意，但也只能如此。到了大殿后，青蛙姑娘当众脱下了丑陋的皮囊，变成了一位美丽的公主。国王也认为在所有王妃中就数她最美丽，于是便把小王子立为王储。

《青蛙王子》故事说，很久以前有位国王膝下有八个公主，其中，最小的公主最为漂亮，全身泛着金光。一天，小公主到林中玩耍，不小心把带来的金球抛到池塘中。公主请求池中的青蛙将金球捡回，青蛙却要公主发誓与它同吃同住才肯帮忙。公主为了捡回金球，轻率地发了誓。青蛙将金球捡回，公主拿起球一言不发就跑走了。青蛙追至王宫，要求公主兑现诺言。国王让公主遵守诺言，与青蛙同吃一盘饭，同睡一张床。睡觉时，公主将青蛙放在床下，但青蛙不依不饶，公主只好将它放到床柱上，青蛙还是不肯，公主只能把它放到床上。青蛙身上湿漉漉、滑溜溜的，公主生气之下，把它扔到了窗外。青蛙掉到地上，变成了一位英俊的青年。公主看到青年后，芳心大动，坠入情网。原来，青年是邻国的王子，因被女巫施法，变成了青蛙。刚好，外出寻找王子的王宫卫队找到了王子，王子决定带着公主回国。为了解除女巫的魔法，侍卫用七条铁链把王子绑住。随着他们离池塘越来越远，女巫的魔法逐渐消失，王子身上的铁链也一根接一根地断开，王子忍受着巨大的痛苦。最后，女巫的魔法被破解，他们也回到了自己的国家，过上了幸福的生活。

《蛇王子》故事说一对老夫妇有三个女儿。一天，老夫妇去摘无花果，却发现无花果树上盘着一条大蛇。老夫妇为了请蛇摇下无花果，假意许诺要把女儿嫁给大蛇。老夫妇拿到无花果后，为了摆脱大蛇的纠缠，请路边的树根和稻草堆帮忙撒谎说没见过自己，树根和稻草堆答应了，但却被追来的大蛇——识破。大蛇躲到了老夫妇家中的米缸里，缠住了前来舀米的老太婆。老太婆请求大蛇松开自己，再次许诺要把女儿嫁给大蛇，大蛇松开了。老太婆求大女儿嫁给大蛇，被大女儿拒绝了；求二女儿嫁给大蛇，也被拒绝了。只有三女儿心地好，愿意嫁给大蛇。新婚之夜，大蛇蜕下蛇皮，变成一个英俊的王子，原来他是条神蛇。从此，蛇王子和小女儿过上了幸福的生活。大女儿眼红，嚷着也要嫁给大蛇，老太婆只好到林子里找来了一条蟒蛇。晚上，大女儿和蟒蛇躺在一起，蟒蛇开始吞大女儿。当吞到脚踝时，大女儿叫唤，老太婆以为小夫妻俩闹着玩，没理睬；吞到腰部的时候，大女儿再次呼救，老太婆还是没理睬；当吞到脖子的时候，大女儿再次呼救，老太婆仍然没理睬。第二天早上，老太婆才发现大女儿真的被蛇吞了。她不依不饶地让蛇王子救大女儿，蛇王子只好把蟒蛇的肚子剖开，救出了老太婆的大女儿。但因身上沾了蟒蛇的血，再也变不回人形，只能依依不舍地离开妻子，爬回林中。

《玛兑蕾姑娘》故事说有一对渔民夫妇有个女儿叫玛兑蕾。一天，夫妻俩出海捕鱼，但运气很差，撒了好多次网，都没捕到鱼。每次撒网时，妻子总要唠叨说如果捕到鱼，要留给女儿吃，丈夫变得急躁起来。后来好不容易捕到一条鱼，妻子再次唠叨着要留给女儿，丈夫暴怒之下，挥桨把妻子打到海里。妻子淹死了，玛兑蕾没了娘。渔夫再婚了，娶了个巫婆。巫婆对玛兑蕾很不好，经常虐待她。每次受到委屈，玛兑蕾总会跑到海边哭诉。她死去的妈妈变成一只大乌龟，爬到岸边安慰女儿。巫婆知道后，躺在床上假装生了重病，让丈夫把乌龟抓来做药。渔夫抓了大乌龟，杀死后炖汤给巫婆喝。大乌龟死后变成了纳特神，它设法让国王与玛兑蕾相遇。国王爱上了玛兑蕾，把她封为王妃。巫婆和她的女儿嫉妒得发狂，她们把玛兑蕾骗回家中，把她推到井里。巫婆的女儿冒充玛兑蕾回到王宫，但她举止粗野，言辞粗俗，引起国王怀疑。玛兑蕾在亡母的帮助下，从井中逃出。她来到王宫前，用歌声将国王引出。国王认出玛兑蕾，夫妻团聚，巫婆和她的女儿受到了惩罚。

《大苍鹭》故事说暴风吹倒了小女孩玛兑蕾的家，她的父母不幸遇难，玛兑蕾成了孤儿。有一条大蛇收养了玛兑蕾。玛兑蕾长大后，和大蛇成亲了，还为它生了孩子。后来，大蛇不幸遇害，玛兑蕾成了寡妇。刚好有只大苍鹭飞过，把玛兑蕾母子俩叼到了大树上的鸟巢中，像妻儿一样照顾他们。一天，有位王子外出打猎，无意中经过树下，发现了鸟巢里的玛兑蕾母子。王子把他们带回宫中，还娶了玛兑蕾。可怜的大苍鹭发现玛兑蕾母子失踪后，寻遍了每一个角落，最后气绝身亡。

《蛇儿》故事说很久以前有个妇女动了生育之念，结果生下一条蛇。妇女羞愧之下，将蛇儿扔到野外，后被修行者捡回抚养。妇女后来又陆续生下了四个子女：两男两女，和蛇儿不同，他们都很正常。蛇儿长大后因思念亲人，偷偷潜回家中。它发现最小的妹妹美丽可爱，命带贵相，便经常进到小妹妹的梦境里和她玩耍。小妹妹年满十六岁时，蛇儿问她愿不愿意结婚，小妹妹却说要独守终生。父母去世后，兄妹们把遗产一分为四，蛇儿没有份。它很不满，用自己的尾巴把遗产一分五份，把其中的两份给了小妹妹。接着，它蜕下蛇皮，变成人，与小妹妹生活在一起。

（三）神奇的难题

笔者采录到两则该亚型的故事：《胆小贫穷，胆大封王》和《女孩和巫婆》。

《胆小贫穷，胆大封王》故事说个农妇有两个儿子，大的蛮横霸道，小的生性老实。大的总是欺负小的，母亲却总是偏袒大的。于是，小儿子——貌山拉决定离开家庭，外出谋生。貌山拉跟随船老大出海经商时，遇到风暴，船只搁浅在夜叉岛。貌山拉因祸得福，不但得到了两个神奇的骰子和无数珠宝，还娶了仙女。他带着仙女回到故乡，与公子王孙赌博。靠着神奇的骰子，貌山拉赢了公子王孙。国王知道后，令貌山拉展示神奇的骰子，并因此见到仙女。国王想把仙女占为己有，于是设计陷害貌山拉。国王命令貌山拉在七日之内进献七朵天界才有的内尼花，否则就会被处以极刑。经仙女指点，貌山拉回到夜叉岛，遇到了母夜叉、公夜叉、狮子、乌鸦和修行仙人，并从他们那里得到了五位妻子。在母夜叉、公夜叉、狮子、乌鸦和修行仙人的提示下，貌山拉抓住了到湖中游泳的七位仙女中最小的一个，由此获得了七位仙女头上插着的七朵内尼花。最小的仙女因身体被凡人碰过，不能再返回天界，于是便嫁给了貌山拉。回来之后，貌山拉让七位妻子每人手捧一朵内尼花，觐见国王。国王感叹自己的福气没有貌山拉大，于是主动让贤，将王位让给了貌山拉。貌山拉做了国王后，派人把母亲和兄长接来，将他们戏弄一番后，一家人和好如初。

《女孩和巫婆》故事说很久以前，海边的村子里住着一对夫妇，双方都是二婚，各自带来了一个女儿。男方带来的女儿年纪最小，是个热心肠，经常帮村里的孤寡老人到海边打水，海洋里守护宝藏的巫婆看到后喜欢上了这个小姑娘。女方带来的女儿虽然年长，但心肠坏，经常欺负自己的异母妹妹。夫妻俩想把财产分给两姐妹，不管父母给什么，妹妹都很满足，姐姐却总不满意。一天，妹妹要到海边打水，姐姐提出要和她一起去。坏心眼的姐姐趁妹妹不注意，把她推到海里。海里的巫婆救了妹妹，并把她带回家里。妹妹到了巫婆家，非常勤快。巫婆为了奖励妹妹，打开自己的宝库，让她随意挑选。妹妹很懂事，也很知足，随便捡了一点放到罐子里。妹妹被巫婆送回岸上，回到家中，却发现罐子里装满了金银珠宝。坏心眼的姐姐眼红起来，故意跳进海里。海里的巫婆救了姐姐，把她带回家中。姐姐很懒，什么家务都不做。巫婆很讨厌她，要把她送回岸上。巫婆也让姐姐挑点东西带回家，贪心的姐姐把宝库里的东西全都装到罐子里。回到家中，罐子里窜出一条毒蛇，把姐姐咬死了。

（四）神奇的帮助者

笔者只采录到两则该亚型的故事：《鬼拔牙》和《孝顺的貌南达》。

《鬼拔牙》故事说坡周和坡波是朋友。坡周心地善良，但长得丑，满口龅牙；坡波长得俊，但心眼坏。长得丑的坡周因家境贫寒，时常需要外出打零工补贴家用。长相好的坡波因家里有钱，待人傲慢。一天，坡周外出归来，因天色已晚，便进到凉亭里休息。夜里，恶鬼来到凉亭，发现坡周的龅牙上粘着饭粒，于是将其全部拔起，津津有味地舔起来。坡周被惊醒，吓得不轻，躺着不敢动。恶鬼舔完饭粒，又将坡周的牙齿种了回去。种回去的牙齿变得既美观又整齐。坡波看到后，问坡周牙怎么变整齐了，坡周告诉他是凉亭里的牙医替自己植了牙。坡波羡慕不已，也来到凉亭里。夜里，恶鬼看到躺着装睡的坡波，于是把他的牙齿一颗一颗拔出。坡波吓得大叫起来，恶鬼一慌，急忙将牙齿东一颗、西一颗地插回去，坡波原本整齐的牙齿变成了龅牙。

《孝顺的貌南达》故事说很久以前有个叫貌南达的孩子，与母亲相依为命。貌南达的母亲年纪大了，干不了活了，貌南达很孝顺，做工养活母亲。后来，貌南达的母亲身患重病，无药可治，貌南达一心想把母亲的病治好。一天，他心事重重，不知不觉中睡着了。他在梦中听到窗外的小鸟说只有大山女神的神药才能治好母亲的病，小鸟还告诉他怎样才能找到大山女神。貌南达醒来后，按照小鸟的指引，跨过山谷，翻过山梁，走到一个峡谷前。峡谷上有座桥，貌南达通过考验，找到了大山女神。貌南达向女神讨要神药，但因年纪小被拒绝了。貌南达用自己的赤诚感动了女神，拿到了神药。貌南达的妈妈吃了神药后，病痊愈了。从此，貌南达用神药替村民治病，成了一名医生。

（五）神奇的宝物

笔者只采录到一则该亚型的故事：《飞马》。故事说很久以前有一位国王，名声显赫，威震四方。一天，一个外国人前来进贡，说自己有一匹神马，指名要献给公主。王子见外国人言语唐突，盛怒之下挥剑砍向外国人，好在国王将他制止了。众人来到宫外，看到一匹马，外国人说这是一匹会飞的神马。国王令他骑马飞到远处的山顶，将山顶上的树枝折下以验真假。外国人骑上马，按下按钮，马飞了起来。外国人骑着马，不一会儿就折下树枝返回王宫复命。王子兴奋异常，跳上马背，按下按钮，马飞了起来。马越飞越高，不久就消失在云中。国王怪罪外国人，把他关进牢中，说只有王子返回，才可将其释放。飞马驮着王子在空中漫无目的地飞翔，王子一开始被吓得涕泪俱下，后来渐渐平息下来。王子无意中发现了另外一个按钮，他按下按钮，飞马逐渐下降，落到了邻国。此时天色已晚，王子误入邻国公主的闺房。公主发现陌生男子，大吃一惊。王子向公主解释前因后果，两人坠入情网。王子要带公主回到自己的国家，公主同意了，他们骑着神马飞回王子的国家。王子把公主留在夏宫，自己骑着神马去见国王。王子回来后，欢呼声响彻王宫。外国人听到后，请求国王释放自己。国王下令释放外国人，外国人心怀怨恨，他骑上王子放在宫殿外的飞马来到夏宫。外国人骗公主说自己奉命前来迎接公主，公主信以为真，和外国人一起骑上飞马。外国人把公主带到林子里，要强占公主。公主大声呼救，被外出打猎的邻国国王听到。邻国国王杀死外国人，救了公主。邻国国王将公主带回王宫，要娶公主。公主不从，装疯卖傻骗过邻国国王。邻国国王下令征召医师医治公主，王子获知，化装为医师，前往邻国。王子和公主重逢后，设计骗过邻国国王，两人跳上飞马，飞回自己的国家。

（六）神奇的法术

笔者同样只采录到一则该亚型的故事：《三位王子的神奇宝物》，但该故事有两则异文，都由讲述者吴当纽在不同时间讲述。故事说古时候某个国家有三位王子，各自拥有一件神奇的宝物。大王子有面魔镜，不论多远，都能看到。二王子有块魔毯，不管想去哪儿，都能飞到。小王子有能治百病的神药，无论病情多么严重，都能治好。一天，大王子从魔镜中看到邻国的公主病重，邻国国王正派人沿街敲锣，征召能医治公主疾病的医生，说谁能治好公主，国王就把公主嫁给他，还会封他做王储。三位王子跳上飞毯，来到了邻国的王宫。小王子用神药治好了公主。国王要把公主嫁给他们中的一个，三位王子争论起来，都想娶公主。大王子说如果不是因为自己的魔镜，他们也不会得知公主病重，更不会来到这里治好公主，所以他应该和公主成亲，况且他还是大哥。二王子不同意，说如果不是因为自己的飞毯，他们也不会抵达王宫，更别提给公主治病了，所以公主应该嫁给他。小王子也不同意，说如果不是因为自己的神药，公主的病哪能治好，所以最应该娶公主的人是他。最后，讲述者为这一难题作了解答，他认为大王子是大哥，俗话说"长兄如父"，应该照顾弟弟，不应该和弟弟们抢公主；二王子有会飞的飞毯，他还可以到其他地方寻找别的公主；只有小王子才应该和公主成亲，因为如果没有他的神药，公主的病根本就治不好。

二 缅族神奇故事的民俗语境

《制服恶龙的国王》是"屠龙者"故事（AT300）的异文，该类故事的主要情节如下：

> I ［英雄和他的狗］（a）一个牧羊人，（b）和一个后来被证明是不忠的妹妹，或（c）其他英雄（d）接受有用的狗，（e）通过交换或（f）因为他们生来就是英雄；或（g）因为善良，他得到了动物的帮助；（h）他还会收到魔法棒或魔法剑。
>
> II ［祭祀］（a）公主被要求作为祭品，（b）暴露在龙面前。她被嫁给自己的救命恩人。
>
> III ［龙］（a）会喷火，（b）有七个头，（c）被砍掉后会神奇地回来。
>
> IV ［战斗］（a）在等待龙的时候，英雄被公主弄醒了，（b）进入了魔法睡眠，（e）她通过（d）切掉一根手指或（e）让一滴眼泪落在他身上来唤醒他。（f）在战斗中，英雄由他的狗或马协助。

Ⅴ［舌头］（a）英雄割下龙的舌头，并留下它们作为获救的证据，（b）冒名顶替者把龙的头弄下来，他后来想用它作为证据。

Ⅵ［骗子］（a）英雄离开了公主，（b）对他的身份保持沉默；或者（c）他被谋杀，（d）被他的狗救活，（e）骗子迫使公主发誓保密。

Ⅶ［识别］（a）英雄在婚礼当天截住了冒名顶替者，当他获得识别（b）通过他的狗偷了婚礼蛋糕，或（c）赠送龙舌，（d）戒指，或（e）另一个标记。①

很明显，《制服恶龙的国王》只有上述情节中的Ⅲ和Ⅳ部分。该故事与英格兰民族史诗《贝奥武甫》中的屠龙故事基本一致，后者讲贝奥武甫成为耶阿特人的国王后，战胜了一条荼毒国家的巨龙。这条巨龙守护着一座古老的宝藏。贝奥武甫在决斗中杀死了巨龙，但自己也受了致命伤。忠实的侍从威耶夫帮助他把巨龙杀死，点燃了火葬的篝火。贝奥武甫的尸体连同他夺到的宝藏被付之一炬。②此外，故事中龙的形象也明显带有西方文化的痕迹，东西方的龙有着很大的区别，东方的龙一般是祥瑞的神兽，西方的龙则是邪恶的象征，正如某些西方学者所言："不同国家的龙扮演着不同的角色，有的是守护神，有的是讨厌鬼，有的创造万物，有的尽搞破坏。亚洲的龙宽厚仁慈，受到人们的尊敬和供奉，而欧洲的龙则喷火伤人，甚至要求活人献祭。总的来说，龙在东方是受到尊重的，而在西方是令人畏惧的。"③缅甸举国信佛，龙是佛教"八部众"之一，是佛教的护法天神，按理来说，在这种文化语境中，不应该产生此类英雄铲除恶龙的故事，但

---

① Antti Aarne & Stith Thompson, *The Types of the Folktale*: *A Classification and Bibliography*. 2nd rev. ed. Helsinki: FF Communications, 1961, p. 88.

② 鲁刚主编：《世界神话辞典》，辽宁人民出版社1989年版，第78页。

③ ［英］格里·麦克考尔编：《神话传说中的生物·龙》，荼健、雨魔译，湖北长江出版集团、湖北少年儿童出版社2010年版，第6页。

这则故事的确是收录自缅族集居的地区，唯一的可能性是这是一则由西方传入缅甸的故事。当然，该故事传入缅族地区后被本土化了，最明显的特征就是交代了故事发生在波罗奈城，究其原因，和缅甸文化深受印度文化影响有关，缅甸的口头传统中一向有着"不知道国家就说是波罗奈城，不知道国王就说是梵授王"的说法。

《青蛙姑娘》是"老鼠（猫、青蛙等）当新娘"故事（AT402）的一则异文，该故事的主要情节为：三兄弟中最小的那个在父亲布置的任务中最成功。他带来最好的衣服、最漂亮的新娘，等等。老鼠（猫、青蛙）使自己变成了美丽的少女。[①] 在众多异文中，俄罗斯的《青蛙公主》故事颇具代表性，故事说国王的三个儿子通过射箭来寻找自己的伴侣，大儿子的箭射到了大贵族的家里，被大贵族的女儿捡到了；二儿子的箭射到了大商人家里，被大商人的女儿捡到了；小儿子的箭射到了沼泽里，被一只青蛙捡到了，他不得不娶了青蛙。青蛙帮助小王子完成了国王的三次考验：缝制最美丽的衣服、制作最可口的佳肴和展示最美丽的新娘，从而击败了两个哥哥，但由于小王子私自烧毁了青蛙的皮，使得她不得不离开，最后小王子通过难题考验，找到了她。由此可知，这是一则源自于欧洲的故事，当其流传到缅甸后，缅族群众对一些细节进行了加工和改编，比如，挑选王妃的方式不是射箭而是扔花环，使其具有一丝东方色彩。

《青蛙王子》是"蛙王或铁亨利"故事（AT440）的异文，美国民俗学家斯蒂·汤普森指出，该故事"可回溯到13世纪德国的拉丁语故事，也在16世纪的苏格兰得到文学上的加工处理……几乎全欧洲的国家都对它偶有报道，虽然从未见其他大洲有过报道"[②]。由此可知，这

---

① Antti Aarne & Stith Thompson, *The Types of the Folktale*: *A Classification and Bibliography*, p. 131.

② ［美］斯蒂·汤普森：《世界民间故事分类学》，郑海等译，上海文艺出版社1991年版，第151页。

是一个欧洲特有的故事类型，其故事情节如下：

> 三姐妹中最年幼的一个把球投入泉水，一只蛙答应还球给她（有些文本作使泉水清澈），条件是她要嫁给他。姑娘随后就忘记许下的诺言。但蛙按时来到她家门口要求进去。他先睡在门口，然后又睡在桌上，最后到了她床上。他被解除了魔法成为一个王子。办法可能有多种：被允许睡在姑娘床上，一个吻，割下他的头或烧灼他的蛙皮，或被投到墙上。使故事更为增色的一种特征是增加了蛙王之仆铁亨利的经历，他怜悯其主人的不幸，所以用三根铁链缠住了他的心脏以防破碎。他的主人被解除魔法时，铁链就一一折断了。①

通过对比，我们发现《青蛙王子》与故事情节基本一致，当然一些细节存在着区别，比如，《青蛙王子》中的女主角为八姐妹中的最幼者，欧洲异文里则是三姐妹中的最幼者。再比如，欧洲异文中的仆人用三根铁链缠住了王子的心脏以防破碎，《青蛙王子》则说侍卫用七条铁链把王子绑住。无论是"三"或者"七"和"八"都是概数，表示"众多"的意思，这些数字的变化并不对故事的主要内容产生影响。该故事无疑是一则由西方传入的故事，其传入时间应不早于英国殖民缅甸时期。

在笔者采录到的神奇故事中，有三则故事是"蛇郎"故事（AT433）的异文，分别是：《蛇王子》《玛兑蕾姑娘》《大苍鹭》。阿尔奈和汤普森在编撰《民间故事类型索引》时，将蛇郎故事列为神奇故事433型，并分为3个亚型，即433A、433B和433C。433A型为蛇带一个公主到他家中，公主吻他，使他从魔法中解脱出来，又变成了一个青年。

---

① ［美］斯蒂·汤普森：《世界民间故事分类学》，第124页。

433B 型为王后生下一个蛇形男孩，他离开家独居，一个贤惠姑娘给他洗澡，帮他解脱了魔法，变形为人。433C 型为蛇丈夫与嫉妒的女人。一个姑娘嫁给一条蛇后，蛇变形为英俊的青年，他们过着幸福的生活，一个嫉妒的姑娘也要嫁给蛇，她父亲捉来一条蛇，让她和蛇待在一起，结果被蛇咬死了。① 丁乃通在《中国民间故事类型索引》中另立了一个 433D 型：女孩嫁给蛇，谋杀女主角，女主角变鸟，女主角变植物，其他化身，驱除魔戒，夫妻团圆。② 刘守华在《闽台蛇郎故事的民俗文化根基》一文中，又增加了 433E 和 433F 两个亚形。433E 型为蛇精变形为美男子潜入居民家室寻访意中人，被人发现逐出打杀，现出原形。433F 型为一女子上山遇蛇，与之婚配，繁衍子孙后代，被尊为氏族始祖。③

就类型而言，《蛇王子》故事基本属于 433C 型，故事结构是女主角嫁蛇，蛇变形为英俊青年，他们过着幸福生活，嫉妒的姐姐也要嫁给蛇，她母亲捉来一条蟒蛇，让她和蟒蛇结婚，结果被蟒蛇吞了，蛇郎被迫杀蛇，蛇郎变回原形，不得不离开女主角。之所以说是基本属于，是因为这篇异文和 433C 型在细节上稍有差别，433C 型中嫉妒的姑娘最后被蛇咬死了，受到了应有的惩罚；而在廷昂博士收录的这则故事中，嫉妒的姑娘由于得到蛇王子的帮助得以死里逃生，可怜的蛇王子却因沾上了大蟒的血，再也不能变成人，只能凄惨地离开妻儿，回到林中。这或许是佛家所主张的"救人一命胜造七级浮屠"和"我不入地狱谁入地狱"等观念的体现吧。

至于《大苍鹭》故事，其结构是女主角父母双亡，女主角被蛇收养，女主角嫁蛇，蛇被杀害，女主角被迫与大鸟生活在一起，女主角被解救，重获幸福。通过对比，我们发现这篇异文与廷昂博士收录的

① ［美］斯蒂·汤普森：《世界民间故事分类学》，第 123 页。
② ［美］丁乃通：《中国民间故事类型索引》，华东师范大学出版社 2008 年版，第 122 页。
③ 刘守华：《闽台蛇郎故事的民俗文化根基》，《民间文学论坛》1995 年第 4 期。

《蛇王子》故事的喜剧结局在结构上大体一致，都有"女主角嫁给蛇""女主角被迫与大鸟生活在一起""女主角被解救"和"女主角重获幸福生活"的情节。不同之处在于《大苍鹭》中的蛇郎是配角，故事进行到一半就死了，没有出现变形为人的情节，最后真正的王子成了女主角的真命天子；而廷昂博士的《蛇王子》故事中却通过蛇郎变形为人完成了给予女主角幸福生活这一使命。尽管如此，大部分情节的重合使我们有足够的理由相信《大苍鹭》属于 433D 型。

《蛇儿》故事则比较特殊，其故事结构是妇人生下一个蛇形男孩，由于恐惧将其扔到野外，后被修行者养大，父母去世后，蛇儿回到家中，在分配遗产时竭力帮助了最小的妹妹，并和她生活在一起。这篇异文的部分结构与 433B 型极其相似，都是讲妇人生下一个蛇形男孩，蛇儿离开家独居，后来变形为人。但某些结构又与"一美一丑双胞胎"故事（AT711）相似，该类故事主要讲不孕的母亲祈求孩子，她听信女巫的话，但未遵守其中一个条件，结果有了双胞胎，一个很美丽，一个却出奇的丑，有时还有兽头。丑妹妹总是帮助美姐姐，最终王子娶了丑妹妹，在新婚之夜她变得和姐姐一样美。斯蒂·汤普森指出，《一美一丑双胞胎》故事"主要风行于挪威和冰岛，在其他地方它似乎不大为人知晓。"① 由此看来，该故事传到缅甸的可能性不大。《蛇儿》极有可能是缅甸的本土故事，鉴于其结构与以上几类都不相同，暂且将其定为 433G 型。

值得注意的是，《蛇儿》故事开始时的"有个妇女动了生育之念，结果产下一条蛇"的这一细节含有"感应怀孕"的母题。"感应怀孕"的观念是原始时期的人类在探索自身起源问题时产生的一种观念，很多民族都有着这一观念。澳洲的土著居民阿龙塔族直到 19 世纪末还认为性行为与怀孕之间并无关系，当一位妇女感觉到她是一位母亲时，

---

① ［美］斯蒂·汤普森：《世界民间故事分类学》，第 118 页。

那些集聚在图腾中心等待转世的灵魂之一即投入其体内而成为胎儿。[①]
中国古籍也有很多这样的记载，如：《太平御览》卷七八《诗含神雾》
载："大迹出雷泽，华胥履之，生宓牺"[②]；同篇《钩命诀》曰："华
胥履迹，怪，生皇羲"[③]；《诗经·玄鸟》篇中有"天命玄鸟，降而生
商"[④] 之句；《诗经·生民》篇则说道："厥初生民，时维姜嫄。生民
如何，克禋克祀，以弗无子。履帝武敏歆，攸介攸止，载震载夙，载
生载育，时维后稷。"[⑤] 以上记载说明古代中国人民有华夏族的始祖神
伏羲、殷民族的祖先契和周人的祖先后稷都是感应而生的认识。"感
应怀孕"的特点就是否认性行为与怀孕之间的关系，否认男性在生育
活动中的所产生的作用，而女性则被看作生命之源。这一方面是由于
女性生理特点的优越，另一方面也由于原始人知识水平的低下，认为
妇女生育具有神秘感而导致的，套用弗洛伊德的说法，就是"男人们
对他们在繁殖过程中所起的作用和人类对自身和动物生殖过程的
无知"[⑥]。

　　《蛇王子》和《大苍鹭》故事都含有女主角嫁蛇的母题。刘守华
认为："蛇郎故事的核心是女嫁蛇。在原始文化背景上，人们把那些
同自己有密切利害关系的动物以神秘色彩，将它们作为本部落或本氏
族的图腾来崇拜，并构造出自己同这些动物有亲缘关系的种种神话传
说来巩固这种习俗信仰。由于蛇形体曲折蜿蜒，行动敏捷，既随处可
见，又善于隐形遁迹。不但可以用自己的毒牙置人于死地，还可以脱
皮而逝。因此处于原始文化背景的人们，便对蛇形成了一种神秘莫测，

---

　　① [奥] 西格蒙德·弗洛伊德：《图腾与禁忌》，文良文化译，中央编译出版社 2009 年版，
第 145—150 页。

　　② （宋）李昉编纂，夏剑钦等校点：《太平御览》（第一卷），河北教育出版社 1994 年版，
第 671 页。

　　③ （宋）李昉编纂：《太平御览》（第一卷），第 671 页。

　　④ （春秋）孔子著，刘道英译注：《诗经》，青海人民出版社 2002 年版，第 210 页。

　　⑤ （春秋）孔子：《诗经》，第 164 页。

　　⑥ [奥] 西格蒙德·弗洛伊德：《图腾与禁忌》，第 151 页。

既亲切又畏惧的心理。特别是这时的人们又怀有崇拜生殖机能的心理，通过联想，把蛇的形体同男性生殖器联系起来，于是蛇就作为男性始祖的神秘象征，成为民族信仰和民间文学园地里的常客了。"① 由此可知，蛇郎故事中女嫁蛇的母题反映的正是蛇神崇拜，而蛇神崇拜是图腾崇拜的一种。学界普遍认为，图腾崇拜产生于母系氏族社会，《蛇儿》这则故事很有可能是缅甸先民在母系氏族社会时期的神话遗留，反映的是缅族群众对蛇的图腾崇拜。

《胆小贫穷，胆大封王》的前半部分讲述两兄弟闹矛盾，弟弟外出谋生，重点在于故事的后半部分，即弟弟后来一系列的神奇经历，该部分是"因漂亮而受迫害男人"（AT465）的异文，主要情节如下：

> 英雄以这样那样的方式得到超凡的妻子——一个天鹅女，一个有变形神力的动物或直接从上帝之手得到妻子。不管哪种情况，妒忌的国王想霸占妻子而阴谋除掉丈夫。他责成他完成一系列不可能完成的任务，但丈夫总是在妻子的帮助下，有时得到超自然者的帮助，完成了这些任务，挫败了国王的阴谋。②

斯蒂·汤普森指出，这个故事基本是东欧的，在俄罗斯、近东、波罗的海和斯堪的纳维亚家喻户晓，在中欧、西欧和南欧并未出现。在印度和朝鲜有一些散见的文本，非洲及西半球则未见报道。③ 通过对比，我们发现《胆小贫穷，胆大封王》尽管在主要情节上与其他地区的异文基本一致，但在诸多细节上却存在着明显的不同：一是他娶的妻子不是天鹅女，而是仙女，这与缅甸地处热带，不是天鹅的栖息地有关。二是帮助他的超自然者有夜叉、狮子、乌鸦和修行仙人。夜叉和狮

---

① 刘守华：《比较故事学论考》，黑龙江人民出版社 2003 年版，第 467—468 页。
② ［美］斯蒂·汤普森：《世界民间故事分类学》，第 114—115 页。
③ 参见 ［美］斯蒂·汤普森《世界民间故事分类学》，第 115 页。

子被引入故事应与佛教有关。前者是佛教"八部众"之一，后者是佛教神兽，在缅甸的寺庙前总会矗立着两只狮子。乌鸦则是缅甸的"神鸟"，禁止捕杀，到过缅甸的游客都会对大街小巷、花间树丛中追逐嬉戏的乌鸦印象深刻。修行仙人是一个具有印度色彩的文化符号，类似于印度的苦行僧，缅甸流传着大量修行仙人的传说，比如，上文提到的《亚德觉王与摩诃丹婆瓦、素拉丹婆瓦王子》就是一例。三是该故事中貌山拉抓住到湖中游泳的七仙女中最小的一个这一情节，源自于《清迈五十本生》中的"树屯和曼诺拉"故事。《清迈五十本生》成书于15世纪末、16世纪初，原是泰国清迈的一位高僧模仿佛本生故事用巴利文所著，1798年，柬埔寨金边王朝时期（1432年至今）的诗人高萨特巴蒂·高将其翻译成高棉文，取名为《五十本生故事》。该书录有一则名为"树屯和曼诺拉"的故事，为中国云南傣族地区流传的《召树屯》故事的原型。这个故事在柬埔寨、缅甸、泰国和老挝四国广为流传，16—17世纪期间，老挝古代作家将其改编为长篇叙事诗《陶西吞》；根据这个故事，柬埔寨诗人翁萨拉本·农于1804年创作了长篇叙事诗《少年波果儿的故事》；缅甸良渊王朝时期（1579—1752）的诗人巴德塔亚扎则于1741年创作了比釉诗《杜娑》。由此看来，这是一则源自印度的故事，后来又受到了《清迈五十本生》影响。

《女孩和巫婆》为"泉旁织女"（AT480）的异文，该故事的主要情节为：

> 被轻视的最小的女儿坐在井边纺织，不慎把梭子失落水里。因受不了其母的责骂，她跳下井去找梭子。她失去了知觉，苏醒时身在下层世界。她做到了对她提出的种种要求，用奶喂牛，摇苹果树，烤面包，诸如此类什么都干。最后为巫婆服务，她的勤劳使巫婆很满意。她得到动物和使唤的器物的帮助，完成了所给的任务。她被允许回家并得到大量金子（有时用桶装）为酬。不知趣的姐姐

想仿效她，但拒绝帮助动物和器物。它们使她选中一个装满了火的桶代替一桶金子。或在某些文本中，以杀她作为惩罚。①

经过对比，我们发现，这则采录自缅甸的异文与其他异文基本一致，当然也存在着稍许差别，比如在交代女主角为何会掉落水中时，《女孩和巫婆》与其他异文不同，说她热心助人，经常帮助孤寡老人挑水，对父母分给的遗产感到满足，而坏心肠的姐姐却心怀嫉妒，趁其到海边挑水时将其推进海里。这则异文采录自下缅甸的海港城市勃固，讲述者林玛拉在这里生活，对大海是再熟悉不过的了，所以这一情节才会进入到她的叙述中。

《鬼拔牙》是"小人的礼物"（AT503）的一则异文，该故事的主要情节为：

当神仙们在跳舞时，一个驼背的人从他们中间穿过，他因为参与他们跳舞或为她们奏乐而得到好感。他们有时想在唱歌时给某个星期的每一天起名，但总是未能达到这一目的。于是那个驼背的人补充了在他们歌中没有唱到的日子之名。有时，他们来剪他的头发或剃他的胡子，他平和安详地任其摆弄。神仙们为他去掉驼背，有的故事中说给他金子，以此表示对他的酬谢。他有个贪得无厌的伙伴，这个伙伴以为自己可以模仿男主人公而得到好运，结果是愤怒的神仙们把从他的朋友身上取下的驼背加在他身上；他希望得到金子，而他们给了他无用的煤块。②

就内容而言，《鬼拔牙》与其他地区的异文有着很大区别，但就

① ［美］斯蒂·汤普森：《世界民间故事分类学》，第149—150页。
② ［美］斯蒂·汤普森：《世界民间故事分类学》，第60页。

故事主题而言，它和其他的异文却是一致的，讲的都是主角因为善良得到了好报，反角仿效，却因其贪得无厌，受到了惩罚。尤其是在交代反角为何会受到惩罚这一点上，《鬼拔牙》与上文中提到的《女孩和巫婆》如出一辙，都说反角"贪得无厌"。贪婪之人是令人讨厌的，尤其是在信仰佛教的缅甸，佛教有"三毒"之说，为"贪""嗔""痴"，贪排在首位，是首恶，由此可见缅甸人民对其的厌恶。

《孝顺的貌南达》是"子为父（母）找仙药"故事（AT551）的异文，该类故事的主要情节为：几个兄弟外出找仙药，最小的弟弟在一只鹰（或一个矮人）及各种魔法物品的帮助下，从天涯带回生命之水和死亡之水。① 这则故事的众多异文中最有名的莫过于格林童话里的《生命之水》了，故事说在很久以前一位国王生了重病，无药可救。国王的三个儿子在一位老人的指示下准备去寻找生命之水，在寻找的途中遇见一个小矮人，大儿子和二儿子都对小矮人极其傲慢不礼貌，于是被小矮人施咒困死在山谷里；最后小儿子因为对待小矮人态度亲切，在小矮人的帮助下找到了生命之水，同时解救了一位美丽的公主，并与公主成婚过着幸福的生活。② 通过对比，我们发现这则缅甸异文没有出现三兄弟中最小的弟弟善良，两个哥哥邪恶的母题。英国人类学者麦苟劳克认为幼子幼女最幸运的情节是季子继承制的反映。③ 该制度起源于人类早期婚外性关系的普遍流行，与只有幼子才是可靠的血缘关系有关。缅甸异文没有这一情节说明该故事传入缅甸时，当地社会已经没有季子继承制度的遗存。现在的缅族家庭对遗产进行分割时，强调继承人之间的公平与公正，正如上文提到的《蛇

① 参见 Antti Aarne & Stith Thompson, *The Types of the Folktale: A Classification and Bibliography*, p. 197；另见 ［美］斯蒂·汤普森《世界民间故事分类学》，第 70 页。

② 参见 ［德］格林兄弟《格林童话全集》，宫方译，中国和平出版社 2003 年版，第 244—247 页。

③ ［英］麦苟劳克：《小说的童年》，见赵景深《民间文学丛谈》，湖南人民出版社 1982 年版，第 251 页。

儿》故事中讲到的一样，哪怕是条蛇，只要是继承人，都应分得应有的一份。这则故事就由反映长子继承制与季子继承制之间的矛盾与对立演变为提倡子女对父母的孝道，变得与缅甸的主流文化契合起来。

《飞马》是"有翅王子"（AT575）的一则异文，该故事的主要情节为：

> 一个巧匠制造了翅膀（有的说是魔马），它可以使人凌空飞翔。有个王子向工匠买下翅膀，飞向囚禁着公主的一座塔。他们双双飞走。公主的父王答应，如果公主回来，他将把自己的一半国土赏赐给王子，于是王子带着公主飞回来，督促国王履行诺言。①

与其他异文不同的是，《飞马》故事只有上述情节的前半部分，与此同时王子不是通过购买，而是由于自己的冒失举动才骑上飞马，误闯公主的闺房。此外，故事中还增加了两个反角的情节，一是外国人假冒王子之名要强占公主，却被邻国国王所杀；二是邻国国王见色忘义，要强娶公主，公主装疯，被王子获悉，机智地将其救出。就情节而言，《飞马》比该类故事的其他异文要曲折得多，从中我们不难发现缅族群众丰富的想象力。

《三位王子的神奇宝物》是"才艺高强的四兄弟"（AT653）的异文，该故事的主要情节为：

> 四兄弟的父亲送他们外出学艺，当他们回家时，父亲考核他们的手艺，叫他们表演各自的能耐。占卜星相者能看清远距离的树上有几个蛋在鸟巢里；扒手则把那些蛋偷了来；猎人射中了分散在桌子上的蛋，最后，把蛋缝合的裁缝使蛋完好归巢，孵出的

---

① ［美］斯蒂·汤普森：《世界民间故事分类学》，第97页。

鸟儿只是颈上有一缝合的红线。这只不过是对四兄弟的初步考查，现在他们听到公主呼救，谁能搭救，谁就可以和公主结婚。占星相的发现她困在远海岩石上；窃贼去偷她；猎人杀死了看守的恶龙；而裁缝则把散了的船板合拢使大家一起乘船归来。①

很明显，《三位王子的神奇宝物》与"才艺高强的四兄弟"（AT653）的其他异文存在诸多不同，如该故事中是三兄弟，而非四兄弟；他们并非拥有超人的才艺，而是拥有神奇的魔宝——魔镜、魔毯和神药；他们发现并救治公主的经过由于上述细节的不同也导致不同。但就使用魔宝或超人的技能救助公主这一主题而言，该异文和其他异文完全一致。此外，所有的异文都以提问的形式结束故事的讲述。在《三位王子的神奇宝物》的异文一中，讲述者吴当纽说道：

> 小王子磨了点神药，把瘫在床上的公主的嘴巴打开，给她把药喂了下去。公主一下就坐了起来。这时，问题出现了。"公主坐起来了，该把公主许配给谁呢？"事情麻烦起来了。
>
> 大王子说："是我用魔镜看到的，是我得到的消息，您应该把公主许配给我。另外，我还是老大。"二王子说："哈，大哥，不要做没有道义的事。因为我，你们才能来到这里。你们连要去哪里都不知道，是我又是陆路又是水路地把你们送到这里。我是老二，应该许配给我才对！"老三也说："哥哥们，都别做没有道义的事。多亏我的神药，才把公主救活。许配给我才对。"（鸟叫声）事情麻烦起来了。
>
> 于是，（我）问（学生们：）"孩子们，请问应该把公主许配给谁？"他们有各种回答，还有的直愣愣地说："谁都不给。""哈，

———————

① ［美］斯蒂·汤普森：《世界民间故事分类学》，第101页。

那怎么行！""许配给我。"（笑声）（这样回答的是）三年级的学生。"老师，你说该怎么办才好呢？"把问题丢给了我，自己提的问题自己回答。"那好，老师的答案有可能对，也有可能错。老大，大王子呢，长兄如父，应该体谅小的，不应该许配给老大。二王子呢，坐上自己的飞毯，想去哪儿就能去哪儿，可以到其他任何地方与自己喜欢的公主幽会，找到自己的所爱。如果小王子不去，没有神药的话，（公主也就救不活了。）因为缘分，他才把公主治好，应该把公主许配给他。因为缘分，公主才坐了起来。老师想把公主许配给小王子。你们同意吗？""同意！"我们就是这样，用故事激发学生的思考能力。①

讲述者是退休的学校校长，生性幽默诙谐，他很好地利用了这则故事激发学生的思考能力，活跃课堂气氛，拉近师生之间的感情。斯蒂·汤普森指出，该故事源于印度的《吸血鬼的二十五个故事》。不能简单明了地得出是哪一个营救了公主的结论。每个人都自称自己起了重要的作用而应得到公主。众多的文本提出了三种解决的办法：一是让争执悬而不决；二是提出把公主瓜分了各分一份，以此来检验谁才是真正爱公主；三是改封诸兄弟半个王国的领地来代替公主作为报酬。② 由此看来，讲述者对"该把公主许配给三兄弟中的哪一个"这一问题的解答带有鲜明的缅甸色彩。

第二节　教育的意义
——缅族的生活故事

生活故事是现实性较强，生活气息较浓的民间故事，又称为"写

---

① 讲述者：哥当纽，采录时间：2012 年 8 月 23 日，采录地点：阿瓦地区。
② 参见［美］斯蒂·汤普森《世界民间故事分类学》，第 101 页。

实故事”和“世俗故事”。生活故事的主要人物为生活中的人，幻想
和神奇的成分较少，结构简单，通过简短的故事，阐述深刻的道理，
耐人寻味，引人深思。按其所反映的不同内容，又可分为三个小类：
（1）伦理故事；（2）长工和地主故事；（3）巧媳妇故事。笔者共采录
到 21 则此类传说，具体情况详见表 14：

表 14　　　　　　　　　　　　缅族的生活故事

序号	名称	采录地区	讲述者
1	《樵夫和神》	仰光地区	吴昂觉摩
2	《三位王子》	仰光地区	杜珊丁
3	《三兄弟》	仰光地区	杜珊丁
4	《有教育意义的故事：两兄弟》	仰光地区	吴诶敏
5	《五个问题》	仰光地区	杜珊丁
6	《公益心》	蒲甘—良坞地区	杜丹丹敏
7	《喜欢作弄人的牧童》	蒲甘—良坞地区	杜丹丹敏
8	《本性难改》	东吁地区	吴迎貌
9	《富家子》	勃固地区	匿名
10	《佛陀会来救我的》	马圭地区	杜敏敏凯
11	《世间八法》	马圭地区	杜埃敏凯
12	《贪念的恶果》	马圭地区	杜埃敏凯
13	《用稻穗打比方的故事》	马圭地区	杜埃敏凯
14	《战胜尘念》	勃生地区	杜妙丹
15	《与人为善》	阿瓦地区	玛基比亚昂
16	《国王的懊恼》	阿瓦地区	吴山丁
17	《虚荣的国王》	阿瓦地区	吴山丁
18	《为当王后，妻子杀夫》	阿瓦地区	吴翁伦
19	《不生气，但牛尾巴短了》	阿瓦地区	吴佩丹
20	《拯救未婚夫的姑娘》异文一	阿瓦地区	吴山丁
21	《拯救未婚夫的姑娘》异文二	阿瓦地区	吴山丁

一　伦理故事

伦理故事现实性较强，幻想性较少，大多取材于人们的日常生活，

内容丰富，涉及面广，以故事讲述者和听众所熟悉的人物为主角而展开叙事，目的在于宣扬各种道德伦理观念。笔者共采录到 18 则此类故事，详见表 14 中的第 1 号至第 18 号。

（一）缅族伦理故事的文本

《樵夫和神》说一个樵夫不小心把斧子掉到河里，河中冒出一位神仙，手拿金斧、银斧和铁斧让樵夫辨认。诚实的樵夫要回了属于自己的铁斧。神灵为了嘉奖樵夫的诚实，将金斧和银斧送给了他。贪心的财主知道后，也扮成樵夫，故意将斧子扔进河里。神仙露出水面，手拿金斧、银斧和铁斧让财主辨认。财主贪心，硬说是金斧。财主不仅没得到金斧，还白白丢了自己的铁斧。

《三位王子》和《三兄弟》是同一位讲述者杜珊丁在不同时间讲述的同一则故事的两篇异文。《三位王子》故事说很久很久以前，有一位国王，他有三个王子。大王子叫帝巴，二王子叫帝哈，三王子叫杜拉。国王为了考察三位王子的能耐，就命令他们离开王宫，各自到不同的地方。并说："如果谁先回来，我就让他继承王位。"三位王子离开王宫后，大王子帝巴沉溺于酒色，把国家忘得一干二净，不久就死了。二王子帝哈来到了一个村子，帮助村民修建围栏，为村民谋福利，受到村民爱戴，被推举为村长，声名日隆，传到了父王耳中。三王子杜拉则整天偷鸡摸狗，不干好事。由于三位王子都没有回到王宫，国王就派士兵四处寻找。士兵先找到了二王子帝哈，看到他一心为民，既聪明又能干，就把他带回王宫，继承了王位。老大呢，已经早死了。老三则品行败坏，后来被抓起来受到了惩罚。《三兄弟》故事则说很久很久以前，有一位国王，他有三个王子。国王为了考察三位王子的能耐，在和大臣商量后就命令三位王子离开王宫，各自到不同的地方。并说："如果谁的能力超过别人，我就让他继承王位。"这三位王子是：帝哈、杜拉和南达。帝哈是老大，他来到一个村子后，为村民做好事，帮村民修缮围栏，发展当地的经济，教村民种植蔬菜，使村民们安居乐业。老二杜拉玩物丧志，喝酒，玩女人，不干正事，有一天被人杀了。老三南达是个坏家伙，与王兄分别后，参加了强盗组织，整日打家劫舍，甚至想起兵谋反。三位王子的所作所为，国王全都知道。国王想："我的三个王儿，一人因酒色而死，一人变成了强盗，根本不配继承王位，只有大王子帝哈才能继承我的王位。"于是，国王便命令士兵把帝哈找回，把王位传给了他。老三南达知道后，恼怒不已，心想一定是老大耍了什么诡计才蒙骗了父王。他为了解恨，起兵谋反。帝哈王亲自出征迎敌，与南达相会于阵前。帝哈王训斥南达道："你做了错事，走了错路，才使得父王失望，所以失去了继承王位的机会。今后只要你改邪归正，我就让你做王储。"南达心想："对啊，王兄说得一点不错。如果我真聪明的话，还有继承王位的机会。不然的话，我这一生只怕要完了。"于是，南达改邪归正，彻底与强盗断绝关系，到了一个村子里，勤奋练习刀枪剑术，努力使自己达到王者的标准和要求。最后，他继承了王位。

《有教育意义的故事：两兄弟》说有个老头拿钱给自己的两个儿子，让他们学做生意，以便今后能自食其力。大儿子努力经营，不久就发家致富了。小儿子却沾上恶习，抽烟喝酒，很快就败光了本钱，生活变得困窘，嫉妒起哥哥。一天，小儿子趁哥哥外出，霸占了他的财产。大儿子回来后，教育了弟弟。小儿子认识到自己的错误，归还了哥哥的财产。

《五个问题》故事说有三个王子，分别叫貌威利亚、貌年和貌甘，① 他们是好朋友。一天，三人外出，在一棵榕树下休息，不久就睡着了。树上的罗刹想把他们绑住，要吃他们。罗刹先去抓貌威利亚，貌威利亚拼命挣扎，用头顶，用拳击，用脚蹬，但都不起作用，还是被罗刹抓住了。罗刹接着又去抓貌甘，貌甘心想这一切都是命，于是

---

① 威利亚（wi ri'ya'）、年（nyan）及甘（kan）为巴利语，意为"坚持""智慧"及"命运"。

俯首就擒。最后，罗刹去抓貌年，貌年问了罗刹五个问题，说如果罗刹回答得出，自己甘愿受死。貌年的第一个问题是："你知道自己什么时候死吗?"第二个问题是："你知道自己死后会到哪个世界?"第三个问题是："你知道自己为何而死吗?"第四个问题是："你知道自己死于何时、何地? 葬于何处吗?"第五个问题是"你知道自己的前世是什么吗?"罗刹回答不出貌年的五个问题，只好把他们放了。

《公益心》说很久以前，波罗奈城国王想知道自己的臣民中谁的品德最高尚。一天夜里忽降暴雨，一块巨石滚落，挡住了通往皇宫的道路。来往的行人和车辆受阻，大多数人都只会抱怨，却没有人动手解决问题。一个老伯把巨石头撬开，发现下面有一只箱子，里面装满了珠宝。当时的法律规定：凡是地上捡到的东西，都需上交国库，严禁私自截留。诚实的老伯把箱子交给国王，国王却把它奖给了老伯，以示对他无私和诚实的奖励。

《喜欢作弄人的牧童》故事说调皮的牧童喜欢作弄人，经常喊"老虎来了"，戏耍村民，逐渐失去了村民们的信任。当老虎真的来了，因无人赶来帮助，牧童只好眼睁睁地看着自己的牛被老虎拖走。

《本性难改》说在森林里的修行仙人养了一条母狗，仙人想替母狗改变命数。一天，国王进山打猎，迷路后来到仙人修行的地方。仙人施法将母狗变成绝色女子，国王看到后便爱上了她，将其带回宫中。由于女子原本是母狗，故而本性难改，喜欢叼鞋子。国王看到后厌恶不已，将其放回林中。仙人哀叹："我虽将你的命数改变，但你却本性难移，现了原形。"于是施法将它又变回了母狗。

《富家子》说有个富翁家财万贯，却不重视教育，所以他的儿子既没有文化，又没有一技之长。富翁死后，他的儿子娶了一个同样没有文化的女人。两人不好好持家，沉溺于赌博。最后家财败尽，住的房子也被坏人骗走，只能沿街乞讨，最后在饥寒交迫中死在了破庙里。

《佛陀会来救我的》说有个老头痴迷于修行。一天，正当他忘我修行，洪水泛滥。老头觉得自己如此努力，佛陀定会显灵搭救，于是置之不理。洪水漫过老头大腿，远处来了一艘小船，船上的人要救老头，被他拒绝了。洪水漫过老头腰部，又有一艘大船划过，要救老头，老头再次拒绝。最后，洪水漫过老头胸膛，一艘快艇赶来，要救老头，但还是被他拒绝了。抱着佛陀定会显灵搭救自己的坚定信念，老头被淹死了。老头死后，责怪阎罗为何不救。阎罗王说："我三次派船搭救，都你被拒绝，我还能怎么办？"

《世间八法》说很久以前波罗奈城有一位国王，国王有一子，名叫比亚玛德利。王子友党众多，国王担心他谋反，便将他驱逐出境。王子决定到喜马拉雅山修行，其妻阿蒂达温公主对王子不离不弃，随夫前往。王子夫妇在山中以野果果腹。一天，王子外出打猎，偶遇紧那梨。王子贪恋紧那梨美色，丢下阿蒂达温公主，追赶紧那梨。公主虽遭王子抛弃，却心如静水，因其深谙世间八法，喜怒不行于色。公主拜仙人为师，精进修行，不久便进入禅定。王子没能捕获紧那梨，沮丧归来。公主却不再接受王子，显灵升天。王子受到震动，亦获真理。

《贪念的恶果》说从前有个商人外出做生意。一天，天色晚了，便到一户卖油人家中留宿。晚上，商人和卖油人聊天。商人吹嘘自己的生意有多大，多么赚钱。卖油人的妻子见财起意，怂恿丈夫谋害商人，以夺取他的钱财。凑巧的是，那天夜里商人腹泻，不停地往茅房里跑。卖油人的儿子深夜归家，在不知情的情况下躺到了商人的床上。夜里，卖油人挥刀向床上砍去。听到儿子的哀号声，卖油人夫妇才发现砍了自己的儿子，懊恼不已。

《用稻穗打比方的故事》说在古代有个王子为人傲慢。王子的师父仙人将他带到稻田中，问道："你如何看待直立的稻穗和弯垂的稻穗？"王子回答说："我认为是直立的稻穗在接受弯垂着稻穗的敬拜。"仙人教育王子："直立的稻穗之所以直立，是因为它的稻子并不饱满；弯着的稻穗之所以弯垂，因为它的稻子饱满。人也是这样的，傲慢的人好像直立的稻穗，没人愿意和他们交往；有本领的人却和弯垂的稻穗一样，与别人交往时都很谦卑。"

《战胜尘念》讲很久以前，有个农夫以种地为生。时间久了，他思考起人生。农夫觉得自己终日辛劳，到头来却一无所有，于是产生了出家的念想。他将锄头收妥，便剃度为僧。因其尘缘未了，农夫虽然做了和尚，却又思念起锄头，变得不快乐起来，于是又还俗了。农夫还俗后，重操旧业。没过多久，又想再次出家。于是他再次披上僧袍，将锄头收妥。如此几经折腾，农夫终于大彻大悟："皆因自己尘缘未了，凡事皆有始无终，如今需做彻底了断。"农夫奋力将锄头扔进河中，口中喊道："赢了！赢了！"碰巧被国王听到，问道："你赢了什么？为何如此这般大呼小叫？"农夫向国王禀报道："小民因战胜尘念，欣喜之下才高声喊叫。"国王赞叹不已，把此事告诉了诸王，诸王也纷纷赞扬。

《与人为善》说村子里有两个男孩，一个叫"貌漂"，意为"肤白"，人却长得黑；另一个叫"貌麦"，意为"肤黑"，人却长得白。貌漂没有教养，粗野无理，终日寻衅滋事，无人喜爱。貌麦为人乖巧，彬彬有礼，扶老携幼，深得村民喜爱。一日，貌麦病倒，村民们纷纷上门看望，嘘寒问暖，送礼给钱。后来，貌漂腿生恶疮，却无人看望，伤心懊恼，终日以泪洗面。

《国王的懊恼》说一个国王染病，心神不定之间，魂魄飘到阎罗殿。阎王问道："陛下有何功德，做过哪些善事？"国王无言以对。阎王接着问道："陛下每次用膳，共有几道菜肴？"国王回答说："不下百种。"阎王让其返回阳世，行善积德后再来报到。国王还魂后与众大臣说起此事，大臣们纷纷劝其刻经行善。国王懊恼不已，老泪纵横道："众爱卿，朕已皓首苍颜，还能逃过这人鬼神三十一界轮回吗？"

《虚荣的国王》说从前有位国王虚荣心强，总想得到王后的赞扬。一日，为了炫耀自己的箭术，便摘下王后的耳环，挂在树上。国王开弓引箭，正中耳环中央。国王为此得意不已，料想王后必会鼓掌赞扬，王后却默不作声。王后回到寝宫后，令人找来一头初生牛犊，每日用双手扶着牛犊训练其站起跪下。时间一久，只要王后双手一扶，牛犊便会自动站起跪下。当牛犊长大后，王后将其带到大殿，当着文武百官，用双手一扶，牛便自行站起；再用双手一按，牛便自行跪下。国王及文武百官叹服不已，王后却说："这没什么，熟能生巧而已。"

《为当王后，妻子杀夫》说古代印度有位国王，一天，他看到池中莲花无风自摇，深以为奇。于是问群臣为何如此，却无人能答。国王下令，凡能回答此问题者，男的封为王储，女的立为王后。某智者之妻听到后，想当王后，于是问自己的丈夫："是何原因？"智者回答："蜜蜂在花蕊中采蜜，所以莲花无风自摇。"智者之妻谋杀夫君后，觐见国王，献上答案，如愿地做了王后。

（二）缅族伦理故事的民俗语境

缅族的伦理故事主要以宣扬各种道德伦理观念为主，对研究缅族社会的价值观、伦理观、善恶观，以及家庭和社会组织结构都具有重要的意义。缅甸学者德班索因认为："任何一个国家社会之组成及存在，如果离开了处理人与人之间关系的古代习俗法规和伦理道德观念是不可想象的。对缅甸来说，社会的组成和巩固，无疑来自佛教法论、戒规和与之相关的传统习俗、伦理道德和法律等等。"[①] 故此，自蒲甘王朝的许多君王起，为巩固其统治地位，稳定社会秩序，适应国家发展的需要，使全国各阶层人民之间相互关系的协调、社会治安的维护、各种财产的归属、继承及转让等有一个共同遵守的章法，一种全民性的法律典章——缅甸法典应运而生。法典的作者大多是佛教界的著名法师、高僧及官宦文人等。内容包括处世之道、伦理哲学、家庭婚姻、刑法判例、民事诉讼、财产归属、继承、转让、父母职责、夫妻义务

---

① ［缅］德班索因：《缅甸文化史》，转引自许清章《异国风情与文化》，第135页。

等。处事基本指导思想是"公平合理，大事化小，小事化无；唯求民众安宁幸福，家庭和睦团结，促使臣民培养良好的道德观念"。[①] 这也就是缅族群众的处事基本思想及原则。缅族习惯法甚至把佛教戒规和法规条款等同看待，确定"五戒"是全民族必须尊奉的道德规范，是处事之道，梵天之道，喝酒和奸污妇女是严重的犯罪行为，同样要受到法律的惩处。破坏五戒无异于破坏法律。[②] 具体而言，"五戒"为"不杀生""不偷盗""不邪淫""不妄语"和"不饮酒"。缅族的多则伦理故事中强调了守持五戒的重要性，如：《三位王子》《三兄弟》《樵夫和神》《公益心》和《喜欢作弄人的牧童》。《三位王子》和《三兄弟》通过正反对比，说只有守持五戒，为民众谋福利的王子才能继承王位。《樵夫和神》同样也采用了这一手法，说明诚实的人会得到人们的帮助，奸诈的人必将遭到唾弃。《公益心》通过老伯这一正面角色，说明无私和诚实的宝贵。《喜欢作弄人的牧童》则以反面角色，说明说谎不是一种好的行为，它既不尊重别人，也会失去别人对自己的信任，应当诚恳待人这一道理。尽管一些故事源于西方，如《樵夫和神》和《喜欢作弄人的牧童》分别是伊索寓言中《樵夫与赫耳墨斯》和《儿戏的牧人》故事的异文，但这两个故事的主题——"诚实""不撒谎"却与佛教主张的"不妄语"存在着一致性。

钟智翔先生说："按照缅甸的说法，缅甸社会主要存在以下几种人伦关系：僧俗关系、父子关系、君臣关系、夫妻关系、兄弟关系、朋友关系。佛教规定这七种关系必须遵守的道德规范。这些规范不容许变动，其精神贯穿于整个缅甸社会。它还是一种集团划分的依据，以此来实现缅甸社会的尊卑秩序。每个缅甸人在推行人伦关系时，首先要处理好的是僧俗关系、父子关系、师生关系，其次再推行到君臣、

---

① 许清章：《异国风情与文化》，第135—136页。
② 许清章：《异国风情与文化》，第137页。

夫妻、兄弟、朋友关系。这些关系是佛教浸染下村社意识的产物，是佛教伦理族群化和社会化的结果。归结起来便是'五敬'关系：神段的佛、法、僧，人段的父母、尊师。"① 缅族社会秩序的维护凭借人们各自的社会角色所应遵守的道德规范来体现，比如，僧俗关系中，僧侣的道德规范为：一者教之布施，不得自悭贪；二者教之持戒，不得自犯色；三者教之忍辱，不得自恚怒；四者教之精进，不得自懈慢；五者教人一心，不得自放意；六者教人黠慧，不得自愚痴。② 《佛陀会来救我的》故事中的老头就因道德失范，身为修行之人却不知变通，陷于愚痴之中，白白丢掉了逃命的机会。《战胜尘念》中的农夫最初也因受心中执念所扰，得不到快乐，后将执念破除，获得了新生。

父子关系中，父母的道德规范为：劝善止恶；培养技艺；慈爱亲近；传授家业；操心婚嫁。③ 《富家子》故事中的富翁就是一个失败的父亲，他因为对自己的儿子管教不严，既没有教他分辨是非，也没有让他学习一技之长，最后家财散尽，以凄惨的结局收场。

君臣关系中，君王的道德规范又称"君王十规"，分别为：乐善好施；修习十戒；周济贫苦；诚实正直；言行文雅；持十善业；抑嗔勿怒；不欺民众；忍让有素；顺应民意。④ 这些道德规范中，第一条就是乐善好施，意即提倡布施。所谓布施，意指施舍自己的钱财。缅族群众一向有量其所入、尽其所能布施的习俗，他们不但对佛陀和僧侣布施，还对敬老院、孤儿院、残疾人学校等场所布施。此外，还热衷于捐资修建佛寺、佛塔、佛像、尼姑庵和学校。在缅族社会中，几乎天天都有人募捐和布施，布施已成为他们的一种习惯。在这种语境

---

① 钟智翔：《缅甸文化导论》，军事谊文出版社 2005 年版，第 82—83 页。

② （后汉）安世高译：《佛说尸迦罗越六方礼经》，大藏经在线阅读检索，http://www.dzj. fosss. org/tujie/mind？Itemid = 2&catid = 1：m&id = 16；mm&option = com_ content&view = article，2020 年 2 月 10 日。

③ ［缅］拉瑞上尉：《百科知识》，仰光：文学宫出版社 2011 年版，第 176 页。

④ ［缅］拉瑞上尉：《百科知识》，第 177—178 页。

中，才会出现国王因没有布施，死后魂魄飘到阎罗殿后，被阎罗王拒收，令其多行善举后再来报到的故事，如《国王的懊恼》。

师生关系中，老师的道德规范为：传道授业；解疑释惑；使其向善，勿令作恶；安置得当。《用稻穗打比方的故事》故事中的仙人师傅因王子傲慢，有违君王十规，所以用直立的稻穗和弯垂的稻穗打比方，告诉他"满招损、谦受益"的道理。

夫妻关系中，丈夫的道德规范为：以礼相待；供养衣食；添置首饰；所得给之；不养外妻。妻子的道德规范则为：操持家务；悉心持家；对夫忠贞；不蓄二心；所用有度。①《世间八法》里的比亚玛德利王子就因心怀二心，最后落得竹篮打水一场空，所幸他浪子回头，也算亡羊补牢，为时不晚。王子的妻子——阿蒂达温公主则很好地体现了这些道德规范，在王子落难时不离不弃，当被王子抛弃时，因其深谙世间八法，不受毁与誉、得与失、苦与乐、讥与称的影响，因而证得正法，进入禅定。《虚荣的国王》故事中的国王则与其相反，因其没参透世间八法，爱慕虚荣，喜欢被人吹捧，因而受到了王后的劝谏。

朋友关系中，朋友的道德规范为：相互帮助；真心相待；和蔼亲切；信守诺言。②《与人为善》故事中的两个孩子，一个粗野没教养，整日寻衅滋事，有违社会道德规范，最后闹得孤家寡人，无人搭理；另一个则为人乖巧，彬彬有礼，扶老携幼，符合社会道德规范，深受左邻右舍喜欢。

除了对上述这几种人伦关系的道德规范做了规定外，佛教的一些思想和教义也对缅族社会的伦理价值观念产生过深远影响，如四缔五蕴、十二因缘、业报轮回等。《五个问题》故事就体现了缅族群众对生命的哲学思考——在生活中，坚持、智慧和命运哪个更重要？该故

---

① ［缅］拉瑞上尉：《百科知识》，第177页。
② ［缅］拉瑞上尉：《百科知识》，第177页。

事是"运气和智力"（AT495）的一则异文，与其他地区的异文一样，这种思考带有明显的宿命论色彩，体现了早期人类面对神秘莫测的自然界和变化无常的命运时的态度。该故事中貌甘问魔鬼的五个问题实际上就是讲述者自己对佛教"苦集灭道"四缔的再表述。《贪念的恶果》故事则说明了佛教"三毒"之一贪欲的危害，正如讲述者杜埃敏凯所说的一样："老头呢，不应该吹嘘，吹嘘会带来危险。卖油的夫妇呢，贪心，想害别人，却害了自己。他要杀老头，最后砍了自己的儿子，虽然没被砍死，但手被砍断了，终身残疾，害了他一辈子。"[①]该故事对道德培养无疑极富教育意义，所以被选入缅甸小学的三年级缅文教材中。

通过以上分析，我们可以发现，几乎每一则伦理故事都可以在缅族伦理思想中找到理论来源，印证了此类故事是为社会和谐而被创造出来的观点。该类故事的一个显著特点是，与神奇故事不同，笔者无法在 AT 分类法中找到与此类故事的大部分文本一一对应的类型。正如前文所言，AT 分类法主要基于欧洲和美洲故事，由于东西方文化类型不同，加之此类故事带有极强的意识形态，故而展现出与西方故事完全不同的风采，建议故事类型家们在修订 AT 分类法时应充分考虑到这一现象。

二　长工和地主故事、巧媳妇故事

缅族的生活故事除伦理故事外，还包括长工和地主故事以及巧媳妇故事，限于作者采录到的这两类故事的文本较少，故在本节中一起介绍、分析。

（一）长工和地主故事

此类故事是"封建社会地主阶级和农民阶级这一主要矛盾在观念

---

① 讲述者：杜埃敏凯，采录地点：马圭地区，采录时间：2012 年 9 月 5 日。

形态上的特殊反映。其所以特殊，就在于贫苦农民和地主阶级之间的阶级矛盾和阶级斗争，是通过艺术虚构的形式表现出来的。也就是说，它不是按照现实生活本来的样子再现出来，而是按艺术想象的逻辑来实现贫苦农民的愿望的。因此，它是贫苦农民同地主阶级进行斗争的精神武器，也是他们自我教育和娱乐的工具。长工和地主故事在民间故事中具有非常重要的思想和艺术价值"①。笔者只采录到一则此类故事，即表14中的第19号故事《不生气，但牛尾巴短了》。

该故事说有个农民到地主家打长工，地主为了让农民终生给自己干活，便和他签了份协议。协议中规定，如果地主生长工的气，就要把自己的独生女儿嫁给长工；但如果长工生地主的气，就必须终生给地主干活。于是，地主整天都找着法子惹长工生气。一天，长工到田里犁地，到了吃午饭的时候，地主故意不去给他送饭，直到日头偏西，才姗姗来迟。地主问长工："我今天没空，所以午饭送迟了，你生不生气？"长工回答："不生气，只是牛尾巴短了。"原来，长工把耕牛的尾巴砍下来烤着吃了。地主正要发作，但一想到要把自己的独生女儿嫁给他，只好忍住了。一天，地主和长工带着便当到林子里抓兔子。地主又想作弄长工，对他说："你做狗，我做猎人。你去追兔子，我在这里守着。"于是，长工便东奔西跑追兔子。地主心想长工肯定会生气，时间一久，他便把便当挂在树上。等到了吃饭的时间，才发现便当没了。地主骂道："谁吃了？"长工回答道："我吃的，狗不通人性，所以把便当偷吃了。东家生不生气？""不生气。"地主想到要把女儿嫁给他，只好忍住了。第二天，他俩再次到林子里抓兔子，这次地主学机灵了，要做狗，让长工做猎人。便当当然要让猎人拿着，长工把它挂到了树上。地主追着兔子跑了一会儿，不觉气喘吁吁，心想自己也像长工一样，把便当偷吃了。他偷偷跑回来，发现长工已经把

① 钟敬文主编：《民间文学概论》，第214页。

便当吃光了。长工对他说："放心，我会用洗手水和剩饭剩菜喂你。"长工把洗手水洒在地主脸上，问道："东家生气吗？"地主大怒，但一想到要把女儿嫁给他，只好忍住了。又有一次地主和长工扛着竹筐去割草，地主为了惹长工生气，便找了一块草长得旺盛的地方，吩咐长工："你把这里的草割完。"说完，便跑到别的地方去了。地主心想，长工一定会生气。长工知道地主的诡计，飞快地把草割光了。割完后，他在竹筐里铺上草，自己钻到里面，然后再在上面盖上草。地主回来后，看到草割光了，竹筐也装满了，心中一乐。地主找不到长工，喊了几声，却没人回应。他等了一会儿，还是没见长工，于是便扛着竹筐回家了。竹筐很沉，地主心想："这家伙割了不少。"回到家中，地主正要拿草喂牛，长工爬了出来，问道："东家生气吗？"地主回答："不生气。"其实心里早就骂了千遍娘。第二天，两人还去割草，这次地主把长工指使到其他地方后，也像长工一样，钻到了竹筐里，谁知被长工看到眼里。过了一会儿，长工回来了，装模作样地喊了几声东家，地主自然不吱声。长工自言自语地说："也不知道东家去哪里了，我先把草扛回去，吃了饭再回来找吧。"长工一边扛着竹筐，一边自言自语："真沉！东家割了不少。"走到悬崖边时，长工假装内急，把竹筐放到悬崖边。不一会儿，长工大声惊呼："象夫，大象的脚要踩到竹筐了！"地主听了大惊，急忙钻出来，一不小心便连人带筐掉到悬崖下。地主摔得头破血流，长工问道："东家生气吗？"地主当然生气了，因为摔得满身都是血，回答说："生气！"于是，长工得到了地主的独生女儿。

　　从思想上来看，这则故事反映了长工对地主压迫的反抗。无论是在经济地位上，还是社会地位上，长工都处于劣势，由于他们一无所有，只能依附于地主，丧失了人身自由的权利，还要时时遭受地主的百般刁难，人格上备受侮辱。正如这则故事中所讲到的，地主使坏，到了饭点故意不送饭，等到太阳落山才姗姗来迟；或在打猎时，让长工扮狗，肆无忌惮地对长工的人格进行侮辱。在缅甸语中，最恶毒的骂人的话就是"狗娘养的"一词，地主的险恶居心可见一斑。在这种险恶的环境中，广大的缅族劳动人民并没有向命运和统治势力屈服，他们乐观、智慧、勇敢，深谙地主阶层的弱点，运用高超的斗争艺术，抓住地主的弱点和漏洞，展开将计就计、针锋相对的斗争，采用巧妙、"合法"的斗争方法来捉弄、打击地主，以其人之道，还治其人之身，在斗争中取得了一次又一次的胜利。反观地主，虽然在经济和社会上处于优势地位，且狡猾、贪婪、吝啬，甚至是恶毒，但他们缺乏生产和生活上的常识，虽然能骄横一时，但最后总要受到长工的作弄或惩罚，自食其果，哑巴吃黄连，有苦说不出。

尽管笔者只采录到一则此类故事，但缅甸民间流传着大量的船夫智斗船主的故事。这一现象说明，在故事所反映的时代，地主阶级和雇农阶层的矛盾不是特别突出，但在下缅甸沿海地区，处于萌芽状态的资产阶级和无产阶级的矛盾要更为突出。据学界相关研究，缅甸在封建社会时期长期执行"阿赫木旦"制度，该制度是"建立在封建土地国有制基础上的直接役使农奴的制度"，"缅甸封建王朝把各种农奴按其职业和服役组织起来，集中聚居，分给土地，在其首领的管辖和指挥下，为封建国家从事各种服役。其首领都由封建国家任命（即使是世袭的，继承父职也要得到封建国家批准）并服从于封建中央。""至晚从东吁王朝起，阿赫木旦制度已成为缅甸封建土地国有制的主要形式和重要组成部分。"① 也就是说，这种军农合一的制度一直在缅甸封建社会时期占有主导地位，使得土地兼并的可能性大大减少，事实上，直到1885年第三次英缅战争结束后，伴随着商品经济及土地私有制的产生，这一制度才逐渐解体，先前的皇室农奴才转变为耕农、佃农、雇农、手工业者和工人等。下缅甸沿海

---

① 贺圣达：《阿赫木旦制度与缅甸封建经济的特点》，《世界历史》1991年第5期。

港口的情况则不一样，自公元前后便有印度商人到此通商，在长期的对外贸易中，催生了船主及船夫这两个阶级，船主压榨船夫，船夫又不得不依附于船主，长期的矛盾便促生了众多船夫智斗船主的故事。

（二）巧媳妇故事

又称"巧女故事"，是一类表现妇女机敏、智慧的故事。笔者只采录到这类故事的两个文本，见表 14 第 20 号及第 21 号故事。它们同属一则故事的两篇异文，故事名为《拯救未婚夫的姑娘》，由阿瓦地区的吴山丁讲述于不同时间。

异文一说北方富翁将女儿许配给南方富翁之子。南方富翁之子去北方探望自己的未婚妻，恰逢姑娘正在洗头，没有得到热情招待。南方富翁之子误以为姑娘生性傲慢，一气之下便跟父亲要了五百名船员，外出经商。一天，船只抵达一个港口。由于天色已晚，便抛锚靠岸。夜里，海港官员想试探船上有没有智者，便趁船员们睡熟后，把皇宫里的东西偷偷藏到船上。第二天一早，官员们出现，指责船上的人偷了皇宫里的珍宝，并说如果搜到赃物，全船人都要被贬为奴隶；如果搜不到，就把国家让给船主。南方富翁之子寻思反正自己也没有偷过，于是就痛快地答应了。官员在船上搜出了早已藏好的金槟榔盒和银槟榔盒，南方富翁之子和船员全都被贬为奴隶。南方富翁之子写了封信，夹在芭蕉杆中，扔到水里求救，这封漂流信被北方富翁之女捞到。姑娘得知未婚夫身陷牢狱，便女扮男装，跟父亲要了五百名船员，前来营救未婚夫。到了港口后，官员们故技重施，趁着夜色偷偷来到船上。第二天，官员们指责船上的人偷了皇宫里的珍宝，说如果搜到赃物，全船人都要被贬为奴隶；如果搜不到，就把国家让给姑娘。姑娘表示如果搜不到赃物，也不用把王位让给自己，只用把上次抓的人全部释放就行。官员上船后，什么也没找到。原来，姑娘早已让船员中的金银匠把金槟榔盒和银槟榔盒熔化了。官员只好释放被扣押的南方富翁之子和五百名船员。两支船队决定一起回家。为了表示感谢和显得亲昵，南方富翁的儿子执意要和姑娘住同一个船舱。住进去后才发现这个女扮男装的姑娘是自己的未婚妻，由此演变为一则成语："因为感恩，获得娇妻"。异文二的情节与异文一基本一致，只是明确了港口为曼德勒。

这则故事塑造了一个才智超人的妇女形象，歌颂了女性的智慧和勇敢。面对大臣的陷害，南方富翁之子作为堂堂七尺男儿却无法自保，沦为阶下囚，实在窝囊。他的未婚妻虽然只是一名柔弱女子，却足智多谋，临危不惧，将他和船员救出，透露着反讽意味。缅族社会和其他社会一样，也存在着男尊女卑的现象和观念，尽管按照缅甸习惯法的规定，妇女可享有同男子一样的同等地位及权利，如有财产继承权，可参与管理国家大事，可成名成家（诸如著名法官、学者、艺术家），[①] 婚恋较自由，寡妇可改嫁等，但是由于社会制度及妇女生理特点的限制，特别是受到历史条件的限制及统治阶级主观意志的影响，在法典的具体条文及实际生活中，缅族妇女仍然不能享受同男子一样的平等权利。在这种民俗语境中，《拯救未婚夫的姑娘》故事反映出的追求人格自主和男女平权的精神就具有深刻的社会意义了。

第三节　人格化的世界
——动物故事

动物故事是以各种被人格化了的动物为主人公，描绘动物生活习性、特征的民间故事。故事在表现动物的生活习性、特征的同时，也把人类社会的生活状态反射到动物身上，借以表现复杂的社会和人际关系。在民间故事中这类故事产生最早，直接脱胎于神话作品。笔者

---

① 许清章：《异国风情与文化》，第136页。

共采录到 16 则此类故事，具体情况详见表 15：

表 15 缅族的动物故事

序号	名称	采录地区	讲述者
1	《愚蠢的猴子》	彬牙地区	玛埃迪达内
2	《装死的兔子》	瑞波地区	玛久久温
3	《兔子尿尿》	瑞波地区	杜意
4	《兔子和老虎》	仰光地区	杜珊丁
5	《胆小的兔子》	仰光地区	吴杜萨那达雅法师
6	《有学问的兔子》	勃生地区	哥貌梭
7	《机智的狐狸夫妇》	阿瓦地区	吴佩丹
8	《"得喔"来了》	阿瓦地区	吴佩丹
9	《鸡家庭》	仰光地区	吴漆伦
10	《兔子与乌龟》	仰光地区	吴敏伦
11	《毛毛虫想要有翅膀》	仰光地区	杜塔塔意
12	《互敬互爱》	仰光地区	吴诶敏
13	《斑鸠和蚂蚁》	勃固地区	匿名
14	《学狗叫的猫》	马圭地区	杜敏敏凯
15	《城里的乌鸦和乡下的乌鸦》	阿瓦地区	哥丁温
16	《乌鸦兄弟》	阿瓦地区	杜登敏

一 动物故事的分类及文本

根据讲述目的，可将表 15 中的动物故事分为两类：一类是娱乐性的动物故事，这类故事采用拟人手法，通过曲折的情节，讲述动物们滑稽可笑的行为，带给听众们以愉悦，其娱乐效果类似于笑话。表 15 中的第 1—9 号故事即为此类故事。另一类是教育性的动物故事，通过动物之间的矛盾和纠葛来表现某些社会现象，反映出一般世态人情，包含着知识、哲理或教训，大部分的说教效果与寓言无异。表 15 中的第 10—16 号故事为此类故事。

（一）娱乐性的动物故事

《愚蠢的猴子》说村子里一个卖油炸粿的妇人，她每天都会把油炸粿装在托盘里，让女儿顶在头上，拿到对面的村子售卖。女儿每次都要穿过村旁的树林，林子里生活着松鼠和猴子，它们是邻居。一天，松鼠看到女孩从树下走过，便跳到托盘里偷吃油炸粿。由于松鼠轻，女孩没发现。松鼠饱餐一顿后，还顺手带回一些。猴子看到后，馋得直流口水，请求松鼠给它一点，但遭到了拒绝。猴子趁松鼠不在，偷吃了松鼠的油炸粿。女孩回家后，妇人发现当天的收入与货物不符，但女孩却一问三不知。第二天，女孩穿过树林时，松鼠又跳到托盘里。女孩有所警觉，迅速放下托盘。松鼠情急之下，一动不动装死。女孩很高兴，因为晚上有炒松鼠肉吃了，于是便顺手捡起树叶，草草地将松鼠包了起来，放回托盘里。松鼠咬开树叶，跳到树上，刚好碰到猴子。松鼠捉弄猴子，唆使它也跳到托盘里偷吃。猴子头脑简单，轻信了松鼠。这天，妇人因为女儿每次出门都少了油炸粿，于是决定亲自出去售卖。她在竹筐里装上油炸粿，顶着就出门了。妇人走到树下时，等候多时的猴子急忙从树上跳到竹筐里。猴子太重，竹筐一下打翻在地，把猴子罩在里面。妇人受到惊吓，顺手捡起石子把猴子砸死了。

《装死的兔子》是上文提到的《愚蠢的猴子》故事的异文，只不过主角由松鼠和猴子变为两只兔子。故事说有一对兔子兄弟，兔老大傻气，兔老二机灵。一次，兔老二看到一群卖香蕉的女商贩走过，便躺在地上装死。有个女商贩将它捡起，别的女商贩提醒她看看兔子死了没有，闻闻看身体发臭了没有。兔老二听到后故意放了一个臭屁，骗过了女商贩。女商贩将它放到筐里，兔老二把筐里的香蕉吃完后就跑掉了。兔老大知道后羡慕不已，它也跑到路边，等到女商贩们贩货回来后，往地上一躺装死。女商贩已经吃了一次亏，识破了兔老大的诡计，捡起石子把兔老大打死了。

《兔子尿尿》是一则叙述得并不十分完整的故事，与下文中的《兔子和老虎》实为一则故事的上下两部分。故事说很久以前，老虎是兄，兔子是弟，两人相约到山里割茅草，割完草后赶着牛车回家。

兔子想尿尿，被老虎制止了。兔子又想抽烟，不小心把火星掉到了茅草上，茅草被点燃了，兄弟俩被烧得浑身起了水疱，痛得在草地上打滚。草地上刺很多，兄弟俩越滚越痒，于是就跳到土坑打滚，由于土的碱性很大，所以越滚越痒。最后痒得实在受不了，兄弟俩又跳到水井中。这时，巫婆来到水井边，她把竹席往水井上一铺，坐到了上面。兔子就对老虎说："巫婆的腿毛露出来了，我要拔一根。"老虎说："别拔，巫婆会把你吃掉的。"兔子很固执，硬是拔了一根。巫婆很生气，冲过来要抓它们，兄弟俩躲到水罐中。兔子想放屁，老虎急忙阻止，因为一旦放屁，罐子就会被震破，巫婆就发现它们了。兔子忍不住，非要放屁，尽管只是轻轻地放了个屁，结果还是把罐子震破了。巫婆追过来，兄弟俩又躲到了箩筐里，兔子再次想尿尿，结果这次连箩筐都被尿冲走了。

《兔子和老虎》说兔子和老虎是好朋友，约着到山里割草。它们都带了便当做午饭。到了正午，兔子邀请老虎一起吃便当，但老虎忙着割草，没听到。于是，兔子便独自吃了起来。它吃完自己的便当后，觉得不够，又偷吃了老虎的便当。但它怕老虎发现，于是随手抓了几把石子和泥巴放到老虎的便当里。故事至此戛然而止，讲述者总结道，工作中不应如此，有福要一起享。

《胆小的兔子》说一只兔子在椰子树下睡觉，突然听到"嘭"的一声巨响，兔子吓得跳了起来，撒腿就跑，一边跑一边叫："地裂了！地裂了！"动物们问道："出什么事了？"兔子回答道："地裂了！地裂了！"于是，动物们叫着："快跑！快跑！"跌跌撞撞地跟着兔子跑。大伙跑得气喘吁吁，累得不行。这时，有人觉得不对劲，建议回去看看。大家回到椰子树下，才发现原来是椰子熟了，掉到地上发出了声响。

《有学问的兔子》说狐狸、水獭和兔子生活在林中。一天，水獭到水中抓鱼，鱼跳到岸上，被狐狸捡到。两人吵了起来，都说这条鱼是自己抓到的。由于谁都不肯让步，它俩决定找智者裁决。它们找到了兔子。兔子把鱼一分为三，说水獭在水里追鱼，所以应该得到鱼尾；狐狸则在岸上抓到鱼，所以应该得到鱼头；自己作为智者来裁决此事，理应得到中间的部分作为酬劳。

《机智的狐狸夫妇》说有一对狐狸夫妇，母狐狸怀孕了。公狐狸要外出觅食，母狐狸非要跟着去。公狐狸极力劝阻，但母狐狸还是坚持要去。到了林子里，母狐狸突然觉得腹中阵痛，紧急之间便跑到老虎的洞里分娩。公狐狸担心老虎中途会回来，母狐狸安慰它，让它别担心，到时依计行事就是。母狐狸正在分娩，老虎回来了。母狐狸让公狐狸等到老虎走近，再按自己吩咐的做。老虎走近后，公狐狸大声地问母狐狸："孩子他娘，我上次叼回来的那只九肘尺长的老虎吃完了吗？"母狐狸也大声地回答："我都没得吃，全被你几个孩子吃完了。"老虎一听大惊，心想："九肘尺长的老虎都被吃了，我只有七肘尺长，还不被它们咬死？"老虎吓得撒腿就跑。老虎跑着跑着，遇到了好管闲事的猴子。猴子听了以后，说："不可能，哪有狐狸咬死老虎的事，你跟着我走，回到洞里，把狐狸一家几口全部咬死。"老虎不敢，于是猴子便把自己的尾巴和老虎的尾巴绑在一起，给它壮胆。公狐狸看到老虎又回来了，而且还跟了只猴子，心急如焚，母狐狸却安慰它说："别怕，等它们走近了再依计行事。"公狐狸等它们走近后，开口问道："猴子老弟，你上次从我这里借走了九肘尺长的老虎，这次是不是来还账？但现在这只老虎也太小了吧，只有七肘尺长。"老虎听了大惊，心想："好你个猴子，你跟狐狸借了九肘尺长的老虎，却拿我来还账。"于是撒腿就跑。由于猴子的尾巴和老虎的尾巴绑在一起，猴子被老虎拖着东撞一下，西撞一下，弄得全身鲜血淋漓，还好最后猴子的尾巴断了，才挣扎着爬到了树上。老虎跑了一会儿，逐渐平静下来，回去一看，看到猴子坐在树上，鲜血滴答滴答地往下流，开口骂道："你这个狡诈的东西，把我拿去还账，自己却躲在树上吃槟榔！"

《"得喔"来了》说有一支商队赶着五六辆牛车外出经商，一天晚上，夜宿野外。商队首领夜观天象，看到空中层云密布，便脱口说道："今晚得喔①要来了！"刚好有个小偷埋伏在商队附近，他想趁着夜色偷点东西。更巧的是，还有只老虎藏在草丛中，它也想趁着夜色把商队的牛拖去吃掉。他们听到商队首领的话，都在想"得喔"究竟是什么。小偷和老虎不约而同地向着商队慢慢爬去，小偷看见老虎，大吃一惊："得喔来了！"惊吓之下，跳到了老虎背上。老虎忽然觉得背上一沉，也大喊："得喔来了！"老虎驮着小偷撒腿就跑，小偷急忙伸手抓住路旁的树枝，吊到树枝上。老虎跑了一会儿，感觉到背上轻了，便回到树下张望。小偷抱着的树枝由于受力，向下弯垂，一下子抽到老虎身上，老虎痛得转身就跑。老虎跑着跑着，遇到了兔子，兔子问它为什么要跑，老虎说："得喔来了，一下一下抽！一下一下抽！"兔子说："有我在，别怕，带我去看看在哪里。"于是老虎带兔子回到了树下，这时，小偷已经躲到树梢上。兔子因为不会爬树，就站在老虎身上，撅着屁股，伸尾巴到树叶中试探。小偷看到后，一手抓住兔子的尾巴，一手用树枝去捅兔子的屁股。兔子疼痛难忍，挣脱就跑。一边跑，一边喊："不是一下一下抽，是用树枝捅！用树枝捅！"兔子跑着跑着，遇到了猴子。猴子听了经过后说："别怕，还没有哪一种树上的动物能赶得上我呢。"它让兔子带它去看，兔子不敢，说："你看我的屁股，还在流血呢！"它只把猴子带到了远远的地方，用手一指，说："就在那棵树上。"猴子也像兔子一样，把尾巴伸到树叶里，小偷看到后，伸手抓住猴子的尾巴，在腰间摸索出匕首，一下就把尾巴砍断了。猴子痛得大叫："不是用树枝捅，是用刀砍！用刀砍！"

《鸡家庭》说有一个鸡家庭，鸡妈妈带着一群鸡宝宝。一天，鸡

---

① "得喔"一词为巴利语，意为雨。

宝宝嚷着要吃糯米饭，鸡妈妈被吵得心烦，便让鸡宝宝们到林子里找柴火来蒸糯米饭。鸡宝宝在林子里碰到了一只大野猫。大野猫责怪鸡宝宝偷了它的柴火，威胁说要吃掉鸡宝宝。鸡宝宝求饶，许诺请大野猫到家里吃糯米饭。大野猫放了鸡宝宝，鸡宝宝们回了家。鸡妈妈蒸好糯米饭，糯米饭又香又甜又可口，鸡宝宝吃了又吃，直到把糯米饭吃完，才想起忘记给大野猫留了。这时，大野猫来到屋外，鸡妈妈和鸡宝宝吓得躲进米缸。鸡宝宝因为吃得太多，想放屁。鸡妈妈让它别放，因为一放屁大野猫就知道它们藏在哪里了。鸡宝宝憋不住，还是想放屁。鸡妈妈不让放，鸡宝宝非要放。鸡妈妈说："那就放吧。"一声巨响后，米缸被震裂，吓跑了大野猫。

（二）教育性的动物故事

《兔子与乌龟》是脍炙人口的《龟兔赛跑》故事的异文，在此不再累述。

《毛毛虫想要有翅膀》说有只毛毛虫突发奇想，问自己的妈妈，为什么小鸟有翅膀，而自己却没有翅膀？虫妈妈回答说："鸟妈妈有翅膀，所以小鸟有翅膀。虫妈妈没翅膀，所以虫宝宝也没翅膀。"毛毛虫想要有翅膀，因为有了翅膀就可以飞翔，就可以不被鸟儿吃掉。毛毛虫去问蚝奶奶，蚝奶奶好老好老。蚝奶奶安慰毛毛虫："别难过，到时间自然会有翅膀。不过，你可得按奶奶说的去做。你要盖上暖暖的被子，乖乖地睡觉，三个月后就会长出翅膀。"可是，去哪里找被子呢？蚝奶奶告诉毛毛虫，当它吐丝的时候，就把丝拉过来盖到身上。于是毛毛虫爬到向日葵上，吃得好饱好饱。吃饱后，毛毛虫的肚子里吐出了一根根透明的丝，它把丝扯过来盖到身上，感到好暖好暖，不一会，就进入了梦乡。毛毛虫醒来时，发现自己睡在被子中央。于是，它把被子咬开，钻了出来，抖了抖身体，飞到了天上。原来，它长出了翅膀，变成了一只美丽的蝴蝶。

《互敬互爱》说森林里有一棵榕树，斑鸠、猴子和大象常到这里觅食。一天，它们想结拜为兄弟，但却对长幼顺序起了争执。大象说自己的身躯最大，所以应该是最大的，猴子和斑鸠都不同意，都说自己的年龄最大。最后，它们决定以自己幼年时见到榕树的情况来论长幼。大象说自己小的时候，榕树只有它的肚皮高。猴子也说它小的时候，踮着脚就能摘到树梢上的嫩叶。斑鸠却说它小的时候，这里还没有榕树，是它把榕树籽衔到这里后，后来才长出了榕树。于是，长幼顺序便确定了下来了，斑鸠是大哥，猴子是第二，大象则是老三。从此它们长幼有序，相互礼让。

《斑鸠和蚂蚁》说森林里有个池塘，池塘边有棵大树，树上生活着一只斑鸠。一天，斑鸠听到有人在喊救命，它往树下一看，原来是只蚂蚁不小心掉到水坑里了。斑鸠把一片树叶扔到蚂蚁身边，蚂蚁爬到上面得救了。蚂蚁表示要报恩，斑鸠不以为然，心想："蚂蚁这么小，能报什么恩？"后来，猎人发现了斑鸠，他开弓引箭正要射向斑鸠，却被蚂蚁狠狠地咬了一口，猎人痛得大叫，叫声把斑鸠惊走了，斑鸠逃过一劫。

《学狗叫的猫》说老猫抓老鼠，老鼠躲到洞里。老猫守在洞口，老鼠担心老猫还在，死活都不肯出来。老猫学狗叫，老鼠以为老猫已经离开，便放心地钻出洞，却被老猫逮住了。老鼠求饶，问老猫说："为什么明明听到狗叫，你却还在？"老猫回答说："如果我不学狗叫，到现在还逮不到你呢！"讲述者总结说，大多数人都只专注于一份职业，不会做两手准备。不管自己的职业现在有多么好，都要未雨绸缪，寻找新的职业作为退路。

《城里的乌鸦和乡下的乌鸦》说有两只乌鸦，一只生活在农村，另一只生活在城市。一天，两只乌鸦都因为在老地方待腻了，想换个环境。于是，城里的乌鸦向农村飞去，农村的乌鸦也向城市飞来。两只乌鸦在一棵木棉树上相遇了，它们决定比试一下，看谁的本领高。刚好河中驶来了一艘船，船的桅杆上挂着一条肉干。它们决定，比试的内容就是看谁能把肉干偷走。农村的乌鸦先飞去叼肉干，船夫奋力挥手驱赶，农村的乌鸦没有得逞。城市的乌鸦说："看我的!"它飞去啄船夫的帽子，船夫的注意力被转移到帽子上，急忙用手护住帽子。于是，城市的乌鸦顺利叼走了肉干。

《乌鸦兄弟》说森林里有一对乌鸦兄弟，哥哥生活在寺庙里，弟弟则在强盗窝里长大。一天，国王到森林里游玩，碰到了乌鸦弟弟。乌鸦弟弟对强盗们说："赶快把国王打杀掉，把他的东西抢过来!"国王听了受到惊吓，急忙躲到寺庙里。寺庙里的乌鸦对国王说："陛下请进，请用鲜美的水果，请饮甘甜的凉水。"国王不禁感叹道："朕刚才在林子里碰到一只像你一样的乌鸦，但它说话粗鲁，举止野蛮，不像你这样文雅有理。"寺庙里的乌鸦说："那是我弟弟，它因为在强盗窝里长大，受强盗的影响，所以说话粗鲁野蛮。我呢，因为生活在寺庙里，受僧侣的影响，所以说话文雅有理。"由此可见环境对人的重要。

二 缅族动物故事的民俗语境

缅族的动物故事有一个特点，凡是娱乐性的都能在 AT 分类法中找到对应的故事，但与其他地区和国家的异文相比，具有自己独特的风貌。与之相反，绝大部分教育性的故事在 AT 分类法中却找不到与之对应的故事，这些故事往往蕴含着深刻的伦理价值观念，是缅族民间叙事文学中独具特色的一个类型。

（一）世界性动物故事中的缅甸色彩

《愚蠢的猴子》和《装死的兔子》都是"鱼的失窃"故事（AT1）的异文，这两则故事的情节基本一致，主要是讲两只动物，一只聪明，一只愚蠢。聪明的动物使用计谋从人类那里获得了食物，愚蠢的动物效仿，却因不懂变通故技重施而被人类识破，吃尽了苦头。两篇异文的区别在于《愚蠢的猴子》中的两只动物是松鼠和猴子，松鼠聪明，猴子愚蠢；《装死的兔子》中的是两只兔子，一只聪明，一只愚蠢。除去这些差别，对聪明机智的赞赏和对愚昧无知的嘲弄是这则故事的主题。

《兔子尿尿》和《兔子和老虎》是"火烧老虎"故事（AT8）的异文，中国也有此类故事，其主要情节是"老虎被小动物骗到一个地方，周围都是易燃物，当这些易燃物着火的时候，老虎被烧死或烧伤了"①。从情节上来看，《兔子尿尿》要丰富得多，具有兔子和老虎被烧伤后到草地和土坑里翻滚、跳进水井里止痒以及戏耍巫婆被其追赶的情节，整个故事充斥着戏谑的意味，其目的是为了博听众一笑。与之相反，《兔子和老虎》则要简单得多，说两人相约去割茅草，兔子偷奸耍滑，偷吃了老虎带的午饭，还戏耍了它。很明显，该异文的情节并不完整，考虑到讲述者杜珊丁热心宗教活动，长期担任诵经会上的领经人，宗教的严肃性体现在生活上便是对道德观念的重视，所以她对故事进行了有所选择地讲述，并以不能戏耍他人这一道德训诫作为故事的结语。结合这些情况，这则"火烧老虎"故事的缅甸异文应该为：兔子和老虎相约带着午饭去割茅草，兔子偷吃了老虎的午饭，老虎只好饿着肚子。兔子点燃了茅草，两人被火烧伤，在草地上滚，在土坑里翻，最后跳进水井里。兔子拔了巫婆的腿毛，巫婆追赶它们，它们躲进了水罐里，兔子放了一个响屁，震破了水罐。它们又躲进箩筐里，兔子撒了一泡尿，箩筐被尿冲走。正如上文所述，由于讲述者抱有不同的讲述目的，造成了故事类型的变化。

《胆小的兔子》是"动物们因惧怕世界的末日或战争而逃亡"故事（AT20C）的一则异文。该故事主要流行于北欧，主要情节为："由于害怕世界末日的到来，或者将有一场世界大战在这里爆发，各种动物纷纷四散奔逃，它们的恐慌是由一只坚果落在公鸡头上而引

---

① ［美］丁乃通：《中国民间故事类型索引》，第3页。

起的。"① 由于缺乏更多的异文进行分析比较，使得我们无法判断缅甸的《胆小的兔子》究竟是源自于北欧的异文，还是由于人类的心理一致性而独立发展起来的同类异文，但可以肯定的是与北欧的异文相比，缅甸的这篇异文中带有浓郁的地域色彩，故事说是因为一颗椰子掉到地上，惊醒了正在睡觉的兔子，才引发了动物们一连串的反映。无论是椰子也好，兔子也好，都是热带地区常见的物种。

《有学问的兔子》是"狐狸分干奶酪"故事（AT51***）的一则异文，中国也有该故事的异文，主要情节是："小熊之间为争食吵架，狐狸做裁判帮他们平分，结果吃了所有的糕饼。"② 在中国的文化中，狐狸是狡猾的，熊是愚蠢的，但到了缅甸文化里，狡猾的狐狸却变成了被愚弄的对象，胆小的兔子却成了使坏的淘气鬼，对现实世界进行了颠覆。这类故事主要是讲给少年儿童的，如果按照现实世界的规律来讲，弱肉强食，必定会摧残他们的心灵，反其道而行之，则会给他们予以心灵慰藉，让他们感觉到生活的美好。

《机智的狐狸夫妇》是"羊追捕狼"故事（AT126）的一篇异文，该故事"可追溯到印度的《五卷书》和《鹦鹉故事七十则》，而且是中世纪法国《列那狐》故事的一部分。"主要情节是"弱小的主人公使强者相信，他已吃掉了这位强者的许多同伴。"③ 除了这一情节外，《机智的狐狸夫妇》故事中的后半部分——猴子给老虎壮胆，将自己的尾巴和老虎的尾巴绑在一起来自"动物为了安全缚在另一动物身上"故事（AT78）。与上文中提到的其他动物故事一样，《机智的狐狸夫妇》极富地域色彩，比如，故事中的狐狸、老虎和猴子，都是当地常见的动物。再比如，猴子受伤后，爬到树上，鲜血往下流，老虎却误以为它在嚼槟榔。槟榔是广受热带亚热带地区人民喜爱的咀嚼品。

---

① ［美］斯蒂·汤普森：《世界民间故事分类学》，第266页。
② ［美］丁乃通：《中国民间故事类型索引》，第6页。
③ ［美］斯蒂·汤普森：《世界民间故事分类学》，第244—245页。

这一细节为故事增添了浓厚的缅甸色彩。

《"得喔"来了》是"贼和老虎"故事（AT177）的一则异文，这则故事在中国广为流传，主要情节为："有人说，他怕下雨时屋漏。老虎听到了他的话，认为还有比它更凶恶厉害的动物。小偷来偷牛，他把老虎当成牛；老虎把小偷当成大力士，不敢动。老虎被小偷带走。老虎逃跑或者被杀死。"① 相较于中国的异文，《"得喔"来了》还增加了兔子和猴子为老虎打探情况，都受了伤的部分。该部分可以算得上是缅族群众对这一故事的创造性发展。

《兔子与乌龟》是"亲属参与的比赛"故事（AT1074）的异文，重点在于传达"虚心使人进步，骄傲使人落后，要踏踏实实地做事情，不要半途而废，才会取得成功"的道理。缅甸还有该故事的其他异文，与《兔子与乌龟》的道德教育不同，这篇异文通过生动有趣的幻想情节解释了马肉为什么是酸的原因。故事说马和蜗牛赛跑，蜗牛动员了整个家族，每隔一段距离都会见到一只蜗牛。无论马跑得多快，总会看到蜗牛已经到了前面，于是不得不扬蹄赶上，最后活活累死，所以到现在马肉都是酸的。

《互敬互爱》故事在一世达赖喇嘛根敦珠巴所著的《毗奈耶经广因缘集》有记载，② 只不过《互敬互爱》故事只有斑鸠、猴子和大象三个主角，而《毗奈耶经广因缘集》里却有松鸡、野兔、猴子和大象四个主角。但就其思想而言，确实是一脉相承的，强调的都是长幼有序，互相礼让的伦理道德思想。

（二）缅族动物故事的民俗语境

缅族动物故事中有多则是关于兔子的故事，如：《兔子尿尿》《装

---

① ［德］艾伯华：《中国民间故事类型》，王艳生、周祖生译，商务印书馆 2017 年版，第 15 页。

② 一世达赖喇嘛根敦珠巴：《毗奈耶经广因缘集》，青海民族出版社 1990 年版，第 1027 页，转引自佚名《藏传佛教对藏族文化的影响》，中国西藏新闻网，2006 年 5 月 26 日，http:// chinatibetnews. com/zongjiao/2006‐05/26/content_ 51285. htm。

死的兔子》和《有学问的兔子》等，可见兔子是缅甸本部动物故事中的常客，当地民众认为兔子富有智慧、乐于帮助别人，因而在故事中将其称为"金兔子"，上文提到的本生经故事《兔王本生》和《金兔子王》就讲到帝释天为了表彰兔子的善行而把它的形象画到了月亮上。但另外一些故事，却展示了兔子不讨人喜欢的一面，如：《兔子尿尿》里的顽皮捣蛋；《装死的兔子》里的两只兔子一只奸诈狡猾，一只愚昧盲从；《有学问的兔子》里的兔子则利用小聪明占别的动物的便宜。这些角色的安排都是当地故事讲述者们的刻意而为，意在告诫大家不要对兔子掉以轻心。有时，有智慧的人卑鄙起来也是很可怕的，正如故事所讲的一样，比兔子体积庞大许多的老虎会受其愚弄，社会上也不是每个有智慧的都是好人。至于猴子，并不被当地民众看重，它们往往在故事中充当反面角色，《愚蠢的猴子》故事就展示了猴子贪吃、愚蠢的一面，最后付出了生命的代价。相较体型较大的动物，当地民众对诸如斑鸠、蚂蚁之类体型较小的动物却深爱有加，它们往往以正面形象出现在故事中，比如，《斑鸠和蚂蚁》就歌颂了弱小者之间的互助互爱；《城里的乌鸦和乡下的乌鸦》则含有城里人比乡下人狡猾世故的含义；至于《学狗叫的猫》则表现了猫老谋深算、善于变通的一面。总之，动物故事中的主角都是被人格化了的动物，故事讲述者把人类社会的生活状态反射到动物身上，他们按照各种动物的形态和习性，相应地赋予它们人物的思想感情与性格，并通过它们的言行及彼此间的关系，间接、象征地反映出当地社会生活的面貌，表达当地民众的爱憎、是非观念和理想愿望。

由于缅甸的大部分地区位于赤道附近，所以动物故事中出现的动物多为热带和亚热带地区常见的动物，如松鼠、猴子、斑鸠、乌鸦、蚂蚁、兔子、老虎、狐狸、水獭和猫等。此外，当地民众大多过着日出而作日落而息的农耕生活，所以故事中出现的物产和器皿也都是一些和他们的生活息息相关的物品，如香蕉、豆饼、鱼、竹篮、竹筐、竹席和水罐等。仔细观察的话，部分动物故事还透露出缅族民众的日常生活信息，例如《愚蠢的猴子》中，卖油炸食品的母女把食品装在竹筐或竹篮里，顶在头上叫卖，这与中国的小贩或货郎们把货物挑在肩上沿街叫卖大不一样。可见，缅族的动物故事是当地民众文化的象征性记录，以生动、鲜活的动物形象和耐人寻味的故事情节深刻地体现了当地民众的生产、生活状况。这对于我们了解和认识缅族的文化与社会生活有着较高的参考价值。

值得一提的是《毛毛虫想要有翅膀》这则故事，该故事展开幻想的翅膀，采用拟人化手法，生动形象地描述了毛毛虫化蛹为蝶这一自然过程，通过寓教于乐的方式对少年儿童进行了科普教育。这在缅族的动物故事中难得一见，显示了该类故事在现代化语境中的发展与创新。

第四节　隐喻的世界
——缅族的成语和谜语故事

成语故事与谜语故事原属不同范畴，但因民俗学界有把成语、谜语和谚语、俗语、绕口令、咒语、誓词、驳词、祝词和打招呼用语等归为俗语民俗一类的习惯，① 故笔者在本节中将它们合在一起加以介绍。

一　缅族的成语故事

所谓成语故事是一种以成语内容编写的故事形式，用以解释相关成语由来及含义。在缅族的民间文学宝库中此类故事是独具特色的民间叙事文学类型之一。笔者共采录到 9 则此类传说，具体情况详见表 16：

---

① 王娟编著：《民俗学概论》，第 32 页。

表16　　　　　　　　　　　　缅族的成语故事

序号	名称	采录地区	讲述者
1	《差之甚远》	仰光地区	吴诶敏
2	《妒火焚身》	仰光地区	吴诶佩
3	《爸不知，布不知》异文一	阿瓦地区	吴当纽
4	《拐杖与老人》	东吁地区	吴迎貌
5	《像中国人一样赚钱，像印度人一样攒钱，切莫像缅甸人一样花钱》	东吁地区	吴迎貌
6	《鹿角交叉，鼹鼠打洞》	阿瓦地区	吴山丁
7	《貌波救虎，反遭祸患》	阿瓦地区	杜茵茵丹
8	《爸不知，布不知》异文二	阿瓦地区	吴当纽
9	《大鹏技穷，煮盐捕龙》	阿瓦地区	杜茵茵丹

（一）缅族成语故事的文本

《差之甚远》故事说有个妇人对儿子很溺爱，担心儿子辛苦，所以没有送他到学校学习，使得他荒废了大好时光。儿子长大后，妇人把儿子送到剧团，想让他有一技之长。很快三年过去了。一天，儿子的剧团被请到村里表演，妇人心想，自己的儿子准是主角。她满怀期盼地跑去看戏，却一直找不到自己的儿子。等儿子回家后，妇人才知道自己儿子并非主角，只是一个跑龙套的，他的角色只是跟在主角后面摇旗呐喊，高呼"喂雷雷"。"喂雷雷"一词，原意为"差之甚远"，这则故事中则指那些虚度光阴，一事无成的人。

《妒火焚身》说一个纳特神灵心怀妒忌，争强好胜，总希望压过别人，却事与愿违，心灵饱受煎熬，最后被心中燃起的熊熊妒火烧死。

《爸不知，布不知》的两篇异文是吴当纽在不同时期讲述的。故事说阿瓦有对新婚夫妇说情话，丈夫对妻子说："如果我死了，千万别火葬，因为我怕热；也千万别土葬，因为我怕闷。我喜欢水葬。"妻子记住了丈夫的话。一天，小伙子被蛇咬了，昏迷了过去，妻子误以为他已经死了，便按照他的叮嘱，把他放在竹筏上，随水漂流。筏子顺水而下，被江下游的两姐妹看到。碰巧她俩的父亲是个医生，她俩懂些医术，发现小伙子还没死，于是就把他抬回家里，请父亲给他治疗。治好后，因小伙子长得又白又帅，姐妹俩都抢着要嫁给他。医生一看事情不好办，就在小伙子的脚上套了个圈，施法把他变成了一只鹦鹉。鹦鹉飞到了一处高楼上，进到阿瓦公主的闺房里。公主看到鹦鹉后，便将它养了起来。一天，公主无意中解下了鹦鹉的脚环，鹦鹉变成了小伙子，公主喜欢上了小伙子。两人终日在高楼上卿卿我我，国王知道后，派人捉拿小伙子。小伙子跑进林子里，遇到了一对正在吃饭的农民父女，女儿的名字叫"布"。为了摆脱了追兵，小伙子坐到父女中间，抓起一盘饭就吃，好像一家三口。农夫父女很惊奇，农夫问女儿："布，你认识他吗？"女儿回答："不认识。爸认识他吗？""我也不认识。"于是便有了"爸不知，布不知"这则成语。① 从那天起，小伙子便和父女俩生活在一起。消息传开后，小伙子的妻子、医生的两个女儿都来找他，连公主也女扮男装寻上门来，她们碰在一起，争执起来，都说小伙子是自己的。按照故事讲述者吴当纽的看法，小伙子的妻子以为他已经死了，将其水葬后便和他没有任何关系了；医生的两个女儿虽然救了小伙子，但因她俩的父亲不想让自己的女儿和他有牵扯，把他变成一只鹦鹉，所以和他也没有关系了；至于公主，自从她的父王下令抓捕小伙子后，和他也没有关系了；只有布，既救了小伙子的命，又给他饭吃，所以小伙子应该属于布。

《拐杖与老人》说老人拄着拐杖走，拐杖掉了，老人捡起后，拄着继续走。但当老人摔倒时，拐杖却不能把老人扶起。这则故事用拐杖与老人的关系来比喻子女与父母的关系。父母养育儿女，无论儿女有什么毛病，父母都能包容；但当父母有个三长两短，做儿女的却不能服侍、照顾父母。

---

① 意为莫名其妙。

《像中国人一样赚钱，像印度人一样攒钱，切莫像缅甸人一样花钱》说早期的华人到缅甸后，发现当地没有稀饭，于是就煮稀饭卖给缅甸人。缅甸人感到新奇，争着买来喝，中国人因此发了财。所以说，华人善于经商，比缅甸人会赚钱。印度人到缅甸后，把钱攥得紧紧的，既舍不得吃也舍不得花，所以，印度人很会攒钱。缅甸人则大手大脚，有一文花两文，奢侈浪费。

《鹿角交叉，鼹鼠打洞》说鹿的角长且分支多，不适合在森林里生活。因为如果有猎人追捕，它的角容易被树枝勾住，脱不了身，所以鹿的生命一般都很短。鼹鼠则善于打洞，它低下头，不一会儿工夫就可以打出很深的洞。但如果有人用叉子把它的头叉住，把它拎出洞，它也就无计可施了。这则成语的主要意思是说，人要待在自己熟悉的地方，否则会有生命危险。

《貌波救虎，反遗祸患》说以前有个叫"貌波"的小伙，他经常到林子里砍柴，因而懂得动物的语言。后来，他和林子里的老虎成了朋友。老虎经常在晚上到村子里偷鸡、偷牛吃，村民们便在进村的路上挖了一个陷阱。老虎掉到陷阱里，貌波前去搭救。老虎被救上来后却要吃貌波，貌波指责老虎忘恩负义，两人决定找人评理。他们先找到了鹿，鹿说貌波是对的，老虎是错的，貌波救了老虎，老虎不应该忘恩负义吃貌波。老虎不同意鹿的裁决，于是他们又找到了兔子。兔子说老虎是对的，貌波是错的，貌波明知道老虎是肉食动物，却还要把它放出来，被老虎吃掉不算冤枉。貌波不同意兔子的裁决，于是他们又找到了智慧的猫头鹰。猫头鹰说，只有把它带到现场，等老虎和貌波都回到原来的位置，才能判断谁对谁错。当老虎跳回陷阱中后，猫头鹰让貌波赶紧把盖子盖上。最后，猫头鹰宣布它的裁决："老虎因为对救命恩人忘恩负义，所以要接受被村民们杀死的惩罚。"讲述者总结道，人不应该怜惜像老虎一样的恶人，也不应该不辨是非结交恶人。

《大鹏技穷，煮盐捕龙》说大鹏鸟与龙是仇敌。一天，大鹏在空中飞翔，它看到了在海中嬉戏的群龙，于是便张开双爪，冲向龙群。群龙四下逃散，一条龙逃到了岸上，大鹏紧追不舍。龙化身为人，混到人群中，大鹏也化身为人，跟在后面。等到了海边，龙跳入海中，大鹏便化身为煮盐工人，守在海边，想等龙再次出现时抓住它。时间一年又一年过去了，龙却再也没有出现。

（二）缅族成语故事的民俗语境

以上这9则成语故事，尽管只是缅甸众多成语故事中的沧海一粟，但却隐含丰富的哲理和思想。有的对人性展开了深刻批判，如《差之甚远》批判了"慈母败子"，指出父母对子女过分溺爱只会使孩子一事无成。《炉火焚身》批判了佛教"三毒"之一的"痴"。《貌波救虎，反遗祸患》则批判了不明事理、姑息养奸的老好人。《大鹏技穷，煮盐捕龙》则讽刺了一些虚有其表、外强中干的人。有的解释了某则成语的由来，如《爸不知，布不知》。有的则通过形象的比喻揭示了父母与子女、人与环境之间关系，如《拐杖与老人》和《鹿角交叉，鼹鼠打洞》。还有的对本民族的劣根性进行了深刻反思，如《像中国人一样赚钱，像印度人一样攒钱，切莫像缅甸人一样花钱》。从这个角度来说，缅族的成语故事类似于民间寓言，但与西方的寓言故事不同，缅族的成语故事更多的取材于自然界或日常生活，且题旨鲜明，意味深长、隽永，说明缅族是一个善于总结、善于思考的民族。

这些成语故事除《爸不知，布不知》外，大多短小精悍，虽然故事情节简单，但人物性格突出，主题鲜明，寓意深远。这些成语故事是缅族群众生活、智慧和意志的艺术表现，浓缩了他们带有普遍性的"道德准则"，反映了他们健康、朴实的思想，闪耀着人性的光芒，蕴藏着丰富的生产、生活的知识和经验。正如别林斯基说的："每个民族的民族性的秘密，并不在于他的服饰和餐事，而在于他对理解事物的态度。""任何一个民族都有两种哲学：一种是学术性的，书本上的，庄严而堂皇的；另一种是日常的，家常的，平凡的。这两种哲学，往往或多或少地互相关联着，谁要描绘社会，那就得熟悉这两种哲学，而研究后者尤为必要。"① 缅族成语故事的价值也正在于此。

部分成语故事反映了一定的文化信息，比如，《差之甚远》故事提到了唱大戏这一民间娱乐方式，在电影、电视等现代娱乐方式传入缅甸之前，唱大戏是缅族群众主要的娱乐方式。当缅历十二月收割完庄稼之后，各地都会邀请戏班前来表演，周围的老百姓便会带上吃的喝的，赶着牛车，举家前去看大戏。戏班表演的节目以《罗摩衍那》为主，长达一个月，看戏的百姓也大多会吃住在牛车上。《像中国人一样赚钱，像印度人一样攒钱，切莫像缅甸人一样花钱》则提到了缅甸的两个主要侨民团体——华裔和印裔。印度人早在公元前后就沿着大陆架，到下缅甸沿海一带经商，缅族群众信奉的佛教也是由印度人传入的。1885 年，英国殖民当局占领了缅甸全境后，为了发展三角洲地区的水稻种植业，从印度殖民地大量移民到缅甸，造成了今天缅印杂居的局面。华人移居缅甸的历史也非常久远，上文提到，早在公元 94 年，缅甸境内的敦忍乙王莫延就已经向东汉王朝献犀牛、大象，② 这是有史料记载的中缅两国之间最早的官方交往。明清以来，中国南方各省，尤其是云南、福建、广东等地居民大量移居缅甸，为缅甸的经济和社会发展做出了巨大贡献，缅甸人民亲切地称呼华人为"瑞苗胞波"，意为一母所生的亲兄弟。可以说，缅甸文化的包容性和开放性为这种多民族杂居的局面提供了基础。

通过上述分析，我们可以发现，成语故事是缅族人民群众对自然进行观察和对生活进行体验后的智慧结晶。缅甸特殊的人文地理环境赋予成语故事独具特色的文化内涵。认识和了解这些文化内涵，有助于我们更好地理解和掌握缅甸成语故事及其生活的土壤——缅甸文化、

---

① 转引自［苏联］谢尔盖叶夫斯基《普希金的童话诗》，见普希金《普希金童话诗》，梦海译，新文艺出版社 1956 年版，第Ⅳ页。

② 参见（南朝宋）范晔撰《后汉书》，第 2851 页。

缅甸社会以及缅甸人民的生活。从另一方面来说，成语故事是缅族语言文化的精粹，它承载着丰富的文化信息，反映了缅族文化的深层意蕴和本质特征，是缅族文化同其他文化进行自我区分及自我识别的符号之一，从这个意义上来说，缅族成语故事中的文化内涵不容忽视。

二　缅族的谜语故事

所谓谜语故事，指以谜语为主要情节的故事。笔者共采录到 3 则此类传说，具体情况详见表 17：

表 17　　　　　　　　　　　缅族的谜语故事

序号	名称	采录地区	讲述者
1	《动手动脚的蜘蛛》异文一	阿瓦地区	吴山丁
2	《动手动脚的蜘蛛》异文二	阿瓦地区	吴山丁
3	《东吁一带的谜语》	东吁地区	吴盛吞

（一）缅族谜语故事的文本

《动手动脚的蜘蛛》的两则异文由讲述者吴山丁讲述于不同时间，异文一说有个疯子在经堂的墙上写了一个句子："走也动手动脚；睡也动手动脚；吃也动手动脚。"信众们以为有人影射法师，议论纷纷。疯子问："你们不知道吗？"大家都怕疯子，连忙说："不知道。"疯子说："瞧你们想的！是蜘蛛！"异文二的内容基本一致，只是疯子写的话多了一句，变为"走也动手动脚；睡也动手动脚；吃也动手动脚，呆着也动手动脚"。

《东吁一带的谜语》说佛陀前世转世为智者，当他见到美丽善良的阿穆雅姑娘后，便想考考她。智者握住拳头，意思是："你的手有没有被人握过？"言下之意是问阿穆雅姑娘结婚了没有。阿穆雅举着手掌摇摇，意思是还没结婚。智者又问阿穆雅要去哪里，阿穆雅回答说："要去给守宅神送饭。"守宅神指的是父亲。智者看到阿穆雅的粥后说："你的粥真稠。"阿穆雅回答道："粥稠是因为水少。"智者由此得知阿穆雅家的田远离水源，灌溉的水少，田里产的粮食自然不多，所以只能煮粥喝。智者又问阿穆雅家的田在哪里，阿穆雅回答说："去过的人都没有回来过。"智者由此猜到阿穆雅家的田在坟山上。智者接着问阿穆雅何时回家，阿穆雅回答说："他来，我回不去；他不来，我才回得去。"智者由此知道阿穆雅家在溪流的对岸，因为溪水涨的话，就到不了对岸；只有溪水不涨，才能蹚过去。经过几番试探后，智者对阿穆雅说想去她家，请她指路。阿穆雅回答说："从这里往前走，你会看到一个三天的集市，看到以后，不要拿我给的手，要拿你给的手。""三天的集市"指的是海棠果树，大家你争我抢地都来摘海棠果，就像赶集一样。缅甸举行婚礼时，新郎新娘要将双方的右手叠在一起，"你给的手"指的就是右边，"我给的手"指的是左边。临行前，阿穆雅叮嘱智者："我家有四只老虎守着。"智者由此得知阿穆雅家的房子摇摇欲坠，用四根架子从旁边支撑着。① 智者在阿穆雅家住了七天，这期间他靠做裁缝赚了不少钱，也顺带观察了阿穆雅七天。阿穆雅既勤快，又孝顺，智者很满意。七天以后，智者拿出自己带来的稻谷让阿穆雅做饭。阿穆雅舂米、筛糠、筛米都做得干净利落，把筛下的糠喂牛，拿筛出的碎米做糕点，最后才用筛出的好米煮饭。阿穆雅还一锅做出了软硬两种饭。智者非常满意，拿出一套衣服向阿穆雅求亲。

（二）缅族谜语故事的民俗语境

《动手动脚的蜘蛛》故事中的"走也动手动脚；睡也动手动脚；吃也动手动脚，待着也动手动脚。"是一则容易引起联想的谜语，类似于荤谜语。缅甸语中"满口仁义道德，实际上却是男盗女娼"这一俗语直译为汉语就是"嘴上佛陀佛陀，手上动手动脚"。所以当疯子将这四句话写在经堂的墙上后，看到的善男信女无不咋舌，认为有人在讽刺受人爱戴的法师行为不端。直到疯子说出答案，大家才发现原

---

① "支撑"一词，缅语谓"kya：kan"，缅语的"老虎"也叫"kya："。

来是自己想多了。这则故事的戏剧性冲突由对"动手动脚"这个词语不同理解引出，疯子说的是词的本意，思维正常的善男信女却理解为词的引申义。疯子的一个无意之举竟被市侩的信众妄自猜测，充满了戏谑意味。可见，有时是我们把世界想得过于复杂。

《东吁一带的谜语》源自于《佛本生经》第 542 号故事"玛霍达塔本生"故事。这则故事提到了很多东吁一带流传的谜语，有的是描述性谜语，有的是哑谜。故事中出现过的哑谜如男主角见到女主角阿穆雅后，握住拳头，意思是结婚了没有，阿穆雅则摇了摇手掌，表示还没结婚。描述性谜语一共有以下几条：

（1）谜面：守宅神

     谜底：父亲

（2）谜面：水少

     谜底：粮食产量少

（3）谜面：去过的人都没有回来过

     谜底：坟山

（4）谜面：他来，我回不去；他不来，我才回得去

     谜底：小溪对岸

（5）谜面：三天的集市

     谜底：海棠树

（6）谜面：我给的手和你给的手

     谜底：左边和右边

（7）谜面：家里有四只老虎守着

     谜底：房子用四根架子从旁边支撑着

从语言结构上来看，上述这些描述性谜语的谜面部分有的是由短语构成，如"守宅神""三天的集市""我给的手"和"你给的手"等；有的是由对谜底进行描述的简单句型构成，如"去过的人都没有回来过""家里有四只老虎守着"等；也有的是由对偶句构成，如"他

来，我回不去；他不来，我才回得去"。从内容上看，这些谜语所涉及的大多是缅甸的自然和社会文化现象，如海棠树、小溪对岸、坟山、父亲、方向和居所等。由于这些谜语被巧妙地安插在生动、有趣的故事情节中，听众在津津有味地听故事的同时，会不自觉地加入到猜谜活动中，从而享受到猜谜所带来的乐趣。

猜谜语是缅族群众的民间娱乐活动之一，在古代又被称为"藏花游戏"。这一称谓源于纺织。缅族女孩长到16、17岁时，就要承担家庭里的纺织任务，为了解闷，她们就一边织布一边猜谜。少女们在到达年龄，即将进入织布房前，一般会跟自己的姐姐和妈妈学习一些谜语知识，以便派上用场。猜谜语的最好时间是夜晚时分，此时缅族少女会集中在织布房里，织布房一般在正房的旁边，是未婚少女们的领地，已经成家了的妇女和未成年的小孩一般都不会进入。夜晚时分也是男女青年接触和谈恋爱的时间，男青年们往往会进入到织布房里找心上人聊天。少女们也会打扮得漂漂亮亮，涂上黄香楝，准备好烟叶，等着情郎的到来。一般还要准备一个箩筐，里面铺着芭蕉叶，把花藏在里面。等男青年来到之后，少女就会为男青年卷上烟卷，拿出石磨来磨黄香楝，开始聊天。在聊天时，男女青年通过猜谜语来互相观察，互相了解。如果男青年猜不出的话，就要被罚找出所藏的花。这种文化习俗为缅族谜语故事的产生和传承提供了土壤，这也是尽管现在猜谜活动已近绝迹，但这类故事还在流传的原因。

第五节　生活的调味品

——缅族的民间笑话及民间逸事

古人云："不话不成人，不笑不成话，不笑不话不成世界。"[1] "笑

---

[1] （明）冯梦龙：《笑府序》，见《笑府》，海峡文艺出版社1992年版，前言第13页。

话是我们日常生活中不可或缺的重要组成部分……从古至今，笑话无处不在，是最通俗易懂，贴近人们日常生活的文学形式之一。笑话可以使人身心愉悦，也可以拉近人与人之间的距离。作为生活中必不可少的调味剂，笑话可以减轻我们的压力，消除我们的紧张，有助于我们的工作、学习以及生活。"[1] 缅族是一个乐观开朗的民族，在他们的日常生活中，笑话随处可见，笑话装点了他们的生活，丰富了他们的精神世界。缅族的笑话，部分来自口耳相传的口头传统，部分来自民间逸闻、趣事。

一　缅族的民间笑话

民间笑话指富于喜剧性的、短小精悍的民间故事，又称"民间趣事""滑稽故事"或"幽默故事"，多以日常生活为题材，叙述的是滑稽境遇中展开的插曲式的事件，具有较强的娱乐性，并具有一定的思想意义。笑话产生时间较晚，幻想因素较少而现实性较强。笔者共采录到 26 则此类传说，具体情况详见表18：

表18　　　　　　　　　　　　缅族的笑话

序号	名称	采录地区	讲述者
1	《四个好朋友》	仰光地区	吴钦貌吴
2	《贤惠的妻子杜芭达》	仰光地区	杜基妙
3	《神怕赖人》	仰光地区	吴克梅达法师
4	《酒鬼学者》	仰光地区	吴克梅达法师
5	《貌骠和貌尼》	太公地区	哥金敏吴
6	《斧子稀饭》	蒲甘—良坞地区	杜丹丹敏
7	《蜥蜴和氏宿》	阿瓦地区	吴山丁
8	《人的潜力》	马圭地区	杜敏敏凯

---

[1]　任璐、杨亮、徐琳宏等：《中文笑话语料库的构建与应用》，《中文信息学报》2018 年第7 期。

序号	名称	采录地区	讲述者
9	《傻子吴瑞佑》	阿瓦地区	吴佩丹
10	《渔夫遇鬼》	阿瓦地区	吴佩丹
11	《懒婆娘的故事》	阿瓦地区	吴山丁
12	《嫉妒的堂兄》	阿瓦地区	吴山丁
13	《说大话》	阿瓦地区	哥丁温
14	《缅甸人与外国人比赛画画》	阿瓦地区	吴苗敏
15	《菠萝蜜怎么吃》	阿瓦地区	吴苗敏
16	《吹牛》	阿瓦地区	吴苗敏
17	《法师讲经》	阿瓦地区	吴山丁
18	《沙弥遇见哺乳的少妇》	阿瓦地区	吴丹昂
19	《听经时睡着了的玛楠》	阿瓦地区	吴山丁
20	《沉默寡言的法师》	阿瓦地区	吴山丁
21	《失态的讲经师》	阿瓦地区	吴山丁
22	《还俗僧侣遇到还俗尼姑》	阿瓦地区	吴当纽
23	《被抵押的佛像》	阿瓦地区	吴山丁
24	《夫妻间相互讥讽》	阿瓦地区	吴山丁
25	《酒鬼作诗》	阿瓦地区	哥丁温
26	《缅甸斗鸡》	阿瓦地区	吴丹伦

（一）缅族民间笑话的文本

《四个好朋友》说有四个好朋友以打鱼为生，他们住在同一个村子里。一人叫"大巴掌"，因为他的手掌特别大；一人叫"大耳朵"，因为他的耳朵特别大；一人叫"尖屁股"，因为他的屁股长得尖；还有一人叫"鼻涕虫"，因为他经常流鼻涕。一天，四个好朋友出海捕鱼，他们打到了很多鱼。返航的时候，遇到一对渔民夫妇。夫妻俩求四个好朋友给他们一点鱼，因为他们连一条鱼都没有打到。四个好朋友争执起来，有人说给一点，有人说不能给。大巴掌性子急，伸手抓了一把鱼给这对夫妻。他的手掌太大，这一抓几乎把所有的鱼都抓没了。尖屁股很生气，一下子坐到了船舱上。他的屁股太尖，把船舱戳破了，海水立刻涌进来。鼻涕虫赶忙擤了一把鼻涕把洞堵住。大耳朵也急忙把自己的耳朵竖起来当帆，大巴掌则飞快地用两只手划水，不一会儿就回了岸边。他们回来后，高高兴兴地把剩下的鱼煮了吃了。

　　《贤惠的妻子杜芭达》说富翁有个女儿，名字叫杜芭达。富翁想让她嫁给有钱人的子弟，但她却喜欢上了没落的婆罗门之子吴山达雅。杜芭达不惜与父亲断绝关系，执意嫁给了吴山达雅。嫁过去后，才发现吴山达雅虽然是婆罗门家庭出身，但因父母溺爱，没有进过学校，是个文盲，而且一无所长，终日无所事事。一开始，杜芭达还能靠变卖嫁妆维持开销，后来嫁妆卖完了，她只能卖点油炸食品来维持家用。尽管如此，杜芭达从不指责丈夫，严守妻子的五项职责，对丈夫恭敬有礼，认真、细致地伺候丈夫的饮食起居，每晚睡觉前还对丈夫拜三拜。后来，他们有了孩子，负担一下变得重了起来。杜芭达希望吴山达雅能找份工作，但他却总是说时机未到，每天依旧喝茶闲聊，无所事事。终于有一天，吴山达雅良心发现，决定找点事情做。但他也不会什么，只能在妻子的油炸食品摊旁摆了个摊，替人算命看相。一天，两个小伙儿丢了牛，他们请吴山达雅帮算算看牛究竟去了哪里。吴山达雅其实对看相算命一窍不通，但还是装模作样地画了一通符，最后没头没脑地说："你们的牛，撑榕树。"两个小伙儿百思不得其解，因为只有人才会撑榕树，人为了积功德，会用一些竹子或树枝把快要倒下的榕树支撑起来。牛哪会呢？"但抱着宁可信其有，不可信其无的想法，两个小伙儿还是去砍竹子，准备撑榕树。他们竟然找到了走丢的牛，原来牛躲到竹林里了。后来又有一次，有人丢了艘船，也来找吴山达雅帮推算推算。吴山达雅还是装模作样地画了一通符，没头没脑地说："你的船，去祭鬼。"船主半信半疑，端着祭品去江边祭鬼，却发现了自己的船。原来船主没把船拴好，落潮的时候，船随水漂到了芦苇丛里，涨潮又被冲到岸边。从那以后，吴山达雅声名远扬。一天，国王找不到金槟榔盒，听说吴山达雅算得准，让象队首领去宣他进宫。吴山达雅骑在御象上，五味杂陈，想到自己糊弄百姓也就罢了，如果糊弄国王，搞不好脑袋要搬家。他想着想着，不由自主地大叫："鄂巴，你命休矣！"① 碰巧，象队首领的名字叫鄂巴，他听到吴山达雅的叫声，急忙下跪求饶，原来是他偷走了金槟榔盒。吴山达雅暗自松了一口气，他先让象队首领把金槟榔盒藏在御花园的花丛中，再装模作样地画了一通符，然后宣布金槟榔盒已经找到。国王龙颜大悦，封吴山达雅为皇家星相师。不久，国中发生了一起离奇的凶杀案。有个新娘在新婚之夜被人砍了脑袋，新郎的嫌疑最大，因此被缉拿归案，因为新房里里外外都是锁，外人根本无法进入。新郎却一直在喊冤，他的家人上诉到国王那里。国王令吴山达雅七日之内查清此案，否则严惩不贷。吴山达雅回到家中，忧心不已，想到破不了案就会被治罪，不由得长吁短叹，夜不能寐。在煎熬中度过几天，到了第六天，他又累又困，不知不觉就睡着了。他梦中见到了新娘，新娘告诉他因为自己会巫术，所以常变作野狗偷小孩吃。新婚之夜，新娘又变作野狗出门抓小孩，却被孩子的父亲一刀砍断了脑袋，所以她的死与新郎无关。第二天一早，吴山达雅急忙觐见国王，宣布此案已破，并一一道出了事情的由来。国王听后既惊又悔，寻思道："新娘之死原本与新郎无关，如果判新郎有罪，岂不是草菅人命。幸亏有吴山达雅，使朕免造杀生的恶业。朕的福德不如他，朕应让位予他。"于是，国王把王位让给了吴山达雅。

《神怕赖人》说村民们拿鸡去祭拜纳特神，纳特神因此有很多鸡。有个酒鬼却打起了这些鸡的主意，他每天都去找纳特神斗鸡，约定谁输了就要给对方一只鸡。因酒鬼的鸡是斗鸡，纳特神的鸡是普通的鸡，所以每次都是酒鬼赢。纳特神的鸡越来越少，为此烦恼不已，便向朋

---

① "鄂"类似汉语的"阿"，"巴"为对男性长者的称呼，意为"父亲""大爷"。"鄂巴"一词，在句中之意为"老家伙"。

友诉苦。他的一个纳特神朋友碰巧有顶神奇的帽子，只要戴上这顶帽子，就会头痛欲裂。这个纳特神愿意把帽子借给输了鸡的纳特神，让他教训一下酒鬼。当酒鬼再次上门挑战时，纳特神隐了身，偷偷地把帽子套到了酒鬼头上，酒鬼顿时头痛欲裂，无心恋战，匆匆离开了。回到家中，酒鬼头痛难忍，便把头凑到火堆旁烤。偷偷跟在他后面的纳特神担心帽子被烧坏，急忙把帽子摘下，酒鬼的头马上就不痛了。酒鬼一看头不痛了，又回去找纳特神斗鸡。纳特神只好又把帽子给他戴上，酒鬼的头立刻又痛起来。他再次把头凑到火堆旁烤，纳特神只好又把帽子摘了下来。如此反复多次，酒鬼才发现是纳特神在捣鬼。纳特神因鸡输光了，自己的计谋又被酒鬼识破，恼羞成怒，便决定甩手不干，要搬到别的地方。村民们恐慌不已，只好哀求酒鬼，请他不要再去骚扰纳特神。作为报答，村民们答应每天给酒鬼送一只鸡。

《酒鬼学者》说蒲甘王朝时期来了位外国智者，要与蒲甘学者比赛猜哑谜，文武大臣无人敢应战，蒲甘国王只好派人沿街鸣锣，征招有识之士。碰巧有个酒鬼没钱买酒，听说有赏，为赚几个酒钱，便冒充智者前来应战。外国智者一共三个问题，他先是伸出自己的手掌晃了晃，意思是蒲甘国王有没有守持五戒？酒鬼一看，心想："哦，他是在问我每天喝五瓶酒够不够？"于是便伸出两个巴掌晃了晃，意思是自己每天要喝十瓶酒才够。外国学者一看，心想："哟！蒲甘国王守持的岂止是五戒，是十戒。佩服！"接着，外国智者站了起来，用手指向腰间的筒裙，他想问蒲甘国王是不是每天都在遵守佛法戒律，如同每天都要穿筒裙一样？酒鬼一看："哦，他是问我喝了十瓶酒后，扎在腰间的筒裙还紧不紧？"于是，他站了起来，用力地扯了扯筒裙，把裙角紧紧地扎了扎，意思是自己每次喝酒之前，都会把筒裙扎好。外国智者一看，心想："哟！蒲甘国王每天都严守佛法戒律，如同每天都要穿筒裙一样，佩服！"最后，外国智者用手指向自己的胸膛，意思是蒲甘国王爱护百姓如同爱护自己一样吗？酒鬼一看："哦，他是在问我喝了酒之后有没有感到胸膛发热？"于是便站了起来，先指指前胸，再指指后背，表示不但前胸发热，连后背也热。外国智者一看："哟！蒲甘国王爱民如己，不分内外。佩服！"于是五体投地，高呼："陛下万岁！"

《貌骠和貌尼》说有两个外国人——貌骠和貌尼来到缅甸后，被当地人送到烟馆抽鸦片。两人过足烟瘾后，聊了起来。一个说："老朋友，我发誓要把日航买到手。"另一个则说："我绝对不会卖给你。"

《斧子稀饭》说有一个军官打了败仗，驱马躲到森林里，一连几天都没吃东西。军官饿得实在不行了，好不容易看到一户人家，于是便前去敲门。来开门的是个老太婆，军官跟她讨点吃的，老太婆小气，谎称家里一无所有，自己也好几天没吃东西了。军官退而求其次，跟她要口水喝，老太婆倒是答应了。军官喝水的时候，发现老太婆家中有把斧子，于是心生一计，问老太婆有没有喝过斧子稀饭。老太婆回答说没有。军官故作神秘地说斧子稀饭其实很可口，他愿意做给老太婆尝尝。老太婆很好奇，也想知道这斧子稀饭到底是啥玩意，于是便同意了。军官把斧子洗干净后，放到锅里，加上水，点上火。水渐渐沸腾起来，军官用勺子舀了一勺尝了尝，赞不绝口地说："真好吃！如果能加点米会更好。"老婆婆对斧子稀饭产生了浓厚的兴趣，于是便给了他一些米，军官把米放到锅里。米烧滚后，军官又舀了一勺，尝了尝，再次赞叹道："味道好极了，如果再加点糖，加点奶，就会更加完美。"老太婆信以为真，把糖和奶拿给了他。军官如法炮制，一次一点地向老太婆要这要那，老太婆也一次又一次地给了他。当配料都放齐后，军官舀了一勺给老太婆，老太婆尝了以后不由得赞叹道："哇！真的好喝！"

《蜥蜴和氐宿》说雨季里的蜥蜴皮肤是绿色的，因雨点落到头上，所以不停地点头。热季一到，它的皮肤就会变成白色，昂着头，伸出舌头排汗。有一年雨季，氐宿下凡巡视人间，他看到蜥蜴不停地点头，便问随从："哟！这是谁？为何不停地点头？"随从回答说："是蜥蜴，它在向大仙点头致敬。"氐宿很满意："哟！小小一只动物也懂得向本尊致敬，来，赏给它一安①银钱。"于是便赏给了蜥蜴一安银钱。转眼到了缅历十二月底一月初，时值热季，氐宿再次下凡巡视，这时，蜥蜴的皮肤已经变为白色，伸着头。氐宿问道："哟！这是谁？这般傲慢无礼！"随从回答道："大仙，是蜥蜴。""哈！这厮为何不致敬？"随从附和道："大仙说的是，这厮疏忽了。"氐宿很生气："本尊记得上次还赏了这厮一安银钱呢，胆敢藐视本尊，来人，把它砍了！"可怜的蜥蜴倒了大霉。

《人的潜力》说有个消防员胆子很小，每次出警救火，总是躲在后面。一天出警时，却一反常态，奋不顾身地灭火。战友们都夸奖他："你今天表现得真勇敢！一个人就浇灭了整栋屋子的大火。"他羞愧地回答道："因为失火的是我家。"后来，市场发生火灾，这个消防员再次不顾个人安危，开着消防车不停地绕着市场跑，战友们都被他感染了，奋力把火扑灭了。事后，大家又夸奖他："这次失火的可不是你家，是市场，你可真勇敢！"他不好意思地回答说："嘿！甭夸了，刹车失灵，害得我只好不停地绕着市场跑。"

《傻子吴瑞佑》说有个叫吴瑞佑的人很老实，因为老实过头了，什么都不会干，老婆便安排他去跟船做船工。一天，船靠了岸，其他人都上岸逛去了，船老大吩咐吴瑞佑，让他把整艘船都涂上漆，吴瑞佑答应了。船老大走后，吴瑞佑把整艘船上上下下里里外外都涂上了油漆，包括船帆和灶，甚至连衣服也都涂上了油漆。船老大回来后，问他："涂完了没有？"吴瑞佑回答道："快了，就剩你的挎包了。"船老大看了以后很生气，直接把他扫地出门。吴瑞佑丢了工作，回到家中很泄气，老婆安慰他："没事，我做买卖养你，你在家看孩子就

---

① 安为缅甸重量单位，等于0.072盎司。

行。"一天，吴瑞佑的老婆出门做买卖，留他在家看孩子。孩子刚满月没多久，因为想吃奶，不停地哭闹。吴瑞佑去看孩子，发现孩子的囟门在上下跳动，便自语道："都说只有女人才会看孩子，谁知连长了脓疮都不知道。"于是便用力地挤孩子的囟门，最后把孩子的脑浆都挤出来了。孩子死了，当然也不再哭闹了，安静了下来。吴瑞佑很得意，心想："如果不是我，孩子还不哭得上气不接下气！"等他老婆回来后，才发现孩子的身体已经发硬了。

《渔夫遇鬼》说有个渔夫夜晚出门捕鱼，突然想抽烟，却发现没带打火机。由于他太想抽烟了，便四下寻找，刚好看到岸边有火光点点，于是便把船划向岸边。渔夫抛锚上岸后，发现是鬼在烤虾吃。鬼把虾扔进火堆里，像炒豆子一样烤着吃。渔夫害怕极了，急忙跳上船，飞快地划动双桨。划了好一会儿，心想可能离鬼很远了，才敢回头去看。谁知还在原来的地方，渔夫被吓出尿来，寻思道："是不是我中了鬼的诅咒？"后来仔细一想，才发现自己忘了把刚才抛下的锚收起来。

《法师讲经》说有个法师被人请去讲经，法师问听经的人："知不知道今天要讲的经？"听经的人回答道："不知道。"法师说："怎么能不知道呢？"说完，拿起装着布施品的盘子就离开了。第二天，法师再次被请来讲经，他还是问听经人："知不知道今天要讲的经？"听经人有的说知道，有的说不知道，于是法师说："那就让知道的讲给不知道的。"说完，拿起装着布施品的盘子离开了。第三天，法师再一次被请来讲经，法师还是问道："知不知道今天要讲的经？"听经人一听，马上举起装着布施品的盘子要跑，法师只得坐下讲经。

《懒婆娘的故事》说有母女俩，女儿懒得出奇，村子里的男青年都知道她的底细，没人愿意娶她。为了给女儿找对象，妇人便在庙会上吹牛，说自己的女儿每天都能纺一箩筐的棉纱。有个外村的男子贪财，心想："每天都能纺一箩筐的棉纱，如果娶到她，我岂不是发财了?"于是便娶了妇人的女儿。过了四五年,男子问妻子:"你在娘家时,每天都能纺一箩筐的棉纱,为何到了我家,连一根棉纱都没动过?"妇人的女儿回答道:"因为没带我娘的工具。"男子心想:"丈母娘的工具是什么好东西,竟有这般神奇。"于是便到丈母娘家取工具。妇人看到女婿来了,心里明白,故意问道:"你来有什么事?"男子回答:"你女儿嫁给我后,每天除了吃就是睡,每次让她纺纱,她都说'没带我娘的工具',所以我来拿工具。"当晚,妇人留女婿住在家里。第二天,妇人砍了一段竹筒,抓了一只麻雀放到里面,用棉花团封住竹筒后,交给女婿,并一再叮嘱路上千万不能打开。男子很想知道是什么,忍不住打开来看,麻雀一下子就飞走了。男子回到家中,妇人的女儿故意跟他要带回的工具,男子只好说:"没带回来,你想闲着就闲着吧!"自此以后,妇人的女儿便一辈子都闲在家里。

《嫉妒的堂兄》说村子里有一对堂兄弟,哥哥叫雅觉,弟弟叫雅波。雅波的未婚妻在邻村。一天,他未来的岳父因为要外出,不放心女儿,便让雅波过去陪她。雅波因为能和未婚妻单独相处,当然高兴了。雅觉知道后,心生嫉妒,吓唬雅波说通往邻村路旁的林子里闹鬼闹得很凶。雅波很害怕,央求雅觉和他一起去,雅觉以没空为由拒绝了。雅波只好一个人上路,他因为害怕,一边走一边诵经。雅觉却先他一步到了林中,他双脚倒挂在树上,垂下身子,等雅波走近时,做出各种吓人的样子。雅波被吓得不轻,加快了诵经的速度。谁知,经都诵完了,鬼却越来越吓人。雅波惊怒之下,抽出随身带的刀砍向雅觉。雅觉大惊,急忙跳下树落荒而逃。雅波也不敢再往前走,转身返回家中。这时,雅觉已先他一步回到家中,躺在床上装睡。雅波向他讲述了自己遇鬼的经历,雅觉只是哼哼唧唧,并不回答。过了几天,才跟雅波说那天被他砍的鬼正是自己。

《说大话》说阿瓦王朝时期的人喜欢吹牛说大话。有人说:"不要问我大伯家的牛大不大,两只牛角之间的距离够乌鸦飞一整天。"另一个则说："这头牛就是我大伯家的牛。"还有人说："不要问我大伯家的船大不大，把帆撑起来，能戳到天。"旁边有人回答道："是吗？看来我小侄子用水壶装来的船就是你大伯的船。"

《缅甸人与外国人比赛画画》说缅甸人与外国人比赛画画。缅甸人让外国人先画，外国人用一滴颜料就画了五只动物。缅甸人说："不错，但时间稍微有点久。"他思考片刻，伸出一只手掌，泡到颜料里，然后再印到纸上。外国人问他是什么，他回答道："五条蚯蚓。"

《菠萝蜜怎么吃》说两个骗子想吃菠萝蜜，但又没钱买，于是便到寺庙里。到了寺庙后，两人看到了菠萝蜜，故意问和尚："大师，这水果怎么吃？上面很多刺，能吃吗？"和尚心想："真笨！连菠萝蜜都不会吃。"和尚把菠萝蜜一剖两半，告诉他们要这样这样吃，然后给了他们一半。两人找个地方把菠萝蜜吃掉了。吃完后，还是觉得不过瘾，于是又回到寺庙，对和尚说："大师，我们把菠萝蜜煮着吃了，但刺很多，没法吃。"和尚说道："你俩真笨。"说完，拿出剩下的一半，取出一粒菠萝蜜，吃给他们看。展示完，和尚把剩下的一半也给他们了。就这样，两个骗子骗到了一整个菠萝蜜。

《吹牛》说吹牛皮去找大话精，要跟他比吹牛。到了大话精家后，发现大话精不在，只见到他儿子，于是便问孩子他父亲去哪儿了。孩子回答道："天破了，我父亲去补天了。"吹牛皮大惊，心想："这孩子太能吹了，我都比不过，更别说要和他父亲比了。"于是被吓跑了。大话精回来后，儿子告诉他刚才有人来找，大话精问儿子是怎么说的。孩子回答说："我说天破了，您去补天了。"大话精很生气："你吹的牛皮怎么这么小？"说完，把孩子给揍了一顿。孩子很委屈，跑到海边呆坐，一边坐着，一边寻思要怎样吹牛才能让父亲满意。突然，孩子有了灵感，大喊起来："爸爸，赶紧拿鱼叉来，有鳄鱼。"大话精信以为真，赶忙拎着鱼叉赶来，却没见到鳄鱼，于是便问儿子。孩子回答道："您来晚了，我已把鳄鱼抓起来，放到烟头上，烤熟后吃了。"

大话精很满意："这才是我儿子！"

《沙弥遇见哺乳的少妇》说有位法师年纪大了，每天便让一名叫"德布"的沙弥外出化斋，法师交代沙弥，每次出去化斋，村子里不论发生了什么事情，都要回来向他汇报。一天，沙弥急急忙忙跑回来，上气不接下气地说："师傅，村里的玛布在给她的孩子喂奶。"法师回答道："嗯，她喂孩子奶和我有什么关系？""当然有关系了，她的乳房有师傅的光头这样大。"法师很生气："混账！你竟然用我的头来和她的乳房比！"

《听经时睡着了的玛楠》说有次法师讲经，有个叫玛楠的妇女听着听着就睡了。于是法师对听众说："大家把'玛楠'的'玛'去掉后念念看。"听众大笑[①]，玛楠被笑声惊醒，不明所以，也咧开嘴跟着笑。

《沉默寡言的法师》说有个法师有心理疾病，沉默寡言，从不与信徒说话。信徒们以为法师修行高深，愈发敬重法师，纷纷向他施斋。一天，信徒向法师施斋时，法师突然开口说道："桂。"信徒们误以为法师让他们跪坐，于是纷纷下跪。谁知，法师再次说道："桂。"信徒们面面相觑，自己明明已经跪下，为何法师还要说跪？法师再次开口说道："桂桂阿妹，与人私奔，伤心流泪！"

《失态的讲经师》说有个患心理疾病的法师给人讲经，一个妇女坐在听众中间，她皮肤白皙，戴着大大的耳钉，耳钉上的宝石又大又圆，于是法师情不自禁地吟道："嘿！中间的那个，中间的那个，耳钉大又圆，皮肤白似盐，贫僧好喜欢！贫僧好喜欢！"

《还俗僧侣遇到还俗尼姑》说有个和尚因对念经产生厌倦，便还俗回家。一天，他去放牛，遇到一个放羊的姑娘，就想调戏姑娘。因在寺庙待久了，说话之间就露出了底细，连调戏姑娘的话都是八字体

---

① 缅甸语中，女性的名字"楠"（Nan）与"亲吻"一词的发音一致。

诗："喂！这小妹，哥哥问你。你若爱我，就回我话。如若不爱，强行拉走。抑或与我，一起私奔？"姑娘一听，马上乐了："哟！这是个还俗的和尚。"于是，她也把头巾解下，露出了光头。原来，她是个还俗的尼姑，因为外出化斋时老被狗咬，心烦之下便还俗了。姑娘也用八字体诗骂道："哟！找死啊！挨蛇咬的。不想和秃驴混一起。后退，退后，再往后退！如若靠近，小心耳光。"

《被抵押的佛像》说以前有对夫妇，男的叫貌山耶，女的叫梅昂。貌山耶以种田为生，梅昂则无所事事，整天与人打牌赌博。一天，貌山耶外出回来，梅昂告诉他，自己把家里的没镀金的佛像抵押了，换得了九缅币。貌山耶虽然认为此举不妥，但因为没钱，所以也没能把佛像赎回。就这样过了三年。后来，佛像给他们托梦，说道："米价未涨，山耶没钱。梅昂九元，将我抵押。流落在外，整整三年。"

《夫妻间互相讥讽》说一对夫妻相互嘲讽。男的说："样貌身材，一无是处。糟糠之妻，看见想吐。既恨又怕，伤心愤怒。"女的反击道："银发头顶盘，相貌堂堂好威严。中看不中用，你这男子汉！"

《酒鬼作诗》说阿瓦地区有两个村民喝棕榈酒，他们用椰子瓢把酒从酒缸里舀出，一瓢接一瓢地喝。喝着喝着，两人决定吟诗助兴。一人吟道："吟诗讲究押韵，我要娶你娘亲。"另一个听了大怒，一拳把酒缸打破，吼道："放着好酒不饮，说话不知所云。"说完愤然离去。

《缅甸斗鸡》说暹罗人羡慕缅甸有好的斗鸡品种，到缅甸购买。但缅甸人不想卖给他们，于是就抓了一只秃鹫给了暹罗人。暹罗人心想，缅甸斗鸡肯定是喂米的，他们拿米喂秃鹫，但秃鹫不吃，喂水也不喝。一般的缅甸斗鸡在黎明时分都会打鸣，但秃鹫不会。暹罗人见秃鹫米也不吃，水也不喝，也不打鸣，猜想秃鹫是不是想家了，于是把鸡笼打开，秃鹫一下子就飞走了。讲述者吴丹伦总结道，这则笑话反映了缅甸人的机智，他们不想把斗鸡卖给暹罗人，便抓了一只秃鹫来冒充。有位诗人还为此赋诗道："归自缅甸,带秃鹫否?"

(二) 缅族民间笑话的民俗语境

表 18 中的民间笑话,有 9 则能在 AT 分类法中找到对应或相近的故事。第一则是《贤惠的妻子杜芭达》,该故事是"全知的博学者"(AT1641) 的缅甸异文。西方异文的主要情节是:一个具有怪名字的农夫名叫"克拉布"(蟹)、"克里克特"(蟋蟀) 或拉特(老鼠),他买了博士穿的一套衣服自己穿上,前去冒充"全知的学者"。皇帝同意考核一下这位智者的能力,令他查缉盗贼。他首先要求得到一席盛筵,在第一个侍者进入餐厅时,他对妻子说:"那是第一个。"就这样,第二个侍者、第三个侍者端菜进入餐厅时也说"第二个、第三个"。这些侍者都认为他们已被侦知,坦白交代了偷窃行为。对他本领的第二个考验是,叫他说出覆盖着的盘子装的是给他吃的什么菜,盘子端来时,他明白,他要被考倒了,他绝望地喊道:"可怜的克拉布!"正巧盘中刚好是满满的一盘蟹。给他的第三个考验是找一匹丢失的马,正好以前他隐藏了这匹马,所以不难找到。[①] 与西方的异文相比,缅甸这则异文具有如下特点:(一) 故事的引子较为复杂,说富翁的女儿杜芭达争取婚姻自由,执意嫁给了没落的婆罗门之子吴山达雅,婚后面对丈夫的一无所长和无所事事,毅然决然地挑起了家庭重担,直到有了孩子后,家庭负担加重,吴山达雅才不得不在妻子的小吃摊旁摆摊算卦,这才引出了后面的故事。(二) 具有四次考验,而西方异文只有三次考验。(三) 只有第三次与西方异文一致,都是因为谐音,误打误撞把案子破了,剩下的第一、二、四次考验都颇具缅甸色彩。第一次是吴山达雅让丢了牛的人去撑榕树。这是缅族群众的一种布施习俗。据说佛陀是在榕树下悟道成佛的,所以缅族群众把榕树当作佛陀的化身加以崇拜。由于榕树树冠较大,遇到洪水、大风

---

① 参见 [美] 斯蒂·汤普森《世界民间故事分类学》,第 172 页。

容易倒塌，所以缅族群众就用竹子来撑住榕树的主干或枝条，使其不致倒下。他们认为，撑榕树可以让自己的家人得到福祉荫护，繁荣昌盛。第二次是让找不到船的人去祭鬼。所谓祭鬼，实际上与中国传统的投食斋鬼习俗类似。缅族群众有"巫医合一"的习俗，在自然科学不发达的古代，他们认为人之所以生病是因为得罪了某一神灵，所以才会招致病魔降临。治病的办法就是丢一些食物祭供鬼神。祭鬼时将一旧竹匾拿至主宰当事人星宿的方向，放在地上，匾内倒覆一陶罐盖，盖中放上饭菜或肉食。然后用水在地上画一个圈，有些还会在地上撒上一层灰，目的是给鬼神划定一个界限。之后，用勺子敲一下陶罐盖，招呼野鬼前来享用，并念咒语求其保佑。第四次考验则是侦破离奇凶杀案，在该故事中属于并不精彩的一部分，但却反映了缅甸民间的巫术信仰，比如故事中的新娘化身为狗偷小孩吃，狗被孩子的父亲砍下了头，新娘也随之死去等。虽然是封建迷信的残余，但却是人类社会发展史的必然现象，随着科学的发展和民族文化素质的提高，必将成为历史的陈迹。

第二则是《酒鬼学者》，该故事的开始部分与"熟练的手工艺人或学者防止了战争的爆发"故事（AT922）一致，都是说外国学者前来挑战，朝中无人能应战。后面的内容则与"僧侣与商人用手势讨论问题"故事（AT924A）一致，该故事的主要情节为：僧人做出的每一个手势都代表佛教中一种重要观念。商人做出一个计数的手势时，僧人便误认为是在表示某种深刻的智慧或学问。最后，和尚钦佩地离去。[①] 由此可知，《酒鬼学者》是这两个故事的结合体。这则故事对严肃的宗教进行了戏谑，透露出以下信息：尽管历代的封建君主不遗余力地要把缅甸建设成为佛教国度，但部分百姓却表现得并不是十分热衷，他们把自己的态度通过这样的故事表达出来了。

---

① ［美］丁乃通：《中国民间故事类型索引》，第197、202—203页。

第三则是《傻子吴瑞佑》，该故事与"愚蠢的新郎"故事（AT1685）大体一致。后者的主要情节为：（愚蠢的新郎官）总是不折不扣地听从别人的话，例如，别人告诉他，应该向新娘抛媚眼（英语中抛媚眼sheep's eyes，字面意思是"羊眼睛"），他听了以后就真的到肉店里买了一些羊眼睛向新娘撒去。当别人要他把香芹放入汤中时，他却把他的狗也扔了进去，因为狗偶尔也被称作香芹。每当打扫房间时，他总是把所有的家具都扔出去，最后，新娘越来越讨厌他，只得离他而去，临走前，她把一只山羊作为替身放在床上。① 西方异文的笑点主要在于对词语多义性的误解，《傻子吴瑞佑》的笑点则在于吴瑞佑头脑刻板，缺乏生活常识。在缅甸文化中，这一角色已成为滑稽可笑的代名词。缅族家庭举行剃度游行仪式时，如果财力允许，往往会请戏班子和乐师来表演传统歌舞助兴，其中，走在最前面的便是扮成丑角的吴瑞佑，一边走一边表演滑稽可笑的舞蹈。

第四则是《法师讲经》，该故事是"牧师无需讲道"故事（AT1685）的一则异文，与中国的"阿凡提讲经"故事基本一致。后者的主要情节为：传说阿凡提"有一次讲道，问大家'我今天给大家讲的道，大家知不知道？'大家说：'不知道。'他不讲就走了，说：'不知道我讲了有什么用。'第二次又问大家知不知道，大家只有回答"知道"。他又不讲而走，说：'既然已经知道，还要我讲什么。'第三次又来问了，大家都商量好，一半人说知道，一半人说不知道，看看阿凡提怎么办。阿凡提不慌不忙地说：'正好，知道的人给不知道的人讲讲吧！'又走了。"② 尽管这则故事的中缅异文都起到了令听众捧腹大笑的艺术效果，但与中国异文中对阿凡提的机智幽默进行高度赞扬不同，缅甸的异文则旨在讽刺那些不学无术、素餐尸位的僧侣，从这

---

① 参见［美］斯蒂·汤普森《世界民间故事分类学》，第231页。
② 段宝林：《中国民间文学概要》，北京大学出版社2011年版，第83页。

个角度来说，它和上述的《酒鬼学者》一样，揭露了宗教界的某些阴暗面。

第五则是《懒婆娘的故事》，该故事与"三个老太婆的帮手"故事（AT501）较为相似。后者的主要情节如下：如果姑娘能纺出指定给她的超长数量的纱，她就能嫁给王子。而超常数量是起因于她母亲或她本人的自夸，或者是嫉妒的仆人进了谗言。姑娘得到了三个老纺织娘的帮助。而她们由于过度操劳变得面目丑陋。为了回报她们，姑娘许诺要邀请她们参加自己的婚礼。她履行了自己的诺言，老妇人们来到婚礼上，但她们的丑陋使王子厌恶地撵她们出去。她们告诉王子难看的外表来自她们过度的纺织。王子命令他妻子再也不必纺纱。①通过对比，可以发现在姑娘母亲对自己女儿勤劳的夸耀这一情节上较为相似，除此之外，两者的差别较大，就效果而言，《懒婆娘的故事》要更为诙谐，更为幽默。这也是笔者将其归入民间笑话的原因所在。在现代化的纺织厂出现以前，妇女的纺织意义重大，不但能解决全家人的穿衣问题，有时还可以增加家庭收入。这也正是东西方的此类故事中男主人公看中女主人公的纺织能力的原因所在。缅甸古代与中国相似，有着男耕女织的传统，所以每家每户都会备有纺织工具。在缅甸，女孩长到十六岁时，就要担负起家庭中的纺织任务。为了解闷，她们就一边织布一边猜谜。夜晚时分，明月皎洁，正是缅甸少女们在织布机前忙碌的时分。此时也是男女青年接触和谈恋爱的好时机。男青年们往往会进到织布房里找心上人表诉衷肠。正如上文提到的，他们在聊天时，也会通过猜谜语来互相观察，互相了解。如果因为懒怠而耽误了纺纱织布，父母就会用"明月光下，纺纱织布"这则俗语来提醒女儿：该动起来了，不要浪费光阴啊！

第六则是《嫉妒的堂兄》，该故事与"大怕和小怕"故事（AT1676A）

---

① 参见〔美〕斯蒂·汤普森《世界民间故事分类学》，第59页。

相似，后者的主要情节为："两个人都伪装成鬼去吓唬另一个，而且两个人都成功了。"① 尽管《嫉妒的堂兄》中是堂兄雅觉装鬼去吓唬堂弟雅波，雅波并没有这种打算，但他在惊怒之下，挥刀砍向雅觉，雅觉反被吓得落荒而逃。就结果而言，与"大怕和小怕"故事一致。这则故事中饶有兴趣的是雅波的未来岳父因为要外出，让他来陪伴自己的女儿，似乎有"送羊入虎口"之嫌。事实上，在传统的缅族社会中，如果一对男女青年两情相悦，加上双方父母都同意这门亲事，他们便可同居，开始在一起过日子，但并不急于结婚。在缅族群众看来，同居生活并不是夫妻生活的开始，因为在举行婚礼之前，双方要经过一段较长时间的认识了解阶段，同居生活就是认识了解阶段。经过两三年认识了解，如果双方的初衷未变，都认为对方是自己理想中的人，便会商谈举行婚礼的事情。所以，这一情节说明雅波和他的未婚妻感情稳定，他未来岳父也已经同意他们的婚事，结婚是迟早的事，他的未来岳父也才放心地将雅波叫到家中陪伴自己的女儿。

第七则是《说大话》，第八则是《吹牛》，这两则故事都是"说谎比赛"故事（AT1920）的异文，中国也有此类故事，其主要情节为：一个参加比赛的人说他有几百里外都能听到的大鼓或无比巨大的澡盆。另一个参加比赛的人说他有一头大牛，它站在长江边，头可以伸到对岸去。或有一根长得离奇的竹子。第一个人说第二个人吹牛，第二个人就回答说："没有我们的大牛，你拿什么东西做你的大鼓？"或是"没有我们的长竹子，你拿什么东西来箍你的大澡盆？"② 在此类故事中，人物并不重要，故事中的主角一般只有一个概称，如"吹牛皮""大话精"或"有个人"等。重点在于故事情节，这些情节往往构筑在逻辑不通的基础上，一旦道破说谎者的谎言，就会引起听众的哈哈

① ［美］丁乃通：《中国民间故事类型索引》，第 314 页。
② 参见［美］丁乃通《中国民间故事类型索引》，第 347 页。

大笑。从这个角度来说，中缅两国的此类故事是一脉相承的。

第九则是《还俗僧侣遇到还俗尼姑》，故事在男女青年的打情骂俏中，通过他们的言辞，道出了他们的身份，使得宗教和情爱这一原本不应同时存在的事物碰到一起，造成了令人捧腹的效果。该故事与中国故事"僧与慧女"（AT1730*）类似，后者的主要情节为：一个和尚用诗文或暗示性的语言向一个漂亮的女子求爱。（a）这个聪明的女人羞辱而且拒斥了他。或者（b）假装答应，但她装死的丈夫这时跳了起来，吓跑了和尚。① 显而易见的是，相较于中国的异文，缅甸的《还俗僧侣遇到还俗尼姑》没有女子及丈夫合谋羞辱和尚这一情节，而且将两人的身份设置为还俗的未婚宗教人士，使得讽刺意味大为降低。究其原因，是因为佛教成为缅甸的国教长达千年，至今仍是缅甸第一大宗教；与此不同的是佛教传入中国虽已有两千年的时间，但一直与儒家、道家三足鼎立，没有取得像缅甸这样一统江山的地位，其在中国的影响力自然不能和在缅甸的影响力相提并论。在缅甸，随意开僧侣玩笑的后果可能要比在中国严重得多，这也就是为什么在《还俗僧侣遇到还俗尼姑》中会出现淡化僧侣和尼姑身份的情节。

除上述这9则外，其余的故事在 AT 分类法中均找不到相对应的故事类型。

《四个好朋友》是一则纯粹的滑稽故事，不带有任何讽刺意味，其目的就是为了获得听众的欢笑。虽然故事一开始就交代这些故事中的人物都有生理缺陷，一个手掌大，一个耳朵大，一个屁股尖，另一个爱流鼻涕，但听众并不会为这些生理缺陷感到好笑。随着故事情节的层层推进，故事中人物的性格一一展现在听众面前：大巴掌性子急；尖屁股小气；鼻涕虫虽然堵住了洞，却让人恶心。当这些性格的缺点被一一揭露后，便引起了听众的阵阵笑声。正如俄罗斯民间文艺学家

① 参见 ［美］丁乃通《中国民间故事类型索引》，第341页。

普罗普所言："滑稽因素并不在于人的自然本性，也不在于他的精神本性，而在于二者之间的相互关系，即当自然本性揭示精神本性的缺点时的相互关系。"①

《神怕赖人》是一则带有戏谑意味的笑话，传达出纳特神灵并非神圣不可侵犯，只要有足够的勇气，就可以挑战甚至战胜他们这一观念。作为与上文中众多纳特神灵传说难得一见的"唱反调"的文本，显示了尽管缅甸文化中有对纳特神灵顶礼膜拜的习俗，但民间仍有部分民众敢于挑战旧有习俗的信息。当然，这种挑战不是大张旗鼓、旗帜鲜明地反抗，而是通过民间笑话这种独有的形式，对其进行揶揄和嘲讽。这种揶揄和嘲讽虽然没有强大到将这种旧习摧毁的程度，却也能为习以为常的民众敲响一记警钟。

《貌骠和貌尼》是一则讽刺吸毒恶习的笑话。故事由一对外国人引出，这种结构上的安排更能突出故事的喜剧效果。每一个民族都有在漫长的历史长河中逐渐形成的外在的和内在的生活规范，相较于本民族，外国人的习性和动作都是新奇和可笑的，这也正是这类笑话在很多民族和国家产生和流传的原因。但这则笑话的笑点并不是外国人，也不是吸毒，因为吸毒本身不但是严肃的社会问题，同时也是犯罪行为，要交予司法部门处理，而不是交给民间笑话解决。这则笑话的笑点和上文中的"说谎比赛"故事（AT1920A）一致，都是关于讲大话的，两个瘾君子在飘飘然中的忘乎所以的痴人说梦，是这则笑话的笑点所在。吸毒只不过增强了这种构筑于非现实、非理性情节基础上的戏剧性。

《缅甸斗鸡》也是一则关于外国人的笑话，嘲弄的对象是暹罗人，暹罗为泰国旧称。在东南亚国家中，目前泰国的经济实力远远强于缅

---

① ［苏联］普罗普：《滑稽与笑的问题》，杜书瀛、理然译，辽宁教育出版社1998年版，第30页。

甸。历史上，缅甸和泰国这两个近邻，曾因领土纠纷从 16 世纪一直打到了 19 世纪，这在世界历史上都是非常罕见的。1563 年，东吁王朝莽应龙兵临阿瑜陀耶城下，泰国被迫与缅军议和，泰国国王摩诃·查克腊帕特退位后被抓到了勃固，入寺为僧。在缅甸人眼里，泰国是手下败将。但世事变迁，近百年来，泰国在逐渐发展，尤其是近几十年，在旅游业的助力之下，泰国经济实现飞跃式发展，国力也逐渐上升，成为亚洲"四小虎"之一。而缅甸先是沦为英国殖民地，独立后又引发内战，持续了半个多世纪，民族问题、宗教问题，让缅甸经济发展受阻。低就业率满足不了国内民众的需求，很多人不得不背井离乡，到其他国家寻找新的机会。缅泰两国信仰文化相通，自然物产、宗教信仰、风俗文化更是如出一辙，因此，泰国成了很多缅甸人的"梦想地"。目前，泰国国内聚集着超过 100 万的缅甸劳工，已然成为缅甸人的"金主"。尽管有昔日祖先光辉历史的照耀，但今天却不得不有求于人，这种痛苦和矛盾的心理或许只有通过类似的笑话才能得到一丝排解和释放。

《缅甸人与外国人比赛画画》同样是一则关于外国人的笑话，但却没有嘲讽外国人的成分，故事中缅甸人的滑稽举止令人捧腹。生活中是离不开笑的，缅甸语中有"快乐的人难死"这一俗语，这或许就是此类故事存在的原因。

至于《斧子稀饭》，尽管笔者在 AT 分类法中没有找到与之相对应的故事类型，但这个故事在俄罗斯却有着与其差别较大的异文。这则异文说："有个老太婆死了儿子。有个士兵死乞白脸地要在她家过夜。这个士兵自称是'尼康派、教徒、从阴间来的人'，可以给他儿子往阴间送去衬衫、布匹和所有食品。老太婆竟信了他，结果士兵带走了她给儿子的礼物。"[1] 缅甸和俄罗斯的这两则异文都反映了老太婆的愚蠢，在将领或士兵的愚弄下，老太婆的愚蠢被展现得淋漓尽致。相较

---

① ［苏联］普罗普：《滑稽与笑的问题》，第 98 页。

而言，缅甸的这则异文还要更丰富一些，除了上述的情节外，还增加了老太婆吝啬、撒谎这一情节。上文已经分析过，佛教主张行善布施、不妄语，老太婆的所作所为恰恰与之相反。聪明机智的将领通过"斧子稀饭"这一违反常理的借口，勾起了吝啬老太婆的好奇心，使她不知不觉地进入到将领设计好的圈套中。故事开始时老太婆的一毛不拔与故事结尾时的心甘情愿形成了巨大的反差，这一反差是在将领一个又一个的圈套中完成的，听众也在这一过程中被老太婆的愚蠢逗得乐不可支。

《蜥蜴和氐宿》的笑点在于掌管世间万物的神仙竟然不认识变色龙，还为其无心之举妄自揣测，时而沾沾自喜，时而大动肝火，可见统治阶级何其愚蠢！只是由于统治阶级掌握着国家机器，普通民众无力反抗，他们只能通过隐喻的手法，把故事移植到神仙身上，用神界映射人间，对统治阶级进行无情的嘲讽，从这点来看，这则笑话颇具反抗精神。

《人的潜力》故事中的主角并非如旁人所想的那样勇敢，他奋勇灭火，一次是为了私利，另一次则是迫不得已，这种行动与意愿的巨大反差正是故事的笑点所在。由此看来，在一本正经的叙事中出人意料地揭露出故事中人物在品格上的缺陷正是民间笑话惯用的叙事模式。

《渔夫遇鬼》也是一则嘲笑胆小的笑话，由渔夫犯烟瘾引出。因缅甸国土大多位于亚热带及热带地区，天气炎热潮湿，瘴气较大，故此，当地的佛教并没有对抽烟严格禁止，他们认为抽烟可以防止瘴气，并且允许瘴疠弥漫地区的僧侣适量地吸烟。当然，如果没有上述特殊情况发生的话，佛教提倡为了威仪还是应该戒食烟酒。如果是为了追求刺激、或因为无聊而抽烟，就为佛戒所不容了。因此，故事中渔夫的抽烟行为有违佛教教义，是一种陋习，是个人品格上的缺陷，于是便成为民间笑话嘲讽的对象，由烟鬼来做故事中的主角，比一个具有良好生活习惯的人要更加适合。如果从象征的角度来解释这则故事，这则笑话背后或许隐藏着这样的深意：故事中的鬼是一种象征，代表了死亡。吸烟会导致死亡，这谁都知道，但烟瘾犯了，还是不管不顾地奔着死亡而去。等真的面临死亡时，害怕了，想摆脱它，但由于自身的懦弱和陋习的惯性依旧在原来的生活中沉沦。

《菠萝蜜怎么吃》里的骗子以不知道菠萝蜜怎么吃为由，分两次从僧侣手中骗走了一整个菠萝蜜。菠萝蜜生长于热带，有着坚硬的外壳，表面有瘤状凸体和粗毛。骗子正是借菠萝蜜的这一外观特征，装疯卖傻，骗过了僧侣。一般来说，笑话都具有一定的讽刺意义。这则笑话讽刺的倒不是骗子的奸诈，而是僧侣的愚蠢和无知。在现实语境中，僧侣们熟读经卷，知识渊博，备受民众尊崇，但在故事中却成了被无赖屡次戏耍却毫不察觉的"缺心眼"。从叙事手法上来说，这在人人向善的佛教理想与坑蒙拐骗的现实之间形成了一种悖论，使得这类离经叛道的故事格外有感染力，由此能够突破森严的佛教戒律，被缅族群众愉快地讲述和传承。

《沙弥遇见哺乳的少妇》是一则荤笑话，通过沙弥的童言无忌，用法师的光头来比拟少妇的乳房。如果是出自成年人之口，完全可以追究其亵渎佛教之罪，但偏偏却是出自孩子的口中，法师虽然震怒，却也无可奈何。故事通过沙弥不恰当的比喻，违背了佛教严肃的禁欲主张，造成了令人捧腹的效果。这体现了笑话所具有的一个重要特征，即：一些笑话的娱乐性"建立在反抗各种社会规范的基础上"[1]。

类似的笑话还有《听经时睡着了的玛楠》《沉默寡言的法师》和《失态的讲经师》，这些笑话辛辣地讽刺了那些披着袈裟的色鬼，在揭露佛门黑暗方面具有重要的社会意义。《被抵押的佛像》也是一则讽刺性的笑话，只不过讽刺的并不是色欲，而是赌博。佛教认为，赌博不但是"损财业"之一，也是"非道"之一。作为佛教徒是万万不能沾染上赌博的。但笑话中的妻子不但大赌特赌，而且还把家中供奉的佛

---

① 王娟编著：《民俗学概论》，第 79 页。

像抵押出去换了赌资，使得佛像流落在外，不得不托梦给其丈夫。民间文学作品能在一定程度上反映社会现实，这则笑话在揭露社会陋习的方面也具有积极的意义。当然，从佛教曾长期是缅甸国教的文化语境来看，上述这些讽刺僧侣的笑话也可视为是缅族群众对强加于他们身上的不自由和禁欲主义的反抗。通过这类笑话，民众在日常生活中"谈性色变"的种种压抑得到宣泄，彻彻底底地回归到人类的本性和自然。

《夫妻间相互讥讽》这则笑话的娱乐性同样也是建立在反抗社会规范的基础上。夫妻间的房事属于隐私，不宜外泄，但故事中的妻子在愤怒之下，将丈夫在房事方面的无能这一隐私泄露出去，很有中国"银样镴枪头，中看不中用"的意味，让旁人不觉哑然失笑。

《酒鬼作诗》与上文中提到的《酒鬼学者》一致，也是讽刺饮酒这一陋习的笑话。佛教教规严禁饮酒，因佛教重视智慧，饮酒过多就容易乱性，所以佛教认为，为了保持清醒，利于修行，僧侣必须戒酒。至于缅族群众，因受到佛教影响，一般也不饮酒。故事中的酒鬼就因酒后乱性，逾越了辈分的人伦禁忌，竟然拿酒友的母亲开起了性方面的玩笑，这并不好笑，好笑的是两人竟用押韵的语言形式展开了这些对话。众所周知，佛教经典常使用押韵这一语言形式，陀偈便是如此。所以，故事中的酒鬼代表了那些满嘴仁义道德，背地里男盗女娼的伪君子，其讽刺意义不言而喻。

二 缅族的民间逸闻

民间逸闻"是一种关于历史人物偶然的、简短而又可笑的动作或话语的故事。它与严肃的历史人物传说不同之处，在于它有非常幽默、轻松的讽刺文学风格。因此，它类似民间笑话"[①]。笔者共采录到24则此类故事，具体情况详见表19：

---

① 钟敬文主编：《民间文学概论》，第236页。

表19   缅族的民间逸闻

序号	名称	采录地区	讲述者
1	《波道帕耶王和大臣吴波吴》	阿瓦地区	吴山丁
2	《吴波吴故事：猜谜》	阿瓦地区	吴巴迎达法师
3	《吴波吴故事：敏贡石狮》异文一	阿瓦地区	波协
4	《吴波吴故事：敏贡石狮》异文二	阿瓦地区	吴拉瑞
5	《吴波吴与吴勃法师》	阿瓦地区	波协
6	《吴波吴的谶语》	阿瓦地区	吴当纽
7	《吴波吴故事：南诏国王的鼻孔》	阿瓦地区	吴山丁
8	《南诏国王的鼻孔》	阿瓦地区	吴山丁
9	《吴波吴故事：圆木赛船》	阿瓦地区	吴拉瑞
10	《吴波吴故事：权杖击水》	阿瓦地区	吴拉瑞
11	《不敬神的貌迪》异文一	阿瓦地区	吴山丁
12	《不敬神的貌迪》异文二	阿瓦地区	吴山丁
13	《戏弄国王的貌迪》异文一	阿瓦地区	吴山丁
14	《戏弄国王的貌迪》异文二	阿瓦地区	吴山丁
15	《戏弄僧侣的貌迪》	阿瓦地区	吴山丁
16	《八莫法师轶事》	阿瓦地区	吴苗敏
17	《坡杜多吴敏》	阿瓦地区	吴翁伦
18	《吴坡康和吼信》异文一	阿瓦地区	吴当纽
19	《吴坡康和吼信》异文二	阿瓦地区	吴当纽
20	《坡加奔掏蜂巢》	阿瓦地区	吴丹昂
21	《坡加奔砍柴》	阿瓦地区	吴丹昂
22	《吴坡觉私奔》	阿瓦地区	吴山丁
23	《欣琼村民的绰号》	阿瓦地区	哥丁温
24	《连围鼓也示威了》	阿瓦地区	吴当纽

（一）缅族民间逸闻的文本

表19这24则民间逸闻中，有5则故事各自有两篇不同异文，如《吴波吴故事：敏贡石狮》异文一和异文二由不同讲述者讲述，异文一由阿瓦作家波协讲述；异文二则由退休移民官员吴拉瑞讲述。《吴波吴故事：南诏国王的鼻孔》和《南诏国王的鼻孔》是讲述者吴山丁

在不同时期讲述的两篇异文。《不敬神的貌迪》和《戏弄国王的貌迪》也各有两篇异文，都是讲述者吴山丁在不同时期讲述的不同异文。《吴坡康和吼信》的两篇异文也是由讲述者吴当纽讲述于不同时期。之所以会出现这种情况，是因为本书中的文本来自笔者在缅甸进行的三次田野调查，其中，笔者曾于2012年8月和2018年7月，两次对阿瓦一带的讲述者进行访谈，由于时间隔得比较久，这些文本的讲述者忘记了是否已经给笔者讲过这些故事，所以出现了讲述两次的情况，因而也就产生了同一故事的两个文本。这5则民间逸闻的主要内容如下：

《吴波吴故事：敏贡石狮》的历史背景是波道帕耶王痴迷佛教，为了死后能到西方极乐世界，不惜兴师动众，举全国之力造世界上最大的铜钟——敏贡佛塔，该钟重达55555缅斤。[①] 却因工程浩大，劳民伤财，惹得天怒人怨。当其归天之时，佛塔还未建好。故事说吴波吴随同波道帕耶巡视敏贡佛塔，看到佛塔前石狮已经歪斜，佛塔却未建成，于是嘲讽道："陛下的狮子……"话刚出口，波道帕耶问道："如何？"于是急忙改口："陛下的狮子活灵活现，好像要跳到江对面。"波道帕耶闻之龙颜大悦。

《吴波吴故事：南诏国王的鼻孔》说南诏国王鼻孔很大，但没有人知道有多大，因为胆敢仰头看他的人，都被杀光了。某次，南诏国王驾临缅甸，波道帕耶王很想知道南诏国王的鼻孔究竟有多大，于是就问吴波吴该怎么办。吴波吴献计道："陛下用炒空心菜招待南诏国王即可。"南诏国王用筷子夹住空心菜，仰头往嘴里放，吴波吴赶忙抬头，然后向波道帕耶禀报道："回禀陛下，南诏国王的鼻孔有一拃宽。"随后，吴波吴又献上一策，令人端来一盘蟋蟀请南诏国王吃。里面既有油炸的，也有活的。南诏国王用筷子夹住炸蟋蟀往嘴里放，当把油炸的吃完后，活着的就跳出来了，钻进了南诏国王的鼻孔里。

---

① 1缅斤约合1.646公斤，55555缅斤约为91.4吨。

于是，吴波吴再次禀报道："陛下，南诏国王的鼻孔宽得可以钻进一只蟋蟀。"相较于《吴波吴故事：南诏国王的鼻孔》，《南诏国王的鼻孔》的故事情节比较简单，故事说南诏国王的鼻孔很大，但究竟有多大，谁也不知道，因为凡是胆敢仰视他的人都被处决了。如果确实想知道他的鼻孔有多大，就炒盘空心菜，把一拃长的空心菜剪掉头尾，用筷子夹住，高高举起，就知道鼻孔有多大了，言下之意是南诏国王的鼻孔有一拃长的空心菜那么大。尽管该异文中没有出现吴波吴这一关键性角色，但就情节而言，两者重合度非常明显，有鉴于此，笔者认为这两个文本是同一故事的不同异文。

《不敬神的貌迪》说波道帕耶执政时期，阿瓦德班村的村民貌迪不信神也不敬神。某次，他把牛拴在神像上，吩咐神像替自己看好牛，千万别让牛跑回家。牛因为没东西吃，挣脱着就跑掉了。貌迪很生气，用刀把神像的手砍断了。夜里，神托梦给村民们，控诉貌迪的暴行。村民们只好用铁把神像的断手接上。貌迪看到后，啪的一下又把神像的手敲断了。

《戏弄国王的貌迪》两篇异文的前半段基本一致，都是说貌迪胆大包天，连国王都敢欺骗。他对国王说自己有一百箩芝麻要卖给国王。于是，国王派差役前来购买。差役到后，貌迪从装着芝麻的容器中，数了一百粒，交给差役。差役不解道："你不是说一百箩吗？"貌迪回答道："我说的一百是一百粒，不是一百箩。"至此，异文二结束。异文一则多了貌迪被抓的情节，故事说，国王被貌迪戏弄后，下令抓他。差役来后，貌迪趁机在怀里放了一只乌龟。刚好路边有棵木棉树，树上有个鸟巢，貌迪故意说那是个乌龟窝，差役不信。貌迪便与差役打赌，说如果差役输了，就要放了他；如果他输了，甘愿受死。于是貌迪爬上树，偷偷掏出怀里藏着的乌龟，下树后拿给差役看，差役只好把他放了。后来，国王又下令抓他。因为天黑，来抓他的差役不小心被刺扎到脚。貌迪便吓唬差役说他被蛇咬了，并说自己能医治蛇毒。

貌迪装神弄鬼地蒙过差役，再次逃脱了抓捕。

《吴坡康和吼信》的两篇异文由讲述者吴当纽讲述于不同时期，异文一说阿瓦作家吴坡康文采出众，生性诙谐。一天，有个村民想邀请村头寺庙的住持和尚到家里接受布施，于是便请吴坡康帮忙写请柬。这个村民名叫哥信，因睡觉时鼾声如雷，人送外号"吼信"。住持和尚名叫吴梭，因小腿残疾，便出家做了和尚。于是，吴坡康写了如下的请柬："弟子吼信，谨呈师尊，秀美小腿，吾师梭有。皈依三宝，守持五戒。三层庙堂，移驾寺亭，水果一盘，以献吾师。"吴梭法师读了，笑骂道："肯定出自吴坡康这厮之手。"异文二则更为详细地交代了故事中人物的关系及事情的来龙去脉，吴坡康、吴梭和哥信是朋友。吴梭在出家前与杜琼是夫妻，他一是因为和杜琼闹矛盾，二是想研习佛法，于是便落发为僧。出家后得到了哥信的长期供奉。吴梭的寺庙位于阿瓦乡下，原本是两层，因雨季被水淹，他便扩建为三层。乡下寺庙的物质都比较匮乏，他的妻子杜琼想向他布施，于是请吴坡康代写请柬，吴坡康则写了如下的请柬："弟子吼信，谨呈师尊，秀美小腿，吾师梭有。皈依三宝，守持五戒，汝妻琼婶，念念不忘。三层庙堂，移驾寺亭，水果一盘，以献吾师。"

其余 14 则民间逸闻的内容如下：

《波道帕耶王和大臣吴波吴》说波道帕耶王出巡，看到一小儿号啕大哭，父母却不理不睬，认为做父母的太过分了，说道："孩子嘛，给他想要的，不就得了！"大臣吴波吴尽管不同意，却不得不说："陛下所言甚是。"波道帕耶问道："孩子想要什么？"吴波吴回答说："孩子想要陶盆。"波道帕耶于是下令给孩子拿陶盆。孩子拿到了陶盆，却还是哭。波道帕耶王又问："孩子还想要什么？"吴波吴回答说："孩子想要大象。"波道帕耶命人牵来大象。孩子得到了大象，却还是哭。波道帕耶问道："他还想要什么？"吴波吴回答说："他要把大象装进陶盆里。"波道帕耶才知道是孩子太淘气，吴波吴趁机讽刺了波道帕耶。

《吴波吴故事：猜谜》说吴波吴是波道帕耶王的弄臣，为人机智幽默。一天，波道帕耶王闲得无聊，召吴波吴觐见。吴波吴到了皇宫，波道帕耶王将几只老鼠装进钵里，让他猜里面有什么。吴波吴灵机一动，想到刚才在来皇宫的途中看到了一圈猪，想必这钵里的应该是和猪差不多的东西，于是回答说是老鼠。波道帕耶又让他猜有几只，吴波吴想到刚才看到的那一圈猪有五头，于是便说有五只，想不到居然全让他猜中了。①

《吴波吴与吴勃法师》说一天吴波吴去拜谒吴勃法师，问法师道："法师知道寺旁的水池有多深吗？"法师回答说不知。吴波吴惊讶道："水池离法师这么近，难道都不知道有多深吗？"法师回道："如果离得近就知道，那你知道自己有几根胡须吗？"吴波吴无言以对。

《吴波吴的谶语》说阿瓦妇女每天傍晚都会到杰涛湖打水。一天，一只巨猿越过城墙，借助湖中一块巨石，掠过湖面，最后跳到树上，惊吓到了前来打水的妇女。国王令吴波吴卜卦，看有何预兆。吴波吴奏道："缅历1247年，长相似猴的人将占领陛下的国家。那时，陛下早已升天，所以也不必担忧。"国王问道："此话怎讲？"吴波吴解释道："巨猿先是越过砖墙，'砖'一词的声母在字母表里排第一；接着又跳到巨石上，'石'一词的声母在字母表里排二；然后又掠过水面，'水'的声母排第四；最后才跳到树上，'树'的声母排第七。"果然，缅历1247年（公历1885年），英国殖民统治者占领了缅甸全境。

《吴波吴故事：圆木赛船》说缅甸王室每年都要举行盛大的赛船比赛，每次都是国王获胜。有一年，王后求吴波吴想办法让她赢一次。于是，吴波吴便向国王献策道："陛下神威，哪怕是用根圆木也能赢得比赛。"国王信以为真，就用了一根圆木去参加比赛。当鼓声擂起，王后的船像箭一样冲向终点，国王的圆木却一动不动。国王面露愠色：

---

① 缅甸语中，"猪"和"老鼠"有相同的元音，都以"et"音结尾。

"波吴，你不是说我会赢吗？"吴波吴回答道："陛下见过打了胜仗的要逃跑，打了败仗的反而不用逃跑的吗？""没有。""现在是王后的船输了，害怕您的御舫，所以逃跑了。"国王听了龙颜大悦。

《吴波吴故事：权杖击水》说某次涨大水，波道帕耶王求神拜佛后仍不见效，于是便问吴波吴该怎么办。吴波吴献策道："陛下挥动手中权杖击打水面即可。"波道帕耶王依言挥杖击打水面，但水面只是溅起几滴水珠，泛起几道波纹而已，并没有退去。波道帕耶不悦，问道："为何如此？"吴波吴回禀道："恭喜陛下！贺喜陛下！洪水已被陛下打得屁股都肿了。"

《戏弄僧侣的貌迪》说有一年干旱，村民们相约到山里割草。一天下午，貌迪跑到寺庙里告诉僧侣，说有人要请他们到棱彬欹丹空寺施斋，事实上"棱彬欹"是"逗你玩"的意思，但僧侣们没反应过来。第二天，村民们又到山里割草。貌迪故意对村民们说："村里狗吠不断，不知法师要去哪里？"村民们让他别瞎说，貌迪便与村民们打赌，说如果法师确实没有外出，便将自己的牛车和牛都给村民们；但如果法师确实外出了，村民们就得把割好的草全都给他。双方签字画押后，貌迪吃饱喝足，躺在车下睡起了大觉。当大家回到村里，果然听到一片狗吠，接着传来一阵脚步声，最后是僧侣们的抱怨声："哼！貌迪说有人要在棱彬欹丹空寺施斋，但又不说清楚在哪里。"

《八莫法师轶事》说有次八莫法师化斋归来，在路上突然肚痛，想大解，但附近没有厕所。法师心想："人之所以会害羞是因为脸，屁股是不会害羞的。"于是他用钵把头罩住，掀开袈裟，蹲下来大解。

《坡杜多吴敏》说古代有个叫"坡杜多吴敏"的大臣，以机智幽默著称。一天晚上，月光皎洁。国王坐在窗边，一边就着油浸的煮豆喝稀饭，一边茗着茶。国王令坡杜多吴敏赋诗一首。坡杜多吴敏随即吟道："煮豆油蘸，美味无边。月如圆盘，空中高悬。陛下用膳，炮响不断。"国王不禁莞尔。

《坡加奔掏蜂巢》说日本占领缅甸时期，阿瓦地区有个村长名叫坡加奔。一次，他和朋友去掏蜂巢取蜜。朋友爬到树上，向下喊说要往地上扔刀，他却听错了，误会为要扔蜂巢，于是伸手去接，手一下子就被砍断了。

《坡加奔砍柴》说坡加奔爬到树上砍树枝，砍完后，因为懒，不想下树，于是就把自己坐着的那根树枝连根砍断，一下子连人带树枝摔在地上。所以现在阿瓦地区还流传着"爬到树上后，可别像坡加奔一样"的说法。

《吴坡觉私奔》说吴坡觉从寺庙还俗回到家中，跟着父母亲经营棉花生意，成了棉花商。一天，他对父亲说，有马骑才配得上棉花商的身份，于是父亲给他买了一匹马。过了几天，他又对父亲说，骑马太冷，有条毯子就更好，于是父亲又给他买了条毯子。又过了几天，他对父亲说，有枚戒指戴才配得上棉花商的身份，于是父亲又给他买了一枚戒指。就这样，吴坡觉马也有了，毯子也有了，戒指也有了，于是便和相好的私奔了。

《欣琼村民的绰号》说欣琼村只要有布施盛会，就会有笑话产生。当地每次举办布施盛会，负责烧饭的总是一个叫吴翁的大伯。他煮的饭软是软，但夹生，所以人送外号"软夹生吴翁"。负责操办布施宴会的杜登梅很会省钱，从不到早市买新鲜的肉和菜，总是要等到下午才去捡别人不要的剩菜剩肉，所以人送外号"肉刚臭登梅"。吴波在孩子满百天时，招待大家米粉。每来一个客人，他就在米粉里加入一瓢水，所以人送外号"加水米粉吴波"。

《连围鼓也示威了》说在吴奈温及缅甸社会主义纲领党执政后期，由于政府官员贪污受贿成风，搜刮民脂民膏，导致物价飞涨，民不聊生。讲述者原来的工资是 126 缅币，可以买到 12 缅升①大米，但到了

---

① 一缅升约 1.5 公斤，12 缅升约为 18 公斤。

1988年，只能买到3缅升大米，根本不够吃。于是，缅甸全国爆发了大规模示威游行，讲述者也踊跃参与，在当地发表演讲，动员民众参与游行。讲述者说："百姓都快饿死了，纲领党高层却锦衣玉食，坐着飞机到国外参加晚宴。百姓忍饥挨饿，军人也因和缅共打仗，缺胳膊少腿，高层却大肆建造豪宅。正所谓百姓饿肚子，军人扛棍子，高层建房子。"那个时候，甚至连缅甸围鼓也示威了。围鼓一共二十一只鼓，由大、中、小三组鼓组成，每组各七只鼓。大鼓好比纲领党的中央领导，中鼓好比纲领党省、县一级领导，小鼓好比乡长、村长。平时敲击围鼓时，大鼓的声音低沉，发出"bēng bēng"的响声；中鼓声音柔和，发出"běng běng"的响声；小鼓则声音高昂，发出"bèng bèng"的响声。那个时候，连鼓声也变了，敲击时，大鼓发出"大刮，特刮"，中鼓发出"他刮，我刮"，小鼓则发出"偷偷刮，偷偷刮"的响声。

（二）缅族民间逸闻的民俗语境

在缅族的民间逸闻中，有一个主要类别是"机智人物故事"，是有关某个特定机智人物趣闻、逸事、笑话的系列故事，又被称为"聪明人的故事"，如表19中第1号至第10号故事都是关于吴波吴的故事，第11号至第15号是关于貌迪的故事。

如上文所述，笔者采录到的吴波吴故事共计10个文本、9则故事，约占所采录到的民间逸闻总量的三分之一，由此可见缅族群众对吴波吴故事的喜爱程度。

吴波吴在缅甸历史上确有其人，他于1760年3月2日出生于缅甸实皆省德惹地区，是缅甸贡榜王朝波道帕耶王（1782—1819年在位）时期的一位大臣，也是缅甸历史上有名的谋士、诗人、学者和卓越的政治家。[①]据缅甸学者丁南多在《大臣吴波吴的历史研究见闻》一书

---

① 参见张惠美《缅甸机智人物吴波吴故事类型研究》，硕士学位论文，广西民族大学，2019年，第1页。

中所述，吴波吴年幼时与父母居住在德惹，后搬到瑞波与爷爷一起生活，并在瑞波出家修行，研习经文典籍。因其精通佛教典籍而成为阿龙王子的家臣，阿龙王子即后来的波道帕耶王。① 波道帕耶王登上王位后，吴波吴被赐予"敏腊摩诃诺雅塔"称号，为四大丞相之一，同时也被任命为土地管理大臣和内侍官。1819 年，波道帕耶王驾崩，巴基道王继位，继续任命吴波吴为丞相和内侍官。1837 年，达亚瓦底王登上王位时，吴波吴已不在四大丞相之列。缅甸学界对此有不同的看法，有的认为吴波吴在巴基道王时期便去世；也有的认为吴波吴在1822 年年满 60 岁时已经退休。关于吴波吴去世的具体时间，缅甸学界也有争议，有的认为吴波吴是贡榜王朝的三朝元老，经历了波道帕耶王、巴基道王和达亚瓦底王时期；也有的认为吴波吴在巴基道王时期便去世了；还有的根据相关记载，说吴波吴于 1838 年和其他两位大臣一同创作了《十二月季节诗》，进献给达亚瓦底王，后于 1844 年去世，享年 84 岁。②

吴波吴故事在缅族社会中流传已久，早在殖民地时期，缅甸便有吴波吴的故事集出版。最早的吴波吴故事集是缅甸作家吴奥于 1908 年和 1909 年出版的《吴波吴奏疏》的第一卷和第二卷。根据吴奥所述，他从吴波吴给波道帕耶王的贝叶奏疏中，整理出这些故事。缅甸学者经过研究发现，作者吴奥在书中加入了自己的家族情况，并据此对吴波吴奏疏故事进行了改编。③ 吴奥的《吴波吴奏疏》故事集由于开了风气之先，故而深受读者追捧，在缅甸广为流传。1910 年，塞亚迈出版了《大臣吴波吴奏疏》故事集，该故事集分为上、下两册，并对吴波吴的生平进行了专门介绍。1911 年，萨多汴塞亚登也出版了两卷本

---

① ［缅］丁南多：《大臣吴波吴及历史研究视角》，仰光：德哈萨达书局 2006 年版，第 42 页，转引自张惠美《缅甸机智人物吴波吴故事类型研究》，第 9 页。
② 参见张惠美《缅甸机智人物吴波吴故事类型研究》，第 9 页。
③ 参见 ［缅］丁南多《大臣吴波吴的历史研究见闻》，第 39—40 页，转引自张惠美《缅甸机智人物吴波吴故事类型研究》，第 10 页。

的《吴波吴奏疏故事》，深受缅甸读者喜欢。后来，吴妙腊也出版了《吴波吴奏疏中的故事和小说》一书，并于1974年再版。书中主要收集了吴波吴给国王的谏言、吴波吴与国王及其他人的对话。此外还对吴波吴的生平及其家族进行了介绍。进入21世纪后，缅甸出版了多部吴波吴故事集，如作家鄂林卜分别于2004年和2007年出版了《吴波吴笑话精选》和《机智大臣吴波吴的笑话艺术及修辞》两本故事集，前者收录了28则吴波吴笑话；后者则收录了53则吴波吴笑话，并在书中对吴波吴的生平进行了简要介绍。之后出版的吴波吴故事集越来越多，如钦秋通书局于2009年出版的《吴波吴奏疏故事》、吴拉昂于2011年出版的《吴波吴和曼德勒人》、吴冈突于2013年出版的《吴波吴和腊多人的机智妙言》等。① 如上所述，吴波吴故事已经在缅甸流传了上百年时间，并深受缅甸群众喜欢，甚至像滚雪球一样越滚越多，出现了众多的故事集。

吴昂登妙在《缅甸传统笑话故事·上册》中对吴波吴故事产生的文化语境进行了论述，他认为，在缅甸封建王朝时期的宫廷中并没有专门给皇室讲笑话和进行滑稽表演的丑角，而故事中的吴波吴往往被称为"喜剧大臣"或"滑稽演员"。作者猜想造成这一现象的原因可能是由于吴波吴故事产生的时代背景造成的，殖民地时期的缅甸作家们可能是模仿了英国贵族有养滑稽演员的习惯，在以宫廷笑话为主要内容的吴波吴故事中创造了吴波吴这一优人的角色。②

故事中的吴波吴是一个身在朝堂，心系苍生，上知天文，下知地理，机智幽默，能言善辩的人物。正如上文所述，目前，在缅族的民间叙事文学宝库中，已经形成了以他为主人公的一系列故事，而且这些故事还在不断地扩展、发展。虽然吴波吴是位真实存在的历史人物，

---

① 参见张惠美《缅甸机智人物吴波吴故事类型研究》，第10—11页。

② 参见［缅］吴昂登妙《缅甸传统笑话故事·上册》，仰光：丁书局2012年版，第1—2页，转引自张惠美《缅甸机智人物吴波吴故事类型研究》，第11页。

但故事中的人物形象与历史原型已相去甚远，故事情节也大多属于虚构，只不过是将这些具有统一风格的故事归到吴波吴这一箭垛式人物名下。

这种统一的风格首先体现在对"机智幽默、能言善辩"的赞赏上。这在《吴波吴故事：圆木赛船》和《吴波吴故事：权杖打水》等故事中有较好的体现。这些故事中的吴波吴面对国王的不悦，总能以高超的语言技巧，哄得国王龙颜大悦，也使自己从戏弄国王的罪责中得以逃脱。

其次体现在对"身在朝堂，心系苍生"的肯定。《吴波吴故事：敏贡石狮》的两篇同名异文对封建君主大兴土木、劳民伤财的现象进行了揭露和批判。兴建寺塔一向是缅甸封建君主做功德的一个重要方面，在波道帕耶王统治时期建塔之风最盛。他要求全国每个城镇都修建藏经阁，在全国 230 个地方同时修建 230 座塔窟。他还动用数万民工，连年建造规模巨大的敏贡宝塔，但直到波道帕耶王驾崩，该塔都没有建成，后毁于地震。大量的人力物力都用于宗教性事务，对社会生产的发展和人民生活都带来了不利影响。[①] 面对残暴的封建君主，吴波吴只能进行委婉劝谏，好大喜功的封建君主自然不会明白，也不会采纳他的劝谏。类似的故事还有《波道帕耶王和大臣吴波吴》。吴波吴通过曲折迂回的方法，让波道帕耶王逐渐认识到了自己的愚蠢无知。这在鼓吹"君权神授""无上君权"的时代背景下，无疑具有革命意义。

最后还体现在对"上知天文、下知地理"的欣赏。《吴波吴故事：猜谜》和《吴波吴的谶语》这两则故事就很好地体现了这一点。现实中的吴波吴是位精通佛教典籍的饱学之士，但故事中却通过其精通占卜来突出这一特点。事实上，直到现在，缅族群众仍然相信星相和喜

---

① 参见贺圣达《缅甸史》，第 182 页。

欢占卜，而且这一习俗由来已久，《蛮书》记载骠人"俗尚廉耻，人性和善少言，重佛法。城中并无宰杀。又多推步天文"①。在古代，上自王公贵族，下至黎民百姓，无不相信命相。东吁王朝德彬瑞梯王统治时期，将领勃印囊与王姐恋爱，触犯了王法，群臣商议予以治罪，勃印囊躲了起来。后来他潜回皇宫，拿着自己的星相图给相师看，相师看出他有王者之命。德彬瑞梯王得知后免其死罪，并把王姐下嫁给他。即使在今天，缅甸人民对看相的痴迷程度也是令人匪夷所思的，新人结婚前，如果不拿着双方的星相图找相师推算，就不能结婚。如果相师推算出他俩星相相冲，不管他们爱得有多么深，最后也只能以分手告终。民间流传 2005 年缅甸迁都也是因为其最高领导人受星相师的影响而做出的决定。在这种文化语境中，我们也就不难理解为什么吴波吴故事中会以精通占卜来作为其智慧多识的象征。

　　当然，故事中的吴波吴形象并非永远是"智者"和"完人"，有时也会呈现出相反的特征。比如，《吴波吴与吴勃法师》故事中，在代表着佛教国家最高智慧的高僧面前，能言善辩的吴波吴也只能败下阵来。再比如，《吴波吴故事：南诏国王的鼻孔》中的吴波吴就表现出狡猾、无聊的一面。这则故事和另一则异文《南诏国王的鼻孔》除了能引得听众哈哈大笑外，实际上并没有多少社会意义。而引起听众哈哈大笑的原因，并不在于上文所述的吴波吴形象的各种特质，如"身在朝堂，心系苍生""上知天文，下知地理""机智幽默，能言善辩"等，而是故事把外国人的鼻子作为嘲笑的对象，从而创造了故事的笑点。普罗普指出："鼻子，作为纯生理机能的表现，常常成为嘲笑的对象和手段。在民间语言中，'擤……鼻子''拉长鼻子''嗤之以鼻'，表示欺骗和愚弄。"② 这类故事的数量并不多，但却显示出故

---

① 余定邦主编：《中国古籍中有关缅甸的资料汇编》（上册），中华书局 2002 年版，第 24 页。
② ［苏联］普罗普：《滑稽与笑的问题》，第 37 页。

事中的吴波吴是一个优点与缺点并存、优点多于缺点，尽管有缺点但不失可爱的人物形象，这种形象较为接近生活中的真实人物，体现了缅族群众在塑造这一人物形象时对人物形象"真实性"的追求。

貌迪故事也是缅族机智人物故事中的一类，它和吴波吴故事的区别在于吴波吴故事是先以作家文学的形式被发掘出来，然后才以民间文学的形式在民间流传。貌迪故事则完全来自民间，迄今为止，笔者尚未发现任何有关貌迪故事的文字记载。其流传的地域也仅限于缅甸中部的阿瓦一带，在众多的讲述者中，只有吴山丁一人向笔者讲述了该类故事的三则故事，共五个文本。据《不敬神的貌迪》中交代，貌迪的生活年代为贡榜王朝波道帕耶王时期（1782—1819 年在位），他是阿瓦德班村的村民。如果将吴波吴比喻为"高富帅"的话，貌迪就是"草根"。尽管他有着让后世称道传颂的事迹，但影响力毕竟有限，只在狭小的区域内流传，他的故事也只有极少数群众知道。虽然笔者收录到的文本有限，但也能让我们略知这类故事的大概。上文提到，貌迪这一人物形象确实有一些让后世传颂的光辉点，首先是机智勇敢，这在《戏弄国王的貌迪》和《戏弄僧侣的貌迪》故事中有很好的体现。尤其是在前一个故事中，貌迪面对掌握着生死大权的国王，毫不畏惧，不但戏耍了国王，而且还能从国王的抓捕中全身而退，可谓胆略过人。其次是富有反抗精神，我们光从这 3 则故事的名称，便可获悉这一点。貌迪戏耍的是神、国王和僧侣，在缅甸的文化语境中，神和僧侣代表了宗教信仰，是对个体的精神自由的限制；国王代表了王权，是对个体的财产自由和人身自由的限制。故事中的貌迪戏耍了这三者，反映在现实社会中则是缅族群众在长期的宗教信仰和王权压迫下萌生的一丝反抗意识，貌迪是千百万被欺压、被奴役百姓中最先觉醒者的代表，但他们力量毕竟有限，还不足以和强大的宗教势力与国家机器进行真枪真刀地对抗，所以只能进入到民间叙事文学作品中，反映了百姓的心声。或许这就是貌迪故事能长期流传的原因所在。

《吴坡康和吼信》和《坡杜多吴敏》也是机智人物故事，描写的是主人公——吴坡康和坡杜多吴敏出口成章的才情和风趣幽默的性格。在长达千年的缅甸封建社会时期，其文学的主流形态基本由佛教文学和宫廷文学构成，很多僧俗作家都和封建王室有着千丝万缕的联系，或受封建王室供养，或直接受命于封建王室，加之不少王室成员本身就是文学造诣极高的诗人、作家，所以缅甸的封建王室一向有着吟诗作赋的风雅，上行下效，传到民间便形成了整个社会对诗人作家的逸闻趣事津津乐道的风气，这也正是这类故事产生的社会基础。

《坡加奔掏蜂巢》和《坡加奔砍柴》是两则傻瓜的故事，其中《坡加奔砍柴》是"坐在树上砍树的笨人"故事（AT1240）的一则异文，按理应该归入到"民间笑话"一类中，但鉴于《坡加奔掏蜂巢》中指出了主人公——坡加奔是日本占领缅甸时期阿瓦地区的一名村长，符合民间逸闻对历史人物趣闻、逸事的界定，故笔者将它们归入民间逸闻类。普罗普说过："傻瓜的故事是同机灵狡猾的人的故事分不开的。"[1] 在缅族的民间逸闻中，既有机智人物的故事，也有傻瓜的故事。这两则故事之所以会引起听众的哄堂大笑，是因为故事主人公坡加奔愚蠢的行为，笑声表达了听众对其意志的轻视和侮辱。《八莫法师轶事》与此类似，尽管法师是缅甸的一代高僧，其事迹在上文中的"大德高僧传说"部分已有述及，但聪明人也有干蠢事的时候，他的行为暴露了自身的逻辑不通，因而显得格外滑稽，由此引得听众哗然大笑。

《吴坡觉私奔》则为我们展示了缅族男女青年的私奔习俗。在婚姻问题上，缅族群众虽然主张遵从父母之命，但男女青年也可以自由恋爱。但如果父母棒打鸳鸯，男女青年便会相约私奔，七天之后，便

---

[1] ［苏联］普罗普：《滑稽与笑的问题》，第98页。

可回家，那时生米已经煮成熟饭，父母只好接受现实。当然，有时由于门第不同，婚事始终遭到家长的反对，甚至登报声明与儿女断绝关系。但是，等到孩子出世了，父母的心早就软了，当他们抱着孩子回去忏悔，也往往会得到双亲的谅解。吴坡觉之所以一而再、再而三地从父亲那里骗来东西，正是因为他的婚姻得不到父母的同意，只能和爱人私奔，一走了事。

《欣琼村民的绰号》则为我们展示了缅族的互助习俗。在缅语中"喜事"和"丧事"两个词经常连在一起用，统称"红白喜事"。缅族对在自己周围发生的红白喜事，不用主人请求都能自发前去帮忙。喜事如为新生婴儿举办的洗头命名仪式、按佛教习俗为适龄男孩和女孩举办的剃度仪式及穿耳洞仪式、婚礼等。丧事则指为死者举行的葬礼。此外，当举办敬老活动、给僧侣布施斋饭及修建佛塔等仪式时，缅族都会把其当作自己的事一样，积极踊跃地参加。在缅族农村地区，如果某家举行剃度仪式，左邻右舍的相亲们都会前来帮忙以减少主人在金钱上的开支，如帮助主人砍竹木来搭建举行仪式的台子，或帮助主人把布施给僧侣及寺庙的物品挂到百宝树（又称如意树）上等。[①]《欣琼村民的绰号》中那些村民的绰号就是在这种热闹、祥和的互助活动产生的，尽管不乏揶揄和挖苦，但听众感到的并不是恶意，更多的是一丝丝善意。

《连围鼓也示威了》是一则政治笑话。众所周知，自 1948 年 1 月 4 日缅甸独立后，曾经历过短暂的文官政府时期。1962 年，时任缅甸国防军总参谋长的奈温将军发动政变，推翻了文官政府，开始军人统治。奈温执政了 30 多年，非但没有使缅甸富裕和发达，反而日益陷入贫困和落后。1960 年，缅甸的人均国民生产总值达到了670 美元。自从奈温 1962 年发动军事政变上台以后，经济状况日益走

---

① 参见 O. K. 《缅甸传统习俗研究》，民族出版社 2008 年版，第 227 页。

下坡路，到 1985 年，人均国民生产总值才 190 美元，成为有名的"亚洲经济病夫"①。1988 年 7 月，因经济恶化，全国爆发游行示威，奈温引咎辞职。这则笑话就是产生于这种时代背景下，虽然引人发笑，但却饱含着缅甸人民心酸的血泪。

① 参见曹云华《缅甸放弃社会主义的原因探讨》，《社会主义研究》1989 年第 6 期。

第四章 文化语境下的缅族民间叙事文学

上文提到，鲍曼将文化语境分为交流系统语境、意义语境和制度语境三个层面。在本章中，笔者将根据鲍曼对文化语境的界定及划分，从这三方面对本书中所提及的缅族民间叙事文学作品进行分析阐释。

第一节 交流系统语境下缅族民间叙事文学与缅甸文化的关系[①]

鲍曼在论及交流系统语境时说："文化之间的联系使得学者们更加关注民俗事项的整体问题。以对民俗事项进行分类为例，民众是民俗事项的发明者及传承者，他们对各类民俗事项的特点及性质以及它们之间的关系有着自己的认识及定义，有别于民俗学家对民俗事项类型、特点和性质的定义和认识。"[②] 应该说，鲍曼对交流系统语境的阐释不尽详细，仅以民俗事项的分类为例来说明主体与客体、自我与他者在认识民俗事项方面存在着一定差异。林继富、王丹对此解释道，

---

① 寸雪涛：《论缅甸民间文学与缅甸文化的关系》，《东南亚纵横》2017 年第 2 期。
② Bauman, Richard, "The Field Study of Folklore in Context", in Richard M. Dorson (eds.), *Handbook of American Folklore*, Bloomington: Indiana University Press, 1983, p. 364.

交流系统语境主要回答"一个文化中的特定民俗形式如何与别的形式相关联"的问题，也就是说它如何与相关的民俗类别联系。"① 就本书而言，理解缅族的民间叙事文学是为了更好地认识缅甸文化，那么，缅族的民间叙事文学与其文化之间有没有关系？有着何种关系？这是一个十分有趣的问题。

一　民间文学、文化及一般文化模式

要回答这个问题，首先我们需要弄清楚民间文学和文化的概念。"民间文学"这个学术术语是从国际术语"folklore"发展起来的。1846 年，英国考古学家汤姆斯（Willian John Thoms，1803—1885）在给《雅典娜论坛》的一封信中首次使用"folklore"一词，指"大众古俗"（popular antiquities），包括"旧时的行为举止、风俗、仪式典礼、迷信、叙事歌、谚语等"②。

到了 19 世纪 70 年代，"folklore"这个术语被西欧学者广泛使用，并确定为"民俗学"（即"关于民众智慧的科学"）的含义。在当时，它的概念显然是广义的，凡是民间生活的一切事物，像村制、族制、婚姻、丧葬、生育、社交、节日、信仰、祭仪、居住、饮食、服饰、农耕、技艺以及民间文艺、民间谚语等，都属于民俗学研究的具体内容。在民俗学的发展过程中，随之又出现了 folklore 的狭义的概念，专指民间文学创作。"五四"时期，中国学者将这个名词解释成"民俗学"，同时又具体地译为"民间文学"，专指"民俗学"当中的口头艺术部分。1916 年 3 月 19 日中国学者朱光迪在致胡适信中，首次使用"民间文学"这一概念。③ 直到 20 世纪 50 年代以后。"民间文学"这个术语才被国内学术圈普遍接受。比如，早在 1980 年，钟敬文就说："民间文

---

① 林继富、王丹：《解释民俗学》，华中师范大学出版社 2007 年版，第 176 页。
② Alan Dundes（eds.），*The Study of Folklore*，Englewood Cliffs：Prentice Hall，1965，p. 4.
③ 万建中：《民间文学引论》，北京大学出版社 2006 年版，第 25 页。

学是劳动人民的口头创作，它在广大人民群众当中流传，主要反映人民大众的生活和思想感情，表达他们的审美观念和艺术情趣，具有自己的艺术特色"①。进入 21 世纪后，刘守华、陈建宪则认为："民间文学是一种民族集体创作、口耳相传的语言艺术。它既是该民族人民的生活、思想与感情的自发表露；又是他们关于历史、科学、宗教及其他人生知识的总结；也是他们的审美观念和艺术情趣的表现形式。"②如果对比这两则相距二十多年的概念界定，可以发现学者们对于民间文学的认识并没有太大的差别，他们都分别从民间文学的口头性、传承性、艺术性及社会功能与价值方面对民间文学这一概念进行了界定。

至于文化概念的界定，却是个复杂的问题。不同学科的学者对文化往往有着自己的认识。如英国人类学家 E. B. 泰勒认为："文化或文明，就其广泛的民族学意义来讲，是一复合整体，包括知识、信仰、艺术、道德、法律、习俗以及作为一个社会成员的人所习得的其他一切能力和习惯。"③马林诺夫斯基则认为："文化是指那一群传统的器物，货品，技术，思想，习惯及价值而言的，这概念包容着及调节着一切社会科学。我们亦将见社会组织除非视作文化的一部分，实是无法了解的。"他还进一步把文化分为物质的和精神的，即所谓"已改造的环境和已变更的人类有机体"两种主要成分。④美国人类学家克罗伯（A. L. Kroeber）和克拉克洪（C. K. Kluckhoh）在《文化：一个概念定义的考评》一书中，共收集了世界上著名的人类学家、社会学家、心理分析学家、哲学家、化学家、生物学家、经济学家、地理学家和政治学家们对文化所做的定义，一共有 166 条之多。⑤因为文化

① 钟敬文主编：《民间文学概论》，第 1 页。

② 刘守华、陈建宪主编：《民间文学教程》，华中师范大学出版社 2002 年版，第 5 页。

③ ［英］爱德华·泰勒：《原始文化》，连树声译，广西师范大学出版社 2005 年版，第 1 页。

④ ［英］马林诺夫斯基：《文化论》，费孝通译，华夏出版社 2002 年版，第 2 页。

⑤ A. L. Kroeber & C. K. Kluckhohn, *Culture: A Critical Review of Concepts and Definitions*, Peabody Museum of American Archeology and Ethnology, Harvard University, 1952.

概念的界定是多样而复杂的，这样看来，在弄清楚了文化概念后再去探究双方的关系似乎不大可行。幸运的是，"一般文化模式"观念的提出，为这个问题的解决提供了可能性。

美国人类学家克拉克·威斯勒（Clark Wissler）在广泛研究世界上的各种文化后发现，不论何种文化，其组成部分均有相同之处，也就是说这种相同的文化构造适用于任何一个民族的文化。他把这种文化构成称为"一般文化模式"（Universal Pattern of Culture），包括以下九个方面：①语言，包括语言、书写体系等；②物质性特征，包括饮食习惯、栖息地、运输与交通、服装、用具工具、武器、职业与产业；③艺术，包括雕塑、绘画、图画、音乐等；④神话与科学知识；⑤宗教活动，包括礼仪仪式、疾病治疗、丧葬；⑥家庭与社会制度，包括婚姻形式、识别亲属的方法、继承权、社会管理、体育与运动；⑦财产，包括动产及不动产、价值标准与交换、贸易；⑧政府，包括政治形式、司法与法律程序；⑨战争。① 按学界通行的划分方法，威斯勒的"一般文化模式"中的"语言"可视为信息文化；"物质性特征"可视为物质文化，"艺术"和"神话和科学知识"同为精神文化；"宗教活动"是精神文化的组成部分；"家庭和社会制度"属于制度文化；"财产"涉及交易的部分属于物质文化，涉及继承的部分则属于制度文化；"政府"无疑是制度文化；"战争"身兼双重属性，兵器等以物质属性为主的发明创造自然属于物质文化，兵法谋略等以精神属性为主的也当归入精神文化一类。鉴于下文还将对缅族民间叙事文学的制度语境进行专题性探讨，故本部分只对威氏"一般文化模式"中的语言、物质性特征、艺术、神话与科学知识、宗教活动、涉及交易的财产部分和以物质属性为主的战争七个方面展开讨论。

---

① ［美］克拉克·威斯勒：《人与文化》，钱岗男、傅志强译，商务印书馆2004年版，第70—71页。

二 缅族民间叙事文学与缅族文化的关系

根据威斯勒对一般文化模式的分类，我们可以对缅族民间叙事文学与缅族文化的关系进行探讨，如下：

（一）语言方面

在语言层面，民间叙事文学与缅甸文化的关系主要体现在：一是与作家文学的关系；二是与文化传承、教育和历史等方面的关系。

文学是文化的重要组成部分。文学包括民间文学和作家文学两部分，民间文学属于大众文化，作家文学属于精英文化。就创作及传播媒介而言，民间文学主要表现为口头特征，精英文学则具有文字特征。缅族的民间叙事文学是以口头缅甸语作为创作及传播媒介的口传文学。这和其他地区和其他民族的民间文学一样，是由民间文学的口头性所决定的，正如钟敬文所言："口头性是民间文学的显著特征之一，在文艺学常常把区别于作家书面文学的民间文学称作'人民口头创作'或'口传文学'，就是因为它有口头性这个明显的特征，凡是在民间通过口头创作并传播的作品，都具有这个特征。"[1] 缅族的民间叙事文学主要是通过口头缅甸语创造和传播的。当然，在漫长的历史长河中，众多的缅甸民间叙事文学作品也被诉诸文字加以收录，但文字只起到辅助性的作用，并不是主要方式。千百年来，缅族的民间叙事文学为该民族的作家文学提供了丰富的题材和无数经典形象。比如，被誉为中南半岛最好的史书——《琉璃宫史》是缅甸的散文体文学典范，该书"至少有三分之一的内容是根据缅甸历史传说编撰的"[2]。该书就收录了上文中提到的貌宝鉴、骠绍梯、亚德觉王、摩诃丹婆瓦、素拉丹婆瓦等缅族民族始祖的传说。又如，《亚扎底律战

---

[1] 钟敬文主编：《民间文学概论》，第240—241 页。
[2] 姜永仁：《缅甸民间文学》，见陈岗龙、张玉安等《东方民间文学概论》（第三卷），第384 页。

斗史》①里也记录了不少关于江喜陀、德彬瑞梯、亚扎底律、拉贡恩和德门巴仰等民族英雄的传说。再如，缅甸学者吴坡迦创作的《缅甸荣誉历史读本》里的历史短篇小说《勃印囊》也收录了上文提到的《德彬瑞梯与勃应囊》传说。可以说，缅族人民"把千百年来创造的语言和真挚、优美的诗句给予了作家；人民所创造的各种口头文学体裁，给作家准备了活泼多样的创作形式；人民创作的内容又为作家文学提供了无限丰富的题材；更重要的，人民伴随着历史，在自己口头创作中塑造了各种英雄形象及反面教员，给作家提供了创造典型的宝贵材料"②。此外，当表演者把从书上看来的故事转换为口头文学进行表演时，也对作家文学起到了保护及传播的作用。

民间文学与文化传承、教育和历史有着紧密的关系。缅族民间叙事文学是缅族人民早期生活的百科全书，是缅族先民们对客观世界的解释，包含着许多符合客观情况的历史、地理、军事、医学、习俗等方面的经验和知识，通过讲述和传承，这些经验和知识进入到缅族民众的记忆之中，有意或无意中指导他们的生产、生活，使得他们不需要再花费时间，经过亲身实践重新去发现或发明这些经验和知识。民间文学的讲述和传承对儿童来说尤为重要，因为民间文学是实施儿童教育的一种重要、有效的工具，可以使他们获得丰富的经验和知识。除上文提到的为作家文学提供了丰富的题材和无数经典形象外，缅族的民间叙事文学还是他们的"口传历史"，记载了许多宝贵资料特别是史前资料以及各个时期的部分缅族人民的生活资料，这是文献记载所缺少的，也是他们区别自己人与外来人的文化符号，除会说同种语言，有着相同信仰外，更重要的是会说同一类传说的人才是"自己

---

①　《亚扎底律战斗史》是东吁王朝时期孟族学者彬尼亚达拉大臣（1518？—1582）根据孟文《亚扎底律斗争史》翻译而成，详细记述了四十年战争期间（1385—1424 年）勃固亚扎底律王与阿瓦王明基苏瓦绍基之间的争霸历史。该书与《汉达瓦底白象主征战史》《良渊王征战史》《阿郎帕耶征战史》《定尼亚瓦底征战史》合称"缅甸五大征战史"。

②　钟敬文主编：《民间文学概论》，第 71 页。

人"，否则便是"外来人"。从这个意义上来说，民间叙事文学是缅族民间文化中带有遗传信息的 DNA。

（二）物质性特征方面

缅族的多则民间叙事文学作品反映了当地民众的饮食习惯。如佛本生故事《小时偷针大时偷牛》提到王子因偷吃芝麻，被迪达教授责打而心怀愤恨，敏东王幼年时也因偷吃干鱼，被师傅责打后却能坦然面对；大德高僧传说《八莫法师与彦彬法师》提到彦彬法师因吃槟榔而发高烧；纳特传说《墓地守护神玛派娃》说貌山迈因吃生鱼肉而失心疯；民族英雄传说《德彬瑞梯和勃印囊》说勃印囊的父母搬到南方后以炼制、售卖棕榈糖为生；生活故事《用稻穗打比方的故事》反映了缅族群众对水稻的熟悉；动物故事《鸡家庭》有小鸡们央求鸡妈妈给做糯米糕，鸡妈妈吩咐小鸡们到树林里拾柴火，小鸡们遇到了大野猫的情节；《愚蠢的猴子》里松鼠偷吃油炸粿得逞，猴子仿效却丢了性命；《装死的兔子》与之类似，也说机灵的兔子骗到香蕉，愚蠢的兔子却招来杀身之祸；《有学位的兔子》讲述了一则因鱼引起的纠纷，兔子凭借智慧吃到了肥美的鱼身；《城里的乌鸦和乡下的乌鸦》里两只乌鸦比赛谁能偷到船夫挂在桅杆上的肉干，城里的乌鸦声东击西，诡计得逞；谜语故事《东吁一带的谜语》提到缅族民众有煮粥及用大米做点心的习惯；民间笑话《贤惠的妻子杜芭达》反映了缅族民众有喝茶及吃油炸食品的习惯；《酒鬼学者》提到喝酒；《斧子稀饭》提到煮稀饭；《菠萝蜜怎么吃》则反映出菠萝蜜是当地的常见水果；民间逸闻《吴波吴故事：南诏国王的鼻孔》和《南诏国王的鼻孔》提到吃空心菜和油炸蟋蟀；《戏弄国王的貌迪》的两篇异文提到芝麻；《坡杜多吴敏》说国王蘸着油浸的煮豆喝稀饭；《坡加奔掏蜂巢》说坡加奔在掏蜂蜜时手被砍断；《欣琼村民的绰号》则说吴波用米粉招待前来贺喜的乡亲。尽管这些细节只是缅族民间叙事文学中的细枝末节，但却为故事增添了不少生活气息，有的甚至承担着故事情节向前发展的功能。民以食为天，缅甸民间叙事文学中关于饮食习俗的大量细节无不印证了这一亘古不变的道理。缅族的民间叙事文学作品反映出缅族群众以大米为主食，菜肴多取材种在田边地角的蔬菜或取自山林小溪的鱼类昆虫，他们善于用稻米和糯米制作小吃，习惯用棕榈糖调味，喜欢撒上芝麻等香料，享用着香蕉、菠萝蜜等热带果实，喜欢喝茶，酷爱油炸食品，有嚼槟榔的习惯。在他们的饮食习俗中丝毫看不到小麦、面包、咖啡、牛肉等西方饮食元素，呈现出一副典型的东南亚饮食特色。

　　缅族的民间叙事文学为我们描绘了该民族的栖息地。本书中的民间叙事文学作品广泛采录于缅甸的太公、蒲甘、彬牙、实皆、阿瓦、东吁、勃固、瑞波、阿摩罗补罗、曼德勒、勃生、马圭和仰光等地，这些地区是缅族的传统聚居地，即所谓的缅甸本部。当然缅甸本部是一个带有殖民地色彩的称呼，该词产生于英国殖民统治缅甸时期（1852—1948 年）。英国殖民者为了有效控制缅甸，把缅甸分为缅族居住的"本部"和少数民族居住的"山区"两部分，对缅族和少数民族采取不同的政策，以此来挑拨缅族和少数民族之间矛盾和对立，具体标志是 1935 年英国政府颁布的《缅甸政府组织法》，该法案"规定掸人、钦人、克钦人等山区少数民族聚居地被划为'特区'，由英国总督直接管辖"①。可见，缅甸本部是一种人为的划分方法，指缅甸缅族的主要聚居地区。缅族的民间叙事文学除了宏观地勾勒出缅族的聚居地外，还微观地反映了他们的村社结构和房屋特点，如几乎所有的佛教圣迹传说都反映出缅族群众有造塔建寺的热情，所谓"村村有佛塔，寨寨有佛寺"。缅族地区的佛塔多为砖石结构，《当布雍二神》《当布雍神会》传说里的瑞品基、瑞品尼两兄弟就因在造塔时违背圣旨，没有为建造佛塔出自己的一份力，而惨遭酷刑，含冤而死。佛塔

---

① 何跃：《论二战后英国对缅甸山区民族的分治政策》，《世界民族》2005 年第 6 期。

佛寺周围则广植菩提、榕树，皆因这些树种是佛陀的化身，神圣不可侵犯，故而广受香火供奉，如阿瓦一带流传的佛教圣迹传说《菩提树》就反映了缅族的这种植物崇拜习俗。与金碧辉煌的佛塔佛寺不同，普通民居则显得低调得多，一般取材于周围环境，用木材或竹子做柱子，围墙则是竹篾做成，屋顶上盖着茅草来遮风挡雨，所以每年都需要割茅草换屋顶。《兔子尿尿》《兔子和老虎》就很好地反映了缅族的这些民居特点。与中国的"四合院""三房一照壁""四合五天井"等民居样式不同，缅族的民居样式多为高脚屋，上层住人，下层养牲畜或堆放农具，皆因当地炎热潮湿，毒蛇横行。笑话《"得喔"来了》、谜语故事《东吁一带的谜语》就很好地体现了这些特点。

　　缅族的民间叙事文学全面地为我们描绘了当地的交通运输状况。缅族聚居的地区河网密布，伊洛瓦底江、锡唐河等河流由北向南贯穿其间，其中，伊洛瓦底江既是缅甸的第一大河流，也是缅甸内河航运的命脉，被缅甸人民誉为"天惠之河"。《亚德觉王与摩诃丹婆瓦、素拉丹婆瓦王子》《貌宝鉴与摩诃丹婆瓦、素拉丹婆瓦两兄弟》等传说说到因摩诃丹婆瓦、素拉丹婆瓦王子两兄弟生下来便是盲人，所以被放到竹筏上，顺着伊洛瓦底江随水漂流。根据这些传说，我们可以推测，缅族群众在很早以前就已经懂得制造和使用竹筏了。生活故事《拯救未婚夫的姑娘》中讲到南方富翁之子和北方富翁之女各率500名船员外出经商。虽然故事不等于现实，但民间文学也在一定程度上反映了社会现实，由此可知古代缅族人民的内河航运已颇具规模。在纳特传说《海洋守护神吴信基》《海神吴信基》中吴信基为了挣到剃度的费用，跟随别人出海经商，这一细节反映了古代缅甸人民已经掌握了远洋航行的技术。《战胜中国武士的德门巴仰》描写了德门巴仰高超的马上技艺，由此可知在故事发生的时代，马匹已经是缅族重要的陆上交通工具，在长时间的驯养、使用马匹的实践中，缅族人民练就了娴熟的骑马技艺。《好首领》《真理本生》这两则本生经故事讲菩萨和愚蠢的商人各率领 500 辆牛车外出经商。尽管本生经故事源自印度，里面所反映的文化信息不能完全代表缅甸，加之动物故事《兔子尿尿》和《兔子和老虎》里都讲到兔子和老虎割完茅草后用牛车装着回家，由此可知古代缅族人民已经广泛地使用牛车运输货物了。上述交通工具都是在内燃机还没被发明出来之前，人类利用水力和畜力的交通工具，这说明这些民间叙事文学作品大多产生于近代以前。当然，在部分缅族民间叙事文学作品中也出现了现代化的交通工具，如《人的潜力》中的消防车和《佛陀会来救我的》里的快艇，但毕竟只是少数。

　　缅族的民间叙事文学作品还展现了缅族的服饰。比如，《酒鬼学者》中讲到外国智者与酒鬼猜哑谜，外国学者用手指了指腰间的筒裙，意思是蒲甘国王有没有像每天都要穿筒裙一样地遵守佛法戒律，酒鬼却误会为问他喝了十瓶酒后扎在腰间的筒裙还紧不紧。生活故事《本性难改》则说母狗变的王后本性难改，喜欢叼鞋子。缅族的服饰极具民族特色，不论男女都有穿筒裙和拖鞋的习俗。男子上身穿一种叫作"岱崩"的无领长袖布祥的对襟外套，在正式场合或出席庆典时有戴一种叫作"岗包"的缅式礼帽的习惯。女性上身穿长袖紧身上衣，在正式场合或出席庆典时习惯在胸前披上一条披巾。但正如上文所述，在笔者采录到的缅族民间叙事文学作品中，除了筒裙和拖鞋外，再也找不到其他品类的踪迹，这和民间叙事文学的简洁、直白的叙事特点有关，作家文学会用大量篇幅描写人物的衣着，以凸显人物性格，但民间叙事文学通过第三人称的口吻，主要通过故事结构，而不是细节描写来凸显人物性格。

　　缅族的民间叙事文学中也出现了不少用具和工具。如《马圭妙德隆佛塔的由来》里的床、《富翁的罐子》《德彬瑞梯和勃印囊》里的罐子、《忘恩负义的鄂牟耶》里的盆子、《樵夫和神》和《斧子稀饭》里的斧子、《战胜尘念》里的锄头、《拯救未婚夫的姑娘》里的槟榔盒、

《愚蠢的猴子》和《装死的兔子》里的托盘、《拐杖与老人》里的拐杖等，大多是传统生活中的用具和工具，基本没有第一次工业大革命以后出现的用具和工具，再次印证了缅族民间叙事文学的传统性特色。

在缅族的民间叙事文学里，我们还可以看见兵器的身影。《貌宝鉴》的几篇异文里都提到了宝刀，貌宝鉴用其砍杀了毒龙。《骠绍梯》和《骠绍梯射杀巨鸟》提到骠绍梯用弓箭射杀了大猪、巨鸟、猛虎和飞鼯。《江喜陀逃脱之地》中多次出现了矛。《战胜中国武士的德门巴仰》中也说到德门巴仰沉着应战，用枪将中国勇士挑下马。这些兵器基本都是冷兵器，当然在极个别的民间叙事文学作品中也出现了热兵器，如《高僧佐骠大法师轶事》里的手枪，但这毕竟只是少数。

缅族的民间叙事文学还展现了当地形形色色的职业与产业，如《讼师貌迦班与信乌德玛觉法师》提到了讼师这一职业；《鹿生幼崽皆被虎食》《用稻穗打比方的故事》《战胜尘念》《爸不知，布不知》提到了农业，《愚蠢的猴子》《装死的兔子》里的小商小贩实际上代表了零售业；《好首领》《真理本生》《拯救未婚夫的姑娘》等故事、传说提到了大额贸易和跨国贸易；《瑞佐骠与穆拉客的由来》《宝藏守护神瑞佐骠》《四个好朋友》《胆小贫穷，胆大封王》《城里的乌鸦和乡下的乌鸦》等传说、故事中则提到了捕鱼业，其中既有内河捕鱼业，也有远洋捕鱼业；《貌丁岱》《家神的由来》中提到了冶铁业，《茵岱村的摇篮曲》提到了金箔制造业；《忘恩负义的鄂牟耶》提到了服务业，故事中的老两口以替人洗衣服为生；《鬼拔牙》提到了打短工；《不生气，但牛尾巴断了》提到了扛长工；《樵夫和神》提到了伐木；成语故事《大鹏技穷，煮盐捕龙》提到了制盐；《东吁一带的谜语》提到了裁缝；《愚蠢的猴子》《装死的兔子》《贤惠的妻子杜芭达》《像中国人一样赚钱，像印度人一样攒钱，切莫像缅甸人一样花钱》提到了餐饮业；此外，《贤惠的妻子杜芭达》还提到了算命；《懒婆娘的故事》提到了纺织等。尽管这些民间叙事文学作品没有刻意描写上述的经济行业，但却为我们保留了故事、传说发生时代的经济生活百态。他们有的种植作物，有的砍伐竹木，有的捕鱼拿虾，有的饲养家禽，如此等等，不一而足。因缅甸是一个举国信仰佛教的国度，缅甸人民有着根深蒂固的"业报"观念，故此，在上述经济行业中，最得到推崇的就是农业。成语故事《差之甚远》还告诉我们，除了上述职业外，当地还有着从事戏剧表演的民间艺人，他们丰富着民众的精神生活。而笑话《贤惠的妻子杜芭达》则告诉我们，当地也不乏看相算命的术士，给予民众心理慰藉。

以上诸多方面清晰地展示了缅族民间叙事文学与缅甸物质文化之间千丝万缕的联系。从这个角度来看，缅甸民间文学如同一座口头博物馆，陈列展示了众多的缅甸物质文化样品。

（三）艺术方面

缅族的民间叙事文学向我们展示了众多的缅甸艺术形式。纳特神传说《海洋守护神吴信基》《海神吴信基》中说到吴信基在成神之前是一位音乐高手，擅长演奏弯琴。弯琴即我国的风首箜篌，在缅甸音乐中占有重要的地位，过去演奏弯琴的大师被冠以"天上的音乐家"称号，缅甸的知识分子也都把会演奏和欣赏弯琴作为自己必需的文化修养，类似于中国古代文人"琴棋书画"修养中的"琴"。成语故事《差之甚远》则告诉我们缅甸也有着自己的国粹——缅剧，故事说到碌碌无为的主人公在缅剧团中混了三年之后，仍是一个跑龙套的角色。此外，部分艺术形式对保护和传播民间文学也起着积极作用。比如，钦贡村的村民吴丁山在讲述佛教传说《550 佛本生》时，对佛陀 550 世的转生如数家珍，无一错漏，实在令人惊叹。事实上，当地的寺庙里绘有众多佛本生故事壁画，就连部分佛塔的外观也是以佛陀的转世为形象建造。民众们在如此浓厚的宗教氛围中饱受熏陶，对《佛本生故事》烂熟于心也就不足为奇了。

最值得关注的是纳特传说文本，这些文本原是神婆跳神时唱的韵文体神曲，是缅族民间音乐的重要组成部分。贡榜王朝时期，妙瓦底侯吴萨奉王命编制神榜，还专门向当时的两位音乐大师——吴妙达和吴德祐请教相关神曲与伴舞。① 妙瓦底侯吴萨将这些媚神、娱神的神曲改编为散文体的神史，使得原本只有神婆才会吟唱的神曲变为家喻户晓的传说，祭祀经文也由此走下神坛，进入每家每户。近年来，缅甸拍摄了一部反映蒲甘历史的电影，名为《缅甸记录》，里面就有《梅翁娜娘娘》传说中梅翁娜与哥比亚达缠绵悱恻的爱情故事。这种韵文体—散文体—大众传媒的演变，清晰地勾勒出缅族民间叙事文学与该民族艺术的密切关系。此外，缅族民间叙事文学还具有很高的艺术成就和欣赏价值，这些作品大多经过长期流传，千锤百炼，是缅族群众的智慧和才能的结晶，往往思想精深，内涵丰富。比如，从缅族的故事、神话和传说中我们体会到缅族群众高超的叙事技巧及丰富的想象能力；而成语、俗语、谚语、谜语则让我们体会到缅族群众娴熟的语言运用能力及高度的语言概括能力。

（四） 神话与科学知识方面

缅族的民间叙事文学记载了大量的缅甸民间口传知识，比如神奇故事《飞马》里装了机关的飞马和《三位王子的神奇宝物》中来去自如的飞毯都反映了缅族人民对飞翔的幻想与憧憬，表达了人类征服天空的勇气和决心。动物故事《毛毛虫想要有翅膀》通过拟人化的手法，生动、形象地展示了蝴蝶的生长过程，使少年儿童在听故事的同时也学习到了自然知识。成语故事《鹿角交叉，鼹鼠打洞》、谜语故事《动手动脚的蜘蛛》和笑话《蜥蜴和氐宿》《缅甸斗鸡》也都是通过对动物特性的形象刻画，加深了听众对相关动物的认识和了解。再比如，尽管此次笔者没有收集到缅甸神话，但从记载于《琉璃宫史》中的众多神话中，我们可以了解到缅甸先民对世界的认识观及他们对

---

① ［缅］钦茂丹：《传统神灵信仰与习俗》，仰光：彬瓦雍文学 2001 年版，第 1 页。

真理的探求精神。民间文学品类中，谚语尤其是与天气节令有关的谚语和科学的关系最为紧密，是各民族的先民们千百年来对大自然观察的总结，至今仍在指导人们的生产、生活，由于谚语不在本书的研究范畴之中，故不再展开。但上述例子，已足以使我们得出缅甸民间文学是缅族群众口传知识体系的重要组成部分，同时也是缅甸传统文化口头载体的结论。

（五）宗教活动方面

缅族民间叙事文学向我们展示了缅族社会宗教信仰体系的多样性及复杂性。通过这些民间叙事文学，我们得知当地的民众大多信仰佛教，但他们在念经拜佛的同时也在祭拜纳特神灵，有时还在自觉不自觉中受到婆罗门教的影响。除了这三种宗教信仰外，缅族社会中还存在过或存在着其他一些原始信仰形式，如鬼魂信仰、牺牲祭祀、禁忌迷信、梦兆及解梦以及龙蛇崇拜。这些信仰形式同样是缅甸文化的重要组成部分。《奈巴延佛塔的由来》里的龙女、《佛陀驾临实皆山》《马圭妙德隆佛塔的由来》和《舍利弗尊者和鸯掘摩罗尊者》里的罗刹、《曼德勒山的传说》里的魔女、《八莫法师与德班河》里的符咒、《掸族皇后》里的活人献祭、鄂德比亚系列传说中的"犯贼星"说法等，都印证了这些原始信仰。纳特传说《鹿生幼崽皆被虎食》、宫廷人物传说《诸王的轮回》、历史传说《贡榜王朝世系》《达玛达亚与达玛尼亚那》里充斥着"轮回""转世"的观点。此外，所有的纳特传说无不建立在"人死后精神不灭"的思想基础之上。尽管佛教在缅甸兴盛了一千多年，已经扎根于缅甸的每一个角落，但仍然不能消除这些原始信仰形式对缅甸人民的影响，时至今日，它们仍活跃于缅族人民生活的方方面面，这充分证明上述原始信仰形式仍然是缅族民间文化的重要组成部分。

缅族的多则民间叙事文学作品中也存在着婆罗门教的文化遗存。如《兔王本生》《金兔子王》《帝释天的法水》《八莫法师与德班河》

里的帝释天;《掸族皇后》《贤惠的妻子杜芭达》《吴波吴故事:猜谜》
和《吴波吴的谶语》里的星相。据多数学者意见,帝释天亦称"天帝
释",音译"释迦提桓因陀罗",略称"释提桓因"。"释迦"意为"能",
是姓,"提桓"意为"天","因陀罗"意为"帝",合称"天帝"①,
据佛典传说,释迦牟尼降生时,帝释天化现七宝阶梯,使佛陀从兜率
天降下,并与大梵天在前执拂引路。释迦成道后,他又请释迦到自己
宫中升座说法。《法苑珠林》卷四十三:"帝释在前,梵王在后,佛放
常光,照耀天地。"② 缅甸学者钦苗漆在《十二月季花及节庆》中也谈
到,帝释天并不能永生,也需像人类一样面临着衰老死亡。他靠着勤
修善果而获得巨大福分,拥有四位妻子,周围簇拥着十亿位仙女,终
日享乐无度,结果却怠于修善积德,终要被后面有福之人取代。为此,
佛祖在涅槃之前,赋予帝释天神圣任务:视察佛法在人间的传播以及
信众对佛法的修行情况,帝释天由此就能获得极大之善果。③ 据此可
知,帝释天源于婆罗门教吠陀中的雷神因陀罗,后被佛教吸收为护法
神。至于缅族群众热衷看星相,也是源于婆罗门教的影响。姜永仁在
《婆罗门教、印度教在缅甸的传播与发展》一文中就谈道:"婆罗门教
的星相占卜术对缅甸人影响较深,至今缅甸人仍然十分相信占卜术,
占卜术仍然盛行于缅甸社会的各个角落,甚至影响到缅甸的政治领
域。"④ 正因如此,我们能在多则缅族民间叙事文学作品中找到这些婆
罗门教的文化遗存。

　　当然,缅族的民间叙事文学更多地受到了佛教的影响。自 1057 年
蒲甘国王阿奴律陀从直通迎取了巴利文三藏经并把上座部佛教立为国
教后,佛教教义深入人心,佛教文学大行其道。"由于上座部佛教在

---

① 鲁刚主编:《世界神话辞典》,第 664 页。
② 华夫主编:《中国古代名物大典》(下),济南出版社 1993 年版,第 706 页。
③ [缅] 钦苗漆:《十二月季花及节庆》,茉莉亚·温译,仰光:孔雀书局 2004 年版,第
24—25 页。
④ 姜永仁:《婆罗门教、印度教在缅甸的传播与发展》,《东南亚》2006 年第 2 期。

缅甸广为传播，其佛教教义及学说渗透到缅甸上层建筑的各个领域。缅甸的文学、艺术、建筑和社会习俗都带有浓厚的佛教色彩；佛教的'四真谛''八正道''五戒''十戒'成为古今缅人共同遵守的道德规范"①。上座部佛教对缅族民间叙事文学的影响主要表现在：一是为缅族的民间叙事文学提供了取之不尽、用之不竭的创作元素。数量众多的佛教传说就是这一影响的证据。其中，本生经故事对缅族民间叙事文学的影响最为深远。上文曾提到，本生经故事原本就来自印度民间故事，由于生动活泼、寓意深远，所以僧侣们在弘佛时常借用它们来传经布道，传统的寺院教育也把它们作为教材，使得这些故事家喻户晓，妇孺皆知。缅族群众在民间叙事文学创作及讲述活动中自然就会将其作为模仿的范本和创作的素材。二是为缅族民间叙事文学奠定了审美意识形态和价值取向基础。这主要是由于民间叙事文学是一种特殊的精神文化产品，具有自己的审美价值追求。由于上座部佛教是缅族社会中占据绝对优势的宗教，加之"上座部佛教是缅甸文化的精神内核"②，所以对缅族民间叙事文学的意识形态和价值取向无疑起到了统摄性作用。钟智翔先生认为这一作用具体体现为三方面：一是上座部佛教的哲学思想影响到了缅族的世界观，对其文化人格的定型起到了至关重要的作用；二是上座部佛教的善恶观影响了缅族的价值取向和道德标准；三是上座部佛教独善其身的涅槃之道决定了缅族文化的性质——公德本位。③ 这也正是几乎每一则缅族民间叙事文学作品都极具佛教色彩的原因所在。此外，从社会语境上来说，缅甸是一个佛教社会，佛寺既是每一个社区的宗教中心，也是当地的教育中心、医疗中心和文化中心，是地方民间文学乃至其他多种地方文化形式产生的发源地。缅族社会中，每一个男性都需剃度，此外还有众多的女

---

① 许清章：《异国风情与文化》，第 131 页。
② 钟智翔：《缅甸语言文化论》，军事谊文出版社 2002 年版，第 252 页。
③ 钟智翔：《缅甸语言文化论》，第 252—253 页。

性剃度为比丘尼，他们在剃度后的主要工作之一就是熟读佛教经典，所以对佛教文学无不耳熟能详，僧侣及曾经剃度的民众往往在传承民间文学方面发挥着重要作用，我们从缅族民间叙事文学作品讲述人的身份及经历就可看出这一端倪。

上文提到，缅族民间叙事文学展示了缅族社会宗教信仰体系的多样性及复杂性。这种多样性和复杂性是上座部佛教与原始宗教信仰、婆罗门教在长达一千多年的岁月里无休止的斗争、妥协、融合的产物。在原始社会时期，缅族人民和其他民族一样有着万物有灵的思想。他们认为，世间万物，不论是山川溪谷，还是树木岩石都有着某种神灵，使得它们具有生命现象。由此，缅甸先民形成和发展了诸如鬼魂信仰、牺牲献祭、禁忌迷信等信仰形式。至于纳特神崇拜则是原始宗教与婆罗门教、佛教相互影响的混合体。最充分的证据就是，当缅甸人民接受了婆罗门教及佛教的宇宙观后，把原本分散的、不成体系的各路纳特神排成完整的体系。缅甸的纳特神信仰也因此经历了自然神灵、婆罗门教纳特神、[1] 佛教 37 纳特神、[2] 内 37 纳特神[3]及外 37 纳特神[4]的发展阶段。原始的自然神灵在与异文化的碰撞融合过程中，完成了吸收—消化—发展的过程。与其他宗教相比，虽然佛教传入缅甸的时间较晚，但因佛教教义符合了当时缅甸社会的

---

① 婆罗门教纳特神指的是缅甸从万物有灵信仰到神灵信仰发展过程中，从婆罗门教中吸收的神灵。缅甸一向有五大纳特神之说，指的是从婆罗门教吸收过来的五位神灵。尽管在缅甸的各个历史时期，这五尊纳特神的构成名单不尽相同，但加起来一共只有九位，分别为：帝释天、日神、毗湿奴、室犍陀、阿耆尼、萨蒂、辩才天女、欢喜天及黑天。其中，帝释天既是婆罗门教主神，也是佛教护法神。

② 佛教 37 纳特神指的是佛经里记载的 37 神。分别为：因陀罗（即帝释天）、月神、海神、骨骼之神、梵天、檀香木神、性欲之神、多闻天王、树神 9 位大神加上统帅天兵天将的 28 位神明（这 28 位神明皆各有名讳）。

③ 内 37 纳特神指的是蒲甘王朝阿奴律陀王下令悬挂于蒲甘瑞喜宫佛塔围墙内侧墙上用于护卫该塔的 37 位神灵。

④ 外 37 纳特神指的是从蒲甘王朝前期直至东吁王朝时期形成的 37 位缅甸本土民族神。外 37 纳特神来自对死者灵魂的崇拜。这些神灵大多是缅甸 13—17 世纪存在过的历史人物，各有其不同的缘由和典故。每尊神都附带着一种习俗，常在一定的时间和地点朝拜。

需要，因而得到封建王朝的支持。如英雄人物传说《江喜陀王》[①]说道，"江喜陀王是佛教的护法王，他爱护佛教如同爱护日月一样。他修建了无数的佛塔及寺庙"。根据历史记载，公元11世纪，阿奴律陀王迎请南传上座部佛教及巴利三藏至蒲甘弘法。[②]此后，南传上座部佛教在缅甸生根发芽，对缅甸文化的方方面面产生了巨大的影响。时至今日，缅族人民不但虔诚地遵守着佛教的"三皈五戒"，还不断地创造出包括民间叙事文学在内的文学作品，以此来宣扬佛教教义，培养人们的佛教伦理观念。

缅族民间叙事文学还告诉我们，尽管历代的缅甸封建王朝不遗余力地要把缅甸建设成为佛教国度，但部分百姓却表现得却并不十分热衷，以至于出现了《酒鬼学者》这样的笑话。这则笑话说到蒲甘的酒鬼在回答前来蒲甘挑战的外国智者的哑谜时，把外国智者关于蒲甘国王遵守佛教戒律的所有哑谜统统回答为自己如何喝酒，使得严肃的佛教戒律和喝酒——这一违反佛教戒律的行为——对应起来，包含戏谑意味，让我们体会到统治者与普通百姓在宗教问题上的矛盾和冲突。事实上，这种矛盾和冲突最后在佛教及原始宗教、统治者及民众的相互妥协，相互让步中得到平息。根据历史记载，蒲甘王朝阿奴律陀国王下令把卜巴山上的纳特神像统一挂到瑞喜宫佛塔的围墙上，并敕封佛教护法神帝释天为众纳特神之首。这样做意味着把原本是最高神祇的纳特神降为佛教的护法神，且排在帝释天之后，地位当然不能与佛祖、菩萨及众罗汉相提并论了。

（六）财产方面

巧媳妇故事《贤惠的妻子杜芭达》告诉我们，在缅甸农村地区，牛是农民们主要的财产。此外，多则缅族民间叙事文学作品传达出了

---

① 讲述人：杜珊丁，讲述于2008年4月1日。
② 净海：《南传佛教史》，第5页。

缅族群众的财富观。比如,《有教育意义的故事:两兄弟》《女孩和巫婆》《仙人和村民》等传达了勤劳、节俭和宽厚是获取财富的正道;窃取他人财物和吞没他人寄存之物则是非法所得。《大盗鄂德比亚》里的鄂德比亚虽然取财无道,但因其劫富济穷,所以深得社会底层民众的欢迎。至于笔者收录到的缅族民间叙事文学作品中没有太多的关于财产方面的记录,主要是由于缅族文化建构在佛教文化之上,佛教历来宣扬布施,不主张积蓄过多财产。在佛教思想的长期影响下,缅族人民养成了乐善好施的民族性格,他们不重今生,只重来世,热衷积蓄的并不是金钱和土地,而是能使自己摆脱轮回的苦海,来世升入天堂的善果。为此,他们一旦有多余的财产就不遗余力地向寺庙布施,故而对财产养成了一种漠视的态度,比如,《梅努王后蒙难记》《梅努王后》《国王的懊恼》等故事传说中都以布施与否作为衡量故事中人物功过是非的标准。

(七) 战争方面

缅族的民间叙事文学记录了很多缅甸历史上发生的战争。如纳特传说《梅翁娜娘娘》《当布雍二神》系列传说及人物传说《江喜陀王》等都从不同角度反映了蒲甘王朝时期阿奴律陀挥师南下征服南方孟人国家勃固的战争;历史传说《亚扎底律和拉贡恩》《战胜中国武士的德门巴仰》为我们留下了缅甸南北朝时期北方阿瓦与南方勃固之间爆发的"四十年战争"的珍贵史料;《德彬瑞梯和勃印囊》则通过德彬瑞梯和勃印囊的不平凡出身,以此衬托这两位建立和拓展缅甸历史上第二个封建统一帝国——东吁王朝君主的伟大与不平凡。

此外,缅族的民间叙事文学还向我们展示了缅族人民的伦理道德和价值观念,比如赞美忠诚、智慧、团结、勇敢和牺牲自我,提倡自足,厌恶贪婪等,这些都是缅甸文化的精髓。

从以上论述中,我们可以得出如下结论:缅族民间叙事文学是缅族文化的组成部分,它从缅甸文化中既汲取资源又回过头来对缅族文化施加影响，两者之间的关系是相互联系的，是双向的。缅族的民间叙事文学能为我们提供很多重要的缅族文化研究的线索，有助于揭示缅族文化的特征，使我们能更加全面而准确地把握缅族的文化传统、民族心理、价值观念及伦理道德，有助于我们从另一个侧面剖析缅甸对待当今世界出现的诸多事物所持有的不同态度与观念。从这个意义上来说，缅族民间叙事文学研究的价值不言而喻。

第二节　意义语境下的缅族民间叙事文学

鲍曼指出："文化语境的根本点在于如何去理解文化，换句话说，就是为了理解民俗事项的内容、意义及要点，我们需要掌握该民俗事项所在的文化及社会里的哪些知识及讯息，才能正确地理解该民俗事项的意义，正如该文化区人们所理解的一样。意义语境（context of meaning）就是从文化意义的角度来看，当地民众生活中的哪些要素被有选择性地转换成为民俗事项，这些要素能体现当地文化的结构及联系；此外，有哪些信仰和价值观体系，反映出看似毫不相关的事件之间的内在联系，它们或是相互影响或是相互作用；或是互为动机或是互为选择；或是互相吸引或是相互排斥，或是互为象征或是互为隐喻。此外，还包括语义维度上的要素，上述要素使民俗事项变得具体，有助于展示及解释民俗事项。"①

林继富、王丹对此加以解释为，"人们在阅读民俗时，常常会发出这意味着什么的疑问，于是就需要了解它的来龙去脉。因此，理解某一民俗事项的内容和意义必须具有的知识和信息就属于意义语境的范畴。如人们的生活方式、信仰、价值观、符号等关系。民俗的理解

---

① Bauman, Richard, "The Field Study of Folklore in Context", in Richard M. Dorson (eds.), *Handbook of American Folklore*, Bloomington: Indiana University Press, 1983, p. 363.

包括了民俗的享有者、传承者和参与者，如果要全面认识民俗的意义，那么民俗生存和流传的共有知识就成为理解的基础，这个基础就是地方文化传统。"①

以上观点告诉我们，意义语境指的是理解某一民俗事项必要的知识和信息。事实上，民俗事项所在文化区域里的民众由于具备相关的基本知识和理解力，所以能够懂得和明白该民俗事项的内容及其意义。但对异文化读者而言，则可能对这些符号和意义系统感到陌生。由此可见，意义语境对理解民间口头文学研究有着重要的意义。缅族民间叙事文学中的一些母题，如龙蛇崇拜和纳特崇拜，是一些古老风俗习尚的遗存，由于其产生的文化土壤早已变迁，今天看来着实令人匪夷所思，但当我们将其还原到民俗语境中，其意义便昭然若揭。

一 龙蛇崇拜②

上文提到，缅甸的多则神奇故事是"蛇郎"故事的异文，且都反映了缅族群众对蛇的崇拜，如《蛇王子》《玛兑蕾姑娘》和《大苍鹭》。事实上，蛇崇拜是一种流传范围很广的图腾崇拜，比如，印度尼西亚巴厘岛有供奉蛇的蛇舍；印度各地建有蛇庙；西非的蒂夫族将蛇视为神灵，他们不但在衣服上织上蛇的条纹，还在身上文上蛇的图案；意大利的酋洛市每年都要过"蛇节"，节日这天，家家户户放蛇，任其到处爬行。中国就更不用说了，我们的始祖神伏羲女娲据说就是人首蛇身，百越族群历来有崇拜蛇的习俗，闽粤人以蛇为图腾由来已久，东汉许慎《说文解字》中说："闽，东南越，蛇种。"③ 西瓯骆越后裔侗族人则忌吃蛇，遇干旱和虫灾之年，都要抬着用藤条编织成的

---

① 林继富、王丹：《解释民俗学》，第 176 页。
② 寸雪涛：《从民间文学看缅甸、老挝的龙蛇崇拜》，《广西民族大学学报》（哲学社会科学版）2017 年第 5 期。
③ （汉）许慎：《说文解字》（下册），九州出版社 2001 年版，第 789 页。

大花蛇漫游田峒，俗称"舞草龙"①。

关于蛇图腾与龙崇拜之间的关系，学界大致有以下两种观点，一是中国的龙崇拜是一种以蛇图腾为前身，结合水神崇拜而形成的灵物崇拜，比如李埏先生认为在我国原始社会的母系氏族公社时代，曾经流行过图腾崇拜，蛇图腾是其中主要的一种。蛇图腾之所以兴起和发展，是由于人们对蛇和水旱灾伤的畏惧，并把两者不正确地联系起来。随着社会的发展，到母系氏族公社行将结束之时，图腾崇拜也逐渐衰竭。图腾蛇神开始向祖先崇拜和灵物崇拜分化。进入父系氏族公社以后，以蛇图腾为前身的灵物崇拜便定型成了龙崇拜。由于人们和水的关系更加密切，以及对水这种自然力量的不理解，龙于是完全成了水的化身——水神。到农业生产发展起来，水的作用更为重要，龙崇拜也就更发展。在古代传说中，三皇五帝以至大禹，无不和龙有关系。在殷墟卜辞中，龙也是重要的百神之一。总而言之，它是我们先民在和自然作斗争的过程中，水的问题在意识形态上的集中反映。② 二是认为鳄崇拜与蛇崇拜整合造就了龙的形象，比如，农学冠先生就持有这种观点，他认为"百越蛇图腾的源起，根本上也就是出自对鳄鱼的恐惧""就岭南地区蛇郎故事内容和古代习俗渊源考查，鳄郎形象应该是故事的原型"③。同时，农学冠先生也同意龙崇拜中含有水神信仰的因素，他指出："鳄郎管水，与水栖动物密切相关。"④ 尽管上述两种观点不尽相同，但可以肯定的是蛇图腾是龙崇拜的原型之一。

中国的龙崇拜是由蛇图腾演变而来的，缅甸是不是也是这种情况？

---

① 陈维刚：《广西侗族的蛇图腾崇拜》，《广西民族学院学报》（哲学社会科学版）1982年第4期。

② 李埏：《不自小斋文存》，云南人民出版社2001年版，第478页。

③ 农学冠：《蛇郎故事的原型及鳄（龙）崇拜》，《广西民族学院学报》（哲学社会科学版）2000年第1期。

④ 农学冠：《蛇郎故事的原型及鳄（龙）崇拜》，第69—70页。

要回答这个问题，我们首先要看缅甸历史上有没有过龙崇拜，答案是肯定的。英国学者哈威所著《缅甸史》中谈到，缅甸在 11 世纪以前，所信奉的阿利教（Ari）有祭龙之风。① 另据成书于 19 世纪初的《琉璃宫史》记载，缅甸蒲甘王朝的胡瓜王——良吴苏罗汉在当上国王后，将自己的瓜地改成一优美的大花园，并塑造了一大龙雕像，他认为龙比人更高贵，且神通广大，拜之必有大福。② 此外，上文已述及，《琉璃宫史》里还记载了一则脍炙人口的神话《三个龙蛋》，提到缅甸人和中国人的先民皆产自龙蛋。③

根据以上记载，我们可以得知，缅甸历史上不但有龙崇拜，而且还一度蔚然成风。需要指出的是，缅文版的《琉璃宫史》里称呼龙为"那伽"。"那伽"一词，系梵文 Naga 音译，意为龙。那伽是一种长身、有鳞、无足的畜类，为蛇类之长。也就是说，这和中国的龙图腾的形象还是有一定区别的，前者为佛典里的八部众之一，后者为源于蛇图腾的灵物崇拜。既然如此，又回到了上文提到的问题，即缅甸的那伽是否和中国的龙一样，都是从蛇图腾演化而来的？笔者认为，要回答这个问题，不能不考虑佛教因素。

众所周知，缅甸是一个佛教国度，自公元 1044 年蒲甘王朝阿奴律陀登基为王并把南传上座部佛教定为国教后，在历届国王的支持下，历经千余年发展，佛教教义深入人心，对缅甸社会的方方面面产生了深远的影响。在佛教势力的涤荡下，包括龙蛇崇拜等在内的原始信仰除了能在民间文学中找到只言片语外，已难寻踪迹。也就是说，光从缅甸现有的资料中已经很难找到上述问题的答案。为此，我们有必要把眼光放到与缅甸拥有相似地理位置、相同文化背景和同一宗教信仰

① ［英］戈·埃·哈威：《缅甸史》，姚梓良译，商务印书馆 1973 年版，第 43 页。
② ［缅］蒙悦逊多林寺大法师等：《琉璃宫史》（上卷），李谋等译注，商务印书馆 2007 年版，第 187 页。
③ 参见［缅］蒙悦逊多林寺大法师等《琉璃宫史》（上卷），第 160—161 页。

的其他国家。凑巧的是，缅甸的近邻——老挝也有那伽的传说。据玛哈希拉·维拉翁著的《老挝史》记载，很久以前，在今天中国四川省内紧靠群山的湄公河谷（及澜沧江）的某个地方住着一个群体。其中有一位妇人，生有八个儿子。一天，妇人到湄公河里打鱼，触到了迎面漂来的一棵树干。从那以后，妇人就怀孕并生下了第九个儿子。当第九子长到可以走路的时候，妇人又带着孩子们到河边打鱼，一条那伽游了过来，问道："我的儿子在哪里？"慌乱之中，妇人喊了一声："九龙"，便与其他儿子夺路而逃。最小的儿子因为太小，跟不上而掉队了。那伽游过来，舐着孩子的后背，认为他就是"九龙"——自己的孩子。后来，当九个儿子都长大成人并娶妻成家后，九龙成为他们当中最聪明的一位，族人因此推举他为族长，即后来佬龙（即佬族）族人尊称的始祖。其兄长们也被尊称为"艾佬"，意为佬龙族的兄长。①

值得注意的是，老挝的九龙传说也出现了"感应怀孕"的母题，这与缅甸和中国的情况类似，但单凭这一点，我们还是很难看到这则传说在佛教传入老挝之前的本来面貌。庆幸的是，中国的古代文献，为我们记载了这则传说的原貌。南宋范晔在《后汉书》里有如下记载：

> 哀牢夷者，其先有妇人名沙壹，居于牢山。尝捕鱼水中，触沉木若有感，因怀妊，十月，产子男十人。后沉木化为龙出水上。沙壹忽闻龙语曰："若为我生子，今悉何在？"九子见龙惊走，独小子不能去，背龙而坐，龙因舐之。其母鸟语，谓背为九，谓坐为隆，因名子曰九隆。及后长大，九隆能为父所舐而黠，遂共推以为王。后牢山下有一夫一妇，复生十女子，九隆兄弟皆以为妻，后渐相滋长。种人皆刻画其身，象龙文，衣皆著尾。九隆死，世

---

① ［老］玛哈希拉·维拉翁：《老挝史》，1957年，第9—10页，转引自黄兴球、范宏贵《老挝佬族与中国壮族文化比较研究》，民族出版社2010年版，第172页。

世相继。乃分置小王，往往邑居，散在溪谷。绝域荒外，山川阻深，生人以来，未尝交通中国。①

在细节上，老挝的"九龙神话"与《后汉书》里的九隆神话在细节上有着一定的区别：前者是"那伽"游了过来问妇人儿子在哪里，而后者则是龙。但就内容而言，老挝的九龙神话的故事发生在今天中国四川省内紧靠群山的湄公河谷（中国段为澜沧江）的某个地方，言下之意，这则故事来自中国，我们由此可以断定老挝的"九龙神话"脱胎于《后汉书》中"九隆神话"。那么是什么原因导致了九隆神话中的龙在老挝的异文中变为那伽？笔者认为这和佛教在老挝的传播有着一定关系。据玛哈希拉·维拉翁著的《老挝史》记载，佛教传入老挝是分多次实现的，第一次是在7—8世纪，从古高棉传入西可奔达地区（今老挝南部地区）。第二次是在召发昂时代，他于公元1353年统一老挝时就主动从柬埔寨正式引进佛教。②《后汉书》成书于南朝刘宋元嘉九年至元嘉二十二年（432—445）间，明显早于佛教传入老挝的时间。可见，这则神话在佛教传入老挝前早已存在，现今老挝流传的"九龙神话"中出现的"那伽"一物，是佛教传入老挝后，对原始神话中的龙的替换，也就是说，佛教传入老挝前，这则神话中化为沉木使妇人有感怀孕的是龙，而非舶来品"那伽"。

泰勒在《原始文化》中提出了文化的两大原则："人类社会中各种不同的文化现象，只要能够用普遍适用的原理来研究，就都可成为适合于人类思想和活动规律的对象。一方面，在文明中有如此广泛的共同性，使得在很大程度上能够拿一些相同的原因来解释相同的现象；另一方面，文化的各种不同阶段，可以认为是发展和进化的不同阶段，

---

① （南朝宋）范晔撰：《后汉书》卷86《南蛮西南夷列传》，中华书局1965年版，第2846页。
② ［老］玛哈希拉·维拉翁：《老挝史》，万象：老挝教育部1957年版，第70—75页。

而其中的每一阶段都是前一阶段的产物，并将对将来的进程起着相当大的作用。"① 泰勒提出的第一个原则可以称之为"普遍性原则"。这种普遍性首先体现为人性的普遍相似性，尽管个体所属的种族和民族各不相同，但人类在心理和精神方面都是一样的，相同的心理和精神活动必然产生相同的文化发展规律。普遍性原则还体现为生活环境的普遍相似性，具有相似生活环境的民族，他们的文化也大体相似。泰勒提出的第二个原则可以称之为"进化原则"。任何文化都是不断发展、逐步进化的。这是因为自然科学已经证明整个自然界是不断发展、逐步进化的，作为自然界一部分的人类社会所拥有的各种文化当然也要遵循这个规律。泰勒的这两个原则为我们以老挝为参照来回答缅甸的问题提供了理论依据。

缅老两国在地理环境、宗教文化、历史发展等方面有着诸多相似：首先，两国同处一个地理单元——东南亚次大陆，有着相似的地理环境，而蛇则是这一地区的常见物种。其次，佬龙族和缅族都不是中南半岛上的原住民，他们的祖庭分别位于中国华南及西北一带，都是在公元初始前后的民族迁徙浪潮中迁徙中南半岛的。② 该时期，华夏民族已经进入封建社会，佬龙族和缅族在迁徙之前及迁徙过程中，都有和华夏民族杂居的历史，难免不受到华夏民族龙崇拜的影响。再次，学界早已证实壮泰民族是世界上最早从事稻作业的民族之一，就连原本属于游牧民族的缅族，当迁徙到中南半岛后，也向孟族学习了水稻耕作技术。而水对稻作业的重要性是不言而喻的，这就为以水神信仰为核心的龙崇拜提供了文化土壤。最后，历史上老缅两国都曾先后把佛教定为国教，缅甸是 11 世纪的阿奴律陀王时期，老挝是 13 世纪澜沧王国的昭发昂时期，佛教对两国的文化艺术都产生了深刻影响，比

① ［英］爱德华·泰勒：《原始文化》，第1页。
② 梁志明、李谋、吴杰伟：《多源　交汇　共生——东南亚文明之路》，人民出版社2011年版，第45页。

如两国的民间口头传统大都取材于佛典及印度两大史诗。作为佛教八部众之一的那伽，便登堂入室，挤掉了原本属于龙的位置，开始频繁地出现在两国的口头传统中。上述种种相似性使得我们有理由相信，缅甸和老挝的那伽，都是佛教传入当地后对原始神话中的龙形象的替换。换言之，在佛教传入缅甸之前，缅甸先民们口耳相传的不是佛典里的那伽，而是龙。由此，我们可以断言，在缅甸、老挝等中南半岛国家，蛇崇拜与"那伽崇拜"的关系，是原始宗教与外来宗教的关系，是原型与替代品的关系。具体而言，缅甸、老挝两国的龙蛇崇拜始于图腾崇拜，后结合水神崇拜演变为灵物崇拜。佛教传入当地后，受佛教的影响，最终形成了今天的那伽崇拜，两国的民间文学作品充分反映了这演化历程。

二　纳特崇拜

纳特传说不但是缅甸特有的文化现象，同时还是区分缅甸文化与其他文化的符号之一。但作为外国人，很难理解这些文化符号。缅族民间叙事文学的意义语境，对异文化读者理解缅甸文化，认识缅甸社会以及缅甸人民的生活有着重要意义。此外，缅族的纳特传说还是一类比较特殊的民间叙事文学类型，源于根植于缅甸文化土壤的纳特崇拜。要理解缅族纳特传说的文化意蕴与社会功能，有必要对他们的纳特崇拜习俗进行了解。

纳特崇拜是缅甸民众的原始宗教，缅甸人将神灵称为"纳特"，故而部分学者也将缅甸的神灵信仰称为"纳特崇拜"。纳特崇拜的基础为"万物有灵"观念。"万物有灵"，又称"泛灵信仰"或"泛灵论"，是一种认为天地万物、自然现象、祖灵皆有其灵魂的信仰及观念。据说最早提出"万物有灵论"一词的是16—17世纪时期的德国化学家、医学家施泰尔，由于英国人类学家爱德华·泰勒在《原始文化》一书中用了七章的篇幅系统地阐述了这一观念，所以也有人认为他是"万物有灵论"一词的提出者。泰勒说:"各种宗教的神灵无非是灵魂观念之上的创造和发展。在探讨全部民族的那些被认为从事宇宙间最广泛活动的伟大的多神教诸神的性格和本质的时候,我们看到,这些强有力的神是按照人类灵魂的形式形成的。我们看到,它们的感情和喜好,它们的性格和习惯,它们的意志和行动,甚至它们的形象本身和物质成分,虽然总是迁就、夸张和曲解,都是在相当大的程度上从人类灵魂那里借用来的标记。世界各民族的最高级的神都是人类自身的反映。"[①] 泰勒还说:"蒙昧人的万物有灵观是以关于灵魂的学说为基础的,这种学说在蒙昧人中较之在文明世界,是在广泛得多的规模上发展的,并且扩大成了更加广泛的关于灵物的学说,这些灵物使宇宙活跃了起来,并且管理它的各个部分。这种万物有灵观逐渐变成人和自然的一般哲学。从这方面,可以把万物有灵观看作是自然宗教的直接产物。"[②] 缅族和其他民族的先民一样,在其幼年时期,由于当时认知经验和科学技术的限制,不可避免地具有灵魂及万物有灵观念。上文提到,缅族的纳特崇拜经历了自然物崇拜、祖先崇拜、婆罗门教神灵、佛教 37 神灵和本土 37 神灵等几个发展阶段。

自然物崇拜是原始宗教的表现形式之一。在原始社会时期,缅族的先民和其他民族的先民一样,在面对诸如风暴、闪电等强大的自然现象的压迫威胁时,抑或在面对如疾病、战争等各种无形的社会力量的压迫时,由于对各个不同领域的普遍无知,不能用自然界的知识解释自己,而是根据自己的知识解释自然界,通过拟人化的方法把灵魂观念广泛地运用到自然界,对他们而言,"太阳和星星,树木和河流,云和风,都变成了具有人身的灵体,它们好像人或其他动物一样地生

---

① 〔英〕爱德华·泰勒:《原始文化》,第 687—688 页。
② 〔英〕爱德华·泰勒:《原始文化》,第 790 页。

活，并且像动物一样借助四肢或像人样借助人造的工具，来完成它在世界上预定的职能。"① 他们认为有一种神秘的无形的力量在支配着人们的身体及社会，世间万物，不论是山川溪谷，还是树木岩石都有着某种神灵，使得它们具有生命现象，因此便形成了抽象的脱离具体事物的神灵观念。同时，这些抽象的神灵又因各种事物而存在。在人们生活的各方面、各个领域便都出现了神灵，神灵主宰着一切，山有山神，水有水神，树有树神，就连一块石头都有灵魂附在上面，人类为了趋吉避凶，都需加以祭拜，由此形成了对自然物的崇拜。在自然崇拜中，一切自然物和自然现象都被赋予灵魂的品质，或善或恶，支配着人的日常生活和最终命运。进入阶级社会后，缅族的先民们加强了对自然物的崇拜，逐渐形成了一系列的自然神，如日神、月神、宇宙神、土地神、风神、雨神、水神、火神、树神等，此阶段是纳特崇拜的第一阶段——泛灵信仰阶段。

当缅族于9世纪中叶迁徙到缅甸本部后，文化上受到了孟族的影响，后者比他们早了2000多年到达缅甸，他们除了接受孟族的祖先崇拜外，还从孟族那里接受了婆罗门教和佛教的神灵观及宇宙观。关于祖先崇拜，贺圣达先生做过深刻的阐述："纳特崇拜是缅甸的原始宗教。在古代骠人、缅人和孟人中，都有纳特崇拜。纳特包括天上的风、云、雷、电和陆上的山、河、湖、树等精灵，但是，并不是所有的保护神纳特都是超自然的精灵，有些是祖先。缅人和孟人中盛行祖先崇拜，每户有一个家族纳特，各种纳特的地位、作用、性质各不相同，有名的三十七个纳特，是一类特别的纳特，也是最具有世俗性的纳特。"② 祖先崇拜同样来自灵魂观念，在原始人看来，祖先的灵魂因为能够给氏族带来平安幸福，因而被作为善神受到人们的尊敬和礼拜。

---

① [英] 爱德华·泰勒：《原始文化》，第285页。
② 贺圣达：《缅甸史》，人民出版社1992年版，第69页。

我们从外 37 神的神榜名单中就能发现一些缅族先民所崇拜的祖先神灵。该组神灵是蒲甘王朝阿奴律陀王下令悬挂于蒲甘瑞喜宫佛塔围墙内侧墙上用于护卫该塔的 37 位神灵。据缅甸学者吴坡迦《37 神》一书记载，内 37 神是：东方持国天王、南方增长天王、西方广目天王、北方多闻天王、帝释天、湿婆、欢喜天、时母、守护三藏经的智慧女神、纺织工等信奉的护身之神、月神、阿拉瓦加魔王、魔罗王、预流果王、不还向果王、南赡部洲守护神、南岛之徽神、南岛幸福神、南岛吉祥神、南岛蒲桃神、南岛之光神、南岛之伞神、南岛克敌神、瑞德梭、瑞卑丁、宫廷之主瑞纽丁、瑞萨加神、蓟罂粟木神、柳安木神、白象之主、鄂瑞丁、鄂内丁、披玛丁、布翁玛丁、布翁丁基、布外萨基等。① 该组神灵中的瑞德梭、瑞卑丁、宫廷之主瑞纽丁、瑞萨加神、蓟罂粟木神、柳安木神、白象之主、鄂瑞丁、鄂内丁、披玛丁、布翁玛丁、布翁丁基和布外萨基等都是缅甸早期的祖先神灵。

纳特崇拜还吸收了婆罗门教的神灵，缅甸自古就有五大神灵之说，所谓五大神灵，指的是从婆罗门教吸收过来的五位神灵。尽管在缅甸的各个历史时期，这五尊神灵的构成名单不尽相同，但加起来一共只有九位，分别为：帝释天、日神、毗湿奴、室犍陀、阿耆尼、萨蒂、辩才天女、欢喜天及黑天。其中，帝释天既是婆罗门教主神，也是佛教护法神。② 此外，后来被纳入内 37 神神榜的湿婆、欢喜天、时母和月神也是婆罗门教神灵，都是从婆罗门教吸收的神灵。

纳特崇拜不但吸收了婆罗门教的神灵，还吸收了佛教的神灵，在上文提到的内 37 神的神榜中，东方持国天王、南方增长天王、西方广目天王、北方多闻天王、守护三藏经的智慧女神、纺织工等信奉的护身之神、阿拉瓦加魔王、魔罗王、预流果王、不还向果王、南赡部洲

---

① ［缅］吴坡迦：《37 神》，仰光：波罗蜜书局 1999 年版，第 12—16 页。笔者注：该部分神名翻译参考了李谋、姜永仁编著《缅甸文化综论》，北京大学出版社 2002 年版，第 55—56 页。
② ［缅］吴坡迦：《37 神》，第 17—35 页。

守护神、南岛之徽神、南岛幸福神、南岛吉祥神、南岛蒲桃神、南岛之光神、南岛之伞神和南岛克敌神都是佛教神灵。

自此，缅甸的纳特崇拜开始出现 37 之说，如：佛教 37 神、内 37 神和外 37 神。[①] 据相关记载，[②] 外 37 神产生于各个历史时期，依次为：

（一）蒲甘王朝前期（167—1043 年）产生的摩诃吉利组神，一共七尊，该组神灵以摩诃吉利神（即大山神）貌丁岱为首，其余六尊为：金脸神（玛妙拉，貌丁岱之妹）、瑞那贝神（貌丁岱之妻）、东班拉神（貌丁岱幼妹）、玛奈密神（貌丁岱侄女、东班拉之女）、信纽神（又名南王，貌丁岱与瑞那贝之子）与信漂神（又名北王，貌丁岱与瑞那贝之子）。摩诃吉利组神的神龛位于高达 1500 米的卜巴死火山上，是缅甸最为重要的一组本土民族神灵。

（二）蒲甘后期（1044—1325 年）产生的十四尊民族神灵，依次为：白伞神、白伞母后神、勃邻马信明康神、瑞品基神、瑞品尼神、曼德勒波道神、信挂神、良钦欧神、明悉都神、旦貌信王子神、明觉苏瓦神、昂苏瓦玛基神、瑞锡丁神和梅道瑞萨加女神。

（三）彬牙王朝时期（1298—1364 年）产生的五白象主神。

（四）阿瓦王朝时期（1364—1552 年）产生的九尊民族神灵，分别是：明德耶基神、貌波都神、西宫娘娘神、昂彬莱白象主神、信恭神、瑞瑙亚塔神、明耶昂丁神、貌明漂神和信道神。

（五）东吁王朝（1531—1733 年）时期产生的四尊民族神灵和一尊外族神灵，分别是：德彬瑞梯神、妙白信玛神、东吁信明康神、丹道坎神和云王神。至此，加上众神之后帝释天，缅甸外 37 神全部形成。

---

① 见第 212 页注释②③④。
② ［缅］吴坡迦：《37 神》，第 36—54 页；另见 ［缅］丁南多《37 神史及传统信仰习俗》第 11—163 页。笔者注：该部分神名翻译参考了李深、姜永仁编著《缅甸文化综论》，第 56—59 页。

　　为何缅甸的神灵以三十七尊计数？三十七这个数字从何而来呢？有的学者认为，实际这并非一个统计数字，而是缅族民众在其长期信仰中所认定的一个吉祥数而已，钟智翔先生在《缅甸研究》一书中提道："三十七在佛教徒心目中为最大至尊之数。在缅族的传统文化中三、五、七、九、三十七是非常吉祥的数字。宗教上三涉及佛、法、僧'三宝'；五与佛教五戒有关；七关乎七位圣人的品德；九预示着佛陀的九项恩德；三十七联系着三十七提善分法。这些对于佛教徒来说是十分重要的。习惯上人们念咒、念揭陀也要三本、七本、九本地念，以取三、七、九之数。所以神榜中把神定为三十七尊也就十分自然了。"[1] 也有的学者认为，三十七这个数字来自佛教的宇宙观，"据说天国有三十二个从属之神，天国便被分为三十二部，每部由一位君主统治。这种观念最早为缅甸南部的孟人所接受，并成为他们心目中理想国的模式，后来发展为三十七部神众。三十七这个数字产生于三十二加一（代表因陀罗本人），再加四，代表四方守护神或四天王，据说他们的领地就附属于因陀罗的天界"[2]。由此可知，三十七这一数字来自佛教是确切无疑的事了。

　　至于纳特崇拜吸收了佛教的宇宙观，最充分的证据就是，当缅族民众接受了婆罗门教及佛教的宇宙观后，把原本分散的、不成体系的各路纳特神灵排成完整的体系。此外，还体现在缅族民众模仿佛教须弥山是宇宙的中心这一观念，把缅甸中部的最高峰——卜巴神山作为山神貌丁岱的道场。在他们的认识中，卜巴山就是纳特世界的中心。在此阶段，带有原始多神教性质的纳特崇拜逐渐向主神或至上神发展，缅族民众把人间的政治结构同神灵殿堂的宗教设计进行类比，幻想着

---

① 钟智翔主编：《缅甸研究》，军事谊文出版社 2001 年版，第 205 页。

② F. K. 莱曼：《建寨始祖崇拜与东南亚北部及中国相邻地区各族的政治制度》，见王筑生主编《人类学与西南民族——国家教委昆明社会文化人类学高级研讨班论文集》，云南大学出版社 1998 年版，第 201 页。

天上的众神也是按照人世政抬机构的等级结构形式安排的，"在那里，一群人的灵魂和一群其他的世上的精灵起着平民的作用，多神教的大神起着贵族的作用，最高的神则起着帝王的作用"①。最高神貌丁岱统帅着各方神灵，这些神灵有一部分是职能神，如海神吴信基、湖泊之神耶银娘娘和农业神崩玛基。这些神灵的出现是社会有目的的创造，或是有益于植物生长、农产丰收，或是保佑出门平安等。另一部分是地方守护神，如瑞品基、瑞品尼是当布雍地区的守护神，南格彦娘娘是勃固地区的守护神，苏蒙拉四兄妹是掸邦的守护神，如此等等。

很多纳特都是通过封建君主的敕封而走上神坛的，比如最先下令把貌丁岱供奉到卜巴山上的是蒲甘王朝前期的国王丁里姜王（344—387 年在位），而使貌丁岱一举成为最高神祇的是江喜陀王（1084—1112 年在位），据《琉璃宫史》记载，江喜陀曾宣称貌丁岱曾多次显灵搭救过自己。② 在蒲甘王朝时期，每年缅历九月上至王公贵族下至黎民百姓都要到卜巴上用牛、猪、鸡等家畜、家禽祭祀山神，民众还把牛头、猪头、鸡头等挂在自家门前的神柱上。这种通过敕封把纳特纳入信仰体系的做法，反映出纳特崇拜是封建统治的产物，封建统治者希望借助纳特及纳特传说对民众的思想进行控制。

纳特崇拜具有复杂性的特点。这种复杂性是缅甸的原始宗教信仰与佛教、婆罗门教在长达一千多年的岁月里无休止的斗争、妥协、融合的结果。与其他宗教相比，虽然佛教传入缅甸的时间较晚，但因佛教教义符合了当时缅甸社会的需要，因而得到封建王朝的支持。随着11 世纪中叶阿奴律陀把南传上座部佛教立为国教，对拥有广大信众的纳特崇拜采取了吸收而非消灭的政策。他下令把卜巴山上的纳特神像统一挂到瑞喜宫佛塔的围墙上，并敕封佛教护法神帝释天为众纳特神

---

① ［英］爱德华·泰勒：《原始文化》，第 771 页。
② ［缅］蒙悦逝多林寺大法师等：《琉璃宫史》（上卷），第 235 页。

之首。这样做意味着把原本是最高神祗的纳特神降为佛教的护法神，且排在帝释天之后，地位当然不能与佛陀、菩萨及阿罗汉相提并论了。① 到了东吁王朝时期，纳特崇拜极为普遍，人们使用大量的猪、牛、羊等动物祭拜纳特神，导致农民缺少耕牛。东吁王朝勃印囊王认为用动物祭祀纳特神不但犯了佛教的杀戒，还影响了农业生产。于是，下令禁止用家畜祭祀纳特神，② 史称"勃印囊灭神运动"，这一举措的结果是民众不敢违抗王命，只能用椰子作为貌丁岱的象征，挂在家中进行祭拜，貌丁岱由此摇身一变成为家神。尽管纳特崇拜受到佛教的多次排挤和打压，但却并未销声匿迹，我们从遍布缅甸各地的纳特神龛、神祠及广为流传的各类纳特神传说就可看出这一点，所以李谋、姜永仁先生说："可以说神祗崇拜是缅甸的传统文化，它虽然受到佛教的冲击和封建王朝的反对及现代文化的排挤，但千百年来，已经深深扎根于缅族的心中，在缅甸社会和缅甸人生活中的影响仅次于佛教。"③

正如上文所述，纳特神是缅族人民崇拜的一种介于半神半鬼之间的神灵。这些神灵的原型，多为真实历史人物，因暴死而成神。暴死的方式包括：投水自尽、被杀或溺海而亡。大多死在哪里，就成为守护那里的纳特神。这种现象反映了缅甸人民有着人在某地死亡之后，其灵魂仍在该地游荡的认识。这几则纳特神传说告诉我们，不同的纳特神有着不同的法力，能给人们带来不同的好处。他们有的是佛教宝藏的守护者；有的是海洋的守护神；有的则是守护墓地的神灵。纳特神有超越人类的神力，可以根据自己的喜好，对人类进行奖赏或惩罚。

综上所述缅甸的纳特神体系自蒲甘王朝前期开始，到东吁王朝时期，经过1000多年的发展，形成了37尊本土纳特神。事实上，纳特

① ［缅］丁南多：《37神神史及传统信仰习俗》，前言。
② ［缅］丁南多：《37神神史及传统信仰习俗》，第8页。
③ 李谋、姜永仁编著：《缅甸文化综论》，第61页。

崇拜是佛教传入之前缅甸的本土信仰，经过崇信佛教的封建君主的打压，由最高神祇逐渐降格为佛教的护法神。此外，缅甸的纳特并非只有 37 尊，可以肯定的是历史上缅族群众曾经供奉过的纳特比这个数字要多得多。37 纳特只不过是进入了神榜的神灵，犹如进入天宫的仙班，民间还广为供奉着名目繁多的纳特，他们可谓是各路散仙、游仙。笔者收录到的这些纳特传说，毫无疑问只是缅族纳特传说中的一部分，笔者在访谈过程中坚持不诱导被访谈者的原则，应该说，所收录到的相关传说来自自然语境。言为心声，讲述者之所以要讲述这些传说，而非其他传说，除了一些偶然因素外，是因为这些传说的叙事对象——传说中的各路纳特至今仍活跃于他们的生活中，或是以民间信仰的形式，或是以口头传统的形式。

第三节　制度语境下的缅族民间叙事文学

制度语境（Institutional Context）一词在国内学术界有多种翻译法，有人将其翻译为"价值系统"，比如王娟就认为，对价值系统进行探讨其实就是探讨"某种文化的价值系统，包括家庭、经济、宗教、教育和政治是怎样影响和规范人们的行为、观念、世界观、信仰和表达方式的，以及它们怎样对民俗事项传承人的行为、意识形态、世界观、信仰系统和表现方式产生的影响"[1]。

也有人把"Institutional Context"一词翻译为"惯例语境"。如孟慧英、林继富和王丹。孟慧英在《西方民俗学史》一书中说到，惯例语境指民俗事项"适应文化的哪种现象"[2]。这句话是对语境理论的代表性人物理查德·鲍曼原话的直接翻译。

---

① 王娟：《民俗学概论》，第 286 页。
② 孟慧英：《西方民俗学史》，第 288 页。

林继富、王丹则在《解释民俗学》一书中，谈到自己对惯例语境的认识：

　　惯例语境即民俗适应文化的哪种现象，主要指支持民众生活和知识增长的家庭、宗教、经济、政治和教育等在多大程度上影响人们的行为、观念、世界观、信仰和表达方式等。民间制度、风俗习惯和惯例原则等对民俗的形成和传播发生作用，尤其是对民俗传承人传承行为的影响，以及由此构成这个传统区域民俗及民俗承担者的世界观和信仰体系。因此，这类民俗语境来自风俗制度的作用和影响。通过对风俗制度的理解，回答民俗各方面如何关联、如何相互适应的问题。①

此外，林继富、王丹还以姑舅表亲结婚为例对此加以说明：

　　姑舅表亲结婚，是古老的血缘婚、亚血缘婚的遗风构成的古婚形式之一。兄弟的子女和姊妹的子女之间的婚姻关系的民俗传统依据：一是亲族之间固有的感情传统；二是兄弟姐妹之间在财产继承方面的某种联系；三是古老的舅姑观念，即认为舅家娶姑家女儿为媳，是对当年姑的出嫁的一种补偿或互换。如果没有相应的政治制度和婚姻制度的语境知识，今人对这种婚姻习俗很难理解。②

现将理查德·鲍曼对"Institutional　Context"一词的论述翻译如下：

---

①　林继富、王丹：《解释民俗学》，第176页。
②　林继富、王丹：《解释民俗学》，第176页。

从广义角度审视文化语境，可以借用人类学的制度概念。制度是把具有一定目标的社会活动按其功能进行汇总的体系，它产生于观念、行为和社会的各种要素之间的相互关系。制度或许以政治、信仰、经济、家庭等形式出现；或许在友邻之间、开幕式或庆典等场合出现。我们可以用描述兼分析的方法来探究制度的重要性及各种相互交叉的文化因素之间的关系。民俗学者关心的是有哪些文化因素和民众的文化生活息息相关，这些文化因素有着怎样的功能。对民俗事项的制度语境进行探讨，有助于揭示各类文化组成部分的周期性运动。①

笔者在本书中沿用鲍曼的说法，把"Institutional Context"一词翻译为"制度语境"。陈国强主编的《简明文化人类学词典》中对"制度"一词的解释为：

制度指已建立的，公认具有强制性的一整套社会文化规范和行为模式。文化人类学对制度解释不一。马林诺斯基的功能理论认为，文化是由一部分自主的制度和一部分协调的制度构成的一个整体，而制度是人类活动组成的一个系统，它以一种基本的需要为中心，通过综合的功能联系产生出强有力的行为规范，把一群人长期地结合在一起。也就是说制度是一种满足人类基本需要的功能体系。而拉德克利夫—布朗则从社会结构角度对制度加以认识，他认为，一种制度是一个特定的社会群体或阶级所承认并遵循的一种特定的行为规范，它属于这一特定的社会群体或阶级；同时，由于规范的建立即体现了有限度的适当行为。也即建立起一种秩序，因而，制度就具有双重意义，一方面它为该制度的组

---

① Bauman, Richard, "The Field Study of Folklore in Context", p. 364.

成分子提供了规范，保证了他们适度地行为；另一方面也体现了这些组成分子之间的社会结构关系。①

由此可见，制度语境指的是某一民俗事项所在区域文化里的价值系统，包括家庭、经济、宗教、教育和政治，它们构成了该文化区域内民俗事项及其传承者的世界观、价值观和信仰体系。只有对其研究，我们才能回答民俗事项为何形成，怎样传播，在民众生活中起着什么样的作用，它们与整个区域文化的其他方面如何关联、如何适应等问题。②

缅族民间叙事文学如同一面镜子，反映了当地社会及缅甸文化中的各种制度，如家庭组织、宗教信仰体制、经济结构和政治制度等。因宗教信仰、经济结构在上文中的"缅族民间叙事文学与缅族文化的关系"已有涉及，故不再累述，本部分仅就家庭组织和政治制度展开讨论。

一　家庭组织

缅族民间叙事文学反映了缅族家庭的结构特点。从笔者收录到的缅族民间叙事文学作品中，我们可以看出，缅族的家庭是由父母和子女组成的核心家庭，这种家庭组织具有如下特点：父亲或丈夫是家里的顶梁柱，具有绝对权威。神奇故事《青蛙王子》里的国王拥有绝对权威，作为女儿的公主只能对他言听计从，尽管心里不乐意，也不敢违抗父命。故事里的国王，代表的并不是拥有生杀大权的最高统治者，更多的是扮演着父权制社会中家庭里的绝对权威——父亲这一角色。此外，笑话《贤惠的妻子杜芭达》里讲到，杜芭达早起于夫，晚卧于

---

① 陈国强主编：《简明文化人类学词典》，浙江人民出版社 1990 年版，第 321 页。
② 寸雪涛：《文化和社会语境下的缅族民间口头文学——以仰光省岱枝镇区钦贡乡钦贡村、班背衮村及叶诶村为例》，第 105 页。

夫，终日操劳，养家糊口，丈夫无所事事也毫无怨言，每日就寝前还需跪拜丈夫三下，以此尽到为人妻的职责，鲜活地再现了父权社会中丈夫对妻子的绝对权威。

缅族民间叙事文学反映了家庭成员之间权利义务的方方面面。本生经故事《衔走三根稻穗的鹦鹉》里用"还旧债""放新债"的说法，总结了为人父母者有养育儿女，为人子女者需赡养父母的责任和义务；生活故事《富家子》和成语故事《差之甚远》以反面例子说明父母教育子女的重要性；神奇故事《孝顺的貌南达》赞美了子女对父母的孝顺；《胆小贫穷，胆大封王》里尽管主人公对母亲偏向哥哥颇为不满，但当他当上国王后，还是将他们接到王宫里享福。纵观缅族家庭里子女的责任、义务与道德规范无一不受到佛教思想的影响。知恩、报恩是佛教思想的重要内容。佛教有"报四恩"的说法，指要报答父母恩、三宝恩、师长恩、国土众生恩四恩。四恩中，佛教尤重报父母恩。多则民间叙事文学作品提到了子女有继承父母财产的权利，《有教育意义的故事：两兄弟》里父亲为了使两个儿子成家立业，把家产平均分给了他们；《蛇王子》里当兄妹们分配父母财产时，将蛇儿排除在外，导致他的不满，出面重新分配了父母的财产。笑话《贤惠的妻子杜芭达》反映了缅族家庭里夫妻之间的行为规范及权利义务。通过以上分析，我们可以总结出缅族家庭成员之间的权利和义务：父母除了有抚养子女的责任外，还有对子女进行教育的义务。子女长大成人后，父母要把家产分割给子女，让他们自立门户。当父母年老时，子女有供养父母的义务。此外，夫妻之间也有明确的权利和义务规定。部分民间叙事文学作品，如神奇故事《玛兑蕾姑娘》则反映了缅族家庭里继子女与继父母这种非血亲家庭成员之间的矛盾。

缅族民间叙事文学还反映了家庭及社会成员之间的行为举止规范。成语故事《胆小贫穷，胆大封王》里通过母亲让幼子听命于长子这一细节，反映了缅族家庭中存在幼者要尊重长者的观念。当把这一观念发展扩大到社会时，便形成了"长幼有序"的社会伦理道德观念，动物故事《互敬互爱》里的斑鸠、猴子和大象论资排辈，结拜兄弟的细节就很好地体现了这种伦理道德观念。这种观念明显地受到了佛教"长幼有序，互敬礼让"思想的影响，据一世达赖喇嘛根敦珠巴所著的《毗奈耶经广因缘集》载，释迦牟尼在世时，有一次，众比丘因应该以什么作为礼敬的标准而众说纷纭。释迦牟尼教导说应向长者礼敬，并讲说其因缘。原来有松鸡、野兔、猴子和大象在森林中和睦相处。它们以见到一棵树的生长情形的先后为标准排出长幼顺序，以松鸡为最长，下面按顺序分别为野兔、猴子、大象。从此，年幼者向年长者礼敬，并以敬语称呼长者，相处更加和谐。它们并不因此而满足，又以戒杀生、戒偷盗、戒邪淫、戒说谎、戒饮酒"五戒"来要求自己的同类和所有动物。从此，该地风调雨顺，生态平衡，呈现出欣欣向荣的景象。该地的国王经仙人指点，得知此乃缘于四个动物倡导互敬礼让，和谐相处之风的功劳，便从此在该国也倡扬"五戒"之行，以致整个世界大多数人都遵行不悖，因而都获得往生三十三天的境界。当时的松鸡便是释迦牟尼，野兔即为舍利弗，猴子是目犍连，大象是大迦叶。释迦牟尼通过这个本生故事教导众比丘要对长者行礼、用敬语。如果不这样做就不会令众人皆奉行的佛法发扬下去，既而无法获得解脱和涅槃。实际上，释迦牟尼通过这个故事讲述了僧团和合、社会和睦以及生态和谐的重要性，而要做到这一点就必须在一个群体中长幼有序，互敬礼让，奉持"五戒"①。由此看来，缅族的动物故事《互敬互爱》确实源于佛经。

综上所述，缅族民间叙事文学作品中所反映的家庭和社会制度的内容和规定都是经过缅族人民群众长期的生活实践积累和筛选出来的，其目的是维持家庭关系的稳定、社会关系的和睦。这些规定一旦沉积

---

① 一世达赖喇嘛根敦珠巴：《毗奈耶经广因缘集》，第1027页。

就对当地人民群众的家庭生活具有强有力的指导作用。民间叙事文学作为缅族人民群众的口头创作，势必要反映他们的生活和思想感情，表现他们的审美和艺术情趣，在这种文化语境下，缅族民间叙事文学涌现出众多的有关家庭制度的题材和内容，也是自然而然的。

二 政治制度

缅族的民间叙事文学向我们展示了从古至今的缅甸政治制度。成语故事《胆小贫穷，胆大封王》说到，当有人比自己更有才能或更有德行时，老国王就必须进行"禅让"，自己则进到深林中修行。从这一点中，我们看到了印度文化中"林栖"观念的影子及中国"三皇五帝"的"仁王"特质。此外，那时的国王既是政治统治者，又是军事领导人。每当有战争发生，他们都需要亲自带兵冲锋陷阵，如神奇故事《制服恶龙的国王》讲到当有毒龙危害国家时，国王张榜招聘能制服毒龙的勇士，但是没有谁敢揭榜应召，最后国王不得不亲自带上侍卫去铲除毒龙。从这个意义上来说，城邦国家时期的国王更多的是部落首领。此外，从笑话《酒鬼学者》中，我们还得知在蒲甘时期缅甸已经开始和其他国家有着交往，而且这种交往是随着佛教的传播而进行的，所以才会有外国智者来探问蒲甘国王的遵守戒律问题。有时，封建王朝会通过皇族通婚来加强双边关系或解决争端。如纳特神传说《掸族皇后》就提到阿奴律陀王曾先后迎娶掸族三个公主为妃。[①] 人物传说《梅努王后蒙难记》《梅努王后》和历史传说《贡榜王朝世系》揭露了封建君主之间为了争权夺利而父子猜忌、手足相残的人伦悲剧。《团结就是力量》则告诉我们，殖民地时期的缅甸各族人民受到了英国殖民统治者的残酷剥削和压迫，最后不得不团结一致，揭竿而起，

---

① 寸雪涛：《文化语境下的缅甸民间口头文学——以缅甸联邦仰光省岱枝镇区三个村为例》，《广西民族大学学报》（哲学社会科学版）2010 年第 6 期。

为民族自由和国家独立而战。民间逸闻《连围鼓也示威了》则以民间叙事文学惯用的讽刺手法，无情地揭露了缅甸前军人政府统治时期，老百姓民不聊生的社会现实。

以上细节告诉我们，政治制度对于民众的生活有着重大影响，民众把这种影响以口头文学的形式记录下来，以此来表达他们对政治活动的反映。从这个意义上来说，民间叙事文学是了解政治制度的途径之一，对其中的政治语境进行分析，有助于我们更好地认识各个时期的政治状况，尽管这些语境可能和现实语境有着很大差别。①

笔者认为，在文化语境下审视缅族民间叙事文学，使得我们有可能通过观察缅族人民群众在自然状态下的生产生活模式、表达方式、信仰形式、日常话语和生活琐事，从而发现他们的思维模式、价值观念及行为准则。这些以非正式、非书面形式流传下来的传统文化在某种情况下可以说是一种真正的主流文化，因为它为大多数人所拥有，代表着大多数人的意志。缅族民间叙事文学能为我们提供很多重要的缅族文化研究的线索，有助于揭示缅族文化的特征，使我们能更加全面而准确地把握缅族的文化传统、民族心理、价值观念及伦理道德，有助于我们从另一个侧面剖析缅甸对待当今世界出现的诸多事物所持有的不同态度与观念。这种研究视角使得我们的研究更加可信，更加真实。当我们把视野拓展到缅甸传统社会的知识体系、经济社会结构、地方历史、教育体系、宗教体制等方面时，我们发现一切因异文化而带来的难题都可以迎刃而解。②

---

① 寸雪涛：《文化语境下的缅甸民间口头文学——以缅甸联邦仰光省岱枝镇区三个村为例》，《广西民族大学学报》（哲学社会科学版）2010 年第 6 期。
② 寸雪涛：《文化语境下的缅甸民间口头文学——以缅甸联邦仰光省岱枝镇区三个村为例》，《广西民族大学学报》（哲学社会科学版）2010 年第 6 期。

第五章　社会语境下的缅族民间叙事文学

上文提到理查德·鲍曼将民俗语境分为文化语境及社会语境两个层面。如同文化语境一样，社会语境对民间口头文学的意义、形态和存在也起着重要作用。泰国民俗学家喜拉蓬·迪达谭·那塔朗曾指出，社会语境、讲述者和听众所处的文化背景以及讲述场景对民间口头文学的文本内容有着重要影响。① 在本章中，笔者将根据鲍曼对社会语境的划分，拟从社会基础、个人背景及情景化语境三个层面对缅族的民间叙事文学进行分析，以期发现个人和社会因素是如何影响当地的民间叙事文学，从而导致每一位讲述者所讲述的文本呈现出千差万别的姿态。

第一节　缅族民间叙事文学的社会基础②

一　缅族民间叙事文学讲述者的分类

社会基础是顺应民俗学的研究对象——"民"，这一概念的转变

① ［泰］喜拉蓬·迪达谭·那塔朗：《民间故事及民间游艺》，曼谷：大众出版社1990年版，第75页。
② 寸雪涛：《社会语境下的缅甸民间口头文学——以缅甸联邦仰光省岱枝镇区三个村为例》，《广西民族大学学报》（哲学社会科学版）2011年第3期。

而提出的。在不同的历史时期，"民"所指的社会人群不同。王娟在《民俗学概论》一书中提到，民俗学科的创始人德国的格林兄弟认为"民"就是民族。以迪尔凯姆为代表的一些学者认为"民"应该解释为"社会群体"。爱德华·泰勒提出"民"是古人，即野蛮人和半开化的人。19世纪则产生了"民"是农民（或文盲）的观念。① 高丙中也在《民俗文化与民俗生活》一书中提到了这一时期的民俗学时说道："当时，世界上的乡土社会还是非常庞大的，文明国家的乡村社区及落后地区的原始部落遍及世界各地，民俗学家们有一个宽阔的活动天地。可是，随着落后地区的文明化和文明国家普遍的工业化，民俗学所说的'民'持续锐减，民俗学正在不断地失掉自己的研究对象，并且，大家相信，总有一天，当现代化在全世界普遍实现的时候，这种'民'会在地球上完全消失。自己的研究对象消失了，民俗学又何以存在？显然，这样看民俗的'民'是不符合民俗学的长远利益的。在这种严峻的现实面前，在这种沉重的忧虑之中，民俗学家们开始考虑民俗之'民'的问题了，出于捍卫民俗学，弘扬民俗学的心愿，变通一下民俗之"民"的定义和范围，这并不是什么难事。"② 到了20世纪中后期，随着民俗学科的发展，人们对"民"的认识又有了新的进步，美国民俗学家阿兰·邓迪斯在1980年出版的 *Interpreting Folklore* 一书中提出，"民"可以是任何一个人。为了准确地定义"民"的概念，邓迪斯提出了"社会群体"（folk group）的概念。社会群体的概念极大地拓宽了民的范围。实际上，任何一个阶层都有属于他们自己的文化现象。因此，邓迪斯为"民"进行了重新定义：民俗学中的"民"可以是任何一个由两个或两个以上的人组成的具有某种共同特点的社会群体，而且这一群体必须具有一种共同的文化传统。

---

① 王娟：《民俗学概论》，第5—8页。
② 高丙中：《民俗文化与民俗生活》，中国社会科学出版社1994年版，第5页。

"社会群体"必须具备两个前提条件：至少有一个共同点和具有自己的传统。邓迪斯把社会中的人按照某种共同特点分成不同的社会群体。这里所谓的共同特点可以是职业、语言、年龄、性别、宗教、民族等。①

理查德·鲍曼在论及社会基础时说道："民俗的社会基础——是代表着拥有该民俗的团体或集体的当下特点，它是社会语境的一个重要方面。"此外，鲍曼还进一步解释道："关于谁是民众这一问题民俗学界一直有争论。19 世纪的民俗学者简单地回答为是'农民'。当代民俗学者们已经把他们对民俗的社会基础的认识扩展到'任何一个具有共同点的社会群体'。美国的民俗学者以社会组织原则作为社会群体的划分依据，如：地域、族群、职业、年龄、家庭和社区。"② 由此可知，上述两位民俗学家在社会群体的划分依据上是一致的，即以社会组织原则，如语言、年龄、性别、宗教、族群、民族、地域、职业、家庭和社区作为划分依据。

根据鲍曼的论述，笔者把 2008 年 4 月到仰光省北部县岱枝镇区钦贡乡的钦贡、班背衮及叶诶山三个村落进行田野调查时的民间口头文学讲述者按职业划分为 5 类，分别是：僧侣、教师、军人、商贩和果农，并在此基础上考察每类民间口头文学讲述者对民间叙事文学类型的选择有无偏好以及他们对民间口头文学抱持何种态度。

笔者发现，迷信传说及动物故事是大多数讲述者喜欢讲述的类型，分别有 5 种不同职业的讲述者讲述了这两类民间叙事文学类型。其次是生活故事、笑话及成语故事，分别被 4 种不同职业的讲述者讲述。这说明，在信仰方面，当地的民众除了崇信佛教外，还有着灵魂观念及神灵信仰习俗，他们在念经拜佛的同时也在祭拜鬼神，这体现了当

① 王娟：《民俗学概论》，第 8—9 页。
② Bauman, Richard, "The Field Study of Folklore in Context", pp. 364 – 365.

地宗教信仰体系的多样性及复杂性；在民族性格方面，他们生性乐观，喜欢诙谐，可以说诙谐是缅族人民生活中重要的精神体现，同时也是缅族民间文化的基本特征之一；此外，缅族还是一个善于应用故事进行教育的民族，他们通过讲述生活故事、动物故事及成语故事来传达本民族的道德观、价值观，在一定程度上起到民间舆论的作用，以此来规范人们的伦理道德及行为举止。

二　缅族民间叙事文学讲述者所讲内容的分类

同时，笔者也发现每一类民间叙事文学讲述者讲述的文学类型不尽相同，具体如下：

（一）僧侣

僧侣们一共讲述了 6 类民间叙事文学，分别为：历史传说、迷信传说、[1] 佛教传说、生活故事、动物故事以及笑话。在这 6 类民间叙事文学中，僧侣们讲述最多的是历史传说及笑话。此外在此次收录到的 4 则历史传说中，僧侣就讲了 2 则，占了一半比例，这说明在缅甸社会，僧侣是不可忽视的知识拥有阶层，比一般群众有着更多的历史知识。至于僧侣们喜欢讲述笑话，则充分证明了缅族人民生性乐观，即使在虔诚严谨的僧侣的身上也能反映出这一特性。当然，僧侣们讲述佛教传说、生活故事则是受到宗教身份的影响。至于他们讲述迷信传说，则向我们展示佛教在融入缅甸社会过程中向原始宗教信仰所做的妥协和让步，僧侣们讲述迷信传说，并不是要宣扬迷信，而是为传播佛教服务。

（二）教师

教师们一共讲述了 5 类民间叙事文学类型，分别为：迷信传说、

---

① 参见寸雪涛《文化和社会语境下的缅族民间口头文学——以仰光省岱枝镇区钦贡乡钦贡村、班背衮村及叶谈村为例》，第 88—91 页。

神奇故事、动物故事、笑话及成语故事。在以上 5 种类型中，迷信传说及笑话的数量要多于其他类型。这说明，缅族社会的灵魂观念及鬼魂信仰根深蒂固，哪怕是知识分子阶层也深受其影响。此外，教师喜欢通过讲故事来加强对学生的教育，尤其是笑话。

（三）军人

军人们则讲述了 7 类民间叙事文学类型，分别为：历史传说、佛教传说、迷信传说、生活故事、动物故事、笑话及成语故事。笔者发现，缅甸军人有着广博的知识，通晓绝大多数的民间口头文学类型，这或许和讲述者大多是退役军官而不是普通士兵有关。此外，笔者还发现，在当地的所有传说类型中，军人没有提到缅族人民家喻户晓的纳特传说，而在所有的故事类型中，他们没有讲过神奇故事。这或许是军人职业决定了他们有足够的胆量不信神灵，并且没有柔情蜜意讲述如梦如幻的神奇故事。

（四）商贩

商贩们一共讲述了 6 类民间叙事文学类型，分别为：神奇故事、历史传说、纳特传说、生活故事、动物故事及成语故事。尽管每种类型都只有一个，但如果考虑到在此次田野调查中的所有 23 个讲述者中，作为商贩的讲述者只占到 3 个，却能讲出仅次于军人及果农的民间口头文学类型，说明商贩见多识广，能接触到不同的人群，从而听到不少的民间口头文学。而数量上的稀少，则是由于商业在当地的经济结构中所占的份额很小所决定的。

（五）果农

果农们一共讲述了 9 类民间叙事文学类型，分别为：人物传说、佛教传说、纳特传说、迷信传说、神奇故事、生活故事、动物故事、笑话及成语故事。在上述 9 类民间叙事文学类型中，纳特传说、迷信传说及生活故事的数量要比其他种类多。果农热衷于讲述纳特传说、迷信传说及生活故事是由他们的职业特点决定的，他们靠天吃饭，对变幻莫测的自然环境抱有恐惧及敬畏的心理，把一切超出自己知识范围的现象归结为神灵的行为，由此产生了纳特信仰及迷信信仰。此外，果农被限制于土地，很少有机会改变职业，维持现状，保持稳定就成为他们的首要任务，故此，他们喜欢通过生活故事对人们的伦理道德及行为规范进行潜移默化，以此维系社会的稳定。

笔者由此得出结论：不同职业的讲述者对民间口头文学类型的选择是不同的。而在这种选择过程中，职业特点取得了决定性的作用。不同职业的社会群体使用不同的民间叙事文学类型来表达他们共同思想和需求：或是盼望社会稳定，或是祈求消灾祛难。

第二节　个人语境下的缅族民间叙事文学

鲍曼在论及个人语境（Individual Context）时说道："如果民俗是社会团体的集体表达的话，当然也要包括使用民俗的个人的表达。正如社会团体和社会生活构成了语境，事实上获得和使用着民俗却是个人。个人的生活经历及个人资料库的结构及发展代表着语境性的框架，让我们明白民俗存在于民众生活的哪些方面。"①

我国学者林继富和王丹则认为，个人语境指的是民俗适合于哪类个人的生活。它包括个人生活史、个人讲述资料库的结构和发展、个人与民俗事项的关系等。他们进一步认为，民俗传承人是民俗的创造者、承担者和享有者，他们的生活直接影响着民俗的形态。传承人的生活经历、受教育程度以及宗教信仰和文化倾向等都直接作用于民俗意义的表达。②

美国学者艾略特·欧林（Elliott Oring）说所谓个人语境，指的是

---

① Bauman，Richard，"The Field Study of Folklore in Context"，p. 365.
② 林继富、王丹：《解释民俗学》，第178页。

在讲述某一民间文学作品时，讲述者和听众的个人因素。Elliott Oring 还进一步提问，为何有的讲述者偏爱讲述某一个故事，事实上有大量的故事可供选择，况且更加符合当时的讲述情景？是什么原因使得讲述者喜欢讲述这个故事甚过其他故事？讲述者与故事之间有何关系？讲述者有着怎样的个人因素？要回答这些问题，研究者要从讲述者自身经历及讲述当时的情绪出发，而不是简单地判断为这类故事是当地传统文化的代表。①

以上观点告诉我们，民间叙事文学讲述者的个人语境，如身份、地位、教育程度、经历等都会在潜意识层面对讲述者决定传承何种民间叙事文学类型产生一定影响。事实是否如此？为了分析讲述者的个人语境对当地的民间叙事文学有何种影响，笔者从讲述者中找出具有典型特征的两位加以考察，分别是阿瓦的吴山丁和钦贡乡的杜珊丁，具体分析如下：

一　讲述人与生活经历对话

（一）吴山丁

吴山丁，男，缅族，1936 年出生，父母是农民，籍贯为缅甸曼德勒省达达乌镇区加苏瓦街道，自 16 岁时便定居于达达乌镇区欣琼村。吴山丁的妻子名叫杜丁丁，两人于 1959 年成亲，迄今已携手走过一个甲子。夫妻俩因不能生育，一共收养了 15 名子女，都是吴山丁妻子娘家的侄子侄女们，在他们的父母双亡后，老两口收养了他们。除 4 名养子女夭折外，剩余 11 人皆长大成人。目前散居缅甸各地，有 2 人在缅北八莫开修车铺，1 人卖槟榔，据吴山丁介绍，每天的营业额颇大。养子女们每隔一段时间都会回来看望老两口，每次回来时都会把几十

---

① Elliott Oring, *Folk Groups and Folklore Genres: An Introduction*, Logan Utah: Utah State University Press, 1986, p. 134.

万缅币塞给吴山丁。目前老两口和 1 名未婚养女、2 名孙女、2 名孙女婿生活在一起。

吴山丁没有接受过正规教育，13 岁至 16 岁期间曾剃度为沙弥，接受寺庙教育，除佛经以外，还学习语法、巴利语和药学。他曾在沙弥诵经比赛中获得过第一名，此外还在佛经辩论中获胜。由此可以看出他拥有超人的记忆力和较强的口头表达能力。此外，他的博闻强记也和自身的勤奋学习有关，据他回忆，他 13 岁时剃度为沙弥后，如遇到信徒到寺庙布施，寺庙里便会烧饭招待信徒，每当这个时候，他的师傅都对他们说："徒弟们，你们看，如果不识字，就只能在那里烧饭。如果你们每天都能坚持学习，日久年深便会铁杵磨成针。"受师傅的激励，吴山丁便发奋学习，此后还迷恋上了阅读小说，他的母亲也经常给他买书，为他日后的故事讲述做了知识储备。

吴山丁在警察局工作了 43 年，曾被调往缅甸各地，在东枝工作了两年，在密支那工作了 3 年，在古麦工作了 3 个月。吴山丁于 1990 年退休，退休时的警衔为上士。吴山丁加入警察部队实属无心之举，据他回忆，他于 1953 年缅历七月初九还俗后，他的父亲为了向他展示世俗生活的艰辛，好让他再次剃度，终生为僧，于是便让他驱牛犁田，但他不擅农活，犁齿划伤了牛脚。因惧怕父亲责罚，便离家出走，投奔大伯，他的大伯名叫吴波波，是名金银匠，大伯母名叫杜玛玛蕾，所以他对金银匠这一行业也略有知晓。1956 年，吴山丁加入了骠绍梯组织。当时，缅甸共产党分裂为红旗共产党和白旗共产党两派，两派因政见不同，大打出手，老百姓深陷战火，于是便成立了骠绍梯组织，以此来对抗红旗共产党和白旗共产党。1958—1959 年，缅甸政府将该组织收编为警察后备部队，每人给予 1700 缅币的经济补偿。1962 年吴奈温军人政府执政时期，又将警察后备部队改变为人民警察部队，吴山丁由此步入警界。

据吴山丁介绍，他刚入职时工资为 97 缅币，除了一家五口开销外，尚余 30 缅币。后来涨到 126 缅币，除去全家人的开销，尚余 50 缅币。后来又涨到 376 缅币，但只够全家人的花销，因为收养的子女越来越多。2018 年接受访谈时他的退休金为 6 万缅币。吴山丁的妻子原来是磨玉工，后来不想外出工作，吴山丁便让其在家操持家务，并将自己的工资悉数上交。

吴山丁是个虔诚的佛教徒，据他介绍，他主要的布施有三件，一是在每年缅历五月举办的抽签布施节时，他都会备齐 24 种布施品，布施 15000 缅币；二是每年的缅历月圆日都会向 10 位僧侣施斋；三是为村头佛塔布施长达 13 年之久，每周都坚持布施 500 缅币，截至 2018 年 7 月接受笔者访谈时，已累计布施 37 万缅币。

吴山丁一共给笔者讲述了 30 则民间叙事文学作品，包括：2 则大德高僧传说、1 则纳特传说、2 则民族始祖传说、1 则历史传说、4 则生活故事、1 则成语故事、1 则谜语故事的 2 篇异文、9 则笑话和 8 则民间逸闻。从类型上看，吴山丁讲述的范围极为广泛，几乎包括了所有的文类。这主要是因为吴山丁自幼接受寺庙教育，识文断字，喜欢读书，且记忆力超人，口才好，此外也和他在多地工作，见多识广有一定关系。

吴山丁的讲述以风趣幽默见长，在他讲述的所有文类中，笑话和民间逸闻是大头，所占比例为 56.6% 强，其中，他讲述的民间逸闻也大多带有诙谐幽默的色彩。吴山丁讲述的各类传说，即便是严肃的宗教性文类，如大德高僧传说，也总带有幽默的成分，我们从《八莫法师与彦彬法师》中令人捧腹的对诗中便可见一斑；他讲历史传说《叟德格王与阿奴律陀王》时，描述叟德格王问群臣自己该不该临幸阿奴律陀王的母后时，用了粗鄙的民间用语，引得听众大笑。他讲的各类故事也无一例外地都带有幽默的成分。除上文提到的笑话和民间逸闻外，其他的如生活故事、成语故事和谜语故事都带有这一特征。这一讲述风格的形成，除了和他性格开朗、豁达、幽默有关外，还和他对生活的态度有关，上文提到，他富有爱心，很爱孩子却生育不了，陆续收养了 15 名养子女，虽夭折了 4 人，却有 11 人存活下来，并长大成人。由于妻子常年不工作，他只能以一己之力，为这些父母早亡的孩子撑起一片天。他的讲述活动体现了一种人生态度：微笑着面对生活的种种磨难。

在吴山丁身上，我们看到了佛教在人格塑造和价值观养成方面对缅族群众的影响，他虽然居住在以茅草覆顶的高脚屋里，家无余物，却甘之若饴，一辈子都在竭尽所能地布施行善，除了和他早期接受的寺庙教育有关外，最主要的还和缅族社会受佛教影响提倡布施行善的大环境有关。此外，佛教提倡乐天知命，也无形中促成了吴山丁讲述活动中幽默风格的形成。

（二）杜珊丁①

杜珊丁，女，缅族，1952 年出生，仰光省北部县岱枝镇钦贡乡钦贡村村民，已婚，无子女，小学一年级文化程度，以种植果树及编扫帚为生。杜珊丁对大多数类型的民间叙事文学都非常熟悉。在笔者采录到的所有 16 个小类的民间叙事文学中，杜珊丁一人就讲述了 5 类，计有：1 则人物传说、3 则纳特传说、3 则神奇故事、4 则生活故事及 1 则动物故事。杜珊丁的文化程度并不高，是什么原因使得她拥有如此丰富的资料库？她每次演述民间叙事文学时都是非常流畅，从不卡壳，由此，我们就可以推断她具有良好的记忆力。此外，杜珊丁曾告诉笔者说她自己非常喜欢读书，我想这也是其民间叙事文学资料的来源途径之一吧。另外一个原因恐怕和她热心于宗教事务有关。2008年 4 月在笔者到钦贡乡进行田野调查的这一个月里，杜珊丁就参加了好几次宗教活动，而且在班背衮村寺庙的《发趣论》诵经会期间

---

① 寸雪涛：《文化和社会语境下的缅族民间口头文学——以仰光省岱枝镇区钦贡乡钦贡村、班背衮村及叶诶村为例》，第 205—207 页。

还担任了领经人的角色。笔者抱着好奇的心理，也曾到诵经会现场，亲身体会到杜珊丁带领众信徒诵经时的那种肃穆与庄重。毫不夸张地说，跪在麦克风前的杜珊丁字音清楚，声音饱满，充满着自信与庄严。这一切都在显示着杜珊丁久经历练，经验丰富，故而能做到遇事镇定、临场不乱。我们都知道，佛教里包含了很多民间故事成分，550 本生经故事就是鲜明的一例。迄今这些故事还在缅甸广为流传。在这种语境下，积极踊跃参加佛教活动，并因表现出色而被选为领经人的杜珊丁怎能不熟悉相关的故事及传说呢？此外还有一个原因是杜珊丁有一个七八岁大的小外孙，正处于喜欢听故事的阶段，而杜珊丁的女儿却因某种原因下落不明，孩子大部分时间都待在杜珊丁身边。作为一个慈祥的姥姥，在一没有电灯照明，二没有电视看的漆黑夜晚，杜珊丁也只能用童话和故事慰藉孩子缺乏母爱的心灵了。与此同时，她自己也能从贫困、孤寂的现实生活中暂时脱离出来，寻得一丝慰藉与安宁。或许正是这个原因，使得那些充满幻想的神奇故事、纳特传说和生活故事在杜珊丁讲述的民间口头文学中占了相当的比例。

上文提到，杜珊丁是一位极有天赋的讲述者，在 2008 年 4 月的田野调查中，她给笔者讲述了多则故事传说，内容上鲜有重复。唯一的例外就是讲述了一则生活故事的两篇异文：《三位王子》及《三兄弟》。这是一个有关道德的故事，故事讲到国王年老，膝下有三位王子，为了选择接班人，需要考验三位王子的为人，于是，老国王就让他们离开皇宫，各到一个地方。大王子离开皇宫后终日与娼妓厮混，酒色过度而亡；二王子到了一个村子，全心全意为村民服务，获得大家的拥护，被推举为村长；三王子则加入了匪帮，成为强盗，终日打家劫舍。最后，老国王选择了二王子做王位继承人。就故事情节而言，两篇异文基本一致，但在人物、情节和母题上存在着一定的差别。两个故事的文本如下：

三位王子①

很久很久以前，有一位国王，他有三个王子。大王子叫帝巴，二王子叫帝哈，三王子叫杜拉。国王为了考察三位王子有什么能耐，就命令他们离开王宫，各自到不同的地方。并说："如果谁先回来，我就让他继承王位。"

三位王子离开王宫后，大王子帝巴沉溺于酒色，把国家忘得一干二净，不久就死了。

二王子帝哈来到了一个村子，帮助村民修建围栏，为村民谋福利，受到村民爱戴，被推举为村长，声名日隆，传到了父王耳中。

三王子杜拉则整天偷鸡摸狗，不干好事。

由于三位王子都没有回到王宫，国王就派士兵出去寻找。士兵先找到了二王子帝哈，看到他一心为民，既聪明又能干，就把他带回王宫，继承了王位。老大呢，早已经死了。老三则品行败坏，后来被抓起来受到了惩罚。

总结：哪怕一母所生，性格也大不相同。老大喝酒、玩女人，最终死于酒色。老三打家劫舍，落得被抓坐牢的下场，只有老二一心为民，成了国王。所以，我们每个人要以老二为榜样，遵守戒律，常怀善心，为这个世界多做好事，死后也会得到善报。如果我们干尽坏事，多造恶业，死后也会遭到恶报。这就是因果报应。

（笔者：您从哪儿听来这个故事的？）从老辈人那里听来的，这是个老故事了，我记性好，记得住。后来还在书上读到过。

（笔者：讲这个故事有什么时间和地点方面的限制吗？）没有，有空就讲。村子里都是这样的，只要孩子们想听，爷爷、奶

---

① 讲述者：杜珊丁，讲述时间：2008年4月1日，讲述地点：钦贡村杜珊丁家中。

奶、外公、外婆就会讲给他们听。

三兄弟①

很久很久以前，有一位国王，他有三个王子。国王为了考察三位王子有什么能耐，在和大臣商量后就命令三位王子离开王宫，各自到不同的地方。并说："如果谁的能力超过别人，我就让他继承王位。"

这三位王子是：帝哈、杜拉和南达。

帝哈是老大，他来到一个村子后，为村民做好事，帮村民修缮坏了的围栏，发展当地的经济：教村民种植蔬菜，使村民安居乐业。

老二杜拉沉溺酒色，喝酒，玩女人，不干正事，有一天被人杀了。

老三南达是个坏家伙，与王兄分别后，参加了强盗组织，整日打家劫舍，甚至想起兵谋反。

三位王子的所作所为，国王全都知道。国王想："我的三个王儿，一人因酒色而死，一人变成了强盗，根本不配继承王位，只有大王子帝哈才能继承我的王位。"于是，国王便命令士兵把帝哈找回，把王位传给了他。

老三南达知道后，恼怒不已，心想一定是老大耍了什么诡计才蒙骗了父王。他为了解恨，起兵谋反。帝哈王亲自出征迎敌，与南达相会于阵前。帝哈王训斥南达道："你做了错事，走了错路，才让父王失望，失去了继承王位的机会。今后只要你改邪归正，我就让你做王储。"

南达心想："对啊，王兄说得一点不错。如果我真聪明的话，

---

① 讲述者：杜珊丁，讲述时间：2008 年 4 月 26 日，讲述地点：钦贡村杜珊丁家中。

还有继承王位的机会。不然的话，我这一生只怕完了。"于是，南达改邪归正，彻底与强盗断绝关系，到了一个村子里，勤奋练习刀枪剑术，努力使自己达到王者的标准和要求。最后，他继承了王位。

总结：这个故事和道德有关。一个人，如果没有道德，是当不了领导者的。只有有道德的人才能当领导者。正如这个故事所讲的一样，南达交友不慎，致使父王失望，才没将王位传给他。所以，希望所有的年轻人听了这个故事，一定要走正道，不要走歪路！

通过对以上两篇异文的比较，我们发现两篇异文中的故事人物有一定区别，《三位王子》中的大王子叫帝巴，二王子叫帝哈，三王子叫杜拉，而《三兄弟》中的老大却叫帝哈，老二叫杜拉，老三叫南达。尽管三兄弟的顺序不尽相同，但最后因道德品质好而继承了王位的都是叫帝哈的王子。也就是说，杜珊丁在叙述中是以正面角色为主线来进行叙述的，其他的两个反面角色只是起到突出烘托正面角色的作用，处于次要地位，在杜珊丁的记忆库里被淡化处理，所以在两次讲述中出现了细节上的出入。

此外，两则异文之间还有如下区别：一是故事情节的增加。比如在国王想考验三位王子这一情节的交代上，《三位王子》处理的比较简单，只是国王下令让三位王子各自到不同的地方，而《三兄弟》中则增加了与大臣商议这一情节。再比如，在交代三兄弟的所作所为时，《三位王子》的叙述较为笼统，只是说大王子沉溺酒色，二王子为村民谋福利，三王子偷鸡摸狗，而《三兄弟》则增加了不少细节性的描述，如老大帝哈"为村民做好事，帮村民修缮坏了的围栏，发展当地的经济：教村民种植蔬菜，使村民安居乐业"；老二杜拉"沉溺酒色，喝酒，玩女人，不干正事"，就连他的死亡，也交代得比《三位王子》清楚，是被人杀害而死的；老三南达"是个坏家伙，与王兄分别后，参加了强盗组织，整日打家劫舍，甚至想起兵谋反"。二是母题的粘连。《三位王子》基本上就是考验母题，而《三兄弟》则是在考验母题外粘连了浪子回头的母题，故事讲述了老三南达悔悟与自救的过程，很好地体现了佛教"放下屠刀，立地成佛"的对人性救赎的主题，而在《三位王子》中仅仅只是把他投入监牢了事。可见，《三兄弟》的故事内容较《三位王子》丰富。

是什么原因导致杜珊丁把这个故事讲了两次？当笔者回顾杜珊丁的个人经历时，发现她没有生育，只有一养女。但每次笔者到她家时，都没见到她的养女，只是见过她的女婿和外孙。杜珊丁因为热心公益事业，受到村民们的敬重。2008 年 4 月泼水节期间，钦贡乡乡长出家做和尚时，也替杜珊丁的女婿及外孙出了一份钱，让父子俩跟随乡长一起剃度。笔者还为他们拍了不少照片。尽管杜珊丁没有详细告诉笔者有关她养女的事，但有一次她曾对笔者长叹："我的养女已经毁了。"笔者由此猜测，她的养女也许是犯了道德或法律上的错误，以至于让她羞于启齿。由此更让她感到道德的重要性，所以通过讲述故事来阐述自己的思想及感悟。

在本研究中，笔者对讲述者进行访谈时，采取的是一种不干涉讲述者表演欲望的原则，不论他们讲述何种类型、何种内容都应该收录。但杜珊丁第二次给笔者讲述这则故事时，她或许已经觉察到自己已讲过一次，但有感于讲述这则故事的必要性和迫切性，为了吸引笔者的注意力，避免笔者对早已听过的故事产生厌烦的心理，她有意把故事讲得更加生动、更加详细。最后增加的浪子回头母题，反映出她对自己的养女由最初的恨铁不成钢到最后希望其改过自新的心理转变过程。由此可见，故事的变化与故事讲述语境的变化之间有着一定的联系。所以，"故事文本的变化是根植于语境的变化之中的。"[1]

---

[1] Bauman, Richard, 1992, 转引自杨利慧《表演理论与民间叙事研究》，《民俗研究》2004年第 1 期。

二　讲述人与听众对话

2008 年 4 月的田野调查中，尽管笔者只是在当地的缅族群众中收录民间口头文学，但还是收录到好几则有关掸族的传说及故事，如《掸族皇后》《孕妇的难题》《掸族的蛊术》和《掸族和泰族两兄弟》①。是什么原因使得缅族的讲述者放着大量的缅族传说和故事不说，而选择讲述这些有关掸族的传说和故事？原因和笔者有关，当时笔者正在泰国那烈萱大学攻读博士学位，笔者也对每位讲述者说明了来意，他们也因此清楚笔者的身份，由于掸族与傣族是兄弟民族，语言相通，习俗相近，他们大概觉得：掸族的故事与笔者接近，可能笔者也会感兴趣。由此可见，有时听众的个人语境也能影响讲述者对题材和内容的选择。②

类似的情况在笔者于 2018 年 7 月到欣琼村采录缅族民间叙事文学时再次发生。7 月 24 日上午，当笔者到吴苗敏的果园时，碰巧镇里的工作人员到他的果园里处理村民土地的事情，吴丹昂、吴丹伦和哥丁温等村民纷纷前来办理相关事情。当工作人员处理完事情离开后，吴苗敏向他们介绍了笔者，还专门介绍笔者是在泰国获得的博士学位。在他的邀请下，这几位村民便你一言我一语地给笔者讲述了不少故事和传说，其中，吴丹伦讲述了《缅甸斗鸡》这则笑话。虽然讲述者吴丹伦并没有对为什么要讲这则笑话进行说明，但他的确是在吴苗敏介绍完笔者的身份后才讲述这则笑话的，由此看来，他讲述这则笑话的原因与上一个案例相似。

---

① 寸雪涛：《文化和社会语境下的缅族民间口头文学——以仰光省岱枝镇区钦贡乡钦贡村、班背衮村及叶诶村为例》，第 210 页。

② 寸雪涛：《文化和社会语境下的缅族民间口头文学——以仰光省岱枝镇区钦贡乡钦贡村、班背衮村及叶诶村为例》，第 210 页。

第三节　情景化语境下的缅族民间叙事文学

鲍曼给情景化语境下的定义较为简单："指的是讲故事、唱歌或引用谚语等活动发生于其间的某种事件或情景。这种研究倾向关注的是，表演者是如何应对表演过程中出现的特殊情况、他怎样安排组织自己的表演等问题。"① 在鲍曼看来，"情景化语境"指的是人们使用或表演某种民俗事项的特定场合。有时可能是一个讲故事的现场，有时可能是一次男女青年之间的情歌对唱，甚至可能是一次不经意的谈话，总之，民俗事项的使用和表演是和民众生活息息相关的，是在民众的人际交往活动中发生的。因此，对民俗事项的情景化语境进行研究，实际上就是把民俗事项放置于其生活的土壤加以考察。②

我国学者杨利慧认为，民俗事件的结构是由许多情境性因素的相互作用而产生的，其中包括物质环境、参与者的身份和角色、表演的文化背景原则、互动和阐释原则、行动发生的顺序等。这些因素将决定选择什么来表演、表演的策略、新生文本的形态，以及特定情境的自身结构。③ 这说明，对民间叙事文学的研究不能单从文本，而是要对其进行多角度的研究和审视，尤其是要关注那些决定着讲述文本的最终形态形成的特定情境。

林继富、王丹指出："每种民俗类型均有自己表达民俗传统的倾向，有自己表达民俗类型的传承方式和演述语境。"林继富、王丹并以西藏的格萨尔艺人在演唱《格萨尔王传》时需要的一些特殊道具为例加以说明，这些特殊道具，或是艺人面前的一面镜子，或是艺人头

---

① ［美］理查德·鲍曼：《作为表演的口头艺术》，杨利慧、安德民译，广西师范大学出版社2008年版，第215—216页。

② 寸雪涛：《文化和社会语境下的缅族民间口头文学——以仰光省岱枝镇区钦贡乡钦贡村、班背衮村及叶诶村为例》，第211页。

③ 杨利慧：《表演理论与民间叙事研究》，第45页。

上的一顶帽子，或是他们手中的一件东西，在艺人们演唱的过程中起着重要的作用：离开了它们，艺人们的演唱就无法进行。林继富、王丹认为："不同种类的民俗演述语境亦存在差别。民间故事讲述者的特点同地方传说讲述者的就很不一样。宗教传说也是有特点的，具有非常特殊的'讲述语境'。"① 笔者在三次田野调查中也遇到一些由于讲述语境发生变化导致文类发生改变的情况。

一　讲述语境与文类变化

2008 年 4 月在钦贡乡调查时，杜珊丁曾给笔者讲述过一则动物故事，叫《兔子和老虎》，正如上文所述，该故事与《兔子尿尿》是一则故事的上下两部分。而就故事情节而言，这则故事交代得十分仓促，与杜珊丁一贯的叙述风格大相径庭，她给笔者讲的其他故事总是有始有终，交代得十分清楚。时至今日，笔者仍然能回忆杜珊丁给笔者讲这则故事时的情景，2008 年 4 月 12 日，正值缅甸新年前一天，下午五点钟左右，当笔者碰到从外面归来的杜珊丁时，问她今天能不能给讲个故事，她说要讲也可以，只是不能讲太久，因为待会儿还要回寺庙参加佛事活动。匆忙之间，她便给笔者讲了这则故事，之后又匆匆赶回寺庙了。由此可以判定，杜珊丁在匆忙之间没有把这则故事讲完。而这应该是一则解释故事，比如，接下来可能会发生如下情节："兔子看着满嘴是沙石的老虎，乐得大笑，笑得上气不接下气，一不小心，把嘴给笑裂了，所以时至今日，兔子的嘴还是裂开的。"如果笔者的判断成立的话，我们可以得出情景化语境对民间口头文学的类型有着重要影响的结论，正如杜珊丁由于匆忙，把解释性故事讲述为一般故事一样。②

---

① 林继富、王丹：《解释民俗学》，第 179—180 页。
② 寸雪涛：《文化和社会语境下的缅族民间口头文学——以仰光省岱枝镇区钦贡乡钦贡村、班背衮村及叶诶村为例》，第 213—214 页。

二 讲述语境变化导致神话的消失

在时间跨度长达十年之久的三次田野调查中，笔者都没能收录到任何一则缅族的神话，这由此引出了一个问题：是不是缅族没有神话？

从表面上看，这有可能和笔者对缅族民间叙事文学的讲述者进行访谈的时间及地点的选择有关。在三次调查中，笔者基本是按以下步骤来对讲述者进行访谈的：（一）向周围群众打听当地有名的讲述者；（二）前往拜访并说明来意；（三）直接访谈或约时间进行访谈。访谈的时间一般都是在讲述者有空的时间，访谈地点也一般是讲述者的家里或约定的地点，笔者并没有机会在一些特殊场合，如宗教仪式上采录到相关民间叙事文学。长期旅居台湾的俄罗斯科学院通讯院士李福清（B. Riftin）在《神话与鬼话》一书中谈道："神话有神圣、献给神的特性。在没有形成神的社会，神话当然没有这个功能。神话不能随便讲的，这种习惯，大概与这种概念的原始仪式有关。"① 此外，李福清还说道："因神话在原始社会有神秘功能，所以这些神话不可以随便讲，譬如不能讲给女人和小孩听。神话是部落的'历史'，男孩子长大了，快要过成年礼时，才可以讲给他听。"李福清举例说，山区的巴布亚人讲神话是在特定的小房子里，其他地区的巴布亚人讲神话是在男子会所（女人绝不能进去），巴布亚人相信雨季初期在菜园讲神话有助于蔬菜的生长，而且每次讲神话的都是男人。李福清本人调查布农与泰雅族民间文学时，发现百分之九十五讲神话故事的人都是男性。最后，李福清总结道："一般文明社会都是母亲或奶奶（有时是祖父）对年纪小的孩子讲故事。原住民对年纪十多岁的男性讲神话故事，是原始社会过成年礼入男圣会传统的痕迹。"② 如果根据上述论

① ［俄］李福清：《神话与鬼话》，社会科学文献出版社2001年版，第29页。
② ［俄］李福清：《神话与鬼话》，第31页。

述，似乎可以得出缅族有神话的结论，笔者之所以没有收录到，是因为笔者鲜有机会在诸如宗教仪式、祭祀场合收录缅族的民间叙事文学，而这些场合恰恰是神话生活的土壤，所以没能收录到神话是必然的。

但是，当笔者再次回顾神话的定义及类别时，却发现这一现象并非是由于笔者的工作方法失误所致，而是有着深刻的历史文化原因。

从语境角度，我们可以将神话界定为以祭司为中心的文化综合体，它是氏族社会时期人们认识与征服自然、祭拜与祈求祖先、展示与拓演社会的一种象征形式；它在讲述和传承的氏族中具有真实性、综合性和神圣性，是以祭司为中心举行的整个氏族参与的社会文化活动。上文提到，缅族的原始宗教是纳特崇拜（神灵崇拜），这一宗教经历了自然神灵、婆罗门教神灵和本土神灵三个阶段。婆罗门教因是外来宗教，其神话传说自然不能算是缅族的。自然神灵产生于人类社会早期，因科学技术的不发达，人们由于不能征服和支配自然力，也不能科学地认识自然现象，因而产生对自然物和自然力的原始崇拜。这种信仰是原始宗教的基本形式，目前在缅族的一些亲属民族，如克钦、钦族中仍在广泛流传。本土神灵实际上源于祖先崇拜。如果从这个角度来看，纳特传说和民族始祖传说都可以算是缅族的神话。但是，严格意义上的神话讲述往往是在宗教仪式上进行的，迄今为止，尽管在民间的跳神仪式上，神婆也会唱神曲，且这些神曲本身就是韵文体的纳特传说，但散文体的纳特传说和民族始祖传说的讲述早已和神圣仪式没有了联系，任何时间、任何地点都可以讲述，由此看来，它们又都不是神话。

从文本视角则可以将神话定义为以神格为中心的语言艺术，它是以若干个（或至少一个）神话母题按照特定的顺序与结构的排列组合。几乎所有的本土纳特传说都讲述一件事：横死后成神，至于为什么死、怎么死、死后成了什么神则不一而足，这实际上反映了缅族先民的灵魂不灭思想。但这并不是神话母题，我们无法在《民间文学母题索引》中找到它们对应的位置。此外，世界上其他民族的神话"一般都发生在遥远的太古时代，或者说是这个世界形成以前的那个世界"①。而缅族的纳特传说无一例外地都发生在近晚时期，最早也只能追溯到公元前几个世纪的太公时期，颇似中国的八仙、关公传说，充其量只是一种"神迹"传说，不能算是严格意义上的神话。

为什么会出现这种似是而非的情况？首先是很多民族的神话和传说界限并不明显，经常交融在一起，缅族的纳特传说与神话就属于这种情况。其次，上文提到，缅族历史上也曾出现过至高神，这位至高神就是大山神——貌丁岱。可以想象，该时期的关于貌丁岱的叙述必定是伴随着神圣仪式进行的，毫无疑问是神话。但公元 1 世纪前后，随着婆罗门教和印度教的传入，纳特崇拜的发展进程被打破，加之后来蒲甘王朝阿奴律陀的贬神和东吁王朝勃印囊的灭神运动，曾经的至高神——大山神降格为家神，其他纳特也都纷纷降格为地方性神灵或职业保护神，祭祀活动转入民间，与其相伴生的纳特"神话"自然也就失去一般神话所具有的全人类、全部族的性质，逐渐沦为缅族群众茶余饭后的谈资。这或许就是缅族民间叙事文学中没有神话的原因。

这一结论也可以从克钦、钦族等缅族的亲缘民族的口头传统中得到印证。由于这些山地民族接受外来宗教的影响较晚，除了部分人是在 19 世纪中叶英国殖民缅甸后改宗基督教和天主教外，大部分人仍在信仰万物有灵的多神教，所以直至今日，这些民族的民间口头传统中仍在流传着为数众多的诸如开天辟地、人类起源、洪水再生和自然万物神话。这些生动、活泼、质朴的神话在缅族的活态口头传统早已难寻踪影。

---

① 王娟：《民俗学概论》，第 54 页。

　　通过以上三方面分析，笔者得出如下结论：缅族的社会语境与他们的民间叙事文学有着千丝万缕的联系，当地的各种社会因素对民间叙事文学的表演者选择如何表演及表演何种内容起着重要作用。民间叙事文学是特定表演场景下的产物，会随时间、空间、表演者、听众、表演情景及社会结构的变化而改变。

结　论

本书采取民间文学志的方法，通过实地田野调查，对民俗语境下的缅族民间叙事文学进行分析、解读。可以说，民俗学语境是本书的研究视角，缅族的民间叙事文学则是本书的研究对象，最后获得的结论也将是这两者的总结与概括，而不是针对某个具体问题的具体观点。

第一，在笔者看来，缅族的民间叙事文学首先是缅族传统文化的重要组成部分。一般来说，任何一个国家和地区的文化都是由处于上层的精英文化和处于下层的民间文化共同构成的。尽管民间叙事文学不是民间文化的全部，但却是民间文化的重要组成部分。它既是古往今来的缅族群众集体创作、口耳相传的语言艺术，也是缅族人民群众的生活、思想与情感的自然流露；还是他们关于历史、科学、宗教及人生知识的总结；同时也是他们的审美观念和艺术情趣的表现形式。

第二，缅族的民间叙事文学是该民族在漫长岁月中的精神伴侣。缅族的民间叙事文学极具娱乐性，既是他们自我娱乐和娱乐他人的主要工具，也是他们交流思想感情的一种艺术化的手段。无论是在劳作休憩的田间地头，还是在皓月当空的夜晚时分，一则故事和传说滋润着缅族群众的心田，使他们在劳作之余得到了休息和放松，达到了情绪的宣泄和内心的平衡。

第三，缅族的民间叙事文学是该民族传授民间知识的主要载体。缅族的民间叙事文学不仅表现了缅族群众的思想感情，同时也传承着他们对客观世界的认识和经验，记录着他们的生活历史。比如，缅族的民间传说作为"口传的历史"，不但记载了该民族集聚地的地理和物产知识，而且还保留了大量文献记载所缺少的历史资料，特别是史前资料以及各时期的部分民众生活的文化资料，极具研究价值；大部分的成语故事和动物故事则反映缅族群众世代积累的经验性知识。

第四，缅族的民间叙事文学是该民族进行道德塑造的有力武器。通过讲述者有选择地讲述，广大听众尤其是少年儿童听众受到了教育，得到了启发，提高了对是非善恶的判断能力，随着一则则传说和故事情节的推进，他们的道德情操受到熏陶，思想境界得到升华，"润物细无声"地完成了道德塑造以及行为规范的培养和训练，协调个体与团体之间的关系方面的能力也得以提高。

第五，缅族的民间叙事文学是该民族进行民族文化传统教育的最好教材。尽管本书的研究对象为缅族的民间叙事文学，没有更多地涉及有着特定仪式和周期性表演特点的民俗事项，如祭祀、风俗等，但该民族民间叙事文学的文化强化和保存的功能却依然展现得十分清楚：通过一则则传说和故事的讲述及展演，缅族民众加深了对本地区、本民族文化传统的认同和理解，使得这些文化传统得以保持和延续，民族意识得到巩固和强化。

第六，缅族的民间叙事文学还是缅族民众生活的一部分，换句话说，民间叙事文学是和缅族民众的生活融为一体的文学。部分学者认为："民间文学是民众宣讲故事、抒发情感、记忆过去、阐述观念的一种方式，这种方式不是来自某些人，而是由生活提供的。"[①] 这种说法不无道理，正因为民间叙事文学源于生活，又反映了生活，所以只

---

① 万建中：《民间文学引论》，第42页。

有把它们放置到实际的生活中才能理解其真正含义。有鉴于此，本书通过前面诸章节，按照民俗学语境理论的代表性人物——理查德·鲍曼对民俗语境的划分，从文化和社会语境两个方面对缅甸缅族的民间叙事文学进行了分析、阐释。

在文化语境部分，笔者分三个层面：交流系统语境、意义语境及制度语境对缅族的民间叙事文学进行了分析解读。

在交流系统语境层面，笔者以美国人类学家威斯勒提出的"一般文化模式"为核心观念，立足于缅族社会的地域文化特征，从语言、物质性特征、艺术、神话与科学知识、宗教、财产和战争等方面分析了缅族民间叙事文学与缅甸文化之间的关系，并得出如下结论：缅族民间叙事文学是缅甸文化的组成部分，民间文学从文化中既汲取资源又回过头来对文化施加影响，两者之间的关系是双向的，是相互联系的。

在意义语境层面，笔者对缅族民间叙事文学所反映出的一些古老文化现象及文化符号进行了历史溯源式分析。通过对在同一自然地理单元和有着相似文化传统的多则缅甸和老挝的民间故事、神话和传说进行分析、辨别，发现这些民间文学中含有龙蛇崇拜的成分，具体而言，缅甸、老挝两国的龙蛇崇拜始于图腾崇拜，后结合水神崇拜演变为灵物崇拜。佛教传入当地后，受佛教影响，最终形成了今天的那迦崇拜。纳特崇拜不但是外来宗教信仰缅甸本土化的结果，同时也是缅甸封建社会的产物；此外还是缅族人民群众万物有灵观念的具体体现。缅族的传统文化正是通过这些隐含于民间叙事文学的文化现象及文化符号，来达成与其他区域、其他国家、其他民族的文化进行自我识别的功能。从这个意义上来说，民间叙事文学和区域文化之间有着密切联系。

在制度语境层面，笔者把视野拓展到家庭和政治两方面，发现缅族的民间叙事文学并非仅仅作为文本在平面地传播，而是作为文化在立体地运行，它反映出的各种社会生活和制度规定都是在长期的生产生活中积累和筛选出来的，其目的是维持当地文化的稳定，促进当地社会的和睦发展。这些规定一旦沉积就对当地人民群众的家庭生活具有强有力的指导作用。民间叙事文学是缅族人民群众的口头创作，势必要反映他们的生活和思想感情，表现他们的审美和艺术情趣。缅族的民间叙事文学和缅族传统文化达到了一种你中有我，我中有你，水乳交融的状态。

在社会语境方面，笔者也是从三个层面：社会基础、个人语境及情景化语境对缅族的民间叙事文学分别进行了分析，从而发现社会语境与当地的民间叙事文学之间有着千丝万缕的联系。

在社会基础层面，笔者发现不同职业群体对民间叙事文学类型有着不同的选择，在这种选择过程中，职业特点取得了决定性的作用，他们使用与其职业相符合的民间叙事文学类型来表达自己的思想和需求：或是盼望社会稳定，或是祈求消灾祛难。这充分显示了民间叙事文学的心理调适功能。当地民众通过民间叙事文学演述这个文化平台，在传统文化因子与个人心灵的对话过程中，展示了他们的生活态度及价值观念，反映出他们在现实生活中的困扰与所关心的切身利益，表达着他们对生存条件的改善及美好生活的企盼。

在个人语境层面，笔者通过对吴山丁和杜珊丁这两位民间叙事文学讲述者的个案研究，证实了个人生活史、个人讲述资料库的结构和发展、个人与民俗事项的关系等因素对民间叙事文学的讲述者选择讲述与否、如何讲述以及讲述何种内容起着重要作用。此外，我们还发现受众的个人语境也能影响到讲述者对题材和内容的选择。充分展示了个人（无论是演述者还是受众）在民间叙事文学的演述过程中所起的重要作用。

在情景化语境层面，笔者对特定场景下特定人物的讲述场景进行了个案分析，证明了民间叙事文学是特定演述场景下的产物，会随情景化语境的变化而改变这一客观事实，再次印证了民间叙事文学所具有的变异性特征。这是因为民间叙事文学是一种活的语言艺术，而语言具有随机即失的特点。此外还从整个社会讲述语境变化的角度，分析了在缅族当下的民间叙事文学中没有发现神话的原因。如果说情景化语境下的变异只是一种偶然因素，具有偶发性、间断性的特点，那这种因时代烙印而产生的变异则具有必然性、持续性的特点。

由此可知，缅族的民间叙事文学是沟通现实与传统，自然与人类，社会与文化之间的纽带。它实际上是由一则则民间叙事文学作品及其语境精制而成的民俗世界。可以说，民间叙事文学是一个历时性与共时性兼有，集体性与个体性共存的民俗文化事项。对民间叙事文学进行研究，离不开对隐含其中的民俗学语境的研究，脱离了这个方面的研究，民间叙事文学给我们呈现的只是一些偶然性的、随机出现的点，我们很难把握其内在的规律及真实意义。正如理查德·鲍曼所言，民间叙事文学"根植于社会和文化生活。民俗学所关心的远远超过把口头文学当作脱离具体条件的超肌体的材料，而是作为语境的、民族志的现象，这样才能去发现它们在社会生活引导下的意义，以及它们包含的那些社会和文化因素"①。这也正是笔者撰写本书的目的所在。

---

① ［美］鲍曼·理查德，1986 年，第 362 页，转引自孟慧英《西方民俗学史》，第 287 页。

参考文献

一 中文文献

（一）论文

［美］阿兰·邓迪斯：《21 世纪的民俗学》，王曼利译，《民间文化论坛》2007 年第 3 期。

曹云华：《缅甸放弃社会主义的原因探讨》，《社会主义研究》1989 年第 6 期。

陈维刚：《广西侗族的蛇图腾崇拜》，《广西民族学院学报》（哲学社会科学版）1982 年第 4 期。

寸雪涛：《从民间文学看缅甸、老挝的龙蛇崇拜》，《广西民族大学学报》（哲学社会科学版）2017 年第 5 期。

寸雪涛：《论缅甸民间文学与缅甸文化的关系》，《东南亚纵横》2017 年第 2 期。

寸雪涛：《社会语境下的缅甸民间口头文学——以缅甸联邦仰光省岱枝镇区三个村为例》，《广西民族大学学报》（哲学社会科学版）2011 年第 3 期。

寸雪涛：《文化语境下的缅甸民间口头文学——以缅甸联邦仰光省岱枝镇区三个村为例》，《广西民族大学学报》（哲学社会科学版）

2010 年第 6 期。

傅新球：《缅甸佛教的历史沿革》，《东南亚纵横》2002 年第 5 期。

何跃：《论二战后英国对缅甸山区民族的分治政策》，《世界民族》2005
　　年第 6 期。

贺圣达：《阿赫木旦制度与缅甸封建经济的特点》，《世界历史》1991
　　年第 5 期。

贺圣达、李晨阳：《缅甸民族的种类和各民族现有人口》，《广西民族
　　大学学报》（哲学社会科学版）2007 年第 1 期。

姜永仁：《婆罗门教、印度教在缅甸的传播与发展》，《东南亚》2006
　　年第 2 期。

刘守华：《闽台蛇郎故事的民俗文化根基》，《民间文学论坛》1995 年
　　第 4 期。

［缅］缅甸社会主义纲领党中央组织部编：《缅甸的史前时代》，李谋
　　译，《南洋资料译丛》2012 年第 3 期。

农学冠：《蛇郎故事的原型及鳄（龙）崇拜》，《广西民族学院学报》
　　（哲学社会科学版）2000 年第 1 期。

曲永恩：《缅甸的十二古都简介》，《东南亚》1987 年第 3 期。

任璐、杨亮、徐琳宏等：《中文笑话语料库的构建与应用》，《中文信
　　息学报》2018 年第 7 期。

沈美兰：《缅甸神奇故事形态学研究》，硕士学位论文，广西民族大
　　学，2017 年。

王晶：《论缅甸民故事与我国傣族民间故事审美倾向的一致性》，《云
　　南民族学院学报》（哲学社会科学版）2000 年第 3 期。

［缅］吴巴莫：《缅人的起源》，李孝骥译，《东南亚》1987 年第 1 期。

许清章：《当代缅甸伦理道德与民众思潮》，《东南亚研究》1992 年第
　　1 期。

杨利慧：《表演理论与民间叙事研究》，《民俗研究》2004 年第 1 期。

佚名：《藏传佛教对藏族文化的影响》，中国西藏新闻网，2006 年 5 月
26 日，http：//chinatibetnews.com/zongjiao/2006 – 05/26/content_
51285.htm。

张惠美：《缅甸机智人物吴波吴故事类型研究》，硕士学位论文，广西
民族大学，2019 年。

（二）著作

［德］艾伯华：《中国民间故事类型》，王艳生、周祖生译，商务印书
馆 2017 年版。

［英］爱德华·泰勒：《原始文化》，连树声译，广西师范大学出版社
2005 年版。

（后汉）安世高译：《佛说尸迦罗越六方礼经》，大藏经在线阅读检索，
http：//www.dzj.fosss.org/tujie/mind？Itemid =2&catid =1：m&id =
16：mm&option = com_ content&view = article，2020 年 2 月 10 日。

陈岗龙、张玉安等：《东方民间文学概论》，昆仑出版社 2006 年版。

陈国强主编：《简明文化人类学词典》，浙江人民出版社 1990 年版。

寸雪涛：《文化和社会语境下的缅族民间口头文学——以仰光省岱枝
镇区钦贡乡钦贡村、班背衮村及叶诶村为例》，世界图书出版广
东有限公司 2012 年版。

寸雪涛、陈仙卿：《语境理论视域下的缅甸本部民间口头文学研究》，
世界图书出版广东有限公司 2015 年版。

寸雪涛、赵欢：《缅甸传统习俗研究》，民族出版社 2008 年版。

［美］丁乃通：《中国民间故事类型索引》，华东师范大学出版社 2008
年版。

段宝林：《中国民间文学概要》，北京大学出版社 2011 年版。

（南朝宋）范晔撰：《后汉书》，中华书局 1965 年版。

（明）冯梦龙：《笑府》，海峡文艺出版社 1992 年版。

傅光宇：《云南民族文学与东南亚》，云南大学出版社 2007 年版。

高丙中：《民俗文化与民俗生活》，中国社会科学出版社 1994 年版。

［英］戈·埃·哈威：《缅甸史》（上册），姚楠译，商务印书馆 1973 年版。

［英］格里·麦克考尔编：《神话传说中的生物·龙》，荼健、雨魔译，湖北长江出版集团、湖北少年儿童出版社 2010 年版。

［德］格林兄弟：《格林童话全集》，宫方译，中国和平出版社 2003 年版。

郭良鋆、黄宝生译：《佛本生故事选》，人民文学出版社 1985 年版。

海兴编译：《南传上座部佛教故事选》，云南民族出版社 1996 年版。

华夫主编：《中国古代名物大典》（下），济南出版社 1993 年版。

净海：《南传佛教史》，宗教文化出版社 2002 年版。

［美］克拉克·维斯勒：《人与文化》，钱岗男、傅志强译，商务印书馆 2004 年版。

（春秋）孔子著，刘道英译注：《诗经》，青海人民出版社 2002 年版。

（宋）李昉编纂，夏剑钦等校点：《太平御览》（第一卷），河北教育出版社 1994 年版。

［俄］李福清：《神话与鬼话》，社会科学文献出版社 2001 年版。

李谋、姜永仁编著：《缅甸文化综论》，北京大学出版社 2002 年版。

李埏：《不自小斋文存》，云南人民出版社 2001 年版。

［美］理查德·鲍曼：《作为表演的口头艺术》，杨利慧、安德民译，广西师范大学出版社 2008 年版。

梁志明、李谋、吴杰伟：《多源　交汇　共生——东南亚文明之路》，人民出版社 2011 年版。

林继富、王丹：《解释民俗学》，华中师范大学出版社 2007 年版。

刘守华：《比较故事学论考》，黑龙江人民出版社 2003 年版。

刘守华、陈建宪主编：《民间文学教程》，华中师范大学出版社 2002 年版。

鲁刚主编：《世界神话辞典》，辽宁人民出版社 1989 年版。

［英］马林诺夫斯基：《文化论》，费孝通译，华夏出版社 2002 年版。

［英］麦克斯·缪勒：《比较神话学》，金泽译，海文艺出版社1989年版。

［缅］貌丁昂：《缅甸史》，贺圣达译，商务印书馆1983年版。

［缅］蒙悦逊多林寺大法师等：《琉璃宫史》（上、中、下卷），李谋等译注，商务印书馆2007年版。

孟慧英：《西方民俗学史》，社会科学出版社2006年版。

［苏联］普罗普：《滑稽与笑的问题》，杜书瀛、理然译，辽宁教育出版社1998年版。

［苏联］普希金：《普希金的童话诗》，梦海译，新文艺出版社1954年版。

［美］斯蒂·汤普森：《世界民间故事分类学》，郑海等译，上海文艺出版社1991年版。

万建中：《民间文学引论》，北京大学出版社2006年版。

王娟：《民俗学概论》，北京大学出版社2002年版。

（宋）王溥撰：《唐会要》卷三三，中华书局1955年版。

王宪昭：《中国民族神话母题研究》，民族出版社2006年版。

王筑生主编：《人类学与西南民族——国家教委昆明社会文化人类学高级研讨班论文集》，云南大学出版社1998年版。

［奥］西格蒙德·弗洛伊德：《图腾与禁忌》，文良文化译，中央编译出版社2009年版。

许清章：《异国风情与文化》，知识产权出版社2005年版。

（汉）许慎：《说文解字》（下册），九州出版社2001年版。

姚秉彦、李谋、杨国影：《缅甸文学史》，世界图书出版广东有限公司2014年版。

尹湘玲：《东南亚文学史概论》，世界图书出版广东有限公司2011年版。

余定邦主编：《中国古籍中有关缅甸的资料汇编》（上册），中华书局2002年版。

赵景深：《民间文学丛谈》，湖南人民出版社1982年版。

钟敬文主编：《民间文学概论》，上海文艺出版社1980年版。

钟智翔：《缅甸文化导论》，军事谊文出版社 2005 年版。

钟智翔：《缅甸语言文化论》，军事谊文出版社 2002 年版。

钟智翔主编：《缅甸研究》，军事谊文出版社 2001 年版。

周伟洲编：《吐谷浑资料辑录》，青海人民出版社 1991 年版。

二 英文文献

Alan Dundes，"The Study of Folklore in Literature and Culture：Identification and Interpretation"，*The Journal of American Folklore*，1965，78（308）：136 – 142.

Abraham H. Maslow，*Motivation and Personality*，New York：Harper & Row，1970.

Alan Dundes（eds.），*The Study of Folklore*，Englewood Cliffs：Prentice Hall，1965.

Alan Dundes，*Interpreting Folklore*，Bloomington：Indiana University Press，1980.

Antti Aarne & Stith Thompson，*The Types of the Folktale：A Classification and Bibliography*，2nd rev. ed. Helsinki：FF Communications，1961.

A. L. Kroeber & C. K. Kluckhohn，*Culture：A Critical Review of Concepts and Definitions*，Peabody Museum of American Archeology and Ethnology，Harvard University，1952.

B. Malinowski，*Coral Gardens and Their Magic*，Bloomington：University of Indiana Press，1935.

B. Malinowski，"The Problem of Meaning in Primitive Languages"，in C. K. Ogden & I. A. Richards（eds.），*The Meaning of Meaning*，London：K. Paul，Trend，Trubner，1923：296 – 336.

Dan Ben-Amos，"Toward a Definition of Folklore in Context"，*The Journal of American Folklore*，1971，84（331）：3 – 15.

Elliot Oring, *Folk Groups and Folklore Genres*: *An Introduction*, Logan Utah: Utah State University Press, 1986.

Gerry Abbott & Khin Thant Han, *Folktales of Burma*, *An Introduction*, Leiden: Koninklijke Brill N. V., 2000.

June Helm (eds.), *Essays in the Verbal and Visual Arts*, Seattle and London: University of Washington Press for the American Ethnological Society, 1967.

Richard Bauman, *Story*, *Performance*, *and Event*: *Contextual Ttudies of Oral Narrative*, New York: Cambridge University Press, 1986.

Richard M. Dorson (eds.), *Folklore and Folklife*: *An Introduction*, Chicago: University of Chicago Press, 1972.

Richard M. Dorson (eds.), *Handbook of American Folklore*, Bloomington: Indiana University Press, 1983.

R. Bauman & J. Sherzer (eds.), *Explorations in the Ethnography of Speaking*, Cambridge: Cambridge University Press, 1974.

Soe Marlar Lwin, *Narrative Structures in Burmese Folk Tales*, Amherst, New York: Cambria Press, 2010.

Stith Thompson, *Motif-Index of Folk-Literature*, Bloomington: Indiana University Press, 1955.

William Bascom, "The Forms of Folklore: Prose Narrative", *Journal of American Folklore*, 1965, 78 (307): 3 – 20.

三　缅文文献

［缅］波协（耶德纳布雅）:《定都于阿瓦的国王们和历史遗迹》，曼德勒：父母恩情书局2016年版。

［缅］丁南多:《37 神史及传统信仰习俗》，仰光：卜巴书局2007年版。

［缅］拉瑞上尉:《百科知识》，仰光：文学宫出版社2011年版。

［缅］缅甸翻译协会：《缅甸大百科全书》（第二卷第一册），仰光：文学宫出版社 1963 年版。

［缅］缅甸联邦共和国人口局：《2014 年缅甸人口及家庭情况统计表——曼德勒省叫栖县德达坞镇区》，内比都：劳工、移民和人口部 2017 年版。

［缅］缅甸联邦共和国人口局：《2014 年缅甸人口及家庭情况统计表》，内比都：劳工、移民和人口部 2017 年版。

［缅］敏佑威：《吉祥经故事》，仰光：吉祥之光书局 1999 年版。

［缅］钦茂丹：《传统神灵信仰与习俗》，仰光：彬瓦雍文学 2001 年版。

［缅］钦苗漆：《十二月季花及节庆》，茉莉亚·温译，仰光：孔雀书局 2004 年版。

［缅］瑞甘达：《阿瓦六百年——阿瓦时期回顾》，仰光：雅毕书局 2008 年版。

［缅］苏蒙宁：《令人珍爱的缅甸习俗》，仰光：妙瓦底书局 1991 年版。

［缅］吴丁拉、吴觉昂、欣漂琼昂登等：《传统故事论文集》（上、下册），仰光：文学宫出版社 1989 年版。

［缅］吴觉昂：《2012 年缅甸旅游指南》，仰光：金色希望国际有限公司 2012 年版。

［缅］吴坡迦：《37 神》，仰光：波罗蜜书局 1999 年版。

［缅］悉都棉：《37 神及各民族传统神灵》，仰光：密木卡书局 1993 年版。

［缅］佐骠法师：《佐骠水库简史》，油印资料，［年代不详］。

四 泰文文献

［泰］金钩·阿塔宫：《民俗学》，曼谷：教育委员会 1966 年版。

［泰］喜拉蓬·迪达谭·那塔朗：《民间故事及民间游艺》，曼谷：大众出版社 1990 年版。

附录 讲述者目录

一 仰光省北部县岱枝镇区钦贡乡讲述者目录

（一）钦贡村讲述者目录

1. 杜珊丁，女，缅族，1949 年出生，初小文化程度，已婚，无子女。职业：果农。

2. 杜塔塔意，女，缅族，1949 年出生，大专文化程度，已婚，无子女，钦贡乡高级中学数学教师。

3. 吴杜萨那达雅法师，男，缅族，1967 年出生，初中文化程度，钦贡乡寺庙主持和尚。

4. 吴敏伦，男，缅族，1967 年出生，钦贡村村民，原为钦贡乡乡民自治委员会主席，大学本科文化程度，有 1 子 1 女，职业：小商贩。

5. 吴漆伦，男，缅族，1932 年出生，初小文化程度，已婚，有 3 子 1 女。职业：退役军人。

（二）班背衮村讲述者目录

1. 杜基妙，女，缅族，1933 年出生，初小文化程度，已婚，有 1 子 2 女，职业：果农。

2. 吴丁山，男，缅族，1947 年出生，寺庙教育，已婚，有 1 子 3 女，职业：果农。

3. 吴克梅达法师，男，缅族，1963 年出生，大学本科文化程度，班背衮村寺庙僧侣。

4. 吴通义，男，缅族，1930 年出生，高中文化程度，已婚，有 3 子 5 女，职业：退役军人。

5. 吴诶敏，男，缅族，1938 年出生，高中文化程度，已婚，有 2 子 2 女，职业：退役军人。

（三）叶诶山村讲述者目录

1. 吴昂觉摩，男，缅族，1967 年出生，初中文化程度，未婚，职业：樵夫。

2. 吴敏莱，男，缅族，1954 年出生，高中文化程度，已婚，有 3 子 1 女，职业：樵夫。

3. 吴钦貌吴，男，缅族，1952 年出生，初中文化水平，已婚，有 1 子 1 女，职业：退役军人。

4. 吴梭基，男，缅族，1944 年出生，大学本科文化程度，已婚，有 3 子 4 女，退休教师，原为钦贡乡高级中学校长。

5. 吴诶佩，男，缅族，1932 年出生，高中文化程度，已婚，有 1 子 3 女，职业：小商贩。

二　太公地区讲述者目录

1. 吴昂敏，男，缅族，1964 年出生，本科毕业，已婚，有 2 子 1 女。籍贯：伊洛瓦底省勃生市。职业：德庇珍镇区警察局局长。

2. 吴昂钦摩，男，缅族，1964 年出生，本科毕业，已婚，有 2 个子女。籍贯：克钦邦密支那市。职业：太公历史博物馆馆长。

3. 哥金敏吴，男，缅族，1988 年出生，高中毕业，未婚，有 5 兄妹。籍贯：曼德勒省太公市。职业：摩托车修理工。

4. 吴梭温，男，缅族，1955 年出生，高中毕业，已婚，有 5 子 4 女。籍贯：曼德勒省锑建镇区貌贡村。职业：渔夫。

三 蒲甘—良坞地区讲述者目录

1. 玛固陀,女,缅族,1999 年出生,三年级学历,父亲早亡,母亲带着三个孩子。籍贯:良坞镇敏加拉达锡村。职业:寺庙导游。

2. 阿嘎敏,男,缅族,1981 年出生,高中毕业,已婚,有 1 子。籍贯:良坞镇。职业:寺庙导游。

3. 杜丹丹敏,女,缅族,1970 年出生,师范毕业,已婚,有 3 个子女。籍贯:良坞镇。职业:教师。

四 彬牙—实皆—阿瓦地区讲述者目录

1. 吴丹昂,男,缅族,1948 年出生,高中毕业,已婚,有 3 子 4 女。籍贯:曼德勒省木各具市。职业:佛塔管理委员会成员。

2. 玛埃迪达内,女,缅族,1988 年出生,高中毕业,未婚。籍贯:曼德勒省叫栖县德达坞镇区阿瓦乡欣琼村。职业:教师。

3. 吴佩丹,男,缅族,1938 年出生,高中毕业,已婚,有 5 个女儿。籍贯:曼德勒省叫栖县德达坞镇区阿瓦乡欣琼村。职业:退休会计。

4. 吴丹昂,男,缅族,1956 年出生,七年级学历,已婚,有 2 个女儿。籍贯:曼德勒省叫栖县德达坞镇区阿瓦乡欣琼村。职业:理发师。

5. 杜泰泰,女,缅族,1947 年出生,缅族,五年级学历,未婚。籍贯:曼德勒省叫栖县德达坞镇区阿瓦乡欣琼村。职业:农民。

6. 吴山丁,男,缅族,1936 年出生,四年级学历,未婚。籍贯:曼德勒省叫栖县德达坞镇区阿瓦乡欣琼村。职业:退休警察。

7. 吴当纽,男,缅族,1948 年出生,高中毕业,已婚,有 2 子 3 女。籍贯:曼德勒省喜骠市。职业:地理、历史和缅文教师。

8. 吴妙当,男,缅族,1934 年出生,通过佛经考试,已婚,有 2 子。籍贯:实皆省实皆市德骠村。职业:缅医。

9. 玛基比亚昂，女，缅族，1983 年出生，动物学专业理学学士，未婚，籍贯：曼德勒省叫栖县德达坞镇区阿瓦乡孟迪素村。职业：书店老板。

10. 吴巴迎达法师，男，缅族，1964 年出生，12 岁剃度，从 1990 年起担任讲经法师，获学识渊博、教诲有方称号，现任阿瓦果林寺住持。

11. 玛丁丁昂，女，缅族，1975 年出生，地理专业理学学士，未婚，籍贯：曼德勒省叫栖县德达坞镇区阿瓦乡孟迪素村。职业：阿瓦博物馆工作人员。

12. 波协（耶德纳布雅），原名漂韦昂，男，缅族，1983 年出生，高中学历，已婚，有 1 女，籍贯：曼德勒省叫栖县德达坞镇区阿瓦乡。职业：茶馆老板、作家。

13. 杜茵茵丹，女，缅族，1978 年出生，植物学专业理学学士，未婚，籍贯：曼德勒省叫栖县德达坞镇区阿瓦乡。职业：家庭教师。

14. 哥丁温，男，缅族，1965 年出生，寺庙教育，已婚，籍贯：曼德勒省叫栖县德达坞镇区阿瓦乡欣琼村。职业：木匠。

15. 吴苗敏，男，缅族，1957 年出生，基督教徒，教育情况不详，有 1 子 1 女，籍贯：曼德勒省叫栖县德达坞镇区阿瓦乡欣琼村。职业：农民。

16. 吴丹伦，男，缅族，1962 年出生，教育情况不详，已婚，子女情况不详。籍贯：曼德勒省叫栖县德达坞镇区阿瓦乡欣琼村。职业：农民。

17. 吴翁伦，男，缅族，1954 年出生，缅文学士学位，已婚，有 1 女。籍贯：曼德勒省叫栖县德达坞镇区。职业：退休中学校长。

18. 杜登敏，女，缅掸族混血，1966 年出生，高中毕业，已婚，有 1 子 3 女，籍贯：曼德勒省叫栖县德达坞镇区阿瓦乡。职业：家庭妇女。

19. 吴拉瑞，男，缅族，1940 年出生，高中毕业，已婚，有 5 个子女，籍贯：曼德勒省叫栖县德达坞镇区阿瓦乡阿彬珊雅村。职业：移民局退休官员。

五 东吁地区讲述者目录

1. 吴迎貌，男，缅族，1944 年出生，高中毕业，已婚，有 4 子 1 女。籍贯：勃固省东吁市德榜村。职业：养老院院长。

2. 杜韦意，女，缅族，1924 年出生，缅族，高中毕业，未婚。籍贯：勃固省骠市。职业：退休高中英语教师。

3. 吴盛吞，男，缅、掸混血，1944 年出生，未婚。籍贯：东吁市。职业：农民。

六 勃固地区讲述者目录

1. 匿名（不愿透露姓名），女，缅族，1966 年出生，大学本科，未婚。籍贯：勃固省勃固市。职业：小学教师。

2. 林玛拉，女，缅族，1980 年出生，历史学学士，未婚。籍贯：勃固省勃固市。职业：不详。

3. 锡蒂，女，缅族，1979 年出生，高中毕业。籍贯：勃固市勃呢贡。职业：神婆。

4. 吴梭敏，男，缅族，1948 年出生，七年级学历，已婚，有一个女儿。籍贯：直通市。职业：庙祝。

5. 哥钦貌漆，男，缅族，1959 年出生，化学专业理学学士，已婚，有两个女儿。籍贯：勃固省勃固市。职业：教师。

七 瑞波地区讲述者目录

1. 杜意，女，缅族，1952 年出生，四年级学历，已婚，有 2 子 1 女。籍贯：瑞波勒色村。职业：农民。

2. 玛久久温，女，缅族，1973 年出生，三年级学历，已婚，有 2

子。籍贯：瑞波勒色村。职业：农民。

八 曼德勒地区讲述者目录

1. 杜翁敏，女，缅族，1972 年出生，十年级学历，已婚，有 2 子 1 女。籍贯：马圭省仁安羌。职业：宾馆服务生。

2. 吴纽丁，男，缅族，1937 年出生，已婚，有 4 子 2 女。籍贯：曼德勒省勃生基镇区锡周贡村。职业：庙祝。

九 马圭地区讲述者目录

1. 吴昂，男，缅族，1932 年出生，寺庙教育，已婚，有 2 子 2 女。籍贯：马圭省马圭市。职业：农民，

2. 杜敏敏凯，女，缅族，1971 年出生，本科毕业，未婚。籍贯：马圭省马圭市。职业：大学职员。

3. 杜埃敏凯，女，缅族，1976 年出生，本科毕业，已婚，有 1 子。籍贯：马圭省马圭市。职业：小学教师。

十 勃生地区讲述者目录

1. 杜妙丹，女，缅族，1935 年出生，本科毕业，已婚，有 3 子 2 女。籍贯：伊洛瓦底省鄂岱羌镇区。职业：中学教师（34 年教龄）。

2. 杜玛丁意，女，缅族，1937 年出生，本科毕业，已婚，有 2 子 1 女。籍贯：伊洛瓦底省勃生市。职业：中学教师（25 年教龄）。

3. 吴丁吞，男，缅族，1938 年出生，英、缅双语学校七年级学历，已婚，有 4 个子女。籍贯：伊洛瓦底省勃生市。职业：退休法院书记员。

4. 哥貌梭，男，缅族，1969 年出生，本科毕业，已婚，有 1 个女儿。籍贯：伊洛瓦底省勃生市。职业：作家。